SCIENCE FICTION

Herausgegeben
von Wolfgang Jeschke

Von Joe Haldeman erschienen in der Reihe
HEYNE SCIENCE FICTION & FANTASY:

Der ewige Krieg · 06/3572
Unendliche Träume · 06/4177
Gekauftes Leben · 06/4875

Als Herausgeber:

Nie wieder Krieg · 06/3863

In der BIBLIOTHEK DER SCIENCE FICTION LITERATUR:

Der ewige Krieg · 06/2

JOE HALDEMAN

GEKAUFTES LEBEN

Roman

Aus dem Amerikanischen übersetzt
von
WINFRIED PETRI

Deutsche Erstausgabe

Science Fiction

WILHELM HEYNE VERLAG
MÜNCHEN

HEYNE SCIENCE FICTION & FANTASY
Band 06/4875

Titel der amerikanischen Originalausgabe
BUYING TIME
Titel der englischen Originalausgabe
THE LONG HABIT OF LIVING
Deutsche Übersetzung von Winfried Petri
Das Umschlagbild malten Gerrit Ahnen
und Jan Solterbeck/DESIGN TEAM, Hamburg

Redaktion: Wolfgang Jeschke

Printed in Germany 1992
Umschlaggestaltung: Atelier Ingrid Schütz, München
Satz: Schaber Satz- und Datentechnik, Wels
Druck und Bindung: Elsnerdruck, Berlin

ISBN 3-453-05391-5

Dies Buch ist den interessanten Leuten gewidmet, die über Lebensverlängerung, Kryonik und andere solche in Richtung auf Unsterblichkeit zielende Gebiete arbeiten.
Möget ihr eure Kritiker überleben!

Nach den ersten hundert Jahren hören die Menschen auf, Risiken einzugehen. Mit einem jungen Körper — oder zumindest mit einem gesunden — alle zehn oder zwölf Jahre ist man stark versucht, loszugehen und ihn zu benutzen. Aber wenn man sich anschickt, Jahrhunderte herauszufordern, indem man Berge erklettert, Tauchsport treibt und dergleichen, wird einen die Macht der Statistik früher oder später einholen. Die Stileman-Kliniken können dich von Krebs und Arterienverkalkung heilen und deine lebenswichtigen Organe, Muskeln und Knochen zu der Annahme veranlassen, sie seien wieder brandneu — aber du brauchst nur in einem plötzlichen Sturm einen Flügel zu verlieren; und du bist genauso tot wie jeder beliebige Sterbliche. Wie jeder ›Ephemere‹*.

Dallas Barr hatte diese Realität seit fast einem Jahrhundert ignoriert. Er war in einem Boot von vierzig Fuß um die Welt gesegelt, hatte bösen Strömungen getrotzt, um durch die einsamen Korridore der *Titanic* zu schwimmen, und während eines langen Winters in der Antarktis Selbstbesinnung geübt. Auf dem Mond hatte er die Gerade Wand erklommen und war durch Plato getrampt auf der Suche nach geheimnisvollen Lichterscheinungen. Er hatte sich die Teilnahme an der ersten Besteigung von Olympus Mons auf dem Mars erkauft.

---

* Im folgenden werden diese kurzlebigen Menschen (griech: ephemera = Eintagsfliege) als ›'phems‹ bezeichnet. — *Anm. d. Übers.*

Jetzt, gerade vor seiner neunten Verjüngung, hatte er sich in Australien von einer leichten Klippe in den Blue Mountains abgeseilt, als ein narrensicheres Seil riß und ihm drei Sekunden der Schwerelosigkeit und einen gebrochenen Rücken bescherte.

Dies tötete ihn fast, und zwar in zweifacher Hinsicht. Es ist hart, ein Vermögen anzusammeln, das in einem Körper fest investiert ist, und dann durch ständige Schmerzen geplagt oder durch Analgetica abgestumpft zu werden. Das neunte Vermögen ist allerdings leichter zu gewinnen als das erste, und jemand, der nicht auf Gelderwerb aus ist, muß sich erst an den Gedanken gewöhnen, daß er altert.

(Lord Stileman selbst hatte es nur auf einhundertfünf Jahre gebracht. Er starb im brennenden Wrack eines altmodischen Rennwagens. Aber damals waren seine Kliniken schon die zweitreichste Institution der Welt und nur noch wenige Jahre von Platz eins entfernt.)

Die einzigen Leute, die Unsterblichkeit umsonst bekamen, waren King Richard, einige wenige Politiker und hohe Beamte und ungefähr hundert Mediziner, von denen jeder einen Teil des komplizierten Geheimnisses bewahrte, welches der Stileman-Prozeß darstellte. Alle anderen Personen erkauften sich das nächste Dutzend Jahre zu den gleichen Bedingungen: Sie mußten all ihren weltlichen Besitz der Stiftung übereignen. Und selbst ihr Scheckbuch war gesperrt, wenn sie weniger als eine Million Pfund besaßen.

Mit dieser Million erkaufte man sich keine wahre Unsterblichkeit im absoluten Sinne. Die Stileman-Verjüngungs-Kliniken konnten Verfall von Hirnsubstanz verlangsamen, aber nicht völlig anhalten. Es hatte noch niemand lange genug gelebt, um das auf die Probe zu stellen; aber nach den Extrapolationen der Kliniken sah es so aus, als ob die Obergenze bei weniger als tausend Jahren läge. Früher oder später würde sich das Gehirn trüben; und wenn deine Zeit gekommen war, würdest du nicht imstande sein, eine Million Pfund aufzutreiben. Du würdest altern und sterben.

Dallas Barr verbrachte nicht viel Zeit mit solchen Gedanken, obwohl er zu der ersten Stileman-Gruppe gehört hatte und deshalb zu den ältesten Menschen der Welt zählte. Drahtseilartisten kümmern sich nicht um Streckenrekorde.

Als er an jener Klippe abgestürzt war, hatte Dallas im neunten Jahr seiner letzten Verjüngung gestanden. Nach einem katastrophalen Pokerspiel in Adelaide, von dem er gehofft hatte, es würde ihn über die Grenze von einer Million Pfund bringen, waren ihm weniger als fünfzigtausend australische Dollar übrig geblieben. Er hatte noch etwa zwei Jahre, um diesen Betrag mit sechzig zu multiplizieren.

Die meisten Leute, mit denen er es während der nächsten achtzehn Monate zu tun hatte, kannten ihn nicht als Dallas Barr, den ziemlich dubiosen amerikanischen Playboy. Viele wußten nicht einmal, daß er ein Unsterblicher war. Er hatte in der ganzen Welt etliche Personen verteilt, zumeist mit untadligen Referenzen, selbst wenn sie gerade knapp an Barmitteln waren. Er bürgte für sich selbst und lieh dann zu wucherischen Zinsen Geld aus, das er selbst geborgt hatte. Ein Teil davon wurde still investiert, ein anderer Teil in auffälliger Weise angelegt. So schuf er ein verzwicktes Durcheinander an Notizen, Biedermanngehabe und geflüsterten Vertraulichkeiten, das am Ende unvermeidlicherweise echtes Geld zu produzieren begann.

Er beschloß, ein drittes Mal Dallas Barr zu sein, obwohl das öffentliche Unsterblichkeit bedeutete. (Er war schon einmal berühmt gewesen als Georges Andric, der ›gestorben‹ war bei einem Versuch, den Mt. Everest im Alleingang zu besteigen.) Die Publizität war manchmal angenehm und immer profitabel, wenn auch mit einem gewissen Risiko verbunden. Obwohl alles dagegen sprach, gab es Leute, die meinten, die Stileman-Unsterblichen würden einen Untergrundklüngel bilden, der die Welt beherrschte. Es gab keine Statistiken — falls die Kliniken welche hatten, veröffentlichten sie sie jedenfalls nicht. Aber es schien so, als ob unter Unsterblichen die zweithäufigste Todesursache Mord wäre, gewöhnlich spektakulär, durch irgendeinen Verrückten, der die Welt vor einer Verschwörung zu retten glaubte.

Kein Unsterblicher erinnerte sich je genau daran, was während des Monats seiner Verjüngungstherapie geschehen war. Das diente mehr der geistigen Gesundheit als der Sicherheit. Die ersten drei Wochen brachten anhaltende Pein, unvorstellbar, indem man auseinandergenommen und wieder zusammengesetzt wurde. Die letzte Woche war Schlaf und Vergessen. Als Dallas Barr dieses neunte Mal die Klinik in Sidney verließ, fühlte er sich wie immer erneuert, aber tief verwirrt: ein kräftiger Mann von hundertdreißig, der sich nicht an die neun Male erinnern konnte, in denen er um Befreiung vom Tod gebeten hatte.

Stileman, Geoffrey Parke, MP, 1050—2055

Am besten erinnert man sich natürlich an Lord Stileman als den Gründer der Unsterblichkeitskliniken, die noch seinen Namen tragen; aber schon vor dieser Tat war er eine prominente (vielleicht berüchtigte) Person der Öffentlichkeit.

Obwohl von Geburt recht begütert, war Stileman doch von früher Jugend an ein ausgesprochener Gegner von Privilegien. Obwohl Parlamentsmitslied der Neuen Labour-Partei, erwies er sich keineswegs als doktrinär, sondern folgte offenbar dem Diktat seines Gewissens, selbst wenn ihm das in das Lager der Tories führte. Daher war er in der praktischen Politik nie sehr erfolgreich und nicht bereit, Kompromisse einzugehen. Aber seine rhetorischen Fähigkeiten und eindrucksvollen Auftritte vor der Kamera machten ihn für mancherlei liberale und libertinäre Fälle wertvoll.

Im Jahre 1991 trat eine Gruppe medizinischer Forscher an ihn heran mit einem Entwurf dessen, was der Stileman-Prozeß werden würde. Es war einer von denen, nicht Stileman selbst, der auf die Idee gekommen war, den Prozeß als einen Weg zu benutzen, die Anhäufung von privatem Reichtum zu beschränken: nach Erreichen eines bestimmten Alters mußte eine wohlhabende Person, um am Leben zu bleiben, alle zehn Jahre relativ arm werden.

Nachdem der Prozeß erst einmal erwiesen war, war Lord Stileman in der Lage, praktisch jeden zu erpressen, dem Leben wichtiger war als Reichtum. (Nicht alle fügten sich dem zunächst; viele Vermögen wurden ins Grab mitgenommen.) Er benutzte seine Macht nicht, um seinen eigenen Reichtum zu vermehren, sondern veranlaßte Stiftungen und Investitionen auf Gebieten, mit denen er leidenschaftlich verbunden war. Diese Anregung ergab das komplexe legale Vertragswerk, das man für die zweite und folgende Behandlungen unterzeichnen mußte. Dazu gehörte nicht nur eine beträchtliche Zahlung an die Klinik für geleistete Dienste, sondern auch das Verbot ›gewisser Methoden der Veräußerung‹. Im Klartext bedeutete dies, daß man keiner natürlichen oder juristischen Person eine nennenswerte Geldsumme leihen durfte, die nach der Behandlung zurückgezahlt würde. Man konnte sie nicht einmal verschenken, außer an renommierte caritative Organisationen und Institutionen.

Es ist nicht übertrieben zu sagen, daß Lord Stileman durch diese selektive Anordnung die britische und amerikanische Präsenz im Weltraum im einundzwanzigsten Jahrhundert finanziert hat.

Weder der Britische Satellitenkomplex noch die glückliche Mondkolonie Downside — ganz zu schweigen von dem donquixotischen Unternehmen *Adastra* der Unsterblichen selbst — wäre möglich gewesen ohne die Milliarden, die aus dem Besitz von Millionären überwiesen wurden, die nicht gewillt waren, alles den Stileman-Kliniken zu überlassen ...

— *American Encyclopedia,* 2068 edition

Die Klinik gab ihm einen billigen Beutel mit Kleidung zum Wechseln und zweitausend Dollar in kleinen Scheinen. Er nahm in einem Lokal eine Mahlzeit zu sich und telephonierte von dort mit einer Agentur für Leibwächter. Dann bezog er ein Zimmer in einem billigen Hotel. Nach einer Stunde konzentrierten Nachdenkens tastete er dort aus dem Gedächtnis eine lange Zahlenfolge ein und führte ein kurzes Gespräch auf japanisch. Einige Minuten später klingelte das Telephon und er sprach einige Zeit französisch. Danach blickte er auf die Uhr und ging fort, um eine Zeitung zu kaufen und etwas zu trinken.

Obwohl Dallas in Amerika und Großbritannien recht bekannt war, fühlte er sich hier doch in angenehmer Weise anonym. Die Australier ließen sich nicht so leicht durch das Geld eines Playboys beeindrucken, und für alle Fälle hatte ihn der Aufenthalt in der Klinik durch ein recht hageres Aussehen und einen einmonatigen Bart äußerlich verändert. Er wollte jetzt ungestört ein gutes Bier trinken und sich mit den Nachrichten aufs laufende bringen. Er kaufte eine dünne Londoner Zeitung und sah sich nach einer passenden Bar um.

Binnen einiger Häuserblocks von seinem Hotel gab es mehrere Lokalitäten, aber keine davon wirkte besonders sicher. Seine Abenteuerlust ging nicht so weit, daß er sich zum Ziel von Anpöbeleien und rohen Späßen machen wollte. Darum begab er sich in den Rocks-Distrikt. Das Bier war dort teurer, aber man würde nicht mit dem Rücken zur Wand sitzen müssen.

Es war taghell, und Dallas sah kräftiger aus, als er sich fühlte. Daher wurde er nicht belästigt bis auf gelegentliche laute Angebote oder Herausforderungen. Er fand eine Bar des gehobenen bürgerlichen Stils mit aparter Ausstattung — American Art Deco der 1930er Jahre —, und der Rausschmeißer ließ ihn für schlappe zehn Dollar ein.

Er bahnte sich einen Weg zur Bar zwischen dem Chrom und Glas größtenteils nicht besetzter Tische, gab seine Bestellung auf und faltete die Zeitung auseinander.

Er kam nicht einmal dazu, die Schlagzeilen zu lesen. Während das Barmädchen sein Bier zapfte, quetschte sich ein dicker Kerl auf den Hocker neben ihm und sagte: »Mr. Barr.« Das war keine Frage.

Dallas seufzte und sah sich den Mann an. Der Leibwächter war nicht vor Nachmittag fällig und würde wahrscheinlich nicht fett sein. Er sagte: »Ich kenne Sie nicht«, und stellte fest, daß der lose sitzende Business-Anzug des Mannes eine oder zwei große Waffen verbergen könnte. Er schätzte die Distanz zu dessen Kehlkopf ab und spannte automatisch die rechte Hand zu einer harten Klinge. Man hatte ihn schon früher einmal gekidnappt.

»Ich habe nicht erwartet, daß Sie sich erinnern würden. Wir sind uns in Chicago begegnet.« Er ließ die Stimme sinken. »Vor siebzig Jahren.«

Dallas gab dem Barmädchen eine Fünfpfundnote und verzichtete auf das Wechselgeld. Er nippte an dem starken dunklen Gebräu und studierte das Gesicht des Unsterblichen. »Die Konferenz?«

»Stimmt. Damals waren Sie Andric.« Die Konferenz von Chicago war eine der letzten jährlichen Zusammenkünfte gewesen, ehe das Bombenattentat von Singapore diesen Brauch beendete. Mehrere tausend Unsterbliche auf einer Stelle waren ein allzu lockendes Ziel.

»Wenn dies ein Kontakt ist, sind Sie etwas zu früh dran.« Unsterbliche pumpten sich gegenseitig an, aber mit Vorsicht. Das war auch der Zweck von Dallas' Anruf in Japan gewesen. »Sie müssen wissen, daß ich gerade aus der Klinik gekommen bin.«

Er nickte. »Ich bin selbst erst seit einem Jahr draußen.« Er bemerkte Barrs Blick und kniff sich in ein dikkes Fettpolster. »Das ist nicht echt. Schaum-Implantat, Schutzfärbung.«

»Freut mich zu hören.«

»Es wird eine Zusammenkunft stattfinden.«

»Ich gehe nicht mehr zu irgendwelchen Meetings.«

»Das wissen wir. Aber Sie müssen.«

Das Mädchen kam mit einem zweiten Bier. Dallas wartete, bis sie außer Hörweite war. »Wer sind ›wir‹? Sie und Ihre Clique?«

»Wir haben keinen Namen. Bloß eine Gruppe, die sich hie und da trifft. Alle drei Monate oder so.«

»Kein Interesse.« Er schlug die Zeitung auf und blickte auf das Pin-up von Seite drei.

»Maria Marconi«, sagte der Mann. »Sie wird da sein.«

Dallas starrte auf das Bild. Das Mädchen war weder schlank noch dunkelhaarig und vermutlich viel weniger alt als ein Jahrhundert. »Marconi«, sagte er. »Sie lebt noch.«

»Sie möchte Sie gern sehen.«

»Und ich sie auch.« Er blätterte geräuschvoll um. »Seien Sie ein netter Kerl und sagen Sie ihr, wo ich bin!«

»Unsere Gruppe ist schon fast seit Singapore zusammengekommen.«

»Erzählen Sie! Wie haben Sie all diese Zeit ohne mich auskommen können?« Er fing an weiter umzublättern, aber der Mann legte die Hand darauf. Er schaute auf. »Ich bin Ihrer Gesellschaft überdrüssig.«

»Sie können es sich leisten, geduldig zu sein. Die

meisten von uns hätten Sie schon längst kontaktiert. Aber die Gruppe ist in dieser Hinsicht konservativ: Wenn nur *ein* Mitglied gegen eine neue Person Einwände hat, genügt das.«

»Die Person, die mich erpreßt hat, ist gestorben?«

»Ja.«

Zum erstenmal zeigte Dallas ein gewisses Interesse. »War das Lobos? Sandra Bell?« Der Mann schüttelte den Kopf. »Auch nicht Jim-bo Peterson?«

»Nein. Ich glaube nicht, daß Sie den Mann persönlich gekannt haben. Ein Russe, Dmitri Popov.«

»Ein Sowjetmensch? Stileman muß sich im Grabe umdrehen.«

Der Mann lächelte. »Wir wußten nicht, daß er ein Sowjet war, als er zum Beitritt aufgefordert wurde. Tatsächlich war er ein Stellvertretender Administrator der amerikanischen CIA.«

»Ah!« Dallas wandte seine Aufmerksamkeit wieder der Zeitung zu. »Diese Ihre Gruppe. Ich nehme an, daß Sie nicht bloß herumsitzen und kleine Brötchen essen. Poesie oder kümmerliche Leistungen erörtern.«

»Nichts so Wohlbekömmliches.«

Dallas nickte sachlich. »Wissen Sie, was mir an dieser Zeitung gefällt? Die Herausgeber wissen, was in der realen Welt wirklich wichtig ist. Klatsch. Sex. Kleine menschliche Dramen wie ›Ich habe mein Baby getötet und aufgegessen‹. Das mag ich, ich habe mit Politik nicht viel am Hut.« Er schüttelte den Kopf. »Wenn Ihr eine Untergrundorganisation seid, die die Welt regiert, dann möchte ich, daß Ihr eine andere Aufgabe wählen solltet. Ihr leistet eine wirklich miserable Arbeit.«

»Falls wir die Welt regieren würden, wäre sie viel sicherer.«

»Das habe ich wahrscheinlich schon gehört, ehe Sie geboren wurden. Es stimmt nicht. Stileman-Unsterblichkeit vermittelt keine Weisheit. Wir haben mehr Soziopathen, als uns zukommt.« Dallas blickte auf seine

Uhr und holte tief Luft. »In fünf Minuten gehe ich nach nebenan zwecks Rasur und Haarschnitt. Ich gehe allein. Bis dahin werde ich zuhören.«

»Das ist recht anständig.« Das Barmädchen kam vorbei, und der Mann bestellte ein Glas Bundaberg. Dann starrt er Dallas einen Augenblick lang nachdenklich an. »Machen Sie sich Sorgen wegen des Älterwerdens? Des Gehirntodes?«

»Nicht sehr. Sie sagen, ich hätte noch mindestens weitere sieben- oder achthundert Jahre. Bis dahin werden sie wahrscheinlich mit etwas herauskommen — zum Teufel, ich habe eine halbe Million für diesen Fonds gegeben.« Der ›Preis für Erhaltung von Nervensubstanz‹ war das Ergebnis eines seltenen Falles von Solidarität seitens der unsterblichen Außenseiter. Ein jeder hatte dafür zehn Prozent seines Vermögens gespendet. Die Forschungsgruppe, welche später einmal eine Heilung für entropisches Gehirnversagen finden würde, hätte eine Milliarde Pfund zur Verfügung. Unsterblichkeit für eintausend Menschen. Echte Unsterblichkeit — Unfälle oder Gewaltakte ausgenommen.

»Ja, das ist es, was sie vor ungefähr zehn Jahrhunderten zu sagen pflegten.« Er machte eine Pause und sah Dallas an. »Sie irren sich.«

»Wieso?«

»Sie haben nicht sechs oder sieben ...« Er brach ab, während die Kellnerin seinen Rum servierte. Dann rührte er ihn nicht an und fuhr fort: »Vielleicht haben Sie nicht einmal mehr hundert Jahre. Vielleicht keine fünfzig.«

Dallas betrachtete seine kürzlich wieder jungen Hände. »Okay. Sie haben mein Interesse gewonnen.«

Drehbuch
Die Lloyd-Barnes-Show
20. Juni 2064

LB: Wir sollten heute abend ein ziemliches Feuerwerk bekommen, liebe Zuschauer. Zu meiner Rechten haben wir Dallas Barr. Er ist — na ja — Dallas *Barr.* Zu meiner Linken ... (wir folgen LBs Blick zu einem leeren Stuhl mit einem grauen Kasten auf dem Sitz) ... befindet sich ein Ding oder Mensch oder Programm, das behauptet, all das zu sein, was von Professor Woodward Harrison übrig ist.

BOX: Ich *bin* Woodward Harrison.

BARR: Doch nicht persönlich.

BOX: Schauen Sie mich in einigen tausend Jahren wieder an!

LB: Professor Harrison hat den größten Teil seines Lebens damit verbracht, einen Prozeß zu vervollkommnen, den er als Herstellung von Turing-Bildern bezeichnete. Was sich in diesem Kasten befindet, ist das Turing-Bild von Harrison, der als Greis vor einem Monat an Lungenentzündung gestorben ist.

BOX: Ich habe meinen Körper aufgebraucht, wie wir alle. Der Rest von mir ist noch am Leben.

LB: Möchten Sie das erläutern?

BOX: Gewiß. Das Turing-Bild ist nach Alan Turing benannt, einem Mathematiker, der im vorigen Jahrhundert gelebt hat, einem von jenen Leuten, die an der Entwicklung der Computer mitgeholfen haben. Er entwarf den ersten sinnvollen Test für künstliche Intelligenz: Angenommen, Sie haben in einem Zimmer ein menschliches Wesen und in einem anderen einen Computer. Sie können zu beiden jeweils nur über eine Computerverbindung sprechen. Der Computer ist darauf programmiert, sich wie ein Mensch zu verhalten in dem Maße, daß er auch lügen und sich irren kann, bei Rechenaufgaben langsam zu sein scheint, und so weiter. Wenn Sie durch keinerlei Antworten, die Sie auf beliebige Fragen erhalten können, in der Lage sind zu sagen, in welchem Raum sich der Mensch befindet, dann hat die Maschine künstliche Intelligenz demonstriert.

Natürlich würden Sie heute keine Schaltverbindung mehr brauchen, sondern einfach so reden, wie wir es tun.

LB: Das ist also alles, was du bist? Ein Computerprogramm?

BOX: Nun — und was sind Sie? Sechzig Liter Wasser und Chemikalien im Wert von ein paar Dollar!

BARR: Das ist großartig! Ein grauer Kasten, der digital programmiert ist.

BOX: Nein, Mr. Barr. Was ich bin, ist ein aktual unsterbliches menschliches Wesen. Sie sind bloß ein Mensch, der genügend Geld besitzt, um seinen Körper alle zehn Jahre überholen zu lassen.

BARR: Das kommt darauf an, wie du es siehst. Ich schätze, daß du mich überdauern wirst, solange niemand auf dich wütend wird und den Stecker herauszieht. Aber, zum Teufel, das gilt auch für die Statue von Robert E. Lee vor diesem Gebäude. Wozu ist es gut ewig herumzuhängen, wenn du nur den Bürzel einer Taube zu sehen bekommst?

BOX: Haha! Sie haben aber recht. Niemand möchte ein lebloser Gegenstand sein. Ich bin lebendig.

In gewisser Weise bin ich sogar lebendiger als Sie.

BARR: Sicher.

LB: Wie wäre das möglich?

BOX: Allright. Schleichen Sie mit mir durch das semantisch-semiotische Minenfeld der Digitalphilosophie! Wie viele Wege gibt es, um Leben zu definieren?

BARR: Sieben Milliarden.

BOX: In gewissem Sinne richtig, aber nicht relevant. Von formalen Definitionen — in der Kosmologie und verschiedenen biologischen Disziplinen, ebenso wie in der Philosophie — habe ich Zugriff zu 149, von denen sich einige überschneiden. [Zwischenschnitt auf Barr, der mit den Augen rollt.] Ich werde Ihnen 148 davon ersparen.

Die Art und Weise, in der ich nachweislich lebendiger bin als Sie, ist thermodynamischer Natur.

BARR: Ich wußte, daß du das sagen würdest.

BOX: Das war anzunehmen.

BARR: Na ja. [Barr in Großaufnahme.] Du kannst sagen, daß ein Ding, wenn es lebendig ist, sich im Prozeß der Existenz ständig in Richtung auf Zustände höherer Ordnung bewegt. Das verstößt natürlich gegen den Zweiten Hauptsatz der Thermodynamik. Du willst sagen: Da *du* unbeschränkt Information verarbeitest und da *mein* Gehirn nicht für immer dauern wird, bist du lebendiger als ich. Quod erat demonstrandum — für dich.

BOX: Sie haben eine verborgene Dimension, Mr. Barr. Gut versteckt.

BARR: Nun ja, ich bin fünfzig Jahre älter als du, Kumpel. Ich werde immer fünfzig Jahre älter sein als du.

BOX: Bis zu dem Tage, an dem Sie sterben ...

DALLAS

DER PILOT ENTSCHULDIGTE SICH bei uns für den Lärm. Ehe der Rotor auf volle Touren kam, machte er einen ohrenbetäubenden Krach. Sobald wir uns erst über dem Wasser befanden, war es nicht mehr so schlimm.

Er las noch einmal die Adresse, die er in das Armaturenbrett eingetastet hatte. »Auf dem Wasser, nicht wahr, Freunde?«

»Ich weiß nicht. Wir sind noch nie dort gewesen.« Vor einer Stunde hatte ich meinen Leibwächter von der Nachtschicht mitgenommen. Besser, als ihn seinen eigenen Weg zu der Party finden zu lassen.

»O ja«, sagte Merle. »Muß wohl auf dem Wasser sein.« Er war Amerikaner, kannte Sydney aber wie ein Einheimischer. »Sie hat einiges Geld und wohnt dort.«

»Ist sie eine Stileman?«

»Weiß nicht«, sagte ich rasch. Merle warf mir einen trägen Blick zu.

»Und ihr Burschen?« fragte der Pilot.

»Sicher«, sagte Merle. »Konnten die Schlüssel für den Mercedes nicht finden.«

»Schon recht«, meinte er lässig und schaltete den Overdrive ein. Wir kippten leicht nach vorn, erhoben uns noch ein halbes Meter über das Wasser und kurvten langsam um Segelboote herum. Opernhaus und Skyline blieben zurück.

Es dürfte wohl interessant werden, wenn es auch

kaum auf Leben und Tod ging, wie Lamont Randolph erst angedeutet hatte. Als ich ihn wegen Details über den Notfall des Gehirntodes ausquetschen wollte, mußte er zugeben, daß er nichts Näheres wüßte. Es war eigentlich nur ein Gerücht, von dem er glaubte, daß er mich dafür würde ›interessieren‹ können. Allerdings nicht unbedingt. Ich würde überall hingehen, durch drei Welten und über fünfzig Felsen, um Maria wiederzusehen.

»Ich habe nichts gegen sie«, sagte der Pilot. »Ich meine, Ihr oder ich würden dasselbe machen, wenn wir das Geld hätten. Oder nicht?«

»Man kann es nicht mitnehmen«, sagte ich.

»Stimmt genau.« Er runzelte die Stirn, klopfte auf den Kompaß vor sich und bog ein wenig nach rechts. »Ich würde aber nicht so verrückt danach sein. Wißt ihr, es sind meistens doch Gottesgaben.«

»Das hast du richtig erkannt«, sagte Merle — etwas zu aufrichtig.

Der Pilot klopfte wieder auf den Kompaß. »Verdammter Computer!« Er langte unter das Armaturenbrett und legte einen Schalter um. »Der Flugpreis steht so oder so fest. Wollen wir an dem freien Badestrand vorbeikurven?«

»Jederzeit«, sagte Merle. Das war das FKK-Gelände südwestlich vom Hafen. Etwas abseits gelegen. Aber das wußte ich natürlich nicht.

Ich blickte auf das Wasser, während der Pilot und Merle naheliegende Bemerkungen austauschten. Unsterblichkeit machte das Sexleben kompliziert. Merle konnte darüber witzeln, daß man ›die Spur verlöre‹. Aber nach rund hundert Jahren war es kein Scherz mehr. Man lernt eine Frau gesellschaftlich kennen, und meistens gilt es zunächst, sich auszuspionieren und nach Erinnerungen zu forschen. Danach vielleicht ein verschwörerisches Zwinkern oder ein leichter Schubs — »Mallorca, damals '23, nicht wahr?« — oder eine gepflegt neutrale Freundschaft, während die Räder sich weiterdrehen.

Ich ließ in meiner Erinnerung die Liste von Frauen vorbeiziehen, die ich gern bei Claudias Party getroffen hätte; auf jeden Fall suche ich die letzten fünfzehn oder zwanzig Jahre frischzuhalten. Da merkte ich, daß Merle etwas gesagt hatte. »Wie bitte?«

»Bist du überhaupt schon einmal auf diesem Strand gewesen?«

»Nein ... Hatte es immer vor. Ein fröhliches Jagdrevier.«

Der Pilot schüttelte den Kopf. »Ach — immer bloß ansehen und nicht anfassen. Jede Schlampe pflegt ihren eigenen Beschäler mitzubringen.«

›Beschäler‹ war in diesem Zusammenhang ein sehr starker Ausdruck; aber ich wußte, was er meinte. Wir kamen nahe genug heran, um ein paar rosa Flecken auf den Felsen zu erkennen. Sonnenbad im Schatten, so spät am Nachmittag. Der Pilot sagte, daß sich die weibliche Bevölkerung — obwohl er nicht genau diesen Ausdruck brauchte — verdoppelte, wenn der Strand im Schatten lag. Das leuchtete mir ein.

»Ihr Yankees habt nichts Derartiges, he?«

»Nicht so öffentlich«, sagte ich, »außer in Kalifornien.« Er bog in den südlichsten Teil des Strandes ein und nahm die Geschwindigkeit zurück, bis wir nur knapp über der Wasseroberfläche waren. Er und Merle winkten, und die Leute im Schatten winkten zurück. Höfliche Herren schwenkten die Hände.

Claudias Domizil lag ungefähr zwei Kilometer nördlich vom Strand. Selbst aus dieser Entfernung war es eindrucksvoll. Ohne Stützen freitragend weit über das Wasser hinaus erbaut, eine extravagante Zurschaustellung von Weltraumzeug. Kein irdisches Material hätte die Belastung ausgehalten. Es mußten solche Karbonfasern sein oder sonst etwas, worüber ich nicht auf dem laufenden bin.

Ein helles rotes Warnlicht flackerte auf der Frontscheibe: ANNÄHERUNG MÖGLICH. Mit lautem Schwung kippte der Pilot nach links und stieg höher, wobei er die Dächer der Häuser an der Klippe nur um ein paar Meter verfehlte. Das waren Leute, die nach hier draußen gezogen waren, um Ruhe und Frieden zu haben.

Wieder ein rotes Flackern: SCHWEBEN BIS GRÜN. »Verdammt«, sagte er. »Möchte wissen, was die tun würden, wenn ich versuchen sollte, so hineinzukommen.«

Merle war fasziniert. »Willst du es nicht probieren?«

»Lieber nicht«, sagte ich.

Der Pilot lachte. Das Vehikel hüpfte auf und ab wie ein kleines Boot in schwerer See, und der Rotor kreischte gräßlich. Eine eindruckvolle Ankunft. JETZT HERANKOMMEN, sagte ein grünes Flackern.

Er setzte recht sanft auf dem Deck aus Mahagoniholz auf. Herrliche Stille, als der Rotor verstummte. Die Rechnung betrug fünfzig Dollar. Ich tippte sechzig ein, und der Pilot nickte lässig, während er auf unsere Begrüßungsparty starrte. Da war eine ausnehmend hübsche Frau, die ungefähr fünf Quadratzentimeter mehr Stoff trug als die Leute, die im Schatten badeten, sowie ein freundliches Lächeln — und zwei mürrische Gorillas, die H & R-Kampflaser in der Armbeuge hatten. In Australien war deren Besitz für Privatpersonen verboten.

Die junge Dame sagte: »Mr. Barr, kommen Sie mit mir! Für alle gibt es Getränke am Pool.« Sie sah Merle an. »Mr. ...?«

»Browning. Ich bin Mr. Barrs Leibwächter.« Der Pilot zog die Augenbrauen hoch und startete geräuschvoll den Rotor. »Bitte, gehen Sie mit diesen Herren!«

»Oh, ich glaube nicht ...«

»Schon in Ordnung, Browning«, sagte einer der Gorillas. »Für Leibwächter gibt es eine eigene Party.« Ich nickte, und Merle ging mit zweifelnder Miene fort.

Die Hübsche stellte sich als Cynthia vor — »Nennen Sie mich einfach Sin!« Sie war offenbar Claudias Gefährtin. Wenn mich mein Instinkt nicht trog, war sie nicht unsterblich — noch nicht. Alles Originalaustattung. Wenige Kilometer, kein Vorbesitzer. Regelmäßig geölt.

Der Pool war eindrucksvoll. Eine Kristallschale von einigen Metern Tiefe und zwanzig im Durchmesser, die in Augenhöhe in einem kunstvoll gestalteten Felsengarten schwebte. Hübsche Dinger beiderlei Geschlechts schwammen nackt in dem klaren Wasser. Immer, wenn jemand von der Kante hineinsprang, erbebte der Pool leicht. Er wurde also durch ein Zug- und Druckfeld auf der Stelle gehalten. Ein sehr teurer Spaß.

»Dallas. Das ist *ewig* her!« Claudia war in ihrem üblichen knappen Stil gekleidet, oder unbekleidet. Oberhalb der Brüste nichts, und von da abwärts nur ein Silberhauch von Körpermetall. Der Kopf bis auf einen Medusa-Dutt rasiert, den irgendeine elektrostatische Vorrichtung langsam vibrieren ließ.

Ihr Kuß schmeckte nach Erdbeeren. Sie drehte sich herum und stand graziös auf einem Zeh, um sich zur Schau zu stellen. »Wie gefällt es dir?«

»Das Gesicht? Es ist ... anders.« Auch ihr Hinterkopf war rasiert und mit einer holographischen Tätowierung verziert, einem Greifengesicht mit Perlzähnen und funkelnden Rubinaugen. »Ist das jetzt die Mode?«

»Noch nicht, mein Schatz.«

Genau eine Hinterbacke war nackt, gesundes Rosa über festen Muskeln, aber mit Dutzenden von Einstichspuren an der Seite. »Was spritzt du?«

»Meistens Grief, heute abend etwas Cream. Möchtest du etwas?«

»Du weißt, daß ich nicht ...« Ich zuckte die Achseln.

»Die Leute ändern sich.« Sie nahm meinen Arm und steuerte mich zur Bar. Eine Brustwarze streifte meinen nackten Bizeps und reckte sich sofort hart auf. Sie kicherte. »Das macht das Cream. Du solltest ein bißchen probieren. Was es bei Männern anrichtet ...«

»Ich habe gesehen, was es tut. Nein, danke.«

»Normale Männer, nicht die abgeschlafften Kriecher.« Cream-Abhängigkeit bewirkt ein recht bizarres Verhalten. »Jetzt wirst du mir sagen, daß ich nicht spritzen soll.«

»Das ist dein Problem. Ich habe dafür nie Verständnis gehabt, besonders wenn man noch hüpfen oder zuschlagen kann.«

»Na schön. Du hast keine Ahnung von Schmerz.«

»Erzähle mir darüber!« Wir kamen zur Bar. Ich deutete auf eine kleine Packung Foster und berichtete: »Habe voriges Jahr sieben Monate im Streckverband verbracht, Rücken und Hals gebrochen, Brustkorb eingedrückt, Transplantation von Leber, Milz und Herz. Ich weiß, was Schmerz ist, Claudia.«

»Das ist nicht dasselbe. Möchte es nicht erleben.«

»Ich schätze, nein.« Das Bier war so kalt, daß es meinen Zähnen weh tat. »Wieviel Grief?«

»Vierzig, wenn ich es mixe. Fünfzig pur.«

»Mein Gott, Claudia!« Fünfzig Grief würden für jemand, der nicht daran gewöhnt war, tödlich sein.

Sie lachte. »Dal, du bist so ein Prachtkerl!« Sie wühlte in einer silbernen Schale mit Popcorn, Briefmarken und Nadeln und brachte ein Zehnercream zum Vorschein. »Cream ist schwer zu finden, wenn die Party erst einmal in Schwung kommt. Sei nett!« Sie öffnete meine Brusttasche und ließ eine Ampulle hineingleiten. »Ich werde sie mir später holen.« Sie drückte freundlich mein Gemächt und schwebte davon. Der Barmann interessierte sich plötzlich dafür, seine Flaschen neu zu ordnen.

Sie blieb abrupt stehen und kam zurück. »Hm, bist du gerade herausgekommen?«

»Dienstag.«

»Brauchst du etwas?«

»Glaube kaum. Danke für die Nachfrage!« Das war

eine delikate Angelegenheit. Ich war fast pleite; aber man mußte sich vorsehen bei den Signalen, die man gab. Claudia hätte sich nicht rauschgiftabhängig gemacht, wenn sie nicht bald in die Klinik gehen würde. Wenn ich also jetzt ihr Geld nahm, würde ich es in ein paar Monaten zurückerstatten — technisch zu Lasten des Stileman-Vertrages. Das würde die Dinge unnötig erschweren, so früh in meiner eigenen zehnten Runde.

Claudia und ich hatten vor etwa vierzig Jahren in New Orleans zusammengelebt. Sie pflegte meine Zurückhaltung gegenüber Drogen zu teilen. Damals gab es allerdings noch kein Cream, und Grief war unbedingt tödlich.

Jetzt lassen sich viele Leute zur Süchtigkeit verleiten, ehe sie zwecks Verjüngung in die Klinik gehen. Der Stileman-Prozeß heilt zwar vor physischer Abhängigkeit; aber wenn es sich um ein tief psychologisches Problem handelt, bleibt dieses auch danach bestehen.

Es kann nicht viele Unsterbliche geben, die ›natürliche‹ Drogensüchtige sind, indem ihre Chromosomen so angeordnet sind, daß sie das Zeug um jeden Preis brauchen. Leute mit solch übler Veranlagung bringen ihre erste Million nicht zusammen. Ich nehme an, daß Menschen wie Claudia einfach physisch abgeschlafft sind. Grief kehrt das Innere nach außen, aber noch niemand ist seiner überdrüssig geworden. Cream verwandelt einen einfach in eine Sexmaschine, soweit ich weiß: willentlich aufgemöbelte, sehr intensive Orgasmen. Nach ein paar Jahren ist man impotent ohne es, was natürlich kein großes Verkaufsargument ist.

Ich hatte gedacht, Claudia würde sich für Dizney entscheiden, wenn überhaupt für eine Droge. Sie liebte immer exotische Plätze. Mit Dizney kann man ein Dutzend Sonnensysteme besuchen, ohne den Sessel zu verlassen, die alle verschieden sind. Natürlich kehren manche Leute nie zurück.

Dizney und Grief wirken auf Unsterbliche stärker als

auf 'phems. Man sagt: Etliche Drogen äußern sich bei uns unterschiedlich. Und es ist von Individuum zu Individuum verschieden. Aspirin lähmt meinen Geruchssinn; aber ich habe nie gehört, daß das jemand anderem passiert wäre. Eric Lundley, ein australischer Unsterblicher, der einmal mein Geschäftspartner gewesen ist, bekam durch Antihistamine akustische Halluzinationen.

Ich fragte mich, wie viele der ungefähr vierzig Personen hier Unsterbliche wären. Einige erkannte ich, einige weitere waren kenntlich durch physische Veränderungen, Hartköpfe und Kraftarme. Mein eigener Schädel war ein Ersatz aus Kevlar, aber mit Knochen und Haut darüber. Echtes Haar. Falls ich anders aussehen wollte als Dallas Barr, war das ziemlich einfach. Das ginge nicht, wenn das obere Drittel meines Schädels eine glänzende Silberkuppel wäre.

Ich merkte, daß der Mann, den ich anstarrte, ein Hartkopf, sich aus einer Konversation löste und auf mich zuging. Ich erkannte ihn gerade noch rechtzeitig wieder und machte eine Verbeugung von zehneinhalb Grad.

»Die Sonne der Freundschaft bricht durch Nebel«, sagte ich in ziemlich schlechtem Japanisch.

Er erwiderte Verbeugung und Gruß, und wir schüttelten uns die Hände. Atsuji Kamachi, die erste Person, die ich nach dem Verlassen der Klinik angerufen hatte.

»Habe Sie mit der silbernen Schädeldecke kaum erkannt.«

»Platin. Sie sollten auch eine haben.«

»Vielleicht einmal später.« Ich hielt das Kevlar geheim. »Ein anderes Gefühl?«

»Es fühlt sich natürlich kälter an und ist etwas schwerer. Wenn ich mit dem Kopf wo anstoße, klingt es wie ein Tempelgong.« Er klopfte sich zweimal gegen den Kopf, aber man hörte nur die Knöchel. »Von innen natürlich.«

Er sah sich um und senkte die Stimme. »Ich habe die von Ihnen erwartete Transaktion durchgeführt.« Unergründliches halbes Lächeln.

»Hunderttausend Pfund?«

Er schüttelte den Kopf. »Mehr als neunzig, weniger als fünfundneunzig. Wie ich Ihnen sagte, ist Stahl derzeit schwach, nicht nur im Osten.«

»Was die Leute zu Geschäften veranlaßte, nicht wahr? Gewisse Leute?«

»Ja, manche.« Er strich sich seinen weißen Bart. Amerikanische und australische Unsterbliche neigten dazu, wie Tennisspieler und Mannequins auszusehen, orientalische dagegen wie Weise und Kaiserinnen. »Dieser Franzose, mit dem ich Geschäfte gemacht habe, M. Neuville. Ihn gibt es in Wirklichkeit nicht, stimmt's?«

»Nun ...«

»Ich weiß, daß die Firma real ist.« Er sprach in einem amüsierten, verschwörerischen Flüstern. »Aber das vermutete Vermögen ist höchst windig. Mehr Fassade als Substanz.«

»Kamachi!« sagte ich mit echtem Schmerz in der Stimme.

»Ah!« Er hielt einen Finger hoch. »Ich stelle Ihnen keine Fragen, und Sie erzählen mir keine Lügen. So sagt man doch?«

»Genau.«

»Nehmen Sie dann folgendes zur Kenntnis.« Er schaute umständlich nach links und rechts. »Eine Menge Stahl wird verramscht werden. Diese oder vielleicht nächste Woche. Singapore.«

»Vielen Dank!«

»Ich bin nicht ganz selbstlos. Wenn es nötig wäre, daß Ihr M. Neuville in dieser Woche in Singapore oder Hongkong persönlich erschiene, wäre das möglich?«

Ich dachte schnell nach. »Was müßte er wissen?«

»Etwas über den Handel mit Stahl ...«

»Militärisch?«

»Nein. Allgemeine Information ... plus die Details ihrer letzten Transaktion.«

»Die mit Paris-Bonn-Tokyo-Singapore?« Er nickte. »Welches Datum?«

Er drückte einen Knopf an seiner Uhr. »Am vierundzwanzigsten, Greenwich-Zeit. Abends in Singapore.«

Das waren noch mehr als zwei Tage. »Kein Problem. Vielleicht werde ich morgen nach Paris gehen müssen. Sind Sie mit Demarche noch hier?«

»Unsterbliche bleiben beisammen.«

»Ja, bisweilen. Kann man ihr trauen?«

»Jawohl, in jeder Hinsicht.«

Ich war mir nicht so sicher, brauchte ihr aber auch nicht alles zu erzählen. »Ein Detail. Ich kann nicht umsonst fliegen ...«

»Bitte bestätigen!« sagte er und machte mit seinen Fingern ein Zelt oder einen Kasten. »Die Transaktion sollte damit jetzt abgeschlossen sein.«

Ich zückte meine Kreditkarte, und sie ließ fast eine Viertelmillion Australische Dollars aufblitzen. »Okay. Ich mache mich sofort dran.«

Kamachi verbeugte sich und ging. Am Pool gab es ein Telephon, aber das hätte zu störend sein können. Ich fragte den Barkeeper, und er verwies mich zu einem privaten Telephon in einer kleinen Grotte weiter oben.

Es war nur ein akustischer Apparat, der auf einem Betonpilz steckte. Sehr schick. Mir schien, daß er hinsichtlich Sicherheit ebenso privat war, als wenn ich von den Hausdächern gebrüllt hätte; aber ich konnte meinen geschützten Ruf noch später ausführen. Ich tastete bloß die Bank ein und ließ sie den größten Teil meines Geldes in die Schweiz überweisen. Dann rief ich ein Reisebüro an, um mir für morgen ein Visum zu beschaffen, Frankreich war schwierig. Ich mußte sowohl den 13.00- wie den 18.00-Suborbitalflug von Woomera buchen.

Als ich den Hörer hinlegte, bemerkte ich ein leichtes

Zittern in der linken Hand. Mein Herz schlug rasch. Etwas Adrenalin machte sich bemerkbar. Es war ein schönes Gefühl, wieder im Sattel zu sitzen. Dahinrollen und agieren. Ich mußte noch Gabrielle LeCompe anrufen und einen Schauspieler anheuern. In Frankreich war es noch nicht ganz neun Uhr. Ich konnte nach dem Meeting anrufen. Einen Schauspieler, der schnell lernen und noch schneller vergessen konnte.

Das Bier war immer noch kalt. Ich hatte fast ein Zehntel meines Vermögens festgelegt, und das Bier war noch kalt. Wenn man Geld ins Rollen bringt, sammelt es noch mehr Geld auf. Wahrscheinlich schuldete ich Kamachi ein Drittel davon. Er würde nicht so unfein sein, das jetzt zu erwähnen; aber er würde verzeihen, wenn dieser ›Neuville‹-Trick ihm genug einbrächte. Ein guter Mann, mit dem man arbeiten konnte. Sein einziges Prinzip war Ehrlichkeit unter Gaunern.

Ich saß in der Grotte, trank das Bier aus und stellte verschiedene Erwägungen an ... Wie konnte ich die Information bezüglich Singapore verwenden, ohne Kamachis gewagtes Spiel zu gefährden? Natürlich, wenn ich ein Schuft und blöder Kerl wäre, könnte ich Kamachi übers Ohr hauen. Vielleicht meine Million machen und mich verdrücken. Und gefunden werden.

Ich hatte keine Lust, frikassiert zu werden.

Die Party hatte sich während meiner Abwesenheit fast verdoppelt. Etwas peinlich: Dieses halb geheime Meeting würde nicht stattfinden, ehe alle 'phems sich betrunken hatten und fortgegangen waren.

Vielleicht auch nicht. Claudia war nicht für Zartgefühl berühmt. Vielleicht würde sie um acht Uhr eine Glocke erklingen lassen und alles davonscheuchen, was nicht mindestens hundert Jahre alt war.

Ich ging den Hügel hinab zu Lamont Randolph, dem Amerikaner, der mich hier eingeladen hatte. In der Bar, mit einem Geschäftsanzug, hatte ihm der künstliche Bauch eine gewisse Würde verliehen. Hier trug er fluoreszierende Shorts und ein mächtiges Hawaii-Hemd. Er sah scheußlich aus. Und harmlos, worauf es seiner Meinung nach ankam.

Er sprach mit einer schönen Frau, die einen Kopf größer war als er und amüsiert wirkte. Ich mußte husten, um seine Aufmerksamkeit zu gewinnen.

»Ah — Dallas, Dallas Barr, dies ist Alenka Zor. Sie ist Jugoslawin.«

Sie berührte meine Hand. »Genau genommen Slowenin. Wir sind jetzt ein selbständiges Land.«

»Oder wieder«, sagte ich. Sie lächelte — zwei Punkte für mich.

»Ich habe von Ihnen gehört«, sagte sie. »Sie machen immer noch solche Bergtouren und dergleichen.«

»Das stimmt.« Sie trug ein merkwürdiges Parfüm, wie Kümmel.

»Ich habe dafür nie Verständnis gehabt. Bei einem Kurzlebigen könnte ich das begreifen, weil er nicht viel aufs Spiel setzt, nur Dekaden.« Sie nippte an einem Fruchtsaft und schaute mich über das Glas hinweg an. »Sie riskieren Jahrhunderte, ein Jahrtausend. Warum?«

»Wenn ich das beantworten könnte, wäre ich vielleicht imstande, damit aufzuhören.« Zu schlagfertig.

»Tut mir leid. Eine offene Frage verdient eine offene Antwort.«

Randolph sagte: »Vielleicht ist es, weil Sie Texaner sind.«

»Das bin ich aber nicht. Ich wurde in New Jersey geboren. Meine Mutter hat mir niemals verraten, warum sie mich Dallas genannt hat.«

»Immerhin interessanter als Hoboken«, sagte Alenka. »Vielleicht war es die Fernsehshow.«

»Nein, ich war schon über dreißig, als die aufkam.« Sie nickte und verfiel in jene gewohnte Miene des Rückwärtszählens und Subtrahierens. »Hundert und einige dreißig?«

»Einer der ältesten«, sagte Randolph.

»Soviel ich weiß, gibt es nur vier, die älter sind. Die Ärzte der Kliniken natürlich ausgenommen.« Die meisten der über hundert Doktoren mußten zu den ältesten zählen; sie sollten aber alle anonym bleiben. Im Lauf der Jahre habe ich etliche kennengelernt, die zu mir mit dem Vorwand kamen, einen vertraulichen Rat zu erbitten. Ich glaube, daß sie eigentlich bloß jemandem erzählen mußten, daß sie unsterblich wären.

(Ich pflegte mich über diese Mediziner zu wundern. Sie müssen in Nähe der Kliniken in Sydney oder London bleiben, müssen aber etwa alle zehn Jahre umziehen, weil ihre Nachbarn sonst merken würden, daß sie nicht altern. Bestimmt müssen sie manchmal an einen alten Burschen geraten, der sie nach fünfzig Jahren wiedererkennt.)

»Was dieses Meeting angeht«, sagte ich zu Randolph. »Wir gehen nach ...«

Er legte einen Finger an die Lippen. »Nicht jeder hier weiß Bescheid.« Alenka nickte leicht. »Nicht einmal alle Unsterblichen.«

»Haben wir einen geheimen Händedruck?«

»Wir ... kennen einander bloß«, sagte Alenka mit mehrdeutigem Lächeln. Während ich das verdaute und überlegte, inwieweit das eine Einladung wäre (und eine Einladung wozu?), entschuldigte sie sich eilends und wandte den Blick nach rechts.

Von da kam ein hochgewachsener Mann und sah zu, wie sie fortging. Er wirkte recht bekannt.

Randolph begrüßte ihn. »Briskin.«

Der Name kam an, als ich ihm die Hand gab. »Sir Charles. Sie waren doch Sekretär des Schatzamtes.«

»Vor mehr als vierzig Jahren. Man schleppt seine Vergangenheit immer mit sich herum.« Er blickte in Richtung von Alenka Zor und schüttelte leicht den Kopf. »Ein Jammer, daß wir nicht jedesmal ganz von vorn anfangen können.«

Es gab ein verlegenes Schweigen. »Sie müßten Dallas

Barr sein.« Ich nickte. »Und Lamont Randolph.« An mich gerichtet: »Wir haben eine Weile geplaudert. Wo war das? ... Grenoble.«

»Sie haben ein gutes Gedächtnis.«

»O ja, durchaus.« Er schaute sich etwas nervös um und senkte die Stimme. »Entschuldigen Sie meine Heimlichtuerei! Ich muß mit Ihnen beiden reden. Aber nicht zur gleichen Zeit.«

Randolph nickte, vielleicht, weil er Bescheid wußte, und ging fort. Wir begaben uns in die entgegengesetzte Richtung, weg von der Menge. Briskin sagte: »Dies ist unser erstes Meeting.«

»Ja.«

»Was glauben Sie?«

»Es erinnert mich an die alten jährlichen Zusammenkünfte vor Singapore. Manche waren damals nicht größer als diese hier. Vor Ihrer Zeit.«

»Allerdings. Ging es da um dieselben Dinge?«

»Recht und schlecht. Alte Freunde. Vielleicht noch etwas mehr. Ich nehme an, daß auch hier etwas davon los ist.«

Er lächelte. »Jetzt sind Sie der Geheimniskrämer. Etwas von was?«

»Sie wissen. Es geht um Politik und Macht. Ich glaube, Randolph meinte, wir sollten die Welt regieren. Das ist eine verbreitete Täuschung. Da bin ich sicher.«

»Sie reden eine Menge über Politik.« Er schaute mich seltsam an. »Aber das ist alles nur geräuschvoller *Kaffeeklatsch.* Es kommt ihnen hauptsächlich darauf an, ihre Million zu machen und festzuhalten, bis sie gebraucht wird.«

»Daraus kann man niemandem einen Vorwurf machen.«

»Das tun Sie ja auch gar nicht.«

»Doch, in gewisser Weise.«

»Was Sie tun, ist der Erwerb Ihrer Million jedesmal auf die gleiche Weise. Das macht auch fast jeder andere

— Kontakte, besondere Kenntnisse und so weiter. Das leuchtet ein.« Ich zuckte die Achseln. Das hatte ich schon früher gehört. »Man gewinnt ein Vermögen auf neun verschiedene Arten.«

Es waren aber mehr als neun Vermögen und tatsächlich nur sieben verschiedene Arten; aber ich korrigierte ihn nicht. »Eine Menge Leute sind durch Überspezialisierung gestorben. All die Ölvermögen damals in den Zwanzigern. Menschen, die massenhaft Mode- und Unterhaltungsbetriebe besitzen. Darum diversifiziere ich.«

»Was Sie tun, ist Glücksspiel. Jedesmal, wenn Sie aus der Klinik kommen, gehen Sie in eine neue Richtung.« Dazu konnte ich bloß grinsen. Tatsächlich habe ich oft einige Jahre mit dem Aufbau des Vermögens für die nächste Dekade verbracht unter Verwendung diverser Identitäten. Dinge lernen und Kontakte knüpfen. Manchmal ist es so, als wenn man Dominosteine aufbaut, die umfallen. In anderen Fällen ... können es reine Unglücksfälle sein.

Er hatte insofern recht, daß die meisten Leute immer nach dem gleichen Schema handeln. Sie übereignen ihren ganzen Besitz Stileman und kehren dann, wenn sie die Klinik verlassen, zu den leitenden Positionen in der Wirtschaft zurück, die sie vor vier Wochen aufgegeben haben. Die Aufsichtsräte würden immer darauf erpicht sein, sie wiederzuhaben, da die Alternative ein Gegenkandidat wäre, dem diese Jahrzehnte an internem Wissen und Erfahrung fehlen würden.

Ich hatte mehrere Male Variationen dieses sicheren Vorgehens durchexerziert, um von Armut schnell zu einem ansehnlichen Wohlstand zu kommen. Aber ich wollte nicht immer auf die gleiche Weise zum Millionär werden. Wenn man verschiedene Wege dahin weiß, bedeutet das echte Macht und ist außerdem unterhaltsam. Ich habe etliche Unsterbliche kennengelernt, die schlimmere Arbeitstiere waren als irgendein 'phem, der die

Stechuhr bedient. Sie hatten immer wieder den gleichen Zehnjahrezyklus wiederholt, bis irgend etwas schiefging. Mehrere hundert Unsterbliche starben in der Dekade, nachdem billige Fusionsenergiegewinnung demonstriert worden war. Die Welt hatte nicht sofort alle Kraftwerke auf Basis von fossilen Brennstoffen und Kernspaltung dichtgemacht, aber es kam zu einem raschen ›negativen Wachstum‹. Man kann nicht eine Million Pfund machen, ohne etwas zu verkaufen.

Daher kannte ich ungefähr zwanzig Arten, um die Leiter emporzuklettern, und hatte tatsächlich mit sieben davon die Million geschafft. Wie es sich herausstellte, war das aber nicht der einzige Grund, weshalb Briskin mich ausgesucht hatte. Er war ein lausiger Angeber, noch schlimmer als Lamont Randolph. Aber er hatte eine solide Grundlage für seine Selbstäuschungen: einen Untergrund innerhalb dieses Untergrundes.

»Ich kenne einige Leute, die Ihren geistigen Schwung sehr bewundern. Sie möchten sich mit Ihnen verbinden.«

»Nein, danke! Dieser Haufen verbraucht meine ›Verbindungsquoten‹ für die ganze Dekade.«

»Dies«, sagte er mit einer abweisenden Geste, »ist nur ein Weg, wie man mit anderen Leuten zusammenkommt, die nicht gerade morgen schon sterben werden. Es dient auch als eine Art Prüfungsfeld. Darum haben wir es ursprünglich überhaupt eingerichtet.«

»Das wird verwirrend. Randolph hat auch dieses mysteriöse ›wir‹ gebraucht. Ist Ihr ›wir‹ eine Untermenge davon?«

»Nein. Viele von uns sind anderen Unsterblichen nicht bekannt.« Ganz ruhig: »Einige von uns arbeiten für Stileman.«

»Interessant!« Angestellte von Stileman bekommen die Unsterblichkeit auf einer anderen Basis als wir. Sie müssen keine Million zusammenbringen; aber zu ihren Regeln gehört ein Verbot, wissentlich mit uns Klienten

Kontakt aufzunehmen. Dadurch soll die Korruption möglichst kleingehalten werden.

»Wie würde es Ihnen gefallen, der Notwendigkeit enthoben zu sein, in jeder Dekade eine Million Pfund zu machen? Die Stileman-Behandlung frei und klar zu bekommen?«

»Und natürlich auch legal«, fügte ich hinzu. Er zuckte die Achseln. »Ich weiß nicht. Die Herausforderung gefällt mir. Was würde ich mit meiner Zeit anfangen, wenn ich nicht mit der Gewinnung einer Million Pfund beschäftigt wäre? Noch konkreter: Was müßte ich für Ihren anonymen Haufen zu tun haben?«

»Wir haben einen Namen: Steuerungskomitee. Es ist schwer zu sagen, was man von Ihnen verlangen würde.«

»Was müssen Sie für sie tun? Steuern?«

»Hauptsächlich rekrutieren. Englischsprechende Leute.«

»Und ich würde Amerikaner rekrutieren?«

Er ging nicht auf diesen Scherz ein. »Ich glaube nicht. Vielleicht Finanzpolitik. Alles, was man mir sagte, war, daß sie die Zeit für gekommen hielten, an Sie heranzutreten.«

Wir hatten den Rasen verlassen und kamen zu den Felsen, die bis zum Wasser hinabreichten. Ich staubte einen Stein ab und setzte mich hin. Briskin stand über mir.

»Sie dachten, meine Zeit wäre gekommen?« Das Plätschern des Wassers an den Felsen war ein beruhigender Ton, nur weniger laut als das Gemurmel der Party.

»Das stimmt.«

»Wie paßt da Fatso in das Spiel? Lamont Randolph? Er scheint zu denken, daß meine Anwesenheit hier nur durch ihn bewirkt wurde.«

»Er willigte ein, unser Agent zu sein — wenn Sie wollen, unser ›blinder‹ Agent. Er erzählt allen, die es hören wollen, wie geschickt er gewesen ist.«

»Gehört er auch zu Ihrem Steuerungskomitee?«

»Noch unter Vorbehalt. Er weiß ungefähr ebensoviel wie Sie.«

»Mich hierherzubekommen, war für ihn ein Test?«

»Gewissermaßen. Wir hätten direkter handeln können.«

»Sicher. Sie brauchen mich bloß anzurufen.«

»Wir haben einem unserer Mitglieder vor ein paar Jahren von Marconi erzählt. Durch sie fanden wir eine — sagen wir — italienische Connection. Lamont Randolph hatte mit ihr im letzten Jahr geschäftlich zu tun gehabt, ohne ihre wahre Identität zu kennen; und er stand auf der Liste unserer möglichen Anwärter. Daher benutzten wir ihn, an sie heranzutreten. Wir wußten, daß Sie bald in die Klinik gehen würden.« Er steckte die Hände in die Taschen und blickte auf.

»Und offengestanden, wir hofften, daß Sie eine kleine Hilfe bei Ihrer Million brauchen könnten, wegen des Unfalls.«

Leute, die ›offengestanden‹ sagen, sind mir stets unbehaglich. Ich schleuderte einen Stein flach über das Wasser. »Ich verstehe nicht, warum Sie sich all diese Mühe machten.«

»Hätten wir einfach gefragt, so würden Sie abgelehnt haben. Wie Sie sagten, sind Sie kein Vereinsmeier.«

»Nun ja, vielleicht. Nichts von dem, was Sie gesagt haben, macht mich wirklich scharf, eine Ausnahme zu machen.«

»Gut, ich habe nicht erklärt ...«

»Lassen Sie *mich* etwas erklären!« sagte ich und stand auf. »Mein Leben ist schon auf die Gnade *einer* geheimen Organisation angewiesen, der Stileman-Stiftung. Nun packt mich Fatso, sobald ich aus der Klinik herauskomme und schiebt mich mitten in eine andere Geheimorganisation ... die hier draußen ist und Claudias Schnaps trinkt.

Jetzt sagen Sie mir, daß es sich nur um die Fassade

der wahren Geheimorganisation handelt, nämlich Ihres Steuerungskomitees. Also wollen Sie mir jetzt weismachen, daß es inmitten des Steuerungskomitees einen geheimen Klüngel gibt?«

»Nein. Das Komitee ist die letzte Puppe in der Puppe.«

»Wie können Sie sicher sein? Auf jeden Fall ist da doch dieser russische Bursche, der mich unter Druck gesetzt hat ...«

»Wer hat Ihnen das gesagt?«

»Randolph.« Er nickte langsam. »Also mußte dieser Russe seine Meinung ändern oder sterben; und ob er das eine oder andere tat, waren Sie imstande Fatso zuzusagen und mir Maria Marconi vorzugaukeln. Und das alles mußte so abgestimmt sein, daß ich gerade aus der Klinik heraus und theoretisch für Reichtum empfänglich war.«

»Niemand hält Sie für käuflich.«

»Ich verstehe. Sie haben all dies getan, um meine Aufmerksamkeit zu erregen. So können Sie ein wohlüberlegtes Argument vorbringen, das ich unwiderstehlich finden würde.«

Er machte ein mürrisches Gesicht. »Nicht bloß, um Ihre Aufmerksamkeit zu gewinnen ... Aber ich nehme an, wir wollten Ihnen demonstrieren, daß wir mehr sind als ein elitärer Debattierklub. Daß wir in der realen Welt Dinge geschehen lassen könnten — wie etwa das Aufspüren der Frau, die Sie vor mehr als einem halben Jahrhundert verloren haben.«

»Okay. Nehmen wir an, Maria taucht auf, und Sie haben mich damit beeindruckt und meine ewige Dankbarkeit gewonnen. Was dann? Werden Sie mir das geheime Kennwort nennen?«

»Sie machen es wirklich nicht einfach, Mr. Barr.«

Er holte eine Zigarette hervor und blies an ihr Ende. Sie glühte funkelnd auf, aber er sah sie nur kurz an, ohne zu rauchen.

»Alles, was ich wirklich sagen kann, ist, daß wir von dem Zustand der Welt tief enttäuscht sind und uns befähigt fühlen, das zu ändern. Gegenwärtig sind wir dabei, einen Konsens zu entwickeln über das, was zu geschehen hat und wie wir dabei vorgehen müßten. Wir werden insgeheim in Regierungen und multinationalen Korporationen tätig sein, um langsam — ich betone: langsam — die Veränderungen voranzubringen, die wir für notwendig erachten.« Er warf die Zigarette ungeraucht ins Wasser. »Das werden wir mit Ihnen tun oder ohne Sie.«

»Wann fangen Sie an?«

»Wir haben schon angefangen. Daß wir Sie und einige andere Leute fragen, ist ein Teil dieser Stufe des Plans.«

»Wie viele sind es?«

»Ich bin mir nicht sicher. Vielleicht ungefähr hundert Vollmitglieder und halb so viele, deren Mitgliedschaft erwogen wird.«

»Klingt nicht nach sehr viel Leuten, um die ganze Welt zu regieren.«

»Wir wollen die Welt nur lenken. Die Phantasien einer Streitmacht der Sterne, wie sie die Blätter der Kurzlebigen auszuwalzen pflegen, kann man vergessen. Wir haben nichts Übles vor. Wir wollen bloß mit unserem Reichtum und unserer Kenntnis der Welt gemeinsam etwas ausrichten.«

»Dabei sollte das Wissen wohl eine Menge wert sein«, sagte ich und stellte im Kopf einige Berechnungen an. »Denn Sie sprechen nicht von einem großen Anteil an Reichtum. Weniger als eine halbe Milliarde Pfund, selbst wenn alle hundertfünfzig Mitglieder recht wohlhabend sind. Damit könnten Sie nicht einmal die Gerichtsbarkeit von Rhode Island kaufen.«

»Sie haben sowohl recht wie unrecht. Mit fünfhundert Millionen könnten wir nicht viel kaufen, aber wir haben erheblich mehr zu bieten.« Er starrte mich an, um das wirken zu lassen. Eine lästige Angewohnheit. »Verstehen Sie? Wir sind der Stileman-Stiftung keine Rechenschaft schuldig. Ich bin bei weitem nicht der Reichste unter uns, kontrolliere aber persönlich fast fünfzig Millionen Pfund.«

»Meinen Glückwunsch!« Ich trat gegen einen Stein, ohne ihn loszustoßen. »Ich weiß nicht. Ihre Aufmachung spricht von Reichtum, Unsterblichkeit und einer Chance, die Welt zu retten. Aber ich besitze bereits Reichtum und Unsterblichkeit. Und ich habe nie irgendeinem Plan zur Rettung der Welt zugestimmt.

Trotzdem haben Sie recht, daß es bei mir letztesmal knapp gewesen ist. Es wäre sehr viel wert, von den Vorschriften der Stiftung frei zu sein. Vielleicht wäre es auch wert, bei diesem Plan mitzuhelfen, falls er nicht zu schandbar ist.«

»Es gibt noch andere Dinge, die Sie mehr begeistern könnten, wenn ich sie Ihnen erzählte. Aber das Komitee hat sehr genau festgelegt, was ich Ihnen nicht sagen darf. Bis wir wissen, daß Sie sich verpflichtet haben.«

»Ganz anständig. Was ist der nächste Schritt?«

»Es wird sich jemand mit Ihnen in Verbindung setzen. Inzwischen werden Sie das natürlich für sich behalten.« Er blickte den Weg hoch. »Oh, noch eines. Heute abend wird es eine beunruhigende Nachricht geben. Falls Sie zu uns kommen, werden Sie nicht davon betroffen sein.«

Ich folgte ihm. »Die Geschichte mit vorzeitigem Hirntod?«

Er machte ein überraschtes Gesicht. »Hat Randolph Ihnen das gesagt?«

»Er hat etwas gesagt und dann einen Rückzieher gemacht.«

»Ich werde mit ihm sprechen.« Wir bemühten uns um leichte Konversation, während wir zur Party zurückkehrten, aber ohne viel Erfolg, Schönes Wetter heute! Möchten Sie ewig leben?

Am Rande des Rasens musterte ich die Menge. Da, auf der anderen Seite des Pools: eine schüchtern erhobene Hand und ein Lächeln, das zum Grinsen wurde. »Entschuldigen Sie mich!« Maria.

Ich erinnerte mich daran, wie ich sie vor siebzig Jahren im Arm gehalten hatte. Das war die Dauer eines Lebens her. Zart, fast unbeholfen. Wie ein großer weicher Vogel. Sie war dieselbe geblieben. Ich schmeckte Salz auf ihrer Wange.

»Ich dachte, du wärest tot.« Sie nickte stumm und vergrub das Gesicht in meinem Hemd. »Was ist geschehen?«

Sie wischte sich die Augen und schaute mit glühendem Gesicht auf. »Dies und das. Was ist wann passiert?«

»Du könntest mit der Zeit nach Singapore anfangen.«

»Sag, was deiner Meinung nach geschehen ist!«

Ich nahm ihre Hand und führte sie zu einer Steinbank. Ich wollte nicht nachlassen. »Alles, was ich wußte ... Nun, ich erfuhr, daß du entweder in den Untergrund gegangen oder ... durch eine Explosion zerfetzt worden wärest. Ich habe alle Leichen und Leichenteile angeschaut, die man gefunden hat.«

Sie zog eine Grimasse. »Teile.«

»Ja. Fast fünfhundert Personen blieben verschollen. Die meisten davon hatten sich wahrscheinlich so nahe an der Explosion befunden, daß sie einfach verdampften. Einige hatten die Verwirrung sicher als eine Gelegenheit benutzt, um im Wald zu verschwinden. Ich hoffte, daß du das getan hättest.«

»Wie du natürlich auch. Unter den Toten war ›Harlan Fitzgerald‹ aufgeführt.«

»Natürlich.« Sie fuhr nicht fort. »Du meinst ... du dachtest ...«

»Wie hätte ich etwas anderes annehmen können? Die Polizei sagte, du wärest tot. Sie zeigten mir ...«

»Die Leiche. Tut mir leid.« Das war irgendein Hotelangestellter von ungefähr meiner Größe gewesen, ohne Kopf und bis zur Unkenntlichkeit verbrannt. »Ich habe Nachrichten für dich hinterlassen. Ich versuchte überall, mit dir in Kontakt zu kommen.«

»Zwei Tage nach der Explosion war ich in einem Kloster außerhalb von Rom. Dort hatte man mich mit elf Jahren aufgenommen, als mein Vater gestorben war. Zehn Jahre lang habe ich Rosenkränze gebetet und Stiftungen für den Orden gemacht.«

»Tut mir leid.«

»Muß es nicht. Das war keine schlechte Zeit. Ich brauchte die Ruhe.« Sie nahm einen Zweig von der Bank auf und brach ihn in zwei und dann in vier Stücke. »Ich wollte keinen neuen Zyklus. Ich spielte bloß mit dem Geld, weil mich das beschäftigte und es eine Möglichkeit war, dem Orden Gutes zu tun.« Sie ordnete auf ihrem bloßen Knie die vier Zweigstücke zu einem Kreuz oder X an. »Ich gedachte alt zu werden und dort zu sterben.«

»Aber du hast eine Million gemacht und einen neuen Zyklus begonnen.«

Sie lachte. »Die Schwestern gaben sie mir. Sie sagten, daß sie für alles sehr dankbar wären, was ich für sie getan hätte und so weiter — aber letztlich stellte sich heraus, daß ich einfach zu weltlich war.«

»Und alle Jungfrauen angesteckt hattest.«

»Na, ich könnte dir etwas über Jungfrauen erzählen. Jedenfalls habe ich mich in den nächsten zwanzig Jahren um meine Mutter gekümmert. Sie wollte sich nicht der Stileman-Behandlung unterziehen. Schließlich willigte sie mit achtzig Jahren ein und starb dabei.«

Ich nickte. »Die Geschichte kenne ich.«

»Die vierziger Jahre waren in Italien schwierig. Eine schlechte Zeit für eine alte bettlägrige Person, die auf öffentliche Hilfe angewiesen ist ... falls ich sterben sollte. Der Stileman-Kontrakt war gnadenlos, wenn es darum ging, Verwandten und Freunden Geld zu hinterlassen.

Aber vor etwa vierzig Jahren ging es in Ordnung, wenn man zwei Millionen hatte und zwei Behandlungen kaufen wollte. Solange, bis sie eben alles bekommen hatten. Jetzt kann man nicht einmal mehr das machen. Es dreht sich nur um dein Geld für eine Behandlung. Punktum.«

Ich sagte: »Ich habe seit Singapore in Italien hundertmal Geschäfte gemacht. Citrus, Quecksilber, Textilien. Es ist merkwürdig, daß sich unsere Wege nie gekreuzt haben.«

»Das ist kein Wunder. Ich habe immer über Agenten gearbeitet und auch stets mit einem männlichen Decknamen. Italien bleibt Italien.«

»Nicht schlimmer als hier.«

»Besser als hier.« Sie stand auf und zog überraschend stark an meiner Hand. »Ich habe Durst.« Wir gingen zur Bar. »Ich entsinne mich, daß du über ›hohes Profil‹ und ›niedriges Profil‹ gesprochen hast.«

»Das sind alte Amerikanismen.«

»Gewiß. Fünfundsechzig Jahre lang hatte ich das Profil einer Maus. Einer Ameise.« Wir nahmen uns jeder ein Glas Weißwein und sahen den Schwimmern zu. »Ich hatte zuerst auch eine Art von Protektion durch die Familie.«

Ich konnte das große *F* heraushören. »Mafia.«

Sie zuckte die Achseln. »In Italien ist das noch komplizierter. Mein Onkel hatte Beziehungen, und ich hatte natürlich Geld und einige Freunde. Die halfen mir unterzutauchen. Öfters.«

»Hattest du Angst vor den 'phems? Vor Terroristen?«

»Das gehörte mit dazu. Auch Angst vor Unsterblichen. Und manchmal sogar vor meinem eigenen Schatten. Als ich '50 aus der Klinik kam und feststellte, daß meine Mutter die Behandlung nicht überlebt hatte ...«

»Die du ihr aufgezwungen hattest.«

»Ja. Ich ging durch eine ›absteigende Spirale von Depression‹, wie ein Therapeut es nannte. Lebte von

Wohltaten. Ging von Drogentherapie zu kommerziellen Drogen über und wurde schließlich süchtig nach Grief.«

Sie hatte über die Schale mit Drogen gelangt, um an den Wein zu kommen. »Du hast es abgeschüttelt.«

»Ich nehme keines mehr. Man ist nie völlig geheilt, bis man an etwas anderem stirbt. Ganz gleich, was so geredet wird.« Ihre Lippen berührten den Wein, und sie stellte das Glas hin.

»Ich habe meine Million gemacht als Teil der Therapie. Sich normal benehmen. Das war '62. Dann '75 noch ein Stileman. Aber das ist der letzte. Noch zwei oder drei Jahre, und dann ist Schluß.«

Ich wußte nicht, was ich sagen sollte. Statt dessen verschüttete ich etwas Wein.

»Ich bin über hundert. Ich habe immer so geredet.«

»Gibt es nichts mehr, was du noch tun möchtest?«

»Die losen Enden verbinden.« Sie streichelte meinen Arm. »So wie du.«

»Ich weiß nichts von solchen Bindungen. Würde wohl irgendwas probieren.«

»Komisch. Ich habe hundertmal daran gedacht, mit dir in Kontakt zu kommen, seit du als Dallas zurückgekehrt bist. Ich entsann mich, daß das dein richtiger Name war. Und du siehst wirklich nicht so viel anders aus als Fitzgerald.«

»Zweiundzwanzig Jahre bin ich Dallas gewesen. Du triffst wohl keine hastigen Entscheidungen?«

»Selten.« Sie küßte mich auf die Wange. »Vielleicht hatte ich etwas Angst, daß es nicht klappen würde. Du würdest dich nicht erinnern oder verrückt sein. Von wem sollte ich dann schwärmen?«

»Ah, die Turteltauben!« Ein riesiges Hawaii-Hemd tauchte auf. »Freut mich, daß Sie einander gefunden haben.«

»Lamont sagte mir, daß Sie hier sein würden, als wir uns letztes Mal in Stockholm trafen.«

Ich tippte auf einen roten Schmetterling irgendwo

über seinem Herzen und stellte mich dumm. »Sie haben ihr gesagt, daß ich hier sein würde, und dann mir gesagt, daß sie da sein würde?«

Er grinste. »So stiftet man manchmal Ehen.«

»Das bedeutet aber, Sie wußten, daß ich in der Klinik war. Wie, zum Teufel, konnten Sie denn das herausbringen?«

»Nun ... wir haben so unsere Quellen.« Er klopfte mir auf die Schulter. »Ich will nicht geheimnisvoll tun. Tatsächlich weiß ich nicht genau, woher die Information kam.«

»Das ist beruhigend.« Vielleicht sollte ich Sir Charles fragen. »Wann werden wir nun zur Sache kommen?«

Er sah auf die Uhr. »In zehn Minuten gibt es Essen, wie Claudia sagte. Dann gehen alle 'phems in die Stadt. Sie haben Karten für die Bolshoi-Premiere.«

»Könnten wir auch hingehen statt zum Meeting?«

»Das wäre lustig.« Wieder Schulterklopfen. »Ich muß aber helfen.« Seine Gangart wirkte seltsam, zu flott für einen so plumpen Mann. Das Implantat wog vermutlich nur ein paar Unzen. Vielleicht sollte ich mir auch eines machen lassen, wenn ich wieder privat auftreten wollte.

Maria sagte: »Er ist ein drolliger kleiner Mann.«

»Hast du ihn auf einer Party wie dieser kennengelernt?«

»Nein, Stockholm war viel seriöser. Er hatte mir einen Brief geschickt. Laß mich überlegen ... Er sagte, es würde eine informelle Diskussionsgruppe von Unsterblichen geben, die beschlossen hätten, mich hinzuzuziehen. Ich bin bloß eine gut erhaltene Dame von hundertzehn, die es nicht mehr lange machen dürfte.«

Wieder ein Kaltwasserguß in meinem Innern. Sie berührte meine Mundwinkel. »Lächle! Ich habe Lamont gesagt, daß ich nicht vorhätte, die nächste Verjüngung durchzumachen. Er fragte mich, ob er mich dadurch bestechen könnte, daß du hier wärst. Komisch, daß er das wissen konnte.«

»Da ist viel Komisches im Gange. Er sagte mir, ich wäre jahrelang gesperrt* gewesen.«

»Eine Person hatte sich meiner Aufnahme in die Gruppe widersetzt. Aber der Kerl ist jetzt tot.«

»Ja, ich habe davon gehört. Dieser Russe.« Sie verzog den Mund. »Das war traurig oder grotesk.«

»Die Art, wie er gestorben ist?«

»Nun — daß er dort in Stockholm starb. Das ist doch eine Ironie des Schicksals, nicht wahr? Bloß, weil er eine Zusammenkunft von Unsterblichen besuchte ...«

»Moment mal! Er ist bei dem Meeting gestorben?«

»Kurz danach. Irgendein Verkehrsunfall. Ich habe am nächsten Tage davon gelesen. Er war noch im Verkehrsnetz von Stockholm, aber der Zentralcomputer seines Wagens fiel aus, und vermutlich auch alle Notsicherungen. Es hat in der Öffentlichkeit fürchterlich gestunken, weil er in Amerika ein wichtiger Mann in der Regierung gewesen war. Dann ist er nach Rußland übergelaufen. Du mußt darüber gelesen haben.«

»Nein, ich war im Verjüngungstank.«

»Oh, natürlich! Es gab viele Verdächtigungen. Die Russen behaupteten, die CIA hätte es getan.«

»Laß mich raten! Die CIA sagte, die Russen hätten es getan, damit sie in ein schlechtes Licht gerieten.«

»Vielleicht. Ich erinnere mich nur, daß jedermann es untersuchte, aber ohne Ergebnis. Er war fast gerade hochgestiegen und einige Kilometer ins Meer gefallen da bei Stockholm ...«

»Die Ostsee.«

»Vermutlich. Der Wagen scheint beim Abstieg explodiert zu sein, und die meisten Teile sind versunken. So kam es, daß die Amerikaner und die Russen und die UN und die schwedischen Verkehrsbehörden wilde Vermutungen und Anschuldigungen vorbrachten. Zum Teufel!

---

* Im Original unübersetzbar: ›blackballed‹ mit Anspielung auf ›ball‹ = Hoden. — *Anm. d. Übers.*

Ich habe ihn nicht besonders gemocht, aber es ist jedenfalls ein schrecklicher Tod.«

Mir kam plötzlich der verrückte Gedanke, daß man ihn beseitigt hätte, weil er meiner Aufnahme in die Gruppe im Wege stand. Das war natürlich lächerlich. »Er war ein unangenehmer Bursche?«

»Nein, viel zu nett. Er war immer um mich bemüht und versuchte, auf diese ... ölige russische Art freundlich zu sein. Ein Italiener würde einfach fragen.«

»Und immer wieder fragen«, sagte ich.

Sie lächelte aufreizend. »Nur, um höflich zu sein. Du bist viel zu sehr Amerikaner, um das zu verstehen.«

»Galant und optimistisch.«

Claudia stand am Pool und läutete mit einer silbernen Glocke. Eine Prozession weißgekleideter Männer und Frauen trug dampfende Servierbretter.

»Ißt du immer noch wie ein Spatz?«

»Ja.« Sie lachte hell auf und erinnerte sich auch noch an einen siebzig Jahre alten Scherz. »Täglich mein halbes Gewicht an Käfern.«

Wir stellten uns an, füllten die Teller und suchten dann nach Plätzen, um uns hinzusetzen. Wahrscheinlich machte es Claudia Spaß, hundert aufwendig gekleidete Personen mit einem Drink in der einen und einem Teller in der anderen Hand stehen zu sehen, die sich nach einem eingermaßen sauberen Fleck Boden umschauten, um sich darauf niederzulassen. Ich führte Maria zu der Telephongrotte.

Die Speisen waren elegant zubereitet und für Nichtaustralier ziemlich exotisch. »Du bekommst deine Käfer«, sagte ich und hielt etwas hoch, das am ehesten wie eine Kreuzung zwischen einer Küchenschabe und einer Grille aussah. Moreton-Strandkäfer, eine Delikatesse.

»Ich weiß.« Sie drückte einen auf und spießte das Stück Fleisch darin auf. »Piep, piep: Damit kannst du mir nicht den Appetit verderben. Ich werde dich festhalten und mit Engerlingen füttern.«

»Du bist schon früher hier gewesen.«

»Ich bin früher schon überall gewesen.« Bei dieser fröhlichen Stimmung ging ich, uns mehr Wein zu besorgen.

Diese kleine Arbeit gab mir Zeit für einige schwierige Überlegungen. Als ich zurückkam, war ich daher nicht völlig überrascht, als sie sagte: »Du findest mich ziemlich furchtbar, nicht wahr?«

»Wieso?« fragte ich, nicht besonders aufrichtig.

»Um sich so sachlich zum Sterben zu verhalten.«

»Ich würde nicht sagen sachlich, sondern positiv fröhlich.«

»Nun ja.« Sie öffnete eifrig ihren letzten Käfer, schob ihn in den Mund und setzte den Teller ab. »Kein Grund für Trübsal. Anstatt ein Vermögen zusammenzukratzen und es zu horten, bis es wieder Zeit ist, in die Klinik zu gehen, habe ich mit meinem Geld weiter nichts zu tun, als es auszugeben. Ich habe genug davon, um die Dekade so zu verleben, wie es sich für einen Millionär gehört.«

»Und danach?«

»Und danach sterbe ich wie jedermann. Aber nicht wie ein Ephemere ... Anstelle schwindender Kräfte und zunehmenden Unbehagens ist es in wenigen Tagen vorbei.«

»Schreckliche Tage. Ich habe gesehen ...«

»Auch ich. Aber es gibt Drogen.«

Darauf gab es keine rechte Antwort. Ich nippte an dem kühlen Wein, betrachtete ihre unveränderte Schönheit und sah einen sterblichen Körper.

»Warum versuchst du nicht, mich umzustimmen? Wir hatten vor, nach Singapore ein paar Wochen gemeinsam zu verbringen. Laß uns das jetzt tun!«

»Wohin möchtest du gern gehen?«

»Ich weiß es noch nicht. Hast du einen besonderen Platz?«

»Mir wäre jeder Ort recht.«

»Sei ernsthaft, Casanova! Vielleicht etwas, wo du noch nie gewesen bist?«

Ich schaute zu dem dunkel werdenden Himmel auf. »Nun, *Adastra* wäre mal etwas anderes. Hast du Lust, Geld wegzuwerfen?«

»Das wäre prima. Du triffst die Arrangements. Ich fliege uns hinauf.«

»Gut! Anfang nächster Woche.« *Adastra* war das kommende Sternschiffprojekt. Wie die meisten Unsterblichen hatte ich in der einen oder anderen Inkarnation einiges Geld darin investiert, war aber noch nie drin gewesen oder um es herumgeflogen. Es gab da nur Lebenserhaltungseinrichtungen für ein Jahr oder so; und man legte keinen Wert auf gelegentliche Besucher. Wahrscheinlich war das der einzige Ort, an dem Maria noch nicht gewesen war.

Ich fragte: »Hast du ein eigenes Schiff oder ein gemietetes?«

»Einen hübschen Bugatti, den ich mehr oder weniger besitze, Stileman hat ihn vor neun Jahren bekommen. Ich habe ihn voriges Jahr zurückgekauft.« Das war ein geläufiges Verfahren.

»White Sands?«

Sie schüttelte energisch den Kopf. »Zu überlaufen, Maui.«

»Hast du Geld übrig, um es zu verbrennen?«

»Sei nett, und ich vermache dir etwas davon.« Ein schauriger Gedanke. Sie würde es tun dürfen.

Um das Gepolter einiger Dutzend Taxis zu übertönen, die sich der Vorderseite des Hauses näherten, mußte sie die Stimme erheben. »Das dürfte Claudia sein, die die 'phems abschiebt. Sollen wir zum Meeting hinuntergehen?«

»Sicher.« Sie nahm meinen Arm und drückte ihn leicht. »Es tut mir leid, daß ich morbide wirke. Ich will versuchen, das nicht zum Ausdruck zu bringen.«

Wie es sich herausstellte, mußte sie das auch nicht.

Geoffrey Lorne-Smythe,
Arzt in London,
gestorben mit 136

(Reuters, 19. Sept.) Geoffrey Lorne-Smythe, eines der Gründungsmitglieder der Stileman-Stiftung, ist in der letzten Nacht gestorben, offenbar als Opfer eines Blutergusses im Gehirn. Ein Hausmeister hat heute morgen früh die Leiche gefunden und gemäß dem Testament von Dr. Lorne-Smythe der Londoner Stileman-Klinik zur Untersuchung überantwortet. (Die Städtische Polizeibehörde wurde aufgefordert, der Autopsie beizuwohnen und hat bestätigt, daß sich keine Hinweise auf Verbrechen ergeben haben.)

Ein Sprecher der Klinik sagte, daß, obwohl die Untersuchungsergebnisse noch keine endgültigen Schlüsse zuließen, Dr. Lorner-Smythe offenbar an den Nachwirkungen einer Kopfverletzung gestorben ist, die er im vorigen Jahr beim Polospiel davongetragen hat ...

Dallas und Maria standen am Eingang zur Halle des großen Hauses und lasen mit allen anderen zusammen stumm den Nachruf, der auf dem Wandschirm leuchtete. Die meisten Möbel waren besetzt. Sie saßen zusammen auf dem Fußboden an der gläsernen Wand, die den Hafen überschaute. Das leichte Summen der Konversation setzte aus, als Lamont Randolph aufstand und einen gebrechlich wirkenden Herrn in Abendkleidung nach vorn geleitete.

Randolph sagte: »Liebe Freunde, gestatten Sie mir, Herrn Ian Montville vorzustellen, der dem Haushalt von Dr. Lorne-Smythe bei dessen Tod vorstand. Ich glaube, daß es in Ihrer ... anonymen Gruppe nur noch zwei andere Gründungsmitglieder gibt. Der Doktor war sich nicht sicher, ob die Stiftung mit Ihnen offen sein würde. Er wollte sichergehen, daß Sie alle über die Details seines ... ah ... Verfalls im klaren sein würden. So unangenehm es auch sein mag, sie Ihnen kundzutun.

Vor etwa vier Monaten sagte mir der Doktor, daß er sich gezwungen sähe, einen plötzlichen und offenbar anhaltenden Anfall geistiger Verwirrung zuzugeben. Ich hatte das natürlich bemerkt, da ich seit fast fünfzig Jahren im Dienst der Familie stehe. Der Doktor war vergeßlich und körperlich ziemlich unbeholfen geworden. Ich hatte das auf die Abwesenheit seiner Frau zurückgeführt, die seit einigen Wochen auf dem Mond Urlaub machte.

Aber er vertraute mir an, daß der geistige Verfall tiefer ginge als einfache Geistesabwesenheit. Er war nicht mehr imstande, Japanisch oder Chinesisch zu lesen, was ihm beides völlig geläufig gewesen war, und er konnte nur noch wenige Sätze Französisch sprechen. Französisch und Deutsch hatte er schon in der Jugend an der Universität gelernt.

Noch gravierender war, daß es ihm immer schwerer fiel, seine Investitionsmethoden zu begreifen. Er hatte sich Notizen gemacht in einer Art Kurzschrift, die rasch unverständlich wurde. Ich habe mehrere Tage bei ihm gesessen und versucht, seine Notizen Seite für Seite zu entziffern. Ein großer Teil davon war verloren. Falls jemand von Ihnen Kenntnis hat von direkten Geschäften mit dem Doktor, die noch nicht amtlich geregelt worden sind, so möchten Sie sich bitte mit mir in Verbindung setzen.«

Montville goß sich aus einer blitzenden Karaffe ein Glas Eiswasser ein und trank es halb aus.

»Er hielt es für Gehirntod, entropisches Versagen des Gehirns oder so, wie er sagte. Man möge mir gestatten, eine persönliche Beobachtung zu erwähnen ... Ich hatte nie erwartet, daß Dr. Lorne-Smythe aufgeben würde, nicht einmal in der Gewißheit seines Todes. Aber in den letzten Tagen wurde er ganz sanft, zurückgezogen und selbst gegenüber Mrs. Lorne-Smythe wortkarg. Allem Anschein nach gab er auf, obwohl er natürlich nicht mehr wirklich der Doktor war.

Von der Zeit an, da er zuerst Symptome des Verfalls bemerkte — das war acht Tage, ehe er sich mir anvertraute —, bis zum Morgen seines Todes vergingen nur vierzehn Tage. Das war kein schrecklicher Tod, aber natürlich um Jahrhunderte zu früh. Ich hatte nie erwartet, daß ich ihn überleben würde.«

Er nahm das Glas, ließ das Eis herumwirbeln und starrte es an. »Armer Mann! Ich wünsche aufrichtig, daß ich es an seiner Stelle gewesen wäre.«

MARIA

Dallas war natürlich durch die Nachricht erregt — oder, wie ich sagen sollte, den Beweis; weil Mr. Randolph ihm schon am Vortag angedeutet hatte, daß ihn bei Claudia eine schlimme Neuigkeit erwartete.

Er war älter als der Doktor.

Ich hielt seine Hand, während der betagte Bedienstete sprach, Obwohl sich seine Miene während der Rede nicht um ein Jota veränderte, wurde seine Haut kühl und feucht. Er ist wahrscheinlich ein mächtiger Mann, wenn man mit ihm an einem Karten- oder Konferenztisch konfrontiert ist. Ich nehme an, daß die meisten von uns in dieser Hinsicht einiges Talent besitzen.

Mr. Randolph leitete danach eine kurze Diskussion, bei der es darum ging, daß wir alle herausfinden sollten, was wir könnten, um uns dann später wieder zu treffen. Die Slowenin Alenka Zor bot die Nutzung ihrer Villa in Dubrovnik in zwei Wochen an. Sie ist sehr schön, und ich kümmerte mich nicht um die Blicke, die sie mit Dallas austauschte. Gibt es etwas zwischen den beiden? Ich kann warten, du Weib. Und Geduld üben. In weniger als einem Jahr gehört er uns ganz.

Vielleicht hätte ich Dallas nicht hinsichtlich der Zeit anlügen sollen. Es hat sich einfach so ergeben. Ich meine, daß ich ›zwei oder drei Jahre‹ gesagt habe, um ihm etwas Hoffnung zu machen.

Der Doktor hat letzte Woche gesagt: sechs Monate, vielleicht acht. Ich fühle mich dadurch entlastet.

Leute, die in der Nähe von Sydney oder London lebten, bemühten sich angestrengt um Insider-Information. Die beiden noch lebenden Gründungsmitglieder — von denen einer ein Arzt war —, die andere Meetings dieser Gruppe besucht hatten, fehlten an diesem Abend auffälligerweise. Die Leute murrten deswegen. Eine Frau benutzte den archaischen Ausdruck ›mauern‹, den Dallas mir erklären mußte. Niemand erwähnte die Möglichkeit, daß einer oder beide Gründungsmitglieder zu krank sein könnten, um zu kommen, und an Altersschwäche im Sterben lägen. Auch ich nicht.

Dallas entschloß sich, die Unsterblichen, die in *Adastra* lebten, in Kenntnis zu setzen und zu sehen, ob einer von denen über Neuigkeiten oder Ideen verfügte, Dadurch bekamen wir sofort Visa (der Rest der Welt mag es ein halbfertiges Raumschiff nennen, aber die Leute an Bord nennen es ein ›Land‹), weil der Vorsitzende ihres für die Erde zuständigen Ausschusses im Zimmer war. Das hat uns wahrscheinlich einen Tag bürokratischer Formalitäten vor unserer Reise erspart.

Die Aussicht, an Bord von *Adastra* zu kommen, erfüllte mich mit ungewohnter Besorgnis. Reisen im Weltraum sind mir nicht neu — ich bin mit dem Bugatti bis zur Ganymyed-Station gefahren —, aber ich habe nie *Adastra* gesehen. Beim Nachdenken beunruhigte mich etwas die Erkenntnis, daß Dallas das Sternschiff als eine Art stilles Argument gewählt hatte dafür, daß es Dinge gäbe, für die es sich lohnen würde, das Leben abnorm weit zu verlängern. Aber das hatte ich schon früher selbst erwogen.

Ich glaube, Dallas machte den gleichen Fehler, wie andere Unsterbliche schon vor ihm, zu denken, ich sei existentiell (wie auch experimentell erfahrungsmäßig) naiv, weil ich einen großen Teil meines Lebens isoliert verbracht habe in einem Kloster — entweder einem massiven aus Stein und Tradition oder dem nicht weniger realen Zaun aus Heimlichtuerei, der meine geschäftlichen Aktivitäten und mein gesellschaftliches Leben charakterisiert hat, einer Art Nichtexistenz, seit ich den Schürzenzipfel der Kirche verlassen hatte. Das ist ein Irrtum, den ich mir sehr zu Nutze mache. Ich kenne die Welt recht gut, und durch Dekaden isolierter Kontemplation kenne ich ebensogut die Karte meines Geistes — viel besser als andere Leute die ihren kennen. Und ich fürchte mich nicht vor dem Tod, Gottes letzter Gabe, was mir eine Freiheit gibt, wie sie Leute wie Dallas nie haben können. Ich bedauere ihn genau so, wie ich ihm leid tue.

Der Stileman-Prozeß macht das Leben angenehmer; aber er bringt keine Unsterblichkeit. Ich meine, daß die Kirche recht hatte, als sie den Gebrauch des Wortes in diesem Zusammenhang zu einer läßlichen Sünde erklärte. Um wirkliche Unsterblichkeit zu finden, mußt du sterben. Falls das falsch ist, und wenn jedermann seit Petrus gelogen oder phantasiert hat, dann ist das Sterben bloß wie die Betätigung eines Schalters, dann verliere ich beim Sterben nichts von Wert.

Am Ende des Abends veranstaltete Claudia eine ›Unterhaltung‹, die darauf abzielte, uns zu schockieren — und das mit Erfolg. Der Boxsport ist in Queensland, einem Staat im Norden, noch legal; und sie hatte ein Paar Athleten importiert, die einander zu unserem Vergnügen bewußtlos schlagen mußten. Sie waren nicht, wie ich mich aus meiner Kindheit erinnerte (und Dallas bestätigte), durch Handschuhe und Helme geschützt. Claudia wies fröhlich darauf hin, daß die meisten von ihnen irreversible Gehirnschäden erleiden, ehe sie aufhören.

Dallas und ich holten unsere Leibwächter und nahmen uns zusammen ein Taxi zurück in die Stadt. Er wohnte im alten Regent und erklärte natürlich, daß ich gern mit ihm dort logieren könnte; viel Platz in der Suite und so weiter. Ich argumentierte dagegen, daß ich noch zu viele lose Enden verknüpfen müßte, ehe wir aufbrächen, obwohl es sich, wie er gewußt haben mußte, tatsächlich zumeist um elektronische Dinge handelte, die von jedem sicheren Telephon aus zu regeln waren. Ich nehme an, daß er mich für schüchtern hielt; und das mußte zum Teil auch stimmen. Das Bild einer hundertjährigen Kokette ist beklemmend. Man sollte vor einer Veränderung in einer lebenslangen Gewohnheit der Meditation schwelgen. Und diesmal würde es eine große Veränderung sein.

Außerdem sollte unser erstes Mal in Schwerelosigkeit stattfinden. Man sagt, so etwas macht Spaß. Ich habe es noch nie auch nur im Wasser ›getrieben‹.

Eine stille Dokumentation von Geschmack

Der Bugatti Galileo ist keine Marke für jedermann. Jachten, die viel weniger kosten, können das Auge mit modischem Styling auf sich ziehen und harmlose Gemüter durch übertriebene Ansprüche hoher Dauergeschwindigkeit und großer Reichweite beeindrucken. (Der kritische Kunde wird natürlich die Ansprüche der Werbung ignorieren und nach der individuellen garantierten Qualifikation des Schiffs fragen.*)

Sie werden finden, daß keine Jacht, was sie auch kosten mag, den Bugatti Galileo hinsichtlich echter maximaler Reichweite und anhaltender Beschleunigung übertrifft. Keine Jacht kann Galileo überbieten.

Nur Bugatti bietet Zwillingsantriebe mit gekapselten Fusionsmotoren für sowohl Dauerleistung wie Pannensicherheit. (Jachten mit geringerer Reichweite brauchen diese Sicherheit vielleicht

---

* Im Vereinten Europa sowie Nord- und Südamerika gefragt. Von Händlern anderswo wird vielleicht kein Zertifikat gefordert, obgleich wohl alle Bugatti-Händler dies zu leisten pflegen.

nicht; aber mit Galileo kann der Abenteuerlustige die fernen Bereiche des Asteroidengürtels erforschen und noch darüber hinaus — weit außerhalb der Reichweite aller Service- und Rettungsvehikel.)

Der Bugatti ist für Leute, denen Raumreisen mehr bedeuten als ein kurzer orbitaler Sprung über die Ozeane oder ein gelegentliches Wochenende auf dem Mond.

Bugatti ist für jene, die wissen, daß das Leben immer neu ist, wenn es neue Welten zu erobern gilt.

Dallas kam zwei Tage früher nach Hawaii, weil die Angelegenheit mit Singapore nicht so kompliziert gewesen war, wie Kamachi vorausgesagt hatte. Weniger als eine Woche aus der Klinik heraus, und schon eine Viertelmillion Pfund wert, gönnte er sich eine Erholung. Einen Tag für Strände und Bars, den nächsten Morgen zum Sporttauchen, allein, und ein zielloser Bummel durch das Waldreservat auf Kauai.

Wie vereinbart, traf er Maria außerhalb des Raumhafens Maui am Mittag des folgenden Tages. Nach einem schnellen Lunch in der Cafeteria führte sie ihn zur Rollbahn, wo der Bugatti wie ein sprungbereiter glänzender schwarzer Panther stand. Dallas war beeindruckt.

»Ich habe nie etwas so Elegantes besessen«, sagte er und ließ seine Hand über den Flügel aus Karbonfasern gleiten, vorsichtig bemüht, sich nicht an der Kante zu schneiden. »Du bist damit wirklich die ganze Strecke bis zum Jupiter gefahren?«

»Allerdings«, sagte sie mit erfreuter Miene. »Die Company sagte, das wäre die weiteste Strecke, die je eines ihrer Fahrzeuge zurückgelegt hätte.«

»Das kann ich mir denken. Es ist so klein.« Das ganze Schiff war weniger als zwanzig Meter lang, von denen die Hälfte durch Triebwerk und Tanks gebildet wurde.

»Wo hast du den zusätzlichen Treibstoff untergebracht?«

Sie öffnete die Schiebetür der Luftschleuse. Das innere Tor ging automatisch hoch — ein besonderer Luxus. Dallas gedachte, lieber ohne ihn auszukommen. »Gleich hier lang!« sagte sie und machte ihm ein Zeichen. »Ich mußte den Passagiersitz, Dusche und Anrichte ausbauen lassen und statt dessen einen Zusatztank von zehntausend Litern vorsehen.«

»Das wäre ungefähr die doppelte Menge?«

»Beinahe. Jedenfalls habe ich bei Exxon in einer hohen Erdumlaufbahn vollgetankt, flog im Dauerbetrieb bis Ceres, ließ dort die Tanks zurück, zündete dann wieder bis zum Brennschluß bei der Ganymed-Station, wo ich wieder auftankte.«

»Hat dir Novysibirsk gefallen?«

»Nach drei Wochen habe ich ein Bad genossen. Bei einem Zwanzigstel ge zu duschen ist ein ungewöhnliches Erlebnis. Auch Novysibirsk ist ungewöhnlich, besonders Ceres. Eine Art Männerwelt. Wie die alten Cowboyfilme, aber mit modernen Annehmlichkeiten. Und Lastern.«

»Bin nie dort gewesen. Klingt gefährlich.«

»Eigentlich gar nicht. Falls du nicht selber ein Cowboy bist.«

»Ja, das kann ich mir vorstellen.« Auch die Einstiegleiter war automatisch. Sie kletterten hinein.

Es war klein, aber opulent. Die Beschleunigungsliegen vorn waren mit milchweißem Leder gepolstert. Der Fußboden, der natürlich nur wenig Verwendung finden würde, war mit einem eigens auf Bestellung angefertigten Orientteppich bedeckt. Die Anrichte hatte eine italienische Kaffeemaschine und ein großes Regal für Wein, das sich langsam drehte, damit die Korken bei Schwerelosigkeit nicht austrockneten. Ein Wandschirm aus Ebenholz und Elfenbein bot Intimschutz für Toilette und Dusche. Die mit warmgrauer Seide verkleideten

Wände waren mit antiken japanischen Aquarellen geschmückt.

»Das hast du alles für den Jupiterflug entfernt?«

»Alles bis auf die Bilder. Wenn ich es noch einmal machen würde, ließe ich wohl die Kaffeemaschine drin. Der Pulverkaffee war so schlecht, daß ich aufgehört habe, ihn zu trinken. Lange Alleinflüge sind mit Kaffee leichter.«

»Auch mit Wein, sollte ich meinen.«

Sie lachte. »Grappa enthält weniger überflüssige Wassermasse.« Maria konnte aufrecht stehend zu den Liegen gehen. Dallas mußte sich etwas bücken. »Wenn du willst, kannst du die Toilette benutzen.«

»Ich warte auf Schwerelosigkeit. Das ist anspruchsvoller.« (Noch eine Raffinesse. Die meisten Toiletten in Raumschiffen wurden mit Ventilatoren betrieben, die bei Schwerelosigkeit zwecklos waren.) Sie begannen, sich anzuschnallen. »Sag mir aber doch lieber, wo die Spucktüten sind!«

»Unter der linken Armlehne. Wirst du raumkrank, armer Kleiner?«

»Nein, die Spritzen lösen für mich das Gleichgewichtsproblem. Es ist nur Maui.«

»Wir sind sicherer als White Sands.« Als sie sah, daß er sich angeschnallt hatte, gab sie den Motoren einige Tropfen Treibstoff. Es ertönte ein lautes Zischen, und sie rollten vorwärts. »Viermal sicherer, Start für Start.«

»Statistik«, sagte Dallas und blickte aus dem Cockpit, als die Hangartür aufglitt. »Falls ich bei einem Start sterbe, sollte das mein eigener Fehler sein. Keine verdammte Seemöwe.«

Sie lächelte ihn von der Seite an. »Das ist geregelt. Seit Jahren ist kein Vogel mehr auf der Startbahn erschienen.«

»Ja, das stimmt.« Dallas nahm eine Spucktüte und klemmte sie unter einen Schultergurt. »Seit Jahren.«

DALLAS

Es war von mir nicht sehr rational, daß ich mich auf Maui nervöser fühlte. Auch bei White Sands hat man sich während der Startphase nicht voll in der Gewalt. Aber wenn etwas ernsthaft schiefgeht, ist alles in einer Mikrosekunde vorbei.

Aber diese Bahn entlangzurollen, wenn man durch fünf ge elektromagnetischer Beschleunigung festgenagelt ist und dann plötzlich in freien Flug übergeht — nun, das mag Treibstoff sparen; aber wenn man sich ein Raumschiff kaufen kann, sollte man sich auch einige Extra-ges leisten können.

In der Warteschlange vor uns waren noch drei Vehikel — ein Mercedes und zwei Dumbos, ein blitzblanker von der NASA und ein abgewetzter Rocknick. Maria mußte hübsch lange warten, bis das Wiegen und zusätzliche Systemkontrollen erledigt waren. Ich konnte inzwischen dasitzen und an etwas anderes denken.

Es dauert hier ungefähr drei Minuten, hauptsächlich zur Evakuierung der großen Kammer der Luftschleuse. Dann ein kurzer Countdown, und man ist länger als eine Minute unter fünf ge gefangen, bei völliger Stille und Dunkelheit (mit Ausnahme der trügerischen Lichterscheinungen, welche die gepreßten Augäpfel erzeugen). Dann saust man — bis auf ein paar Millisekunden, während derer man durch die automatischen Luftschleusen am Ausgang braust — plötzlich durch die dünne Luft mit ungefähr zehnfacher Schallgeschwindigkeit.

»Wirst du Gas geben, während du noch in der Röhre bist?« Das ist gestattet, sofern das Auspuffvolumen klein genug ist.

»O ja.« Sonst erlebt man etwa eine Sekunde freien Falls, und dann legen die Düsen los. Fühlt sich ungefähr so an, als ob man von der Reling fällt und mit einem Bauchklatscher auf das Wasser trifft.

Endlich blinkte ein grünes Licht, und wir rollten in das schwarze Maul der Luftschleuse. Die schloß sich hinter uns, und das einzige Licht kam von den Instrumenten vor Maria, einer Ansammlung schwacher grüner und orangefarbener Punkte. Es gab ein lautes Klikken, und eine Pumpe rumpelte los. Sie wurde leiser, als sie die Luft heraussog.

»Fertig?« fragte Maria.

»Jawohl. Ich sehe allem entgegen.« Ich blickte buchstäblich nach vorn, um mir nicht den Hals zu verrenken, und griff nach hinten, um alle etwaigen Falten in meinem Hemd zu glätten. Maria machte es genauso. Sonst kann es sein, als ob sich ein stumpfes Messer gegen die Nieren preßt.

Danach zählte eine schwache metallische Stimme von zehn abwärts. Ich holte tief Luft und erinnerte mich zu spät daran, daß ich mich mit Luft hätte vollpumpen sollen. Jetzt kamen wir ins Rollen.

Man hat den Start etwas verbessert, seit man mich beschwatzt hatte, von Maui zu fliegen. Es war kein plötzlicher Stoß von fünf ge, sondern eine sanfte Zunahme während einiger Sekunden. Der Riese ließ sich in fast völliger Stille langsam auf Brust, Bauch und Unterleib nieder. Leute, denen das Knackenlassen der Finger und Rülpsen Spaß macht, müssen das Einsetzen der Beschleunigung erheiternd finden.

Ich hatte ein Gefühl, als ob ich immer nur weniger als eine Tasse voll Luft auf einmal einatmen und nur halb die Kehle hinunterschlucken könnte. Ich wußte, daß der panische Schrecken in meinem Gehirn nur das Ergebnis von zuviel Kohlendioxid im Blut war. So ist die erste Reaktion des Sporttauchers (ohne Atemgerät), die er zu ignorieren lernt. Im Wasser ist das auch leichter. Ich wollte, ich könnte die Uhr sehen, die Maria vermutlich anschaute. Ich wollte, ich könnte Maria selbst sehen. Aber das war es nicht wert, einen gebrochenen Hals zu riskieren.

Ich empfand eine angenehme Zunahme des Drucks, als Marias Triebwerke stärker zupackten. Und plötzlich wurden wir geblendet durch eine Mittagssonne in einem tief ultramarinblauen Himmel. Die Gurte schnitten in Schultern und Taille bei dem jähen Bremsen, als wir auf die Luft trafen. Dann baute sich das verhältnismäßig geringe Gewicht von etwa drei ge auf.

Maria legte ein paar Schalter um. Das Klicken war in der dünnen Luft des Cockpits laut zu hören. »Bist du okay?«

»Fein!« Ich hob einen schweren Arm und legte die Spucktüte wieder mühsam an ihren Platz. Ich konnte nicht sagen, ob sie die Geste bemerkt hatte.

Der Himmel wurde gleichmäßig dunkler, als wir Richtung Osten aufstiegen. Die Krümmung des Ozeans wurde deutlicher. Dann waren wir endlich gewichtslos. Mein Bauch reagierte mit einem leichten ›uh-oh‹, entschloß sich dann aber nachzugeben.

Maria schnallte sich schnell los, sagte etwas auf Italienisch und stieß sich sanft weg zur Toilette. Viele Frauen haben dieses Problem bei anhaltender hoher Beschleunigung. Ich konnte mich nicht allzu überlegen fühlen mit einem Gefühl, als ob ich einen Tritt ins Gemächt bekommen hätte. Ich sollte mir so einen luxuriösen hydraulischen Anzug besorgen.

Von der Toilette her noch weitere italienische Töne und ein mädchenhaftes Lachen. Dann trat die Toilette in Funktion, der Schirm klappte auf und zu, und sie glitt ins Cockpit zurück.

»Was ist so komisch?«

Sie stoppte ihre Vorwärtsbewegung mit einem Stoß der Hand an das Kontrollbrett und schwebte dicht neben mir. »Ich bin tätowiert worden ... Sieh dir das an!« Sie öffnete ihre Bluse am Hals und hob den Büstenhalter an, um zu zeigen, wie seine Spitzenkante ihrer Brust oben ein Muster aufgeprägt hatte. »Weiter unten ist es auch. Bei fünf ge sollte man eben nie Unterwäsche mit Rüschen tragen.«

»Ich werde es mir merken.« Ich grapschte nach ihr, mehr als nur halb im Ernst.

»Keine Zeit.« Sie gab mir einen flüchtigen Kuß auf die Stirn und stieß sich an ihren Platz zurück. »Sollte ziemlich bald auftauchen.«

Die Trägerstrukturen von *Adastra* waren schon einige Minuten zu sehen, ehe das Schiff selbst in Erscheinung trat: schimmernde, perfekt runde Blasen mit Wasserstoff und Sauerstoff, blitzendes Metallgerüst und Streben, die in geballten Klumpen wie ein riesiges Mikadospiel schwebten.

Das Schiff würde im Fertigzustand einen stromlinienförmigen Keil bilden. Diese Form war auch im ›leeren‹ Raum nötig, wenn man schnell genug fuhr. Man plante, es auf drei Hundertstel der Lichtgeschwindigkeit zu bringen. Jetzt war der Keil größtenteils noch ein filigranes Skelett, das eben sichtbar wurde, als Maria die Querdüsen aktivierte und die Sicht nach Steuerbord ging.

Sie schaute auf den Heckmonitor und drückte wieder genau im richtigen Augenblick auf die Gier-Düsen, ohne Treibstoff zu vergeuden durch Hin- und Herwackeln. Das blinkende Rotlicht des Docks von *Adastra* driftete in die Mitte des Sichtschirms und hielt direkt auf der Nullmarke an. »Sehr hübsch!« sagte ich.

Sie lächelte und nickte. »Mal sehen, wie dicht sie mich heranlassen, ehe sie ...«

Plötzlich kam laut im Funk die Stimme: »Bugatti eins-sechs-vier-neun-I-T, langsamer werden! Sie kommen mit über achtzig an.«

»Achtundsiebzig«, sagte sie leise. »Wird gemacht.« Sie gab dem Haupttriebwerk einen langen und einen kurzen Stoß. »Was ist das?« fragte sie das Radio. »Ich kann nicht langsamer werden. *So* unsterblich sind wir doch nicht.«

»Gut gemacht. Bereiten Sie Übergabe der Kontrolle in etwa neunzig Sekunden vor!«

Das Andocken in einer niedrigen Umlaufbahn ist ziemlich kompliziert, da jede merkliche Geschwindigkeitsänderung zu einem neuen Orbit führt. (Das trifft weiter draußen natürlich auch zu, ist aber weniger ausgeprägt.) Man kann nur auf das Dock zielen, und dann verfehlt man es völlig, oder es kracht.

Während man es im Visier behält, möchte man mit Stampfen und Gieren so manipulieren, daß die ›horizontale‹ Marke des Monitors mit der Bahnebene zusammenfällt, wobei das Dock eine angemessene Distanz oben oder unten einhält. Wenn das Dock genau auf der vertikalen Linie liegt, sollte man allein mit dem Haupttriebwerk hineinkommen können. In der Praxis muß man verdammt gut sein, um das zu schaffen. Es sah so aus, als ob Maria es gekonnt hätte, wenn *Adastra* sie nur gelassen hätte. Aber wie die meisten Großbauten kontrollierte es das Endmanöver.

Ich zog meine Gurte fest, und ebenso machte es Maria. Die Radar-Rückkopplungs-Computer, die sich um die letzten paar hundert Meter kümmern, sind nicht zart oder sanft. Sie wollen nicht, daß man kehrtmacht, und neigen deshalb dazu, dir einen großen Schub und dann eine Reihe kürzerer zu verpassen.

Diesmal waren es nur zwei. Der erste ließ mir die Zähne klappern, und der zweite war kaum zu spüren. Dann berührten wir das Dock, und gepolsterte Klammern schlossen sich um uns mit krächzendem Geräusch.

Maria schaltete das Paneel aus, schnallte sich rasch los, gab sich einen Stoß und driftete nach hinten. »Wir werden uns ziemlich schnell bewegen müssen. Manche Docks dichten sich nicht besonders gut gegen eine Krümmung des Rumpfes ab, die so extrem ist wie diese.« Sie kam zurück mit unseren beiden Säcken.

»Okay. Ich bin bereit zu springen.«

»In die eine oder die andere Richtung.« Sie ergriff meine Hand, und wir stießen uns zur Tür ab. »Folge aber meinem Weg! Wenn die Undichtigkeit zu schlimm ist, werde ich den Verschluß aufreißen und hineingehen. Du würdest nicht gern auf der falschen Seite von ihm erwischt werden.«

Von draußen gab es ein kratzendes und klapperndes Geräusch und dann ein Glockensignal, das den Abschluß des Andockmanövers anzeigte. Wir quetschten uns in die Luftschleuse, die so eng war wie eine Besenkammer, und versiegelten die Tür hinter uns. Mit der linken Hand über dem roten Notschalter drückte sie mit dem Daumen auf den Knopf für OFFEN.

In meinen Ohren knackte es. Es gab ein lautes Zischen von entweichender Luft, und ein rotes Licht blinkte stroboskopisch. Maria stieß sich ab mit einer langsamen graziösen Rolle, den Koffer an die Brust gedrückt; und ich folgte mit einem Kopfsprung. Es war kalt, vielleicht minus zehn Grad; aber die Ziehharmonika war nur etwa fünf Meter lang. Die gegenüberliegende Luftschleuse ging auf, als wir herankamen, schloß sich hinter uns rasch wieder und startete sofort den Ausgleich.

Ein lächelnder, hübscher Mann erwartete uns. Ich überlegte, ob er eine Frau oder ein männlicher Pilot gewesen war.

»Ich hoffe, daß die Halte-Hellingen geheizt sind«, sagte Maria zu ihm. »Wenn mein Schiff zu kalt wird, werden Sie mir für Lederpolsterung und Spitzenweine einige Millionen Lire schulden.«

Der Mann nickte, ohne das Gesicht zu verziehen. »Das wird kein Problem sein«, sagte er mit einem überraschenden russischen — Rocknick? — Akzent. »Bitte Ihre Visa!« Wir reichten sie ihm zusammen mit den Pässen. Er nickte mehrfach, als er sie prüfte, trug an einigen Stellen Vermerke ein und gab sie zurück.

»Sie haben nichts dagegen, gemeinsam untergebracht zu werden?« Allerdings nicht. »Gut, folgen Sie mir bitte und lassen Sie Ihr Gepäck da!«

Mit übertrieben langsamen Bewegungen zugunsten von Leuten, die sich seit einigen Millionen Jahren nicht mehr mit dem Schwung der Arme bewegt hatten, glitt er von Handgriff zu Handgriff entlang einer Linie aus blauem Klebeband mit der Aufschrift: »ZUR NABE«.

Dieser Teil von *Adastra* war anscheinend noch unfertig, nur ein düsteres Volumen unbestimmter riesiger Größe. Es schien sich um den Raum zwischen den inneren und äußeren Hüllen des Schiffs zu handeln, gekrümmte Metallflächen in etwa zehn Metern Abstand. Gelegentliches Licht ließ einen spinnenartigen Wald dünner Träger erkennen, die sich nach allen Seiten erstreckten.

»Dieses ganze Volumen kann nicht unter Druck gesetzt werden«, sagte Maria. »Nicht rund um das ganze Schiff zugleich.«

»Nein. Immer nur ein Sektor auf einmal, wenn daran gearbeitet wird. Folgen Sie mir!«

Das war ziemlich einschüchternd. Ein Tunnel, kaum breiter als meine Schultern, und völlig finster. Wer zu Klaustrophobie neigt, sollte *Adastra* meiden. Unser Führer klemmte sich eine Taschenlampe an den Gürtel, so daß Maria ihre Distanz abschätzen konnte, während wir nach oben oder unten glitten. Ich wahrte meinen Abstand zu Maria einfach dadurch, daß ich regelmäßig mit ihr zusammenstieß.

»Wir nähern uns einer Membran«, sagte er und verschwand mit einem vibrierenden Geräusch. Dann gingen Maria und ich hindurch. Uns traf Helligkeit und jäher Schmerz. Das Innenohr. Ich kniff mir die Nase zu und blies etwas. Sie machte es auf mein Zeichen hin ebenso und dankte mir.

Diese Röhre war nicht ganz so eng, durchsichtig und schimmerte tiefrot. Vorher hatte die Luft den dünnen und scharfen Geruch von Sauerstoff unter niedrigem Druck gehabt, vermischt mit Fett und Schweißmaterial. Jetzt war die Luft dicker und feuchter, als ob dort Menschen lebten. Ich schaute vor die Füße, als wir uns von der ›Membran‹ entfernten. Da war eine Reihe von flexiblen Scheidewänden, die fast zwei Durchmesser lang geschlitzt waren. Ich hatte irgendwo gelesen, daß das eine Art Luftschleuse war zwischen Räumen mit hohem und niedrigem Druck. Wenn auf der einen Seite plötzlich ein Druckabfall auftrat, würde das ganze Ding zu einem undurchdringlichen Siegel zusammenstürzen.

Ich wunderte mich über das rote Licht. Vielleicht sollte es irgendeine pränatale Erinnerung an den Geburtsweg auslösen. Die Wand der Röhre war feucht durch Kondensation und warm. Man hätte damals darin nicht sehen können. Jedenfalls reicht meine Erinnerung nicht so weit zurück.

Ich blickte zu Maria auf und verzieh mir eine zeitweilige Gebanntheit durch weibliche Organe. Was war das für eine Anziehung, die vier gemeinsamen Tagen entsprungen war, die siebzig Jahre währte und wuchs? Wir hatten darüber gescherzt und einige naheliegende Bemerkungen gemacht, aber nie im Ernst das Wort ›Liebe‹ gebraucht. Wie konnte ich jemanden lieben, von dem ich wußte, daß ich ihn in einem oder zwei Jahren verlieren würde? Wie konnte sie jemanden lieben und dennoch sterben wollen? Aber wenn es nicht Liebe war, dann befanden wir uns beide in ernsten Schwierigkeiten. Regression der Drüsen bis zur Pubertät. Ich konnte es nicht erwarten, sie zu berühren.

Watson Hygiene-Bericht

Scriptentwurf für eine 40-Sekunden-Äußerung von Dallas Barr

TOTALE —

Ein Strand, Vollmond. Mann und Frau, gut aussehend, lässig gekleidet, aber kostspielig und sexy, gehen Hand in Hand am Dock entlang. Sie unterhalten sich flüsternd. Sie nähern sich seiner Jacht, die innen schwach erleuchtet ist, und bleiben stehen. Sie zögert und nickt.

Er hilft ihr in die Jacht. Im Gegenlicht sehen wir, wie sie sich entkleidet. Das Licht geht aus.

Dallas Barr geht das Dock entlang und folgt ihnen. Als er zur Jacht kommt, hören wir ein Glissando silbrigen Lachens.

Barr dreht sich um. SANFT AUSBLENDEN, während er spricht.

Barr

Glücklicher Mann, he?
(Wieder das Lachen)
Doch nicht so glücklich.

AUS ANDEREM BLICKWINKEL: BOOT BEGINNT LEICHT ZU SCHAUKELN

Barr, Forts.

Sie hat AIDS X. In zwei Monaten
wird sie tot sein.
Sie will ihn nicht gewinnen. Sie
weiß nicht, daß sie es hat. Sie
wird keine Symptome aufweisen, bis
er nach einem Monat tot ist. Dann
wird auch sie sterben ... zusammen mit

jedem andern, mit dem sie intim
gewesen ist seit Juni.

ANDERER WINKEL: GERÄUSCHE EINES LIEBESSPIELS

Barr, Forts.

Jeder, der keine
Kondome benutzt hat.

Er hält ein Kondom hoch, das er sich über die Hand gelegt hat. Ein enger Spot (polarisiert, um Regenbogenreflexe zu erzeugen) greift es auf.

GROSSAUFNAHME Kondom

Barr, Forts.

Nicht bloß ein Kondom — es sollte
besser keins sein, denn es kostet
zehnmal so viel — Das
Kondom ist nur ein paar Moleküle
dick, unsichtbar bis auf den
blauen Ring am Ende. Es
schützt dich *absolut,* durch
elektrostatische Abstoßung.

Kondom ...

*(Er läßt es fallen; Kamera folgt,
während es zu Boden sinkt.)*

du fühlst dich ganz sicher.

FOLGT MITTELDISTANZ

Maria wartete auch darauf, Dallas anfassen zu können; aber erst mußten sie eine ›Orientierungsdiskussion‹ durchmachen. Niemand erhielt die Genehmigung, *Adastra* zu besuchen nur für Bezahlung der teuersten Hotelrechnungen im Universum. Man mußte sich ausbilden lassen, ›ein Teil des Projekts‹ werden durch Stiftung einiger Stunden freiwilliger Arbeit.

Der Korridor weitete sich plötzlich zu einem großen zylindrischen Raum, den der Führer als ›Nabe Eins‹ bezeichnete. Sechs Türen führten zu den verschiedenen Ebenen hinauf oder hinunter. Eine Tür war ein leerer klaffender Aufzugsschacht. Die anderen hatten Leitern. Er zeigte auf eine mit der Bezeichnung ›Speiche Fünf‹.

»Man erwartet Sie auf Ebene Vier«, sagte er. »Ich gehe, um Ihr Gepäck in Ihr Zimmer zu befördern. Lassen Sie Ihre Schuhe hier!« Er schwebte zwischen Dallas und Maria, packte einen Griff und flog den Weg zurück, den sie gekommen waren.

»Ebene Vier, Speiche Fünf, Nabe Eins«, sagte Dallas. »Mir wäre 248 Main Street lieber.«

»Sei nicht drollig! Wenn Menschen hier wohnen, werden sie einfach sagen vier-fünf-eins oder so. Nie könnte einer verlorengehen.« Sie öffnete die Tür und begann, die Leiter hinaufzusteigen.

Dallas folgte ihr vorsichtig. »Manchmal macht es Spaß, verlorenzugehen.«

Bis Ebene Vier waren es ungefähr hundert Meter, ein müheloses Gleiten. Das wäre eine gute Übung für Fitneßfanatiker und Leute, die Angst vor Aufzügen haben, wenn das Schiff erst einmal Schwerkraft haben würde.

Der Empfangsraum auf Ebene Vier war dafür geplant, Millionäre zu beeindrucken, die einzigen Leute, die ihn je zu Gesicht bekommen würden. Die Wände waren ein durchlaufendes abstraktes Muster aus eingelegtem Holz von allen Wäldern der Erde. Der Fußboden ein Mosaik aus Pompeji. Die Decke ein Fresco von Michelangelo. In der Mitte befand sich Rodins Skulptur ›Ewiger Frühling‹, ein in Liebe verschlungenes Menschenpaar.

In dem Raum waren drei Personen, eine Frau mit einem Namensschild und zwei weitere Kunden. Sie ignorierten die museumsreife Ausstattung des Zimmers und standen in der halb gebückten Haltung da, die bei Schwerelosigkeit natürlich ist.

Ungefähr ein Drittel des Bodens, auf dem sie standen, war mit einer Stiktitmatte bedeckt. Die Frau blickte in ihre Richtung und hielt zwei Paar Slipper hoch.

»Marconi und Barr?«

»Nein«, sagte Dallas. »Dies Flugzeug geht nach Cuba.«

»Wie bitte?«

»Ein alter Witz.« Während er an dem Rodin vorbeischwebte, streifte er den Marmor mit den Fingern. »Ich entsinne mich, wie du das gekauft hast. Es war höllisch teuer.«

Sie zuckte die Achseln. »Es ist für uns das passendste Kunstwerk. Und sie brauchten harte Valuta.«

Maria und Dallas rotierten langsam in der Luft, zogen die Slipper an, und alle drei halfen ihnen auf die Matte herunter.

Die Frau mit dem Namensschild war Melissa Abraham. Die anderen beiden waren Bill und Doris Baron.

»Bruder und Schwester oder verheiratet?« fragte Maria. »Verheiratet.« Dallas und Maria nickten höflich. Es gab sehr viele eng verwandte Unsterbliche, da das etwa der beste Weg war, ein großes Erbe auszugeben; aber verheiratete waren selten. (Neben den offenkundigen Problemen gab es noch ein praktisches, indem jede Person ein eigenes Vermögen besitzen mußte; denn keiner von beiden konnte den anderen retten, wenn der oder diese nicht eine Million machte.) »Einundsiebzig Jahre«, sagte Doris. »Zwei Stilemans auf einmal.«

»Die Barons sind heute morgen angekommen«, sagte Abraham. »Wir haben sie gebeten, ein paar Stunden zu warten, um diese Einführung mit Ihnen zusammen zu bekommen.« Die beiden sahen sich auf eine Weise an, die keinen Zweifel darüber ließ, was sie in diesen Stunden getan hatten.

»Ist dies also der Beitrittspreis?«

»Nein ... eigentlich nicht. Sie vier haben schon mehr als zehn Millionen Dollar für das Projekt beigesteuert.

Wir nehmen an, daß Sie schon einiges Vertrauen hineinlegen.«

»Oder mindestens einiges Geld wegwerfen«, sagte Dallas. »Besser für euch Burschen als für die Stiftung.«

Sie fragte: »Haben Sie noch nie daran gedacht, einmal herzukommen?«

Dallas schaute sich um. »Offengestanden, habe ich das bisher nicht so ernst genommen. Es war nicht so real.«

»Wir gehen«, sagte Doris. Bill nickte.

»Ich weiß nicht. Man gibt eine Menge aus, alles für ein blindes Glücksspiel. Niemand kann sagen, ob es einen überhaupt aus dem Sonnensystem hinausbringen wird, geschweige denn achtzehn Lichtjahre weit.«

»Es steckt gar keine wirklich neue Technik drin«, sagte Abraham. »Es ist bloß größer als alle bestehenden Strukturen und Vehikel.«

»Tausendmal größer«, sagte Maria.

»Das stimmt. Ich weiß, es klingt so, als ob wir sagten, da wir ein Baumhaus bauen können, braucht man uns nur das Geld zu geben, und wir können einen Wolkenkratzer bauen. Das bekommen wir von den 'phems ziemlich oft zu hören. Ich glaube nicht, daß das Projekt je gestartet worden wäre, wenn wir uns auf 'phem-Gelder hätten verlassen müssen.«

»Unsterbliche sind optimistischer«, sagte Maria.

»Wir haben Zeit dafür.« Sie hatte offenbar nicht die Nachricht gehört. »Laßt uns etwas Kaffee machen!«

Sie ging zur nächsten Wand, und die anderen folgten in einer Reihe von Stiktit-Rippen.

Die Kaffeemaschine war eine größere Version von der, die Marias Bugatti zierte, eine achtarmige Zentrifuge aus Teak und schimmerndem Messing. Abraham wünschte Sahne und Zucker und drückte eine Reihe von Knöpfen. Die Maschine zählte die richtige Menge Bohnen ab und mahlte sie mit aufregendem Gekreisch. Kochendes Wasser zischte, und das Kaffeearoma durchzog den Raum, rasch und kräftig wegen des niedrigen Luftdrucks.

Die Maschine rotierte einige Male und füllte fünf runde Gläser aus Waterford-Kristall. Dallas mußte lachen, als sie ihm eines überreichte.

»Ihr Leute wißt wirklich, wie man sparen muß.«

»Es ist nicht bloß, um Eindruck zu machen. Schließlich kehren wir ja nicht zurück. Die Dinge, die wir mitnehmen, sollen uns an das Beste erinnern, was uns die Vergangenheit zu bieten hatte.«

Der Rest der Stunde war nicht allzu qualvoll, obwohl es entgegen Abrahams Einspruch in Wirklichkeit um ein Geschäft ging. Sie wollten vor allem Dallas auf ihrer Liste haben, da er einer der bekanntesten Unsterblichen war.

Auf abstrakte Weise war er interessiert. Er sagte aber, daß es noch einige hundert Jahre dauern würde, ehe er mit allem fertig war, was er in diesem Sonnensystem zu erledigen hatte. Vielleicht würde er später zu ihnen stoßen.

Abraham führte sie durch die Teile des Wohnareals, die unter Druck standen — vorerst nur weniger als ein Prozent des Ganzen. Dann zwängten sie sich in einen Wartungsschlepper und machten eine Runde um das Skelett des Schiffs.

Die meisten Außenarbeiten wurden von Robotern erledigt, und Abraham schien zu denken, daß sie dem Projekt ein hohes Maß an Vorhersagbarkeit gäben. Sie sagte, *Adastra* würde in vierzehn Jahren und drei Monaten startbereit sein. Dallas bot ihr eine Wette über eine Million Dollar an, daß es später sein würde.

Schließlich wurden sie entlassen. Abraham rief jemanden an und erfuhr, daß ihr Zimmer Suite B, Nabe Eins, Speiche Vier, Ebene Vier war. Vielleicht hatten sie für nicht ständig Wohnende einen Geschwindigkeitsrekord aufgestellt.

MARIA

Ich hatte nur fünf Liebhaber, meist keine Unsterblichen; und meinen Erinnerungen an die letzte Zeit mit Dallas war nicht zu trauen. Das war lange her, und ich war jetzt auf Sterne erpicht.

Er hat vor 112 Jahren zum erstenmal Geschlechtsverkehr gehabt. Seine Raffinesse mit meinem Körper hätte entmutigend sein können, wenn sie nicht durch seine eigene offenkundige Ungeduld ausgeglichen worden wäre. Die Stileman-Behandlung wirkt für die Körperfunktionen eines Mannes Wunder. Sie stellt die Uhr bei ihm um etwa zwanzig Jahre zurück. Das hätte peinlich sein können, wenn es nicht auch auf groteske Art komisch wäre.

Es ist für ein Paar schwer, in Null-Gravitation ›zusammenzubleiben‹. Die erste Minute oder so erfordert gewisse Anpassungen, um einen passenden Rhythmus zu finden. Aber wir hatten keine Minute. Ich war offenbar für Dallas das erste Weib, seit er die Klinik verlassen hatte; und er hatte die volle Durchhaltekraft eines aufgereizten Rammlers. Während wir noch in dem Stadium waren ›Du hältst still, während ich mich bewege‹, war seine Zeit schon um. Anstatt also uns in einer warmen postkoitalen Glut zu entspannen, mußten wir in der Suite umherschwimmen und mit Zellstoffpapier den Spritzern von Ejakulat nachjagen, die sich schnell zu dünnen Fäden auszogen. Einige bekam ich ins Haar.

Die Dusche war gerade groß genug für zwei befreundete Menschen, die Dampfbäder mit Luftbewegung mögen. Sie war ein Zylinder wie ein Doppelsarg mit einem Luftventil am Boden als Ersatz für Schwerkraft. (Natürlich würde es ein gewöhnlicher Ablauf sein, wenn das Schiff einmal rotierte. Ich fragte mich, wie viele unserer hunderttausend Dollars, die wir pro Nacht bezahlten, für solche zeitweiligen Annehmlichkeiten wie diese draufgingen.) Das Shampoo war nicht sehr wirksam, vermutlich weil das Wasser schnell wiederaufbereitet werden mußte; aber es bewirkte das erforderliche Mindestmaß.

Natürlich war Dallas nach der Dusche wieder hochgekommen und bereit. Er versprach vorsichtig zu sein und war es auch. Das einzige Problem bei der ganzen Sache war, nachher beim Dinner einigermaßen Würde zu zeigen und nicht vor dem Nachtisch davonzulaufen.

Das Essen war nicht bemerkenswert, aber die Gesellschaft von Bill und Doris war interessant. Bill hatte seine erste Million im Asteroidenbergbau gemacht während der wirren Periode völliger Freiheit zwischen der Erfindung des Fusionsantriebs und der Novemberrevolution der Rocknicks. Er hatte das Glück gehabt, über einen Asteroiden zu stolpern, der durch eine Ader aus reinem Silber gesprenkelt war.

Daher waren beide in der Lage, ohne große Mühe unsterblich zu bleiben, solange kein anderer ihren Asteroiden fand. In jeder Dekade gehen sie, sobald sie aus der Klinik kommen, nach Novysibirsk, begeben sich dann zu ihrem privaten Asteroiden und holen Silber im Wert von einigen Millionen Pfund heraus. Ihr Vehikel ist völlig getarnt. Niemand kann ihnen durch Radar nachspüren.

Das ist eine geschickte Sache mit den Stileman-Vorschriften. Sie können keine Guthaben illegal beiseitelegen, weil ihnen der Asteroid nicht gehört. Sie besitzen nur die Kenntnis seiner Bahnelemente. Und jetzt waren sie gerade wieder auf dem Weg nach draußen.

Nach dem Essen gingen wir wieder in unsere Suite,

um mit einer Flasche Wein miteinander zu spielen. Man schüttet dicke Tropfen aus der Flasche und jagt ihnen mit Strohhalmen nach. So etwas macht man nicht in angezogenem Zustand.

Oraler Sex kann bei Null-ge exotisch sein. Man schwebt bei ausgeschalteter Beleuchtung mitten im Raum; und der Partner ist eine körperlose Präsenz, die einen nur durch Küsse berührt. Ein Geisterliebhaber, ein Succubus.

Wir hatten auch Zeit zu plaudern. Es war tatsächlich seit Claudias Party das erste Mal, daß wir beisammen waren, ohne dies oder jenes gleich tun zu müssen. Ich fragte ihn, warum ihn die neue Nachricht über den Hirntod so gleichgültig zu lassen schien. Nach einer langen Pause erzählte er mir von dem Steuerungskomitee und der ›Insider‹-Information, die ihm Charles Briskin gegeben hatte.

Ich wünschte fast, er hätte mir das nicht gesagt. Ich bin zu einem Viertel Sizilianerin und nehme es mit Geheimnissen sehr ernst. Gewiß — Briskin hatte nicht so etwas gesagt wie: »Behalten Sie es für sich!« aber wahrscheinlich hatte er das auch für unnötig gehalten.

Dallas lachte über sich selbst, daß er einen Anfall von Paranoia über den Tod des Russen bekommen hatte. Ich fand das weder wahnsinnig noch komisch.

Ich sagte: »Die zeitliche Abstimmung ist zu exakt. Die Todesart ist zu offenkundig. Glaubst du nicht, sie wären imstande gewesen, sich jemandes zu entledigen, der ihren Fortschritt hemmt?«

»Mach schon, Maria! Sie brauchen doch kein Mitglied umzubringen, um es loszuwerden.«

»Das ist aber die einzige Art, das Geheimnis sicher zu bewahren.«

»Du hältst das alles für zu wichtig.«

»Wenn das so ist, dann stehst du vor einem Paradox. Sie sind nicht mächtig genug, um einen Mord zu bewerkstelligen, können aber dann die wahre Geschichte hinter dem Tod von Lord Lorne-Smythe herausbringen.«

»Sie könnten Macht haben in Wissen und Verbindungen, ohne Desperados zu sein.«

»Donnerwetter! Wer von uns kommt aus einem Kloster?«

»Mafia-Mädchen.« Ich ließ das Thema fallen. Vielleicht hätte ich hartnäckiger sein sollen.

Am nächsten Tage leisteten wir unsere symbolische Arbeit auf *Adastra*. Man nahm an, daß wir keine nützliche Erfahrung bei Bauarbeiten hätten (was bei mir mehr oder weniger zutraf, aber Dallas hatte selbst zwei Häuser gebaut) und setzten uns daher dort ein, wo wir keinen großen Schaden anrichten konnten. Wir strichen ein Panzerschott (und uns selbst) an.

Es gab keine Entschuldigung für mangelhafte Leistung, außer daß Schwerelosigkeit herrschte und keiner von uns schon einmal einen Druckroller gesehen hatte. Wenn man den Druck zu niedrig einstellt, oder ihn zu schnell rollen läßt, gibt es häßliche Streifen, die immer wieder nachgearbeitet werden müssen. Ist der Druck aber zu hoch, so erzeugt man kleine Sonnensysteme mit Farbplaneten, die davonwirbeln. Darum steht immer eine Person mit zwei Schwämmen bereit, während die andere rollt.

(Dallas meinte, daß eine Staubsaugerapparatur besser arbeiten würde. Vakuum ist das einzige, was sie im Überfluß haben.)

Wenn wir nicht gerade Schwerelosigkeit und Zurückgezogenheit genossen, verbrachten wir viel Zeit mit Gesprächen, gewöhnlich im Beobachtungsraum am Ende des axialen Korridors. Die halbe Zeit sahen wir die Erde einige hundert Kilometer unter uns dahinziehen, und während der anderen Hälfte blickten wir in die Tiefen des Himmels. Das Schiff war auf Cassiopia gerichtet, und es gab ein kleines Teleskop, mit dem man gern Eta Cass beobachtete, den Stern, der das Ziel bildete. Es war ein sehr schöner Doppelstern: purpur und golden. (Dallas sagte, es gäbe keine purpurnen Sterne, aber ich kenne Purpur, wenn ich es sehe.) Der Himmel war in dieser Richtung sehr schön. Die Milchstraße bauschte sich, wie man es auf der Erde nie sehen kann. Nahe Eta Cass war ein hübscher doppelter Sternhaufen.

Inzwischen kannte Dallas mich gut genug, um mir nicht zuzusetzen, daß ich wieder in die Klinik gehen sollte. Er lockte mich aber immer mit Argumenten wie dem, daß Sterben das Aufgeben aller dieser Schönheit bedeute, und sie könne noch tausend Jahre oder mehr währen.

Natürlich weiß niemand, was Schönheit im Jenseits sein mag, aber ich kannte ihn gut genug, um nicht darauf zu beharren. Er war überrascht, als ich die Bibel zitierte: »Die Himmel erzählen die Ehre Gottes, und die Feste verkündet Seiner Hände Werk.« Bei der Lektüre dieser alten Bibelübersetzung hatte ich Englisch gelernt. Mein Vater hatte es so gemacht und wollte mich daran beteiligen. Als er starb, fuhr ich fort.

(Ein Psychiater hat mir einmal die Theorie vorgetragen, daß darin die Wurzel meines religiösen Empfindens läge, daß es eine Art sei, mich mit dem Tode meines Vaters abzufinden und damit, daß er mich verlassen hatte. Das finde ich unwahrscheinlich; aber selbst wenn es wahr wäre, könnte man dagegen einwenden, daß mein Vater mir unter besonderen Umständen genommen war, um so meinen aufkeimenden Glauben zu kristallisieren.)

Schlafen in Schwerelosigkeit ist wunderschön. In einem Schiff muß man sich irgendwie sichern, weil man nicht gegen irgendwelche Knöpfe oder Schalter stoßen will. Aber an Bord von *Adastra* konnten wir einfach frei schweben. Dallas hat einen tieferen und längeren Schlaf als ich, daher konnte ich ihn stundenlang beobachten. Ich hätte vermutet, daß die Leute sich in eine fötale Haltung zusammenziehen; aber das tun sie nicht. Zumindest Dallas macht das nicht. Er schwebt mit wie bittend ausgestreckten Armen, und seine Beine sind wie die eines Jockeys gekrümmt. Einmal schien er einen interessanten Traum zu haben. Ich beteiligte mich still daran als Incubus.

Bei diesem Unternehmen, wo ich *Adastra* gegen Dallas' Zynismus und Rationalismus verteidige, spiele ich den Advocatus Diaboli. Man sollte die Hardware, den Imperialismus der Spezies und Aspekte der Dominanz ignorieren. *Adastra* ist ein Testament des Glaubens, dem Dallas mißtraut, seinem eigenen mehr als dem anderer.

Was zum Beispiel das zentrale Personalproblem angeht, nämlich jedermann einige hundert Jahre am Leben zu erhalten, so muß die Stileman-Stiftung genehmigen, daß etwa hundert Ärzte ausgebildet werden, die mitkommen, um die Behandlung durchzuführen. Bisher hat sich noch niemand dazu bereit gefunden. Dallas sagte, daß niemand es tun will, denn er hat nichts zu gewinnen und tausend Kunden zu verlieren.

Ich glaube, daß sie noch nicht mit dem richtigen Preis herausgerückt sind. Dabei würde es nicht um Geld gehen.

(Melissa Abraham denkt, daß diese Computerdinge — Künstliche Intelligenz oder was immer — die Antwort darauf sein könnten. Man könnte Karbonkopien von allen hundert Doktoren machen und als cybernetische Berater mitnehmen.)

Mir scheint, ein ernsteres Problem wäre, was in der Welt diese rund tausend Menschen tun sollen, wenn sie zu Eta Cass kommen. Sie alle werden sehr talentiert sein, Vermögen zu erwerben, aber was sonst? Man nimmt an, daß ihnen Jahrhunderte zur Verfügung stehen würden für Ackerbau, Ingenieurstätigkeit, Bauarbeiten und so weiter. Aber ich weiß nicht. Es gehört viel mehr dazu, beispielsweise Dinge wachsen zu lassen, als nur zu wissen, was man tun muß. So sind die Obstbäume, um die ich mich im Kloster zu kümmern hatte, fast eingegangen, ehe Schwester Petra das übernahm. Petra war geistig zurückgeblieben, aber für sie wuchs alles prächtig.

Man hat mir gesagt, daß es im Ingenieurwesen ebenso ist. Man muß ein ›Gefühl‹ dafür haben. Was meinst du, wie viele von tausend Finanzleuten und Kindern reicher Leute werden imstande sein, eine Maschine funktionieren zu lassen? Eine Welt von der Skizze an zu erbauen?

Ich denke, sie könnten allmählich so weit kommen, wenn sie Generationen lang im Orbit leben, betreut von den Maschinen, die sich unterwegs um sie gekümmert haben, während ausgesuchte Pioniere unten lernten, wie man mit dem Planeten umgehen muß. Als ich ein kleines Mädchen war, redete man davon, so etwas hier zu tun — Dauersiedlungen im Orbit, hundertmal so groß wie *Adastra.* Die Rocknicks könnten inzwischen so viele Menschen zählen, fast hunderttausend, die ständig im Weltraum leben. Aber das ist ein wüster Slum, nicht zu vergleichen mit den üppigen postmodernen Phantasien der Architektur, die ich für einen Schulbericht studiert habe, als ich zehn Jahre alt war. Vielleicht hätte man so etwas gebaut, wenn die Amerikaner in den Neunzigern nicht alle diese Schwierigkeiten gehabt hätten. Dallas hielt das für unwahrscheinlich, da man erwartete, daß die Städte sich durch Verkauf von Sonnenenergie amortisieren würden, die es nicht mit billiger Fusion aufnehmen konnte. Ich weiß nicht. Geld macht Geld.

Aber selbst wenn es hier klappen würde, wäre es immer noch riskant, in einer Entfernung von achtzehn Lichtjahren zu leben. Man müßte lange auf Ersatzteile warten, wenn etwas kaputtging.

Dennoch wäre ich nicht überrascht, wenn Dallas trotz seinen Einwänden gehen würde. Ich würde beinahe selbst gehen, wenn ich dann noch da wäre. Neue Welten zu erobern, wie man sagt.

Wir mußten *Adastra* einen Tag früher verlassen als geplant. Das Komitee wollte, daß Dallas (und alle in ihrer Gruppe, die mehr als sieben Stileman-Behandlungen hinter sich hatten) sich vor dem Dubrovnik-Meeting einer Reihe von Tests unterzögen.

Er hat darüber nachgedacht, und es macht ihm mehr Sorge, als er mich wissen lassen möchte. Das zeigt sich auf seinem Gesicht, wenn er nicht weiß, daß ich hinschaue.

Ich bete darum, daß ich nicht sterbe, ehe er bereit ist. Gebet dürfte nicht zu seinen Instrumenten gehören, wie ich vermute. Wir haben nicht viel über Religion gesprochen außer seinem Interesse an meinen Jahren im Kloster; und vielleicht ist das so am besten. Wir wollen ja nicht heiraten und eine Familie gründen.

Der Besuch im Londoner Krankenhaus dauerte weniger als eine Stunde, nur ein paar Messungen und Proben. Allerdings waren einige der Proben für ihn recht unangenehm — Zellen von Nieren und Leber und ein kleiner Abstrich von der Prostata. Darum legte Dallas in London einen oder zwei Tage Bettruhe ein, während Maria zu zwei Kommissionssitzungen nach Italien fuhr und hinauf in die Schweiz, um mit den Leuten zu sprechen, die ihren Grundbesitz zu Bargeld machen wollten.

Dallas war während seiner Bettruhe auch aktiv. Von seiner gesicherten Suite im Savoy aus rief er den französischen Schauspieler an, den Mme. Demarche angeheuert hatte, um Neuville darzustellen, und konferierte mit ihm. Er zahlte ihn und Demarche aus und spürte dann in Rangoon Kamachi auf, dessen Tip das Ganze in Gang gesetzt hatte. Als Gegenleistung für ein halbes Dutzend Namen und Preise überwies Kamachi ihm 200 000 Pfund auf sein Bankkonto in Zürich.

So waren die Liebhaber getrennt, aber ihre Vermögen kamen in der Schweiz zusammen.

DALLAS

Ich sah Dubrovnik entgegen, wo ich in diesem Jahrhundert noch nicht gewesen war. Das Wetter war in ganz Südeuropa gut. Darum mietete ich mir, anstatt zu fliegen, einen Schnellgleiter und stellte den Autopiloten ein. Den Morgen verbrachte ich im Tiefflug knapp unter Schallgeschwindigkeit von Dover aus, um Gibraltar herum und durch das Mittelmeer die Adria hinauf. Ich genoß es, allein zu sein, hörte mir die meisten Klavierkonzerte Mozarts an und dachte viel an Maria, ohne zu einem Ergebnis zu kommen.

Ihr Agent hatte uns ein nicht mehr ganz modernes extravagantes Quartier aus Holz und Glas gebucht, das an einer Klippe direkt südlich der alten ummauerten Stadt klebte. Ich erfreute mich einige Minuten an der Aussicht vom Balkon, wechselte dann am Schalter etwas Geld und nahm schließlich ein Wassertaxi in die Altstadt.

Während der sechzig Jahre meiner Abwesenheit hatte sich nicht viel verändert. Das war auch nicht überraschend. Man hatte viel investiert, um malerisch zu bleiben.

Da ich vor dem Meeting noch zwei Stunden totzuschlagen hatte, bummelte ich gemächlich über die Höhe der mittelalterlichen Festungsanlage, die die Stadt einschließt. Wenn auch nicht antik im Vergleich mit den nahegelegenen Rom und Griechenland, erschien es mir doch alt — älter als beim vorigen Mal.

Das war fünf Jahre nach Singapore gewesen, fünf

Jahre, nachdem ich Maria verloren hatte. Inzwischen hatte ich fast aufgehört, an sie zu denken. Woran ich mich als ein siebzigjähriges Kind erinnerte, war, daß ich nach weiteren tausend Jahren halb so alt sein würde wie diese Mauern, mit einiger Aussicht, sie zu überdauern. Steine werden zerbröckeln.

Was also jetzt? Wahrscheinlich würde der heutige Abend das verraten. Angenommen, ich weiß, wem ich glauben kann.

Ich ging hinab zur Placa, der Hauptgeschäftsstraße, und sah mich nach einem Schmuckstück für Maria um. Sie hatte darauf bestanden, die gesamte Hotelrechnung für *Adastra* zu bezahlen — 400 000 Amerikanische Dollar. (Das hätte damals die Hälfte meines ganzen Geldes ausgemacht, aber sie fragte nicht einmal.) Ich fand ein kleines, aus Lapislazuli vom Mars geschnitztes Kreuz, das gut zu ihren Augen passen würde, und ließ es in ein Halsband einsetzen.

Als einzige slawische Sprache kann ich Russisch, und man hatte mich gewarnt, das nicht in Jugoslawien zu gebrauchen. So fand ich mit Englisch und Deutsch und viel Armeschwenken und Gestikulieren den Weg zu Zors ›Villa‹ am Ende von Kneza Damjana Jude. Das war ein Apartment, welches aus dem Kalkstein ausgehauen war, der die Mauern der Stadt trägt, ein Dutzend Zimmer, die wie ein exzentrisches L angeordnet sind. Es schien Ausblicke auf sowohl die Stadt wie das Meer zu bieten, obwohl einer davon wohl ein Holo sein mußte, vielleicht sogar beide. (Diese Illusion der ›Illusion einer Illision‹ war ein Grund dafür, daß Zor das Objekt gekauft hatte. Sie amüsierte sich später damit, daß sie beide Fenster öffnete: Die Aussichten waren real. Die Asymmetrie und das falsche Gefühl, sich unter der Erde zu befinden, verwirrten die Orientierung.) Der Blick von der Meeresseite war so kitschig, daß Alenka sich heuchlerisch dafür entschuldigte, uns einem Postkartenklischee ausgesetzt zu haben: Ein prächtiges altes Schloß hockte auf einer Insel von schwarzem Fels und glühte im Licht der untergehenden Sonne.

Fast alle die etwa dreißig Personen dort um diese Stunde waren Amerikaner, Briten oder Australier. Sie erwiesen sich als unseren Kulturen getreu, indem sie mehr oder weniger pünktlich erschienen. Maria allerdings hätte noch fünfundvierzig Minuten brauchen können, selbst wenn sie auch bloß über die Straße zu gehen hatte.

Ich war überrascht und erfreut, Eric Lundley dort zu sehen. Überrascht, weil er nicht auf Claudias Party gewesen war, obwohl er gleich außerhalb von Sydney in den Blue Mountains lebte.

Eric und ich waren vor ungefähr vierzig Jahren Geschäftspartner bei Immobilien und Valuta gewesen, ehe ich wieder Dallas Barr wurde. Wir hatten sporadisch Verbindung gehalten. Er war der Bursche, den ich immer anrufen konnte, wenn ich eine Auskunft über Molekularbiologie oder das Geschlechtsleben der jakobinischen Dramatiker brauchte.

Eric hatte einen interessanten Weg gefunden, die Stileman-Regeln zu umgehen. Er war verrückt nach Büchern, den richtigen alten Dingern aus Leder und so weiter. Etwa um die Zeit, da wir beisammen waren, schuf er sich ein Extravermögen von einigen Millionen Australischer Dollar mit der ausgesprochenen Absicht, die größte private Büchersammlung in der Hemisphäre zusammenzutragen. Er brachte sie in einem komfortablen Gebäude oben in den Blue Mountains unter, in der Mitte einer Einöde, und schenkte sie dann der Stileman-Stiftung. Da es ein ausgesprochenes Geschenk war, konnte er den Gebrauch in verschiedener Hinsicht einschränken. Jeder Unsterbliche kann dort studieren und sogar wohnen. Aber man darf nicht mit Schwebern hinkommen. Man muß zwei Meilen durch dichten Wald nach oben zu Fuß gehen. Wenn man hinkommt, so hat man ein paar tausend Bücher, aber nichts sonst. Kein

Telephon und keine andere Nahrung, als man eingepackt hat. Es sind dort nie viele Menschen.

Wenn Eric nun aus der Klinik kommt, macht er möglichst schnell seine Million, legt sie in der Bank an und lebt von den Zinsen. Er mietet eine kleine Wohnung in Nähe der Bibliothek als Postanschrift. Dann lebt er etwa eine Dekade lang mit seinen Büchern. Ungefähr ein Jahr, bevor er wieder in die Klinik geht, stöpselt er sich in die drollige Anlage in Vegas ein und läßt sein Turing-Bild auf den letzten Stand bringen. (Vielleicht ist er der einzige Stileman-Unsterbliche, der auch ein TB hat, da es fünfzehn oder mehr Jahre erfordert, die Ausgangsprogrammierung abzuschließen. Ich habe immer angenommen, daß er das macht, um bei sich selbst Rat zu holen, falls er etwas vergißt ...)

Das ist eine ausgefallene Passion, aber konstruktiver als die meisten. Und es macht ihn wirklich zu einer Person, deren Bekanntschaft sich lohnt.

Er hatte mich nicht hereinkommen sehen. Ich ging rund durch den Raum und schlich mich hinter ihn. »Eric«, sagte ich rasch, »welcher amerikanische Präsident hat in Luftschiffe für zwischenstaatlichen Transport investiert?«

»Roosevelt, der zweite«, sagte er, ohne sich umzuwenden. »Das mußt du sein, Andric — ich meine Dallas.«

Wir schüttelten uns die Hand. Er sagte: »Ich habe erwartet, daß du das sagen würdest. Du hast dich nicht ein bißchen verändert.«

»Ich hatte noch nie dein Kinn gesehen.« Er pflegte einen roten Vollbart zu tragen. Jetzt waren es Sommersprossen. »Warum bist du nicht vorige Woche zu dem Meeting gekommen? Es war gleich bei dir nebenan.«

»Ich kann Claudia nicht ausstehen. Das soll keine Kränkung sein. Ich weiß, du pflegtest ...«

»Das ist schon lange her. Für mich jetzt etwas zu fremd.«

Er sah sich um und nickte. »Bist du schon seit längerer Zeit zu sowas gegangen?«

»Nein. Claudia war das erste Mal.«

»Das wäre es auch bei mir gewesen.« Er deutete mit seinem Glas auf Briskin. »Sir Charles hat mir im vorigen Monat geschrieben, über den Mob etwas geäußert und mich eingeladen. Jetzt wünsche ich, ich wäre dagewesen. Sie haben geradezu eine Bombe hochgehen lassen.«

»Heute abend wissen wir mehr.« Ich fragte mich, ob Briskin beabsichtigt hatte, Eric in das Lenkungskomitee einzuladen. Wahrscheinlich.

»Es ist interessant, daß wir beide zur gleichen Zeit gebeten wurden«, sagte Eric.

»Man hat mir gesagt, daß der Kerl, der mich unterdrückt hat, gestorben ist. Dmitri Popov.«

»Wirklich. Das ist interessant. Wußte nicht, daß er unsterblich war.«

»Du kanntest ihn?«

»Nicht persönlich. Aber wir hatten einige indirekte Geschäfte. Das war, ehe jemand wußte, daß er Russe war.«

»Als er bei der CIA war.«

Eric zuckte die Achseln. »Er war im Nachrichtengeschäft. Ich bin das auch. Wir handelten damit.«

»Eric, du hast geheime Abgründe.«

»Virtuelle Abgründe. Aber das ist es wohl auch gewesen. Wir haben uns nicht in Freundschaft getrennt.« Er sah sich im Zimmer um und meinte nachdenklich: »Ich frage mich, warum so viele Leute zu dieser kleinen Teegesellschaft eingeladen wurden, nachdem er starb.«

»Und ob es ein Unfall gewesen ist?«

»Oh, das war kein Unfall. Ich nahm aber bloß an, es wären die Leute vom Nachrichtendienst der einen oder anderen Seite gewesen, vielleicht auch beide, die das getan haben.«

»Weißt du das sicher, oder ist es eine Vermutung?«

»Jeder, der Volvo-Schweber kennt, weiß, daß sie das nicht von sich aus tun können. Es war eine recht ungeschickte Täuschung. Ich nehme an, du warst damals noch im Tank?«

»Allerdings, bis zum vorigen Monat.«

»Du hättest zurückgehen und darüber nachlesen sollen. Ich weiß, daß du nicht die Nachrichten verfolgst, aber diese Sache war recht interessant.«

»Ich weiß nicht, Eric. Wenn diese Gesellschaft sich Mitglieder entledigt, die unbequeme Meinungen haben, ist es vielleicht Zeit, daß wir uns schnell davonschleichen.«

»Nein, wir sollten das untersuchen und sehen, ob es da einen Zusammenhang gibt.« Seine Augen leuchteten vor Forscherdrang. »Das ist wie mit eurem Präsident Kennedy, als der ermordet wurde. War das vor deiner Zeit?«

»Ich war damals dreizehn oder vierzehn.«

»Es war dieselbe Sache, nur in größerem Maßstab. Jeder, der militärische Waffen kannte, wußte, daß der Mörder seine Tat nicht mit der Waffe hätte ausüben können, von der man annahm, daß er es getan hätte. Ein Meisterschütze der olympischen Klasse mit Erfahrung als Scharfschütze hätte es nicht geschafft. Aber das war siebzig Jahre ehe die volle Wahrheit herauskam.«

»Als niemand mehr an der Macht war, dem es hätte schaden können.«

»Genau so. In ähnlicher Weise scheint sich die Nachforschung in diesem Falle in nichts aufgelöst zu haben. Ohne Zweifel behindert durch falsche Information und Bestechung.«

»Gewiß.«

»Ich habe eine Menge Material darüber hier und in der Bibliothek. Vielleicht sollten wir uns gemeinsam daranmachen und den Kopf zerbrechen, um sicher zu sein.«

»Jawohl, das machen wir.« Ich sah Maria und winkte. »Kennst du Maria Marconi?«

»Nee.«

»Sie war der Köder, mit dem sie mich hereingelockt haben.« Sie kam herüber, und ich stellte vor.

Sie übergab mir einen Umschlag. »Dallas, du warst zu schnell drin und wieder draußen. Der Page hatte eine Nachricht für dich.«

Cremefarbenes exquisites Material, mit Wachs versiegelt und durch einen Ring mit einem Abzeichen markiert. Ich öffnete den Umschlag.

> Lieber Dallas,
>
> ich finde es töricht, auf diese Methode zu verfallen; aber ich habe elektronischer Sicherheit nie getraut.
>
> An diesem Geschäft ist etwas, das mir nicht gefällt. Es gibt da verschiedene Dinge, die miteinander zu tun haben können oder auch nicht. Einzeln für sich sind sie recht harmlos, aber zusammen betrachtet fangen sie an zu stinken.
>
> Jedenfalls möchte ich von Ihrer Erfahrung profitieren. Bitte, setzen Sie sich mit mir hier so bald wie möglich in Verbindung, wenn Sie zur Erde zurückkehren.
>
> Mit einem Anfall von Paranoia verbleibe ich
>
> Ihr Freund
Lamont Randolph

Ich zeigte Eric und Maria die Mitteilung. »Sieht so aus, als ob eine Menge davon los ist.«

Eric las sorgfältig. »Ist dieser Bursche heute abend hier?«

»Ich habe ihn nicht gesehen.«

»Nach dem Ton der Nachricht könntest du erwarten, daß er nicht kommt«, sagte Maria. »Er hat mich als ein

Mann beeindruckt, der keine Risiken eingeht. Er ist es vermutlich, der mich in diese Organisation gelockt hat, damit ich Dallas verführe. Obwohl es sich herausstellt, daß er nur Befehle ausgeführt hat.«

»Zu viel Intrige in diesem Pöbel«, meinte Eric. »Vielleicht hast du recht, Dallas. Laß uns abhauen und unsere eigene geheime Organisation starten!«

»Ich denke, ich werde ihn anrufen.«

Alenka führte uns zu einem Telephon, das, wie sie sagte, sicher wäre (obwohl sie das mit einem Achselzukken tat), und ich tastete die Nummer der Hotelverwaltung ein.

Auf dem Schirm erschien das müde aussehende Gesicht eines Unbekannten. »Leutnant Cook. Mordkommission.«

»Bedaure, ich habe 5283-7752x205 gewählt.«

»Stimmt« sagte er munter. »Das Penthaus beim Royal Sydney-Hotel. Zeigen Sie sich, bitte!«

Ich schaltete aus. Maria fragte: »Konnten sie das bis hierher verfolgen?«

»In den Staaten könnten sie das.«

»Nicht in Australien«, sagte Eric. »Nicht legal. Also wurde dieser Lamont entweder getötet, oder er hat jemand anders umgebracht.«

»Stand irgend etwas in den Zeitungen von Sydney?«

»Die lese ich nicht. Aber wir könnten sie hier aufrufen.«

Es dauerte einige Minuten, bis die Vermittlung sich bequemte, englisch zu sprechen. Sie wollte auch lieber slowenisch reden, Alenkas Sprache, als serbisch. Schließlich brachten wir sie dazu, die Titelseite des Sydney *Herald* der letzten Tage zu zeigen. Am Tag der Nachricht stand da zu lesen:

Unsterblicher stirbt durch Sturz vom Balkonfenster

POLIZEI: KEIN MORD?

28. NOV (ANZP) Um 6:13 heute morgen ›sprang oder wurde gestoßen‹ Lamont Randolph, 89, vom Balkon seines luxuriösen Apartments in den Rocks. Er fiel in einen Strom leichten Verkehrs und wurde von einem Tanklaster erfaßt. Sein Körper wurde mehr als 50 Meter mitgeschleift, ehe der Fahrer den Wagen unter Kontrolle bringen konnte. Er wurde durch Ärzte der städtischen Verkehrsambulanz an Ort und Stelle für tot erklärt.

POLIZEICHEF:
»SELBSTMORD UNWAHRSCHEINLICH«

Die Polizei lehnte es ab, über die Natur des Unglücks zu spekulieren, außer einigen einfachen Beobachtungen. Leutnant Harley Cook, Leiter der Mordkommission des 12. Bezirks, gab zu: »Es ist unwahrscheinlich, daß der Mann gesprungen wäre. Eine reiche Person hat Zugang zu viel weniger schrecklichen Methoden, mit allem Schluß zu machen; und außerdem gab es keine Mitteilung, und so weit wir nach einigen Interviews sagen können, auch keinen psychologischen Vorläufer für Selbstmord.«

Leutnan Cook weigerte sich aber, von Mord zu sprechen. »Die Sicherheit des Hotels ist beeindruckend. Man kann nicht einfach einen Aufzug zum Penthaus nehmen. Zur Zeit von Randolphs Tod hatte ein Leibwächter Dienst im Foyer, das den einzigen Zugang zu den Wohnbereichen bildet.

Der Balkon hat ein niedriges Geländer. Es könnte sein, daß man im Gehen versehentlich darüberstolpert. Er hätte freilich auch Schlafwandler sein können.« Unter dem Druck noch weiter fragender Reporter brach Leutnant Cook das Interview ab.

HATTE GERADE DRITTEN STILEMAN GEHABT

Lamont Randolph hatte dreimal die Stileman-Behandlung gehabt, zuletzt im vorigen November. Seit mehr als dreißig Jahren hatte er dem Direktorium von General Nutrition angehört, einer amerikanischen Firma, deren pazifische Operationsbasis sich in Sydney befindet ...

Mein erstes Gefühl war, mich aus der Tür zu schleichen und zu verschwinden. Aber wir meinten, das wäre zu auffällig. Außerdem könnte es nützlich sein zu erfahren, was man uns über den Tod von Lorne-Smythe weismachen wollte.

Also gingen wir eine Stunde lang getrennt umher, wobei jeder von uns besonders darauf achtete, was bei Sir Charles Briskin gesprochen wurde. Zu Maria verhielt er sich neutral freundlich, mit Eric war er etwas förmlich, bei mir zeigte er eine verschwörerische Haltung: »Paß auf, was als nächstes passiert.«

Die Nachricht von Lamont Randolphs Tod verbreitete sich in den Zimmern. Sie war besonders erschütternd, da er allen mehr oder weniger präsent gewesen war, weil er die Diskussion der vorigen Woche geleitet und sie zusammen mit Alenka nach hier eingeladen hatte.

Um neun bat Alenka alle in den Speisesaal, wo das schwere elegante Mobiliar beiseitegerückt war und man Dutzende von Klappstühlen aufgestellt hatte.

Sir Charles stellte sich überflüssigerweise vor und sprach ein paar Worte über den armen Lamont Randolph. Er sagte: »Hinsichtlich der Unwahrscheinlichkeit eines Selbstmordes wissen wir natürlich einige Dinge mehr als die Behörden. Und vielleicht hat Randolph im

Zuge seiner Untersuchungen ... etwas erfahren, das wir nicht wissen.«

Er machte eine Pause, um das wirken zu lassen. »Randolph koordinierte Daten und Meinungen, die in dieser Region gesammelt wurden. Dazu gehört natürlich auch die Klinik — legal und anders.«

»Einen Moment!« sagte ein Mann mit dickem deutschen Akzent. »Wollen Sie sagen, daß ... dies Ding, das Randolph erfahren hat, so niederschmetternd war, daß es ihn veranlaßt hat, sich das Leben zu nehmen?«

»Ich sehe nur die Möglichkeit dafür«, sagte Briskin.

»Das ist phantastisch«, sagte Alenka Zor. »Er war kein überempfindsames Kind.«

Briskin machte ein unbehagliches Gesicht. »Vielleicht. Das ist nur am Rande von Belang ...«

»Zum Teufel damit!« sagte eine Frau mit texanischem Akzent. »Was ist, wenn er zu viel erfahren hat und die Stiftung ihn umbrachte? Das ist verdammt wichtig.«

»Es erscheint nicht plausibel ...«

»Na und ob! Wenn ich jemanden so beiseite schaffen müßte, ohne das je zuzugeben, dann würde der Leibwächter in einem anderen Raum nichts davon merken. Man setzt nur einen guten Mann auf dem Dach ab, läßt ihn zum Penthausbalkon hinunterklettern, wieder zum Dach zurückkehren, einige Treppen hinuntergehen und dann den Lift nehmen und fortgehen. In der Lobby ist niemand. Die sind alle draußen auf der Straße und plappern eifrig.« Sie machte eine Pause bei dem nachdenklichen Schweigen. »Los, erzählen Sie mir, daß die Stiftung so etwas nicht tun könnte!«

»Natürlich könnte sie«, sagte Briskin. »Wenn sie es wollte, könnte sie auch alle Leute in diesem Raum umbringen. Aber das ist nicht ihre Art, Geschäfte zu machen.«

»Vielleicht haben sich ihre Geschäftsmethoden geändert«, sagte Alenka. »Wenn er beweisen konnte, daß sie nur hundert Jahre anbietet und keine tausend ...«

»All right. Das ist möglich. Alles ist möglich. Lassen Sie uns uns auf das konzentrieren, was bekannt ist!« Er sah sich kurz im Zimmer um. »Lassen Sie mich Dr. Joseph Reingold vorstellen. Chefneurologe der Londoner Klinik. Ich brauche Ihnen nicht zu sagen, welches Risiko er durch seine Anwesenheit hier eingeht.« Reingold war untersetzt mit beginnender Glatze. Wie viele geheime Unsterbliche hatte er ein scheinbares Alter und eine Physiognomie angenommen, die nicht besonders auffielen.

Reingold sagte: »Vor einem Monat oder drei Wochen wäre das ein schreckliches Risiko gewesen. Aber jetzt ist alles im Wandel, alles muß neu erwogen werden. Einschließlich die Politik der Stiftung, die uns von unseren Klienten trennt. Denn wir alle müssen sehr schnell arbeiten.«

»Ist es also wahr?« fragte Alenka.

Reingold nickte. Im Raum hielten alle den Atem an. »Offenbar ist Dr. Lorne-Smythe an entropischem Versagen des Gehirns gestorben. Es ist möglich«, sagte er bei plötzlichem Gemurmel, »*ist möglich,* daß sein Tod eine Anomalie war. Daß etwas Singuläres in seiner medizinischen Geschichte den Alterungsprozeß beschleunigt hat.«

»Der Polo-Unfall«, sagte Briskin.

»Möglicherweise. Nicht wahrscheinlich. Hunderte von Unsterblichen haben leichte Kontusionen.« Er zeigte auf mich. »Sie sind Dallas Barr. Wie viele Kontusionen haben Sie erlitten?«

»Vielleicht ein halbes Dutzend«, sagte ich. »Sieben, acht.« Kamachi auf der anderen Seite des Raumes lächelte und berührte seine silberne Schädelkuppel.

»Und Sie sind einer der ältesten. Sie sind mehr als fünfzig Jahre älter als ich.«

»Zwei Jahre jünger als Lorne-Smythe«, sagte ich ruhig.

Der Doktor nickte. »Sie und ungefähr zwanzig der ältesten Unsterblichen haben in der letzten Woche die Londoner Klinik besucht und in einer Reihe von Tests mitgewirkt. Wir haben keine voreiligen Schlüsse gezogen. Ich fürchte, wir haben keinen klaren Hinweis, in welcher Richtung wir vorgehen müssen. Außer offensichtlicher Besorgnis um die Physiologie des Gehirns.«

»Also sind wir anders als ...« Ich zeigte auf die versammelte Gesellschaft. Einige kniffen die Augen zu.

»Nicht sehr verschieden von unseren Kontrollpersonen, die Leute mit nur einem Stileman sind. Etwas weniger Gehirnmasse, als Sie zu haben pflegten, mehr Windungen. Aber ohne Sektionen können wir natürlich nicht viel sagen.« Er konnte nur schlecht seine Begeisterung für diese Aussicht verbergen.

»Bis Lorne-Smythe starb, war entropische Dysfunktion nur ein Name für etwas, das, wie wir wußten, manchmal passieren konnte. Eine Krankheit ohne Beispiele. Die Tausendjahr-Prognose war eine kluge Vermutung. Niemand wäre überrascht gewesen, wenn die richtige Zahl fünfhundert oder auch zweitausend gewesen wäre. Aber wenn Lorne-Smythe typisch ist, dann ist unser Modell vom alternden Gehirn drastisch falsch.«

Er wiederholte im folgenden dasselbe mehrfach, unterstrichen durch eindrucksvolle Graphiken und einige schaurige Holos von Autopsien. Es gab Unterschiede zwischen Lorne-Smythe und mir, die ich bedeutsam nennen möchte. Wir hatten fast das gleiche kalendarische Alter, aber er hatte nur sieben Stilemans gehabt im Gegensatz zu meinen neun. Er hatte seinen ersten in seinen siebziger Jahren gehabt, aber ich war damals nur siebenundvierzig gewesen.

Und ich genoß den Schutz des Lenkungskomitees. Vielleicht.

Das Meeting war verständlicherweise gedämpft, nachdem Reingold zum Schluß gekommen war. Maria ergriff meine Hand und murmelte etwas. Eric klopfte mir auf die Schulter. Andererseits gingen mir Leute aus dem Wege, seit ich als der älteste hier Anwesende ausgesondert worden war. Als ob sie den Gehirntod erwischen könnten, wenn ich nieste.

Briskin machte ein diskretes Zeichen und ging zum Balkon. Ich folgte ihm eine Minute später und bemühte mich, recht nonchalant auszusehen. Was wird es sein, Charlie? Monate oder Jahrhunderte?

Es regnete leicht, war aber nicht kalt genug, um unangenehm zu sein. Außer uns befand sich niemand draußen.

»Eine erschreckende Sache«, meinte Briskin. Ich sagte nichts. »Obwohl es Sie vielleicht nicht betrifft.«

»Wieso, war es eine Täuschung?«

»Eigentlich nicht. Lorne-Smythe ist an entropischem Hirnversagen gestorben. Aber nicht wegen seines Alters. Nicht wegen eines Polo-Unfalls.«

»Sie meinen, Ihre Leute ...«

»Gestatten Sie mir, jetzt nicht mehr zu sagen. Ich kenne nicht alles darüber und bin nicht autorisiert, Ihnen alles zu sagen, was ich weiß.«

Die Aussicht auf das Schloß, die bei Sonnenuntergang so alltäglich hübsch gewesen war, wirkte jetzt ebenso abgedroschen in seiner gotischen Drohung. Kränkliches bläuliches Licht des verdeckten Vollmondes zeigte wilde Brecher, die über die gezackte Basis des Kliffs jagten. Das Schloß war nur in vagem Umriß zu erkennen mit Ausnahme eines blaß schimmernden Fensters.

Briskin zündete eine Zigarette an und schützte sie mit der hohlen Hand gegen den Nebel. Eine Brise trieb mir Rauch zu, und ich hustete prompt. Er entschuldigte sich.

Ich hätte vorsichtiger sein können, mehr argwöhnisch. Aber es war ein überwältigendes Gefühl von Nichtwirklichkeit dabei, eine echte physische Empfindung, als ob meine Füße nicht ganz den Boden berührten und mein Kopf unmöglich leicht und groß wäre. Vielleicht hatten der Wein und der Slivovitz etwas damit zu tun, vielleicht das Nikotin und was sonst noch in Briskins Rauch stecken mochte. Aber anstatt verständnisvoll zu nicken und Briskin ausreden zu lassen, sagte ich:

»Bitte, antworten Sie mir mit einer einzigen Silbe: Hat Ihr Lenkungskomitee Geoffrey Lorne-Smythe umgebracht?«

Er machte einen langen Zug an seiner Zigarette, und das rote Glimmen, das von seiner Hand reflektiert wurde, zeigte den größten Teil seines Gesichts, aber seine Miene verriet nichts.

»Sie können doch sicher mit Ja oder Nein antworten.«

»Nein«, sagte er. »Ich kann nicht antworten.«

Er wollte mir Angst machen, und ich hätte auch Grund dazu gehabt. Statt dessen war ich verärgert. »Was war dann mit dem Russen? Popov. Jeder weiß, daß das kein Unfall gewesen ist. Haben Sie ...«

»Mit wem haben Sie gesprochen?« Seine Stimme war plötzlich scharf und befehlend.

»Auf jeden Fall mit Lamont Randolph.« Ich lachte unbekümmert. »Es hinkriegen, daß Unsterbliche eine kürzere Lebenserwartung haben als 'phems.«

»Sie glauben, daß wir auch das getan haben?«

»Ich weiß nicht, was, zum Teufel, ich denken soll. Sie haben mir nie etwas Spezifisches gesagt, nur vage Andeutungen von riesiger Macht und Reichtum.«

»Ich sage Ihnen genau, was ...«

»Und was diese Dame aus Texas über die Stileman-Stiftung gesagt hat, paßt noch besser zu Ihrer geheimen Gruppe. Es wäre nicht schwer gewesen, Randolph zu töten, falls Sie ihn für gefährlich gehalten hätten. Ihn durch irgendeine dritte Partei umbringen zu lassen.«

Briskin nickte langsam, wollte etwas sagen, machte dann aber kehrt und ging wieder hinein.

Das Gefühl von Unwirklichkeit hielt an. Das reale Leben ist nicht so, Geheimbünde arrangieren keine Morde und lassen sie dann aussehen wie Unfälle und Selbstmorde.

Ich lehnte mich gegen das kühle Metallgeländer und schaute in den hell erleuchteten Raum. Die Texas-Lady war in eine erbitterte Diskussion mit Kamachi vertieft. Mir tröpfelte kaltes Wasser den Rücken hinunter.

Wer trieb da sein Spiel mit mir? Ich wußte, daß Kamachi aus extremen geschäftlichen Gründen getötet hatte. Vielleicht auch die Texanerin, die so etwas andeutete. Selbst wenn dieses Lenkungskomitee nicht mehr war als ein Haufe phantasierender Macht-Agenten mit Illusionen von Welteroberung, würden sie sich bestimmt ständig um mich kümmern.

Zu bequem auf zu lange Zeit. Nicht kreatürliches Behagen, sondern Selbstzufriedenheit mit meiner Sicht des Universums, in das ich hineinpaßte, wie die Dinge liefen und in welchem Maße ich sie kontrollierte.

Und ein kurzes Gedächtnis. Meine erste Million hatte ich mit Marihuana gemacht, das damals noch verboten war, indem ich es per Schiff oder Flugzeug aus der Karibik nach Südamerika beförderte. Ich war damals kriminell und kannte Leute, die für ein Honorar einen jeden ermorden würden. Zufriedenheit und Vertraulichkeit garantiert. Keine festen Gebühren in Abhängigkeit vom Reichtum des Kunden und der Zugänglichkeit des Opfers.

Jim Nicholson, ein Bursche, den wir Smiley nannten, behauptete, damit seinen Lebensunterhalt zu verdienen. In einer durchgezechten Nacht sagte er, wieviel er dafür verlangen würde, jeden von uns zu ›mortalisieren‹. Ich war das billigste Opfer — zweitausendfünfhundert Dollar. Leicht zu erledigen. Daß ich eine Waffe trug, zählte nicht. Ich sei zu vertrauensselig, sagte er.

Und vielleicht auch etwas blöde.

Maria kam auf den Balkon heraus und ließ die Tür hinter sich zugleiten. Sie fröstelte, und ich legte mein

Jackett über ihre nackten Schultern. Das italienische Kleid aus schwarzen Spitzen schmeichelte ihrer zarten Figur, hätte aber gegen das Wetter nicht viel genützt.

»Hast du aus Sir Charles etwas Nützliches herausgebracht?«

»Nun ja. Ich muß dich um Entschuldigung bitten.«

»Wieso?«

»Die Leute von Sir Charles, das Lenkungskomitee. Die sind ungefähr so schlimm, wie du es befürchtet hast.«

Sie wandte sich um und blickte wieder in den Raum. »Wohin ist er wohl gegangen?«

»Bloß rausgegangen, um eine Mörderbande zu besorgen.«

Sie sah mich merkwürdig an. »Darüber würde ich nicht scherzen. Was hat er gesagt?«

»Er war bemüht, nichts Genaues zu sagen. Mir bloß die Hölle heißzumachen mit bedeutsamem Schweigen.«

»Was hast du ihn gefragt?«

»Nun ... ob sein Komitee Lorne-Smythe getötet hätte ...«

»Dallas!«

»... und Lamont Randolph — und Popov.«

Sie schaute wieder in den Raum. »Wie konnte jemand Millionen Pfund zusammenbringen, wenn er nicht wußte, wann er den Mund halten muß?«

»Ich glaube, er hatte es auf mich abgesehen. Oder die ganze Situation lief darauf hinaus. Ich mußte es wissen.«

»Er wird dich erwischen, schon recht.« Sie langte in ihre Handtasche und holte ein kleines schwarzes Funktelephon heraus. »Wo ist dein Leibwächter?«

»Wieder in London. Hier sind sie nicht erlaubt.«

»Meiner ist auf See. Hast du im Hotel noch irgend etwas, ohne das du nicht leben kannst?«

»Nein, aber ...« Sie drückte auf den Rufknopf. »Glaubst du wirklich, daß sie ...«

»Als ich kam, war ich auf das Schlimmste gefaßt, Dallas. Sir Charles vielleicht auch.«

»Ich habe mich nicht als tauglich erwiesen. Konnte meinen Mund nicht halten.«

»Du kannst es dir nicht leisten, sarkastisch zu sein.« Das Telephon flüsterte, und sie sprach hinein in einem italienischen Dialekt, den ich nicht mitbekam. »Auch Eric ist wahrscheinlich in Gefahr wegen der Verbindung. Wir drei werden lässig hinausgehen, zum Kai hinunter, und ein zufälliges Wassertaxi mieten. Mein Leibwächter erwartet uns vor Lopud Island, etwa ein Kilometer nördlich davon.«

»Und von da?«

»Das werden wir später erörtern.« Sie öffnete die Tür und schob mich hindurch.

Sir Charles fehlte immer noch: Wir lösten Eric aus einer Konversation und steuerten ihn zu seinem Mantel. Dabei flüsterte ich: »Maria glaubt, daß die Sache im Eimer ist.« Er brauchte keine Details.

Wir begaben uns in weniger als zehn Minuten von Zoro zu dem öffentlichen Kai. Wir nahmen das erste Taxi in der wartenden Reihe und baten den Fahrer, uns zum Lafodia-Hotel auf Lopud zu bringen. Unsere Idee war, daß er dieses Ziel melden würde und wir dann vor der Ankunft ihn für ein gutes Trinkgeld veranlassen könnten, zur anderen Seite der Insel herumzukurven.

Wir machten einige Minuten steife Konversation; und dann bedeutete Maria mir, an die Kunststofftrennwand hinter dem Kopf des Fahrers zu klopfen. Wir waren etwa eine Minute von der Insel entfernt. Der Fahrer schaltete den Leergang ein, machte die Innenbeleuchtung an, schob die Trennwand weg und wandte uns sein Gesicht zu.

Ohne eine Miene zu verziehen, zog er eine großkalibrige Pistole und schoß Eric direkt ins Gesicht.

Ich bin kein Kämpfer, treibe aber seit hundert Jahren Leichtathletik und habe so bald nach der Verjüngung die Reflexe einer nervösen Klapperschlange. Ohne zu überlegen, packte ich sofort den Lauf der Pistole, fühlte den Stoß, als er schoß, und wand ihm die Waffe aus der Hand. Ich drehte sie um und schoß zurück. Sein Brustkorb und seine Kehle explodierten in einem Schwall von Blut und zerfetztem Fleisch. Das Taxi blieb in der Luft stehen und fiel ins Wasser.

Eric war total erledigt. Die Explosion hatte ihn vom Hals aufwärts zerstückelt. Ich hatte schon früher Tod erlebt, auch gewaltsamen; aber noch nichts wie dieses. Seine Hände krampften sich auf und zu. Aus der Halsschlagader strömte Blut, spritzte gegen das Dach und Rückfenster des Taxis. Seine Schultern arbeiteten, als ob er etwas ausdrücken wollte.

Dann hörte das Blut auf zu strömen, und der Körper wurde im Tode schlaff. Ich wandte mich zu Maria.

Sie schien gelähmt zu sein. Ihre Augen hatten einen starren Blick, schauten aber auf keinen der Toten. Ihre Haut war so blaß, daß sie fast blau aussah. Die Vorderseite ihres eleganten Kleides war karmesinrot gestreift und gesprenkelt und ihr Haar ebenso.

Sie klappte ihre Handtasche auf und führte das Rufgerät langsam an die Lippen. »Es hat einen Unfall gegeben«, sagte sie langsam und monoton auf italienisch. »Wir sind auf dem Wasser, auf der anderen Seite der Insel.«

Ich schaute auf die Waffe in meiner Hand. Sie war das, was die amerikanische Polizei einen Volksfreund nennt, eine Art auf Handgröße abgesägter Flinte. Nach drei oder vier Fuß verdampfen die Geschosse harmlos. Auf nahe Distanz haben sie die Wirkung einer Handgranate.

Vom Ellbogen abwärts troff mein Arm von Blut.

»Ist sie noch geladen?« fragte Maria mit seltsam ruhiger Stimme. »Ich meine, wieviel Schüsse sind noch übrig?« Mit einiger Mühe fand ich einen Auswurfhebel und schob ihn mit dem Daumennagel nach rückwärts.

Dann rutschte das Magazin heraus, und ich hielt es ins Licht. Drei Patronen. Ich schob sie wieder hinein und steckte mir die Waffe in den Gürtel. Dann wischte ich mir die Hand an den Polstern ab.

Das Taxi dümpelte in der ruhigen See. Der einzige Laut war tropfendes Blut. »Armer Eric!« sagte ich, um überhaupt etwas zu sagen.

»Für ihn ist es vorbei«, sagte sie und schaute aus dem Fenster.

Ich hatte den merkwürdigen Eindruck, daß ich mich eigentlich übergeben müßte, fühlte mich aber trotz allem fast in Ordnung. Sogar etwas hochgemut und frisch. Vielleicht haben manche Soldaten ein solches Gefühl, wenn sie erst einmal alle Hoffnung auf Überleben fahren lassen. Ich wußte nicht, ob ich noch Stunden oder Minuten oder Tage hatte. Aber ich zweifelte nicht daran, daß sie mich erwischen würden. Und Maria. Vielleicht würden wir es ihnen schwerer machen, als sie erwarteten.

Von der anderen Seite der Insel näherte sich ein Licht und wurde dann zu zwei Scheinwerfern. Ich legte die Hand an den Griff der Pistole: »Ist das dein Bursche?«

Sie nickte und machte vorsichtig die Tür an ihrer Seite auf. Ein Luftsack für den Notfall hielt uns gut über Wasser. Sie winkte in die Scheinwerfer; und das andere Vehikel, eine Mercedes-Limousine, kam längsseit.

Ihr Leibwächter war kein ›Bursche‹, sondern eine große Frau, blond und mit tiefer Stimme. Sie krächzte *»Dio Cristo!«*, als sie das Blutbad sah, und half dann uns beiden, aus dem einen hüpfenden Vehikel in das andere umzusteigen. Nach einem geflüsterten Gespräch mit Maria zog sie eine Handwaffe und schoß auf den Luftsack. Der fiel mit lautem Seufzen zusammen. Das Taxi kippte hoch und glitt ins dunkle Wasser. Seine Scheinwerfer waren noch ein paar Sekunden lang zu sehen.

»In Ihre Wohnung, Lady?« fragte die Leibwächterin.

»Nein. Kurs auf Rom — nein ... Palermo, ich muß

nachdenken.« Die Limousine brauste los, und wir beide sanken in die dicken Kissen. »Mach die Lichter aus, wenn es nicht zu gefährlich ist.« Im letzten Lichtschein sah ich Tränen aufquellen.

Sie waren sich darüber einig, daß es lächerlich wäre, langfristige Pläne zu machen. Als erste Maßnahme mußte man untertauchen. Sizilien erschien ein wenig sicherer als Rom, um den Sprung in die Staaten zu wagen. (Die Vereinigten Staaten würden erste Wahl sein, da Dallas zu deutlich amerikanisch wirkte. Man könnte sein wohlbekanntes Gesicht verändern, aber er würde in der europäischen Unterwelt immer noch viel zu sehr auffallen.)

Cleta, die Leibwächterin, verließ sie in einem schäbigen Strandmotel einige Dutzend Kilometer außerhalb Palermo. Vor der Morgendämmerung kam sie zurück mit Kleidung zum Wechseln für beide, mit Koffern, amerikanischen Pässen, Tickets zur Conch-Republik, und 47 000 US-Dollar. Sie hatte den Mercedes für weniger als die Hälfte dessen verkaufen müssen, was er bei einer legalen Transaktion erbracht hätte. Maria dankte ihr, gab ihr reichlich Trennungs- und Schweigegeld und versprach, sie wieder anzuheuern, wenn dies alles vorüber wäre.

Natürlich würde es nie vorübergehen. Das ist ein Problem, wenn deine Feinde unsterblich sind. Es gab auf der Erde keinen Ort, wo sie sicher sein könnten.

Flächengröße und Bevölkerungszahl der Welten

Kontinent	Fläche (qkm)	% der Erde	Bevölkerung (Millionen, geschätzt) 1900	1950	2000	2050	2075
Nordamerika	24500	16,2	106	219	380	410	420
Südamerika	18000	11,9	38	111	258	600	880
Europa	9900	6,6	400	530	720	750	790
Asien	46600	29,8	932	1418	2433	3015	3224
Afrika	36000	20,2	118	199	390	570	630
Ozeanien	8500	5,7	6	13	30	50	73
Antarktica	11500	9,3	–	–	<0,1	0,1	0,2
Erde	151000		1600	2490	4211	5395	6017

Außerhalb der Erde

	Fläche	Bevölkerung (aktuelle Zahlen 2075,0)
Diesseits des Mondes	–	1390
Mond	12750	436
Mars	18700	129
Novysibirsk	*	110000**

* Ceres hat einen Durchmesser von 1300 km, die anderen Asteroiden haben 575 km und weniger.
** Schätzungen gehen von 85000 bis 150000.
Quelle: Rand McNally & Co.

MARIA

Ich glaube, Dallas wollte in die Conch-Republik gehen, weil das der letzte Ort war, wo er als wirklicher Krimineller gearbeitet hatte. Angenommen, er wollte wissen, wie er vorzugehen hätte und so weiter ... Allerdings könnte der Umstand, daß hundert Jahre seit jener Erfahrung vergangen waren, deren Wert mindern, etwa so als wenn Jesse Jim sich durch Zeitreise der Bande von Al Capone anschließen würde.

Wir waren beide noch benommen durch den Schock über Erics plötzlichen Tod, die jähe Verwandlung dieser Sache aus einer hypothetischen Vermutung zu einer brutalen Tatsache, als wir den Touristenflug von Palermo buchten. Es war ein ›Gasbeutel‹ für Wochenendausflügler. Dallas hatte ihn ausgesucht, weil er für reiche Leute, die um ihr Leben rannten, die unwahrscheinlichste Wahl darstellte. Auch in grotesker Weise unpassend für trübe oder ängstliche Stimmungen.

Eine geschwätzige Hostess, die uns mit dem Schwebezubringer zu dem vertäut liegenden Gasbeutel hinaufschaffte, beschrieb die tausend-und-eine Vergnügungen, die unser dort harrten: vier ›Gourmet‹-Restaurants, Live-Unterhaltung, alle Arten von Glücksspielen — vollkommen legal. Sie brauchte nicht die Drogen und Prostitution zu erwähnen, die auch legal waren. Oder zumindest nicht illegal im Luftraum des Niemandslandes zwischen Kontinenten.

Unser Raum war eine winzige Kabine, größtenteils Bett und Spiegel, aber teuer. Die wirklichen Economy-

Passagiere investierten nicht in so etwas. Sie hatten vor, die vollen vierundzwanzig Stunden aufzubleiben und die Vorzüge des Schiffs zu genießen (natürlich würden sie durch geschicktes Spiel genug verdienen, um alles zu bezahlen).

Wir saßen ein paar Minuten auf dem Bett und sahen Palermo entschwinden. »Sollen wir unser Glück versuchen?« fragte ich. »Die Tische werden eröffnet, sobald wir sieben Meilen weit draußen sind.«

»Du gehst ohne mich, Schatz. Ich möchte etwas ausruhen.« Eine kurze, verabredete Konversation unter der Annahme, daß die Räume verwanzt wären. Die feine alte ›Familie‹, die offenbar das Schiff betrieb, würde nicht darüber erhaben sein, die Gespräche der Leute aufzuzeichnen, um später darauf zurückkommen zu können.

Dallas würde die ganze Überfahrt in der kleinen Kabine verbringen müssen oder an anderen sicheren Plätzen, falls ich welche finden könnte. Die neben uns im Zubringer sitzende Frau hatte davon geschwärmt, wie sehr er Dallas Barr ähnlich sähe. Davon konnte etwas so weit getragen werden, daß uns ein Begrüßungskomitee am anderen Ende sicher war.

Meine Aufgabe bei dieser ersten Expedition war es, Plätze auszukundschaften, wo wir in Sicherheit miteinander reden konnten, oder wo Dallas zumindest unbeobachtet seine Beine ausstrecken konnte. Und etwas zu essen mitzubringen.

Es war hart, sich auch nur darauf zu konzentrieren, von einer Stelle zur anderen zu gehen und sich immer zu fragen: »Würde er hier gesehen werden?«, weil mein Geist immer wieder zu jenem Moment der schrecklichen Gewalttat zurückkehrte. So abrupt, so sinnlos, so böse. Und jetzt steht Dallas und mir dasselbe Ende bevor. Aber auch wenn ich durch das Tal des Todesschattens wandle, werde ich kein Übel fürchten. Denn Du bist mit mir. Du bist mit mir.

Die Kasinos kamen nicht in Betracht. Obwohl zwei der Restaurants ›private‹ Abteile boten, würden die sicher nicht privater sein als die Schlafkabinen. Das Aussichtsdeck war zu offen, und natürlich würden wir nicht zu einer Show gehen und dort miteinander reden.

Schließlich geriet ich an einen fast idealen Platz, das Schwimmbecken. Das war erfreulich laut, mit Hintergrundlärm von den Motoren und der Klimaanlage, sowie dem Wasser, das herumplatschte, wobei die Leute noch spritzten und brüllten. Das widerhallende Getöse hätte mich normalerweise vertrieben, war jetzt aber perfekt. Und ich war noch nie als Erwachsene vor fremden Leuten unbekleidet gewesen; aber ich sah ein, daß Nacktheit für Dallas eine recht gute Verkleidung darstellte. Wir stellen uns berühmte Leute nicht ohne Kleidung vor, zumindest nicht irgendwie genau.

An einem Buffet füllte ich uns je einen Teller mit Salat, Brot, Fleisch und Käse. Ich war so ausgehungert, daß ich ein Stück Schinken verschlang, während ich hinter einer trödeligen Frau wartete. Und dann kam plötzlich wieder das Bild von Eric und seinem explodierenden Kopf zurück, daß ich mich fast übergab. Ich schluckte ein paarmal kräftig und hielt es schließlich durch. Aber mein Appetit war dahin.

Ein Kellner hielt mich an der Tür an und sagte, er würde mir gern die Teller zu meiner ›Suite‹ tragen. Ich sagte, er solle sich nicht bemühen; aber er bestand darauf, zwar immer noch höflich, aber deutlich genug, daß ich schließlich verstand. Er wollte nicht, daß wir das Schiff verließen mit ihren kostbaren Tellern aus Pseudokeram und rostfreien Platten. Während ich hinter ihm zur Kabine zurückging, war ich erst amüsiert, dann etwas ärgerlich und schließlich sogar mitfühlend. Vielleicht liebte er diesen Teil seines Jobs nicht. In diesem Fall würde ich in meinem Herzen Raum finden, ihn zu bedauern.

Diese emotionale Ablenkung beseitigte irgendwie

den Ekel; und ich war imstande, mit Dallas zusammen etwas zu verzehren. Wir machten leichte Konversation und sahen zu, wie der Ozean ein Kilometer unter uns dahinrollte, während Dallas seine Platte abräumte und dann von meiner noch die Hälfte.

»Bist du nicht in Stimmung zu essen?« fragte er und ließ die Hand über dem letzten Stück Hühnchen schweben.

»Nicht so richtig.« Er schnappte sich den Happen. »Eigentlich ... hätte ich Lust zu schwimmen.«

Er sah mich bedeutsam an. »Weit tauchen.«

»Nein, Quatsch, die haben einen Pool im australischen Stil. Er wird dir gefallen.«

»Ziemlich heiser?« Ich nickte. »Gehen wir, uns naß machen!«

Im Bereich des Schwimmbeckens waren vierzig oder fünfzig Personen. Vielen davon hätte ein Quadratmeter Kleidung gut getan. Sie hoben die Szenerie wenig, halfen aber, den Geräuschpegel zu heben. Dallas und ich legten unser Zeug in ein Schließfach und begaben uns an das tiefe Ende. Wir hielten uns am Rande des Bekkens fest und rutschten in eine Ecke. Nichts Verdächtiges, wenn ein ›junges‹ Paar sich da zusammendrängt und tuschelt.

Ich sagte: »Diese Insel, zu der wir gehen, ist also nicht wirklich ein Teil der Vereinigten Staaten?«

»Das kommt darauf an, wen du fragst. Vor ungefähr fünfzig Jahren haben sich die Conchs formal vom Land getrennt und den Namen in Conch-Republik geändert. Weder die Regierung der USA noch der Staat Florida hat die Gültigkeit dieses Aktes anerkannt, Florida hat ihre Trinkwasser-Pipeline gesperrt. Die Conchs haben sich gerächt, indem sie alle Touristen vertrieben und die Brücke sprengten, die sie mit dem Festland verband.«

»Das klingt typisch amerikanisch«, sagte ich. »Ich erinnere mich dunkel daran.«

»Es war aber auch nicht allzu impulsiv. Viele Leute,

die zum Machtgefüge gehörten, waren glücklich, in der Nähe einen offiziell rechtsfreien Staat zu haben. Um illegal erworbene Gewinne zu verstecken, für Währungsmanipulationen und so weiter. Also protestiert die Bundesregierung immer noch, bedrängt die Conchs wegen unbezahlter Steuern und fordert Auslieferungen auf Gegenseitigkeit und dergleichen. Aber sie tut nie etwas, das den Status quo wirklich ändert.«

Wir kniffen die Augen zu, als ein großer Mann über uns weg einen Kopfsprung machte. Nachdem der Wasserschwall nachgelassen hatte, fuhr Dallas fort.

»Das ist für uns günstig, da wir mit Bargeld alles machen können, ohne daß jemand die Augenbrauen hochzieht. Früher oder später können wir in die Staaten geschmuggelt werden, mit neuen Identitäten, die schon bereitliegen.«

»All right ... und was dann?«

Er starrte ausdruckslos über das Deck des Schwimmbeckens. »Jaa — was dann?«

»Du hast noch zehn oder zwölf Jahre Zeit bis zu deinem nächsten Stileman. Du erscheinst in der Klinik zur Behandlung — angenommen, du kannst eine Million Pfund zusammenbringen, ohne Dallas Barr zu sein —, und sie werden dich sofort identifizieren. Keine Tarnung könnte dein Chromosomenmuster verbergen.«

»Also habe ich zehn oder zwölf Jahre, um sie zu schlagen«, sagte er ruhig. »Oder abzuwarten, daß sie sich selbst schlagen, was noch wahrscheinlicher ist. Aber ich denke mehr in Abschnitten von zwei oder drei Jahren. Das ist deine Zeit, nicht meine.«

Er wartete, daß ich etwas sagen würde. Ich schaute ihn bloß an. Ein Teil von mir wollte anständig sein und die Scharade hier enden lassen. Sag ihm, daß auch ein Jahr zu lang wäre! Aber ich schaute ihn bloß an.

Er sagte: »Wir haben zwei Grundmuster des Handelns. Einerseits wirkliche Aktion, andererseits Untätigkeit.«

»Sich verstecken oder angreifen«, sagte ich.

»Das ist richtig. Wir können sie aber auch aus dem Versteck angreifen ohne allzu großes Risiko. Wir schikken Botschaften an so viele Stileman-Offizielle, wie wir lokalisieren können, und berichten, was geschehen ist. Wir erzählen alles, was ich von Briskin erfahren oder schlußfolgern konnte. Ich könnte aber auch versuchen, an die Öffentlichkeit zu gehen und meine berühmte Fratze benutzen ...«

»Nein. Selbst wenn das klappte, würden sie dich kriegen.«

»Vielleicht auch nicht, wenn ich es geschickt anstelle.«

»Nein! Du kannst nicht so vorgehen, als ob sie gesunden Menschenverstand gebrauchten und irgendwelche Vorsicht walten ließen. Die Art, wie Sir Charles unsere Ermordung arrangiert hat — dabei hat er sicher keine Zeit verloren, um die möglichen Konsequenzen abzuwägen.«

»Er ist einfach losgegangen und hat es gemacht.« Dallas machte ein nachdenkliches Gesicht. »Nun ja, im Interesse der Sicherheit müssen wir annehmen, daß sie irgend etwas unternehmen werden, um uns zu bekommen. Auch wenn Briskin der einzige wirklich Verrückte ist.«

Ein kicherndes Paar sauste über uns dahin, sicher mit einem unverkennbaren Ziel. Ich sah, wie der erigierte Penis des Mannes wackelte und fühlte plötzlich einen inneren Drang. Und Trockenheit im Munde.

Dallas folgte meinem Blick und lachte. »So etwas haben sie nicht im Kloster?«

Ich wollte eine witzige Antwort geben. Mir fiel aber keine ein. Ich rieb seinen glatten Biceps. »Laß uns zurückgehen!«

Watson Hygiene-Bericht

Scriptentwurf für eine 40-Sekunden-Äußerung von Dallas Barr

TOTALE —

Ein Mann und eine Frau, beide etwas übergewichtig, aber noch attraktiv, sitzen auf einer Couch und glotzen in die Röhre. Kleidung, Möbel, Umgebung — alles untere Mittelklasse. Wir sehen, daß sie eine Sex-Show anschauen. Er schiebt eine Hand in ihre Bluse.

Mann

Komm schon, Margie ...

Frau

Nein ... vielleicht sollte ich nicht ...

Mann

Los ... Ich sterbe ...

Frau

Wenn du meinst, daß es richtig wäre ...

Hastige Aktivität, als sie einander eilig entkleiden.

Die Stimme von Dallas kommt zunächst aus dem OFF: Nach einer Sekunde schwenkt die Kamera zur Mattscheibe und zeigt sein Gesicht.

Barr

Zufrieden, Kumpel? Du hast die Schlampe
dazu beschwatzt.

GEGENSCHUSS: Sie kämpft sich aus der Wäsche frei.

Barr, Forts.

Sagte, daß er dafür stürbe ...

FAHRSCHUSS ZUR NAHAUFNAHME

Na schön, das wird er. Dafür sterben.
Ihr Arsch hat das X.

GANZ NAH VON DER SEITE: Penis dringt ein

Barr, Forts.

Er hat nichts übergezogen.
In zwei Monaten wird sein Speer verfaulen
und abfallen. Noch ein Monat,
und er ist tot.

RÜCKSCHWENK zu Barr. Er hält eine Dreierpackung Kondome in einer Hand und ein einzelnes in der anderen, darüber drapiert. Ein scharfer Spot (polarisiert zwecks Regenbogenreflex) erfaßt es vor dem dunklen Hintergrund.

Barr, Forts.

Kondome. Zwanzig Mäuse das Pack.
Kannst sie nicht fühlen, kannst sie nicht sehen
bis auf den blauen Ring.

Retten dir garantiert das Leben ...

wenn nicht ihr Gatte auftaucht.
Dann bist du auf dich allein gestellt.

Sie vertäuten den Gasbeutel über einem Strand, und ein Schweber brachte die Leute in Gruppen zu je dreißig zu Mallory Square am Westende der Insel. In der Zollbaracke dort gingen diejenigen, welche die Vereinigten Staaten als Ziel hatten, in eine Warteschlange für TRANSIT-PASSAGIERE wegen der üblichen Formalitäten. Es gab keine Schlange für CONCH-REPUBLIK, sondern nur eine Ausgangstür und einen Tisch mit einem Gummistempel, falls man seinen Paß schmücken wollte.

Obwohl die Insel ein kongenialer Platz war für Kriminelle war — zumindest wohlhabende —, war sie nicht ganz gesetzlos. Sie hatte Polizei und Gerichtshöfe und ihre eigene verstümmelte Version des Gesetzes von Florida. Nach der Sezession hatte eine lokale Bar namens Sloppy Joe als einzige Unterhaltungsstätte gedient für eine Gruppe von Juristen, die eine Marathonlesung der Satzung von Florida veranstalteten. Sie lasen jeweils ein Gesetz vor und ließen dann die Besucher der Bar abstimmen. Wenn das Volk in seiner Weisheit ein Gesetz ablehnte, wurde es aus dem Buch herausgerissen. Natürlich ging dabei auch immer verloren, was auf der anderen Seite des letzten Blattes stand.

Das Ergebnis war eine seltsame Mischung von Anarchie im Stile von Novysibirsk und konventionellem amerikanischem Gesetz. Mann konnte nackt mit einem Gewehr über die Straße gehen, durfte aber nicht auf den Bürgersteig spucken. Man konnte in sechzehn Ländern steckbrieflich gesucht sein und auf der Insel unbelästigt überall hingehen — aber das durften auch alle Prämienjäger und Geheimpolizisten, die einem folgten.

Für den Durchschnittstouristen war es nicht gefährlicher als New York oder Alaska; und es war so schön wie das eine und so ungebunden wie das andere. Rekonstruierte oder sorgfältig erhaltene Gebäude des neunzehnten und frühen zwanzigsten Jahrhunderts standen abgesetzt von breiten Straßen, die von tropischen Blütenbäumen und Palmen gesäumt waren. Silberne Markisen schützten die Straßen vor der tropischen Sonne und schienen eine moderne Konzession an Komfort zu sein, dienten in Wirklichkeit aber der Sicherheit, damit die Leute kommen und gehen konnten, ohne aus dem Orbit erspäht zu werden. Die Regierung der Vereinigten Staaten war nicht als einzige an solchem Kommen und Gehen interessiert; auch die Mafia hatte einen Satelliten, ebenso wie verschiedene Konglomerate.

Aber die salzige Luft war wie Gewürz, und das Licht

war flüssiges Gold. Speisen und Getränke waren karibisch und ebenso das Tempo des Lebens, Mañana ... Gewiß kam es manchmal zu Schießereien. Aber das waren meist Profis. Wenn Unbeteiligte Zuschauer getroffen wurden, galt das als großes Pech.

DALLAS

Sobald wir ins Hotel einzogen, ging ich mit dem ›Volksfreund‹ in ein Waffengeschäft und besorgte ein Halfter für das unhandliche Ding. Ich kaufte auch einen dreischüssigen ›Zielfinder‹, der in einem Schreibstift versteckt war. Das ist ein kleines, auf Wärme ansprechendes Gerät, das ungefähr hundert Meter weit reicht, wenn das Ziel eindeutig ist. Maria wollte keine Waffen; aber ich nötigte ihr einen nicht tödlichen Piekser auf, ein Taschenmodell, das sie in die Handtasche tun und vergessen konnte.

Maria ging in die Bibliothek, um die von uns benötigten Anschriften des Stileman-Komitees zu bekommen (das Telephonsystem von Conch ist absichtlich primitiv und nicht mit irgendwelchen Datennetzen verbunden), während ich losging, um etwas Geld zu besorgen und eine gute Wäscherei zu finden.

Die Beschaffung des Geldes war ganz einfach. In der Duval-Straße gibt es einen Auftragsdienst, wo ich gegen meinen Daumenabdruck einen fünfzig Jahre alten Schlüssel erhielt. Der paßte zu einem Schließfach in einer Bank auf der anderen Seite der Stadt. Das Fach hatte seine Mietfrist von neunundneunzig Jahren halb hinter sich. Ich hatte es in dem Jahr nach der Sezession erneuert. Es enthielt sechs Kilogramm Goldbarren, einen zehnkarätigen Diamant von reinstem Wasser und drei Bündel von je hundert unbenutzten Tausend-Dollar-Noten. Ich nahm die Scheine, den Diamant und zwei Barren.

Die Waffe war lästig. Zu groß, zu auffällig. Ich kaufte ein übergroßes Hawaii-Hemd, um es darüber zu tragen; aber das machte es noch schlimmer, wie einen Auswuchs an meiner Hüfte, den ich verbergen wollte. So ging ich in Friendly Mike's Death Shoppe, um ein Tauschgeschäft zu machen.

In dem vorigen Waffenladen war das Verkaufspersonal schwer bewaffnet. Friendly Mike hatte keine auffälligen Waffen. Er brauchte keine. In dem Laden waren immer nur drei Personen gleichzeitig geduldet; und jeder davon wurde von einem automatischen Laser verfolgt, deren Montierungen ein ominöses metallisches Geräusch von sich gaben, wenn sie sich bewegten.

Er war ein großer rundlicher Fettkloß, wie ein etwas beweglicher Buddha, schwer auf einem vierrädrigen Schemel hockend zwischen der Kasse und einer Vitrine voll kleiner Waffen. Seinen kleinen schwarzen, tief in Fett eingesunkenen Augen entging nichts.

»Dallas Barr«, sagte er mit theatralisch tiefer Stimme.

»Nett, wenn man mich wiedererkennt.«

»Vielleicht manchmal.«

Ich blieb in sicherer Entfernung stehen. Wenn er jemanden angriff, wäre dies das Ende. »Ich möchte eine Waffe eintauschen. Darf ich sie einfach hervorholen, oder werde ich dann geröstet?«

»Nur zu! Ich passe auf.«

Ich übergab ihm den Volksfreund mit dem Kolben voran. Seine plumpen Hände waren erstaunlich beweglich, drehten die Waffe herum und inspizierten sie von allen Seiten. Er öffnete den Einwurf ein Zentimeter. »Sollte man nicht im Zimmer herumschleppen. Pustet das Bein weg.« Er schnupperte leicht an der Mündung.

»Hm.« Er legte die Waffe auf die Glasplatte und starrte sie an. »Normalerweise könnte ich dir dafür fünf- oder sechshundert geben bei Tausch.«

»Was heißt normalerweise?«

»Nun ja. Ich habe nicht gern Zeug, von dem ich weiß,

daß es bei einem Verbrechen benutzt wurde. Polente kommt vorbei, und ich muß es ihr wohl geben.«

»Verbrechen?« Ich fühlte, wie meine Knie weich wurden.

»Doppelmord in Jugoslawien. Hast du schon vergessen?« Ich schüttelte den Kopf. »Wir hören so schnell wie alle. Interpol in deinem Falle.«

»Ich habe einen Mann in Selbstverteidigung getötet.«

»He, ich bin nicht hier, um zu richten. Erkläre bloß Geschäftspraxis.« Er gab mir die Waffe zurück. »Willst du einen Rat hören?«

»Sicher.«

»Ich werde dir alles verkaufen, was du willst. Aber vor allem mußt du erst eine Wäscherei aufsuchen. Das Gesicht loswerden.« Er holte eine Karte aus der Weste. »Betsy Wolf. Sie ist wirklich gut, und ich bekomme zehn Prozent Provision.«

Die Adresse schien über der Karte zu flimmern, eine kostspielige Raffinesse. Eine Warnung für etwaige Kunden, keinen Rabatt zu erwarten. »Dankeschön. Werde sie ausprobieren.«

»Für dich gibt es aber keine Belohnung. Interpol trägt auch nicht immer so etwas.«

»Das habe ich gedacht. Vielen Dank!« Die Conch-Republik zählte mehr Prämienjäger als Prediger. Ich ging schnell durch die drückende Hitze zu der Adresse, ein hohes Gebäude am Meer. ›Elisabeth Wolf Schönheits-Salon‹ nahm das ganze oberste Stockwerk ein.

Der Fahrstuhl sagte mir, wie viele Waffen ich bei mir hatte, und öffnete ein Fach, um sie dort zu deponieren. Ich verschloß das Fach und codierte es hoffnungsvoll mit meinem Daumenabdruck. Es gab neun Fächer. »Wie wäre es, wenn mehr als neun bewaffnete Leute zugleich hier ankämen?«

»Diese Frage kann ich nicht beantworten«, sagte der Lift. Ich war irgendwie erfreut. Die Tür öffnete sich zu einem eleganten Empfangsraum — rechts Glaswände mit Blick auf den Ozean und links eine Holo-Reproduktion von Key West aus dem neunzehnten Jahrhundert. Ein Blick aus der Vogelschau vor dem Aufkommen von Flugzeugen.

Die Empfangsdame schaute auf, und für einen Sekundenbruchteil war da der vertraute Gesichtsausdruck ›Sie müssen irgendwie berühmt sein‹, der sofort verblaßte und durch eine professionelle Miene ersetzt wurde. »Kann ich Ihnen helfen?«

Wir stellten fest, daß ich Morris Niemand hieß, daß ich Dr. Wolf zu sprechen wünschte und keinen Termin hätte. Während wir darüber diskutierten, daß es unmöglich wäre, sie sofort zu sprechen, ließ Dr. Wolf auf dem Pult einen Summer ertönen und gab Anweisung, mich einzulassen.

Das innere Büro bestand eigentlich aus mehreren Räumen, war ganz in Weiß und Chrom und roch schwach nach Isopropylalkohol und altmodischen gestärkten Hemden: Gleichmäßges weißes Licht strahlte von der Decke und der oberen Hälfte der Wände.

Dr. Wolf kam herein, und nun war ich es, der überrascht war. Ich erkannte sie von der Sydney-Party wieder und fühlte mich sehr unbewaffnet.

Sie suchte vergeblich, ein Lächeln zu unterdrücken. »Die Welt ist doch klein. Nicht wahr, Mr. Niemand?«

»Ich hätte wohl besser anderswohin gehen sollen.«

»Gewiß. Aber jeder, den Sie auf der Insel treffen und irgendwie etwas taugt, wird unsterblich sein. Das ist eine profitable Unternehmung.« Sie nahm mich am Ellbogen und führte mich durch den Raum. »So oder so wird man Sie erkennen.«

Sie ließ mich auf einem Schemel Platz nehmen und legte einen Finger unter mein Kinn. »Sehen Sie geradeaus, Kinn hoch!«

»Warten Sie! Ich bin nicht sicher ...«

»Ich führe keine Akten, Bargeld auf den Lauf der Kanone, sehr schlechtes Langzeitgedächtnis. Ich vergesse schon, wie Sie ausgesehen haben. Lächeln — nein, ungezwungen!«

»Welche Art von Barzahlung?« sagte ich und lächelte. Eine Holo-Kamera kam von der Decke herab und umkreiste mich stumm.

»Dauernde Veränderung?«

»Nein.«

»Wieviel Bargeld haben Sie? Jetzt nicht lächeln!«

»Vierzig- oder fünfzigtausend.« Die Kamera lief wieder rundum.

»Folgen Sie mir!« Wir kamen in ein Zimmer mit einer Reihe von Sesseln gegenüber einem großen Holoschirm. Sie nahm den ersten Sessel und klappte eine Tastatur auf ihrem Schoß auf. Ein Bild meines Kopfes erschien von der Decke bis zum Fußboden.

»Wohin werden Sie gehen?«

»Hm ... ich weiß nicht.«

»Seien Sie nicht schüchtern! Für fünfzigtausend kann ich Sie schwarz oder orientalisch machen. Das ist die einfachste Art von Täuschung. Aber es gibt Orte, wo beides von Nachteil sein könnte.« Sie selbst war schwarz. »Ich nehme an, daß Sie auch gelernt haben, daß es Plätze gibt, wo es von Nachteil wäre, weiß zu sein.«

»Ich bin nicht schüchtern. Ich hatte keine Zeit, um zu planen.« Ich konnte es mir leisten, ihr alles zu erzählen. »Hinter mir her sind Leute mit Pistolen. Sie wollen nicht darüber reden. Ob mit oder ohne Recht, sie haben keine Angst vor dem Gesetz.«

»Stilemans?«

»Zumindest einer von ihnen.«

»Und Sie können sich nicht selbst an die Justiz wenden?« Sie blickte nachdenklich auf das Bild.

»Nein. Jetzt gerade nicht. Vielleicht am Ende.«

Sie nickte und drückte einige Knöpfe auf der Konsole. »Hier.« Mein Gesicht wurde an Kinn, Wangen und Stirn faltig. Dann war es das Gesicht eines Fremden.

»Das würde gut funktionieren.«

»Vier nichtmetallische Pressor- und Traktor-Einfügungen. Gut für ungefähr zwei Jahre. Dann wird Ihr Gesicht wieder auf normal zurückrutschen. Ich kann die Einlagen gratis herausnehmen oder neu bestücken. Natürlich wird man sie finden, wenn Sie schließlich zur Verjüngung antreten. Ebenso jede Art von Gesichtschirurgie.«

»Das ist alles für fünfzig Riesen?«

»Nein. Ich werde außerdem neue Personalpapiere besorgen und die Farbe von Ihrer Haut und Ihrem Haar verändern. Größe und Haltung. Wollen Sie einen neuen Kerl haben?«

»Was?«

»Speer, Pimmel, Penis, Schniedelwutz, einäugige Hosenmaus. Die ist ebenso individuell wie das Gesicht. Man kann sich Fälle vorstellen, wo ein Mann sich wünscht, daß sie getarnt wäre.« Ich machte ein Schafsgesicht.

»Wollen Sie eine Verkürzung haben?«

»Na ja, nicht jetzt. Wie ist es mit der Stimme?«

»Dazu möchte ich nicht raten, sofern die anderen Sie nicht schon lange kennen. Die meisten Leute haut es richtig um, alle vierundzwanzig Stunden des Tages an eine andere Stimme denken zu müssen. Es fällt auf, wenn man ausrutscht.«

»Ich bin aber oft im Fernsehen gewesen.«

»Ohne das Gesicht wird man die Stimme nicht erkennen. Könnte nur anders sein, wenn Sie eine drollige Sprechweise oder ein starken regionalen Akzent hatten.«

»Okay. Wie lange dauert es?«

»Eine Stunde. Dann noch eine Stunde, bis die örtliche Betäubung abklingt.«

»Achtzig Riesen für zwei?«

Sie sah mich schief an: »Wollen Sie es zweimal machen lassen?«

»Nein, ich meine einen Mengenrabatt: Ich habe eine Frau dabei. Auch hinter der ist man her.«

»Irgend etwas Besonderes an ihr?«

Ich grinste. »O ja.«

»Das meine ich nicht. Wenn sie über zwei Meter groß ist oder fast drei Zentner wiegt, kommen wir in eine andere Kategorie.«

»Nein. Sie ist schön auf eine klassische mediterrane Art. Wie Enrica del Vecchio.«

»Schönheit läßt sich leicht richten.« Das gab mir einen leichten Schauder. »Ist sie etwa auch eine öffentliche Person?«

»Nein. Sie hat viele Jahre lang zurückgezogen gelebt. Aber wir müssen annehmen, daß die Leute, die hinter mir her sind, sie wiedererkennen würden.«

»Okay. Achtzigtausend?« Sie dachte kurz nach. »Heute ist wohl ein flauer Tag.«

Ich holte aus der Tasche, die ich bei mir hatte, eines der Notenbündel, brach das Plastiksiegel, zählte zwanzig ab und gab ihr den Rest. »Sie werden nicht lange brauchen, um Ihre Million zu machen.«

»So ziemlich fast ein Jahr.« Sie zählte die Scheine schnell in Zehnerhaufen ab: »Allerhand Protektion und so.«

Befriedigt stapelte sie die Noten zusammen und rollte sie in ein dickes Bündel, mit dem sie auf eine Tür zeigte. »Sie gehen dort hinein, duschen und legen alle Ihre Sachen in den Safe. Die Waffen, die Sie mithatten, werden inzwischen auch drin sein. Haben Sie mal jemand getötet?«

»Vorvorgestern.«

»Jesus! Na schön, ich will Ihnen nicht in Ihre Geschäfte hineinreden.«

»Das sind nicht meine regulären Geschäfte. Jeder gute Rat ist erwünscht.«

»Sehen Sie zu, daß Sie das heiße Eisen loswerden! Den Volksfreund. Ich verstehe von Waffen nicht mehr als der nächste kosmetische Chirurg, aber ich weiß, daß es sich da um einen sicheren Töter handelt. Es ist bis etwa anderthalb Meter gut, und dann nichts. Stimmt's?«

»Denke schon. Habe es nur einmal benutzt.«

»Diese Stadt ist voll von Leuten, die zwei Meter entfernt bleiben und dich zwischen die Augen schießen, nur um fesch zu sein. Das meine ich ernst.«

»Gut gesagt. Ich werde das Ding verstecken.«

»Sehr wohl!« Sie klopfte mir auf die Schulter. »Ich brauche Stammkunden. Sie werden gesäubert, und wir werden Ihr Gesicht einfrieren.«

Die einzige Person, die mich in beiden Inkarnationen kannte, war Dr. Wolf. Ich kam nie wieder an der Empfangsdame vorbei; und die beiden, die mich ankleideten und betreuten, Jules und Julie, sahen mich erst nach den Implantationen und der Hautfärbung.

In zwei Stunden vom Angelsachsen zum mediterranen Typ. Ich hatte olivfarbene Haut und einen gewaltsam gezüchteten Schnurrbart, üppig, aber sauber getrimmt. Dazu Pfeffer-und-Salz-Koteletten, die bis zum Kinnbacken hinunterliefen. Langes dunkles, seitlich gescheiteltes Haar. Das war ein eigenartiges Gefühl, stimmte aber genau. Anhebungen in meinen Schuhen verliehen mir einen etwas nach vorn gerichteten Gang auf den Fußballen und machten mich einen Zoll größer. Ein Geschäftsanzug aus weißer Rohseide, ganz deutlich teurer, als ich mich zu tragen entschlossen hätte, war auch in Ordnung. Sie versuchten, mich zum Rauchen einer langen dünnen Zigarre zu bewegen, aber davon mußte ich niesen. Ich hatte diese Gewohnheit vor hundert Jahren aufgegeben. Das Verlangen danach vielleicht vierzig Jahre später.

Julie brauchte eine halbe Stunde, um mich mit Makeup zu versorgen. Mindestens eine Woche lang würde ich Narben an Wangenknochen und Kinn verdecken müssen, wo die Traktoren und Pressoren eingesetzt waren. Danach würde ich weniger brauchen, müßte aber, um den Charakter zu wahren, immer ein wenig Puder benutzen. Meine Papiere sagten, ich wäre Cassius ›Cash‹ Donato. Zum Glück Amerikaner. Ich fühlte mich ungefähr ebenso italienisch wie eine Hamburgerpizza.

Der Blick in den Spiegel war verwirrend. Das Bild zeigte einen völlig Fremden. Sie hatte sogar die Farbe meiner Iris von blau zu schwarz verändert. Die kleinen Traktoren, die die Haut meiner Wangen hochzogen, ruhten auf den Backenknochen. Ihre Dicke gab meinem Gesicht ein dreieckiges Aussehen, das nicht besonders hübsch wirkte. Die beiden Pressoren am Kinn bewirkten ein Grübchen und drängten beide Seiten meines Kinns ungefähr ein Zentimeter auseinander.

Als die Betäubung nachließ, fühlte es sich an, als ob jemand mit unglaublich leichter Hand beide Wangen sanft auf und ab stieße. Jules sagte, ich würde das nach ein paar Tagen nicht mehr bemerken. Ich hatte auch das Gefühl, als ob man mir dreimal ins Gesicht geboxt hätte. Aber dafür gaben sie mir eine Pille.

Ich ging zurück zu Friendly Mike's; und der fette Mann erkannte mich nicht, oder verheimlichte das gut, während ich einen Piekser mit Knöchelhalfter und einen Sechserpack einschüssiger Splitterwaffen kaufte. Als ich noch sechs Patronen für den Volksfreund kaufte, sah er mich seltsam an und sagte: »Zwei an einem Tage.«

Ich ging wieder zum Motel und nahm die Treppen zwei Stufen auf einmal. Steckte die Karte in die Tür und platzte in eine Mauer von Schmerz.

Da ich früher schon zweimal von einem Piekser getroffen war, wußte ich, was geschah und was zu tun war. Man darf keinen Muskel bewegen. In etwa zehn Minuten ist es vorbei. Keine Panik! Wer in Panik gerät, stirbt qualvoll im Schock.

Piekser sind eine neurologische Waffe, die etwas mit dem Skelett zu tun hat. Alles, was man tut und den Winkel zwischen zwei Knochen ändert, läßt das Gelenk dazwischen aufflammen. Je größer die Winkeländerung, desto größer der Schmerz.

Flaches Atmen schmerzt ständig. Die kleinen Bewegungen, um stehen zu bleiben, lösen ein Feuerwerk von Stichen aus in Knien, Becken, Schultern, Rücken und Hals.

Als es mir das letztemal passierte, ließ ich mich nach vorn fallen, weil ich dachte, es wäre leichter, sich nicht zu bewegen, wenn man flach dalag. Aber der Schmerz des Sturzes war es nicht wert. Außerdem waren meine Angreifer unnötig grob, als sie meine Taschen ausräumten.

(Sie hatten mich herumgeschubst und darüber gelacht, daß ich versuchte, nicht laut zu schreien. Es sollte sie teuer zu stehen kommen. Sie wußten nicht, wen sie da ausplünderten. Ich spürte ihnen durch einige Freunde in der Unterwelt nach und ließ ihnen mit einem Stahlrohr Hände und Knie brechen.)

Natürlich wußte ich, daß es diesmal keine Schläger waren. Meine eigene Torheit. Da war Maria, halb hinter dem Lehnstuhl versteckt, den Piekser für einen weiteren Schuß erhoben. Nein! Ich bin es.

»Nein«, sagte ich und versuchte, die Zähne zusammengedrückt zu halten. »Tu es nicht! Ich bin es, Dallas.«

Sie warf den Piekser hin. »Natürlich ist er es!« Sie lief auf mich zu.

»Nicht anfassen!« Sie hielt inne. Ich erzählte ihr von den Wirkungen der Waffe. »Okay. Zieh die Nadel heraus und hilf mir, mich hinzulegen!« Die kurze Nadel, die den Saft des Pieksers enthielt, war mit einem Stück fluoreszierenden orangefarbenen Fadens markiert.

Sie dachte, ich wollte auf das Bett gelegt werden, und das war schmerzhaft. Immerhin war sie ein starkes Weib, das einen starren Mann zehn — au! —, zwölf Schritte tragen konnte. Zunächst wiederholte sie einige Minuten lang, wie sehr es ihr leid täte und wie wirksam die Verkleidung wäre. Dann wartete sie nur und ließ die Hand leicht auf meiner Schulter ruhen.

Mit einem Male ist alles vorbei, wie eine Salve Funken, die von Kopfhaut und Zehen zur Brust rollen und verstrahlen. Ich setzte mich langsam auf und massierte die steifen Stellen. »Du hast es richtig gemacht. Ich hätte anrufen sollen.«

»Ich sah dich heraufrennen und dachte ... Ich wußte nicht genau, was ich denken sollte. Denk nur an jenen Mann im Taxi!«

Es schien, als ob sie weinen wollte. Ich zog sie über mich. »Nun, du hast richtig gehandelt.«

Sie machte sich los, ohne zu weinen, und half mir, das Jackett auszuziehen. »Leg dich hin! Ich werde deinen Rücken massieren.« Das tat ich dankbar. »Du weißt, ich habe immer Leute für so etwas angeheuert als Beschützer. Wenn du willst, daß ich bewaffnet herumlaufe, mußt du mehr Vorsicht zeigen, falls du mich überraschen willst.«

»Stimmt. Ich werde dir keine Handgranaten geben.«

»Ich meine es ernst.« Ihre Finger drückten sich tief ein. »Du kannst nicht wissen, wie ich handeln werde, weil ich das selbst nicht weiß.«

»Darum ist der Piekser gut. Du kannst erst schießen und nachher erklären. Oder im nächsten Bezirk sein, bis es nachläßt und man die Polizei ruft.«

Ich erzählte ihr etwas über Dr. Wolf. Ihr Termin war in fünfundvierzig Minuten. Wir würden uns hier wieder treffen und zum Essen gehen. Ich würde nicht schießen, wenn sie zur Tür hereinkäme. Sie sagte mir, ich sollte etwas schlafen, und ging fort. Ich mußte sie zurückrufen. Sie hatte den Piekser vergessen.

Ich hatte wirklich Lust, mich in einer heißen Badewanne zu entspannen, wollte mir aber nicht die Mühe machen, das Make-up zu erneuern. Dann fiel mir ein, daß ich die Übung brauchen könnte, während es noch frisch in der Erinnerung war.

Ich bestellte bei der Wanne ein mittelwarmes Schaumbad und nahm ein Bier aus dem Kühlschrank, für neun amerikanische Dollar. Ich legte alle Waffen auf den Frisiertisch und entkleidete den fremden dunklen Körper. Legte eine Splitterwaffe auf den Rand der Wanne. Falls jemand durch die Tür käme, würde ich ihn mitsamt der Tür und einem Teil der Wand erledigen, und auch noch den, der sich etwa hinter ihm befand. Man kann eine Splitterwaffe nicht nachladen, kann aber auch nie danebentreffen.

Ich glitt in das Seifenwasser und verlangte klassische Musik. Vermutlich Brahms. Die Blasen waren seltsam, durchaus nicht wie Seife, sondern eine Art lang anhaltender glitschiger Schaum. Ich erinnerte mich an eine Reklame für dies Zeug, das manche Leute sexy fanden. Ich konnte es in der Dusche abspülen.

Ich überflog *What's On?*, eine Werbungsschrift, die die verschiedenen Attraktionen der Insel beschrieb. Ein Casino, wo man kostümiert oder nackt erscheinen mußte. Ein Unterwasserbordell. Ein Restaurant für rohes Fleisch, garantiert frisch und ohne Parasiten. Versuchen Sie unser Caveman Special! Lieber nicht.

Ich döste vor mich hin. Das Magazin verschwand unter der dauerhaften Schicht von Blasen, als Maria zurückkam. Ich hörte die Tür kreischen und rief, daß ich in der Badewanne wäre. Sie antwortete nicht. Das fand ich komisch. Ich nahm die Splitterwaffe und spritzte dabei Schaum drauf. Dann versteckte ich sie. Sie öffnete die Tür vom Bad.

»Hübsch.« Eine gute Tarnung. Sie war immer noch schön, aber schwarz. Ein Helm aus lockigem Kurzhaar. Sie lächelte, und mir fielen gleichzeitig drei Dinge auf.

Ihre Zähne waren anders. Warum?

Sie war kleiner. Warum?

Ihre rechte Hand war hinter dem Türrahmen verborgen und kam mit einer Pistole zum Vorschein. Mein Daumen zuckte.

Es gab eine ohrenbetäubende Explosion, und sie verschwand in einer Wolke aus Rauch und Schutt: Ich rappelte mich aus der Wanne heraus, rutschte aus und stieß mit der Stirn an den Hahn, schaffte es aber, bei Bewußtsein zu bleiben. Grapschte durch den Staub und Qualm nach dem Volksfreund und einer neuen Splitterwaffe.

Lange Sekunden stand ich in der drückenden Stille da, tropfnaß, und erwartete den Tod. Aber da war sonst niemand. In dem ganzen Wohnzimmer sog Gipsstaub Blut auf und verwandelte sich in braunen Ton. Auf dem Fußboden waren Eingeweide, Leber und eine ganze Lunge durch den Staub wie eine brutale Skulptur angeordnet. Füße noch in Schuhen, zerfetzte Schienbeine herausragend. Hinter der Couch fand ich das größte Stück: Kopf, Schultern und einen unversehrten Arm, der noch die Pistole hielt. Ihre Augen waren explodiert, und eine unglaublich lange Zunge hing im Staub heraus. Ich taumelte fast bis zur Toilette zurück und übergab mich.

Die Splitterwaffe hat kein eigentliches Geschoß: Sie ist wie eine Untertasse mit Griff geformt. Man zielt in die gegnerische Richtung, drückt auf den Knopf, und sie schickt zehn oder zwölf kleine Bomben los, wie geladene Schrapnells. Die gehen ungefähr einen Fuß weit und explodieren: Dabei bilden sie eine halbkugelförmige Schale aus Überschallturbulenz, die in Innenräumen verheerend ist. Die meinige hatte kleine Aufkleber mit der blöden, aber bedeutsamen Warnung: NICHT ZUR VERWENDUNG IM VAKUUM.

An den meisten Orten kann man, wenn man jemanden mit dem Lärm eines explodierenden Raumschiffs in blutige Fetzen pustet, einige Aufmerksamkeit auf sich lenken. In der Conch-Republik hatten die Leute interessantere Dinge zu tun.

Schließlich erschien die Polizei. Sie bewegte sich mit verständlicher Vorsicht. Inzwischen hatte ich mich angezogen und war froh, daß wir die Koffer geschlossen gelassen hatten. Sie benutzten einen Lautsprecher und forderten mich auf, mit den Händen über dem Kopf durch die Tür zu kommen. Das tat ich. Die Tür selbst war auf der anderen Seite des Parkplatzes umgerissen, zersplittert und von der Druckwelle leicht verbogen: Auf der Innenseite klebte Blut.

»Sonst jemand noch drin?«

Ich konnte nicht sehen, wer da rief, oder wo er sich versteckt haben könnte. »Nein. Nicht lebendig.«

»Wie viele Tote?«

»Nur eine Person. Eine Frau, die mich töten wollte.«

»Na schön, Bursche! Das sagen sie alle.« Zwei Männer und eine Frau in schwerer Schutzkleidung kamen hinter parkenden Schwebern zum Vorschein. Sie gingen mit schweren Lasern auf mich zu. Ziellichter flimmerten auf meiner Brust.

Der eine hatte die Balkenabzeichen eines Leutnants. »Notwehr, nicht wahr? Du kennst sie?«

»Hmm.«

Er kam die Stufen herauf, während die anderen beiden unten blieben. Winkte mich in die Trümmer zurück.

»Das ist es, was von ihr übriggeblieben ist.« Ich zeigte ihm das Ding hinter der Couch.

»Mein Gott — Sally Murchison.« Er sah mich von der Seite an. »Sind Sie Mafia?«

»Was?«

»Keine Beleidigung. Nur dies. Sally rangiert ziemlich weit oben. Tat es. Sie hatte es aber besonders auf die Mafia abgesehen.« Er sprach in seinen Ring. »Hier Freeman auf sieben-zwölf. Schickt einen Fleischwagen mit einem Delta-Echo-Team! Und eine Schaufel.« Er horchte mit ausdruckslosem Gesicht. »Nein, kein Richter. Notwehr: Sehen Sie nach unter Murchison!«

»Kein Problem mit Sally«, sagte er mir. »Business is Business. Aber jemand muß für das Zimmer bezahlen.« Er sah sich kritisch um. »Sie hätten keine Pistole benutzen können.«

»Ein schlechter Schuß.« Das stimmte nicht.
»Na ja.« Er nahm ein Bündel Formulare. »Name?«
»Den brauche ich Ihnen doch nicht zu nennen?«
»Hm. Sie können auch kugelsicheren Arrest bekommen.«
Ich versuchte, mich an meinen neuen Namen zu erinnern: Er fiel mir überhaupt nicht ein. So gab ich ihm meinen Paß. »Cassius, he? Hager und hungrig aussehend?«
Ich nickte. »Die Leute nennen mich Cash.«
»Ach ja? Sie scheinen nicht gerade pleite zu sein.« Er notierte Namen und Paßnummer auf seinem Block. »Mit dem Leichenwagen habe ich auch ein Team zur Schadensbewertung bestellt. Es wäre günstig, wenn Sie sich mit dem Hauswirt arrangierten, sobald man Ihnen eine Zahl nennt: Und dann verschwinden Sie schleunigst! Wer auch immer hinter Ihnen her sein mag, kann sich das Beste leisten. Für den Preis von Sally könnten die fünfzig Spürhunde mit Ihrem Bild in der Tasche losschicken. Vielleicht machen sie das auch.«
Er sah auf die fürchterliche Schweinerei am Boden und lächelte. »Sally war eine Wucht von einem Party-Girl. Außerdienstlich, versteht sich. Sie mochte Bullen.« Es ertönte ein leichter Glockenton. Er legte einen Finger ans Ohr und nickte. »Sie haben Glück. Derjenige, der Sally angeheuert hat, hat eine Schadenskaution hinterlegt. Gut ausreichend, um das hier zu decken.«
Er gab mir meinen Paß zurück. »Möchten Sie vielleicht ein Souvenir?« Er hielt den Block mit dem Protokoll hoch.
»Wieviel?«
»Fünf Riesen, und ich zerreiße es. Zehn, und die Akte sagt, daß wir Sie mit Sally zusammen hinausgeschafft haben.«
»Das hier ist eine teure Stadt.«
Er zuckte die Achseln. »Sagen wir acht; und Sie sind die ganze Strecke bis zum Krematorium gedeckt.«
»Als Cash Donato?«

»Unter welchem Namen Sie auch registriert sind. Hält den Computer bei Laune.«

»Harry Morris Williams.« Diesen Namen hatte Cleta für mich erfunden.

Ich holte meine Brieftasche heraus und zählte acht von dem dicken Pack Tausender ab.

Er sah interessiert zu und nahm nachdenklich das Geld an. Dann gab er mir zwei Blätter oben vom Block. »Vielleicht könnte ich für weitere zehn herausfinden, wer Sally angeheuert hat.«

»Auf jeden Fall vielen Dank! Ich habe selbst eine sehr gute Idee.«

»Das dachte ich mir schon.« Er wandte sich um. »Sie verschwinden besser.«

Ich schnallte das Knöchelhalfter an und schaufelte den Rest der Artillerie in meinen Koffer. Schleppte beide Taschen zum Bürgersteig hinunter und rief aus einer öffentlichen Sprechstelle das Büro von Dr. Wolf an. Ich hinterließ eine Nachricht für den ›derzeitigen weiblichen Klienten‹, draußen auf Cash zu warten, der sie abholen würde. Einige Minuten winkte ich nach Taxis. Der Leichenwagen, ein schwarzer Laster ohne Aufschrift, kam an und parkte unter dem zerbombten Zimmer. Zwei Männer stiegen aus. Der eine trug eine Schaufel und ein Schöpfgefäß mit langem Stiel. Ich setzte mich zu Fuß in Bewegung; und natürlich kreuzte ein Taxi von selbst auf. Der Fahrer wollte wissen, was da alles für eine Aufregung los war. Ich sagte ihm, daß ich gerade erst vorbeikäme.

Ich ließ unsere Koffer in einer Bleibe mit Bed and Breakfast einige Blocks entfernt vom Büro der Ärztin, packte eine Einkaufstasche und ging hinüber. Ich hätte sie beinahe nicht erkannt — blond, blauäugig und knochig —, wenn ich nicht selbst eine solche Verwandlung durchgemacht hätte.

Sie erkannte mich zuerst auch nicht.

»Maria?«

»Dallas! Du hast ziemlich lange gebraucht. Die Männer wollen mich dauernd anmachen.«

»Das ist verständlich.« Sie hatten sie in ein aufreizendes durchsichtiges weißes Kleid gesteckt, das in der Taille locker geschnitten und seitlich geschlitzt war. Es sah aus wie die Arbeitsuniform einer Professionellen.

Wir gingen los. »Warum hast du nicht im Motel gewartet?«

»Wir haben kein Zimmer mehr.« Sie hörte still zu, während ich alles erklärte.

Sie sah blaß aus. »Das war keine besonders gute Idee von uns, Dallas. Du hast gesagt, wir würden für Wochen und Monate sicher sein.«

»Vielleicht sind wir es jetzt. Ich glaube, sie denken, daß das Weib mich erledigt hat.«

»Sicher. Laß uns alle Waffen ins Leihhaus bringen!«

»Noch nicht.« Ich blieb stehen. »Verdammt! Das bedeutet, wir können die Briefe nicht abschicken. Einige davon gehen bestimmt an Leute, die dem Lenkungskomitee angehören und die mich für tot halten.«

Sie nickte, sagte dann aber: »Nein ... du kannst schreiben: ›Diese Briefe sind im Falle meines Todes abzuschicken.‹ Und laß dabei so einen Absendeort angeben, wie du gesagt hast, aus Arizona oder sonstwo.«

»Das ist gut. Ich brauchte sie nicht einmal umzuadressieren, da hier der Ort ist, an dem ich gestorben bin.« Wir kamen zu einer Bank, GESTIFTET VON EDY'S SPEISEGARTEN, und ich setzte mich hin. »Daran hätte ich denken sollen. Verdammt!«

»Du bist immer noch erregt. Das ist verständlich.«

»Auch vorher. Ich denke nicht schnell genug oder gut genug. Wir dürfen nicht zu viele Fehler machen.«

»Mir geht es auch so. Die schrecklichen Bilder in meinem Kopf. Ich kann mich anscheinend auf nichts konzentrieren.«

»Na ja, Eric. Was wir brauchen, ist Eric. Er konnte immer ...«

Wir schauten uns gleichzeitig an. Das Turing-Bild: Sie sagte: »Wir können seinen Geist haben. Wir sollten irgendwie anrufen und ihm sagen, was geschehen ist.«

»Ich denke nach. Glaube, wir sollten das tun.«

»Würde das sicher sein? Ich meine, könnten sie das aufspüren?«

Weiteres Nachdenken. »Ungefähr ebenso sicher wie jede Art von Telekommunikation. Wir pflegten das als eine Art von Nachrichtenzentrum zu benutzen, um nicht einander durch Gespräche zu stören. Wir hielten es für vollkommen sicher.«

»Verwürfelte Schaltung?«

»Ja, aber die Hauptsache war, daß sie mich genausogut kannte wie Eric, für den Fall eines Rückrufs. Wenn jemand behauptete, er wäre ich, konnte sie nach dem Namen des Hundes der Frau meines Neffen fragen oder was auch immer.«

»Laß uns das machen!«

»Jetzt?«

»Wir müssen doch schließlich etwas *tun!* Nicht bloß warten, bis sie uns wiederfinden.«

Ich war stark versucht auszuführen, daß sie vor einigen Tagen nur herumhängen und auf den Tod hatte warten wollen. »Unten an der Caroline Street war früher eine Verwürfelungsstation. Sehen wir nach!«

OPERATOR: Die zweihundert Dollar geben Ihnen Kredit für zwanzig Minuten. Werfen Sie prompt mehr Geld ein, falls Sie diese Zeit überschreiten!

DALLAS: 5213-555-0936XLUNDLEY.

ERIC: Wer bist du und warum willst du dich nicht zeigen?

DALLAS: Ich bin Dallas, sehe ihm aber nicht ähnlich.

SECRET SHARER Inc.
im Vollbesitz von Southern Bell
Bild
Nameneingabe
R-Gespräch
ja
ja
ja
nein
nein
nein
Vorsicht!
Versuche, diese Maschine zu betrügen, können zu tödlichem Stromstoß führen.
Rückgabe unten
Wir danken Ihnen, daß Sie mit Southern Bell in Geschäftsbeziehung getreten sind.
US-Dollars 10, 50, 100, 1000
Pfund Sterling 5, 10, 50, 100
Japanische Yen 1, 10, 100
Schweizer Franken 5, 10, 50, 100
Ausgabe
Anzeige des Zahlbetrags
$ 200

ERIC: Okay. Wer war deine Freundin 1974, als ihr verhaftet wurdet?

DALLAS: Mavis Bertram.

ERIC: Stimmt es, daß Frauen, deren Namen mit MA anfangen, immer große Brüste haben?

DALLAS: Das konntest du hinsichtlich Mavis nicht sagen.

ERIC: Lange nicht gesehen. Rufst du an, um mir zu sagen, daß ich tot bin?

DALLAS: Unter anderem auch das. Ich wußte nicht, daß das allgemein bekannt war.

ERIC: Ist es auch noch nicht. Aber ich habe Zugriff zu einigen Quellen, die sonst gesperrt sind.

DALLAS: Polizeiakten?

ERIC: Ja.

DALLAS: Dann weißt du auch, daß ich als dein Mörder gelte.

ERIC: Verdammt unfreundlich, wenn du mich fragst:

DALLAS: Hast du irgendeinen Hinweis, wer es wirklich getan hat? Wer dahintersteckte?

ERIC: Nein, ich habe nur die Mitteilung, wie einen Steckbrief. Warst du dort?

DALLAS: Es war der Fahrer eines Wassertaxis in Dubrovnik. Er hat dich getötet, und dann tötete ich ihn.

ERIC: Immer ein Mann der Tat.

DALLAS: Spürst du gar keine emotionale Reaktion dabei?

ERIC: O doch. Eher ›Fühlen‹ als ›Denken‹. Natürlich ohne jede begleitende körperliche Sinnesregung. Schwer zu erklären. Und es ist in Mikrosekunden vorüber. Aber für mich ist das eine lange Zeit.

Eric war mein einziger Verwandter. Vielleicht fühle ich das, was Eric empfunden hätte, wenn er einen Zwillingsbruder gehabt hätte, der ermordet wurde. Kummer und Rachedurst. Vielleicht wolltest du helfen?

DALLAS: Soviel ich nur kann. Eben jetzt versuchen wir bloß, am Leben zu bleiben. Wir wurden hier von einem anderen Mörder verfolgt. Die darin verwickelten Leute sind mächtig, vielleicht sogar noch mächtiger als die Stileman-Stiftung. Welche sie infiltriert haben.

ERIC: Fragen: Wer sind ›wir‹? Wo ist ›hier‹? Conch-Republik, nehme ich an.

DALLAS: Stimmt, es ist die Conch-Republik: Maria Marconi ist die Frau mit mir. Du kennst sie nicht. Eric hat sie erst kurz vor seinem Tod kennengelernt.

ERIC: Maria Marconi, geboren 1970 in Rom. Vater und Verwandte kamen 1980 im Erbeben um. Erster Stileman 2015 in Verbindung mit Behandlung wegen Gebärmutterkrebses. Vier weitere Behandlungen bis 2063. Konfektionsgröße 10 und so weiter. Auf diese Weise kenne ich sie. Eric schaffte es, mich vor zwanzig Jahren in die Stileman-Archive für eine Zehntelsekunde einzuklinken. Daher besitze ich eine Menge biographische Daten über Leute, die damals unsterblich waren.

Wie Charles Briskin.

DALLAS: Du scheinst mir ein gutes Stück voraus zu sein.

ERIC: Ich konnte manchmal sogar gegenüber Eric voraus sein. Was Briskin angeht, so fragte Eric nach ihm, ehe er nach Dubrovnik reiste. Es ging um einen ›inneren Kreis‹, in den Briskin ihn eingeladen hatte.

DALLAS: Man nennt ihn das Lenkungskomitee. Hast du irgend etwas darüber?

ERIC: Nein.

DALLAS: Briskin behauptet, etwa hundert Unsterbliche zu haben, die es geschafft haben, die Regeln über Ansammlung von Reichtum zu unterlaufen. Sie wollen die Welt verändern.

ERIC: Wobei er damit anfängt, jeden umzubringen, der ihren Plänen im Weg steht. Klingt irgendwie vertraut.

Dies ist nicht sicher. Die verwürfelte Verbindung ist okay; aber wir müssen damit rechnen, daß sie mich physisch erreichen und den aktuellen Kristall bekommen, wenn sie erst einmal herausfinden, daß ich existiere und an ihnen interessiert bin.

Nimm mich heraus! Inzwischen werde ich hier eine falsche Datenstruktur aufgebaut haben, die nicht mit dir gesprochen hat und auch nicht von Eric alarmiert wurde, ehe er nach Dubrovnik ging.

Ihr müßt die Conch-Republik so schnell wie möglich verlassen. Ich hätte wissen können, daß du dahin gehen würdest, weil die Stileman-Akten besagen, daß du dort dein illegales Geld aufbewahrst: Briskin hat wahrscheinlich Zugang zu der gleichen Information.

DALLAS: Ich muß noch einen großen Schein für die Ausgabe einwerfen. Fertig?

ERIC: Seit einer Zillion Nanosekunden.

Dallas schob die Banknote in den Schlitz, und ein Datenkristall polterte in das Ausgabefach.

»Stileman weiß von deinen illegalen Ressourcen?« fragte Maria.

»Darüber habe ich schon nachgedacht.« Er fischte den Kristall heraus, schaute ihn an und verstaute ihn sicher in der Tasche. »Ich habe immer den Eindruck, daß sie bei einer Million oder so ein Auge zudrücken. Sie wollen keine Kunden verlieren.«

Er nahm die schwere Einkaufstasche auf. »Außerdem behaupten sie, die besten Wirtschaftsfachleute der Welt zu haben, oder die meisten. Sie verfolgen die Spur jedes einzelnen Pennys. Würden sie die Untergrundwirtschaft ignorieren, könnten sie nie die Bilanz ausgleichen.«

Sie gingen einige Blocks weiter die Caroline hinunter und besorgten ein tragbares Lesegerät für den Kristall. Dann verwischten sie ihre Spur weiter, indem sie die in der Absteige hinterlassenen Koffer aufgaben und in ein anderes Motelzimmer zogen. Sie mußten sowieso neue Kleidung kaufen, die zu dem auffälligen Äußeren paßten, das Dr. Wolf ihnen verpaßt hatte. Dallas war so vorausschauend gewesen, den Volksfreund und die Splitterwaffen in der Einkaufstasche mitzunehmen. Alles, was sie zu ersetzen hatten, waren einige kosmetische Artikel und Rasierzeug.

Auffällige Kleidung war in der Conch-Republik leicht zu bekommen. Dallas hielt mit seinem Geschmack zurück und ließ sich von den Angestellten beraten. Maria kaufte nur zwei Duplikate von dem, was sie gerade trug, und die überall erhältlich waren, sowie ein konservatives Business-Kostüm, nach dem man einige Zeit suchen mußte. Sie kamen rechtzeitig ins Motel zurück, um sich auf den Balkon zu setzen und den Sonnenuntergang zu betrachten. Dallas holte kühle Getränke und das Holo-Lesegerät.

Maria sagte: »Ehe du wieder Eric herzitierst, denk über Paradoxa nach!«

»Wieso?«

»Angenommen, Briskin ist vor uns an Eric herangetreten. Hat ihn überzeugt, daß wir — oder faktisch du — Eric töten würden, den richtigen Eric. Dann ist das, was du in der Tasche hast, kein Verbündeter, sondern ein möglicher Verräter.«

»Scheint ziemlich weit hergeholt. Dieser Eric *kennt* mich.«

»Er ist aber nicht menschlich. Er ist eine logische Struktur. Für ihn sind du und Briskin bloß Inputs. Vielleicht bestimmt derjenige, der zuerst an ihn herankommt, wie er den zweiten interpretieren wird.«

»Nein, sie sind geschickter. Ich habe mit dem ersten gesprochen, der gemacht wurde, Woodward Harrison, vor etwa zwanzig Jahren. Erinnerst du dich an die *Lloyd Barnes Show?*«

»Ein Klatschmaul.«

»Stimmt. Er versuchte, ein Streitgespräch zwischen mir und Harrisons Turing-Bild zu veranstalten. Ich glaube, das TI hat gewonnen und mich wie einen eitlen Schwätzer aussehen lassen. Schon dieses erste Exemplar war recht raffiniert.«

»Du glaubst also, daß das TI von Eric hätte umgedreht werden können?«

»Das nehme ich nicht an. Ich habe mit Eric nie über diese Möglichkeit gesprochen. Ich möchte darauf wetten, daß er sich auf Leibwächter verlassen hat, wenn irgendeine Gefahr bestand.«

»Laß uns aber einige Zeit vorsichtig sein!«

»Sicher.« Ich legte einen kommerziellen Kristall in das Lesegerät. »Ich probiere dies Ding aus, ehe wir Eric hineintun.« Es summte mit einem fragenden Ton, und ich sagte: »Lokalnachrichten.«

Der kleine Bildschirm flimmerte und füllte sich mit einem lächenden, computererzeugten Gesicht in zwei Dimensionen. »Nachrichtenzeit! Gespendet von Bailey's Bar und Massage-Salon. Gehen Sie zu Bailey's, wenn Sie diese ... Küstenstimmung wünschen. Tourist oder Einheimisch?«

»Einheimisch.«

»Heute war es teilweise bewölkt und heiß, mit gelegentlichen Morden. Ich meine fünf Tote in weniger als einer Stunde in drei anscheinend nicht zusammenhängenden Fällen.

Mittags gab es ein vorbereitetes Duell zwischen Jake Freeman und Hugo Moran, über irgendeine Schlampe, die nicht genannt werden will. Ich hoffe, sie liebt Jake, denn Hugo ernährt jetzt die Fische.

Hugo war der Herausforderer, und Jake hatte als Waffe Messer unter Wasser gewählt. Hugo war ein Charterpilot, und Jake arbeitet in Unterwasser-Rettungs- und Sprengarbeiten. Wirklich sehr anständig, nicht wahr, Jake?

Als nächstes kam etwa um zwölf Uhr dreißg eine Auftragsarbeit, die in die Hose ging. Wirklich in die Hose! Falls Sie im Motel El Rancho etwas Schlaf hätten haben wollen, ging das nicht. Der kleine Lärm, den man bis hin nach Tampa hörte, war ein Gefecht mit Splitterwaffen. Ich meine, willkommen auf Hamburger Island! Die Stücke gehörten zu Harry Morris Williams, einem Gast unserer Stadt, und Sally Murchison, einer Edelnutte, die Wert auf ein sauberes Register legte. Die Polizei sagt ›Mafia‹, und die Mafia sagt ›Kein Kommentar‹.

Dann wurde ein leichter Blechschaden auf A1A zu einem Blutbad, als sich Meinungsverschiedenheiten entwickelten bezüglich ...« Maria beugte sich hinüber und stellte den Apparat ab.

»Das bist du gewesen.«

»Ich und der Polizist und acht Riesen. Ich habe dir von den Splitterwaffen erzählt.«

Sie schluckte und nickte. »Die hat sie richtig in Stücke gepustet.«

»Jaa. Kann nicht sagen, daß ich mich an den Anblick gewöhne.«

»Es wäre wohl besser, du zeigst mir, wie sie funktionieren.«

Dallas hatte eine in der Jackentasche. Er erklärte ihr, wie man Sicherung und Auslöser bedient. »Wir können die Sicherungen festkleben und eine Mine daraus machen, die uns schützt, wenn wir schlafen.«

»Ein neugieriges Zimmermädchen zerfetzen? Nein, danke!«

»Mit einigem Glück werden wir uns nicht mehr in Hotels aufhalten, sondern einen sicheren Platz suchen und eine Weile dort bleiben.«

»Einen sicheren Platz.« Sie schüttelte den Kopf. »Meinst du, daß wir so etwas in den Vereinigten Staaten finden?«

»Ich weiß nicht. Vielleicht draußen auf dem Lande.« Er studierte die dunkelgrauen Wolken, die sich aus dem Nordwesten zusammenballten. »Es kann sein, daß wir heute abend Sturm kriegen.« Dallas hatte ihr gesagt, daß die beste Zeit, um in die Staaten geschmuggelt zu werden, während eines schweren Sturms wäre. Es gab hundert Augen, die auf die Conch-Republik herunterblickten. Die meisten davon konnten nicht durch Wolken sehen. Er stellte das Gerät an und sagte: »Wetter.«

Es erschien ein anderes Computergesicht. »Das Wetter von heute kommt zu Ihnen von Gott — das war nur ein Witz, Leute! — von South Western Custom Transportation. Wir werden Sie und Ihre Fracht überall im Süden der Vereinigten Staaten oder der Karibik absetzen, ob Regen oder Sonnenschein, Tag oder Nacht. Unser Midnight Special ist ein voll getarntes, radarsicheres

Atom-U-Boot, ein zuverlässiges russisches Modell, das die Chomeini-Kriege überdauert hat.

Es sieht nach einer hundertprozentigen Chance für Regen heute nacht aus. Ob das Unwetter schwer genug sein wird, um sich dahinter zu verstecken, werden wir erst später erfahren. Es ist ein Regen mit geringem Säuregehalt: pH 6,8; darum brauchst du die Gänseblümchen nicht hereinzuholen.

Morgen wird es wieder sonnig und warm sein. Flut heute abend um sieben Uhr neunundvierzig, Ebbe zwei Uhr fünfundfünfzig in der Frühe. Wir sprechen uns da wieder.«

Dallas schaltete am Gerät, und Erics Gesicht erschien auf dem kleinen Schirm, mit einem buschigen roten Bart. Er sagte: »Ich habe über euer Problem nachgedacht.«

»Gut«, entgegnete Dallas. »Ist etwas dabei herausgekommen?«

»Allerdings, aber es wird dir nicht gefallen. Folge diesen logischen Erwägungen: Erstens müßt ihr annehmen, solange nicht das Gegenteil erwiesen ist, daß die Leute von Briskins Komitee Zugang zu allen Ressourcen der Stileman-Stiftung haben.«

»Das hatten wir auch angenommen«, sagte Dallas.

»Zudem erkennen sie offenbar keine legalen Einschränkungen in der Benutzung ihrer Ressourcen an. Wir müssen also, wie du schon gesagt hattest, annehmen, daß sie tatsächlich *noch* mächtiger sind als die Stileman-Stiftung. Was wir also tun müssen, ist, eine Liste anzufertigen, eine Anzahl von Orten, wo ihr sicher sein könntet, daß die Stileman-Stiftung euch nicht fassen kann. Dann streicht von dieser Liste die Stellen, wo die Einschränkungen für die Stiftung nur legal sind, auf Grund von Vertrag oder Vereinbarung.«

»So wie hier«, sagte Maria.

»Die Conch-Republik ja, und Alaska aus dem gleichen Grunde. Die können euch nicht legal ausliefern;

aber niemand kann dafür vor Gericht kommen, daß er euch niedergeschossen hat, solange sie den örtlichen Gebräuchen folgen.«

Das Bild von Eric hielt zwei Finger hoch. »Die beiden großen Plätze, wohin ihr gehen könnt, sind natürlich die Sowjetunion und Chomeini.«

»Ein bewaffnetes Lager und eine radioaktive Wüste. Wundervoll!«

»Chomeini ist deshalb nicht ratsam, weil die Hälfte der Bevölkerung euch auf der Stelle töten würde, weil ihr Ungläubige seid. Die Sowjetunion wäre möglich, aber nur dann, wenn ihr völlig untertauchen und Bauern werden wolltet. Leute, die komfortabel leben, sind zu verdächtig, und die Polizei läßt sich leicht bestechen.«

Dallas sagte: »Wir werden das als eine Möglichkeit im Auge behalten. Wir sprechen beide etwas russisch.«

»Es gibt noch ein paar kleine Stellen, wo die Stileman-Stiftung verboten ist. Die Seychellen und Vatikanstadt sind die einzigen davon, wo euer Leben nicht ständig durch die Eingeborenen bedroht wird. Ich würde sagen, daß keine davon groß genug ist, um eure Anonymität zu wahren, obwohl Maria mit ihrem Italienisch und ihrer Vorgeschichte im Kloster imstande sein könnte, im Gebälk der Vatikanstadt zu verschwinden.«

»Das wäre aber doch zu offen«, sagte Maria. »Als ob man sich in einem Museum verstecken wollte.«

»Aber es ist größtenteils im Innern von Gebäuden«, meinte Dallas. »Das würde vor Satellitenbeobachtung schützen.«

»Welches auch der Grund ist, weshalb ich widerstrebend den australischen Busch und die amerikanische Wildnis disqualifiziert habe. Leute, die in den Busch auswandern, werden von verschiedenen Behörden routinemäßig überprüft und identifiziert. Das geschieht automatisch; und ihre Personalien gehen, wie bestimmt auch eure, in künstliche Sicherheitsroutinen, die entscheiden, ob ein bloß menschlicher Beamter in Kenntnis zu setzen ist.«

»Das mag schon so sein. Aber Dallas und ich haben neue Identitäten.«

»Das Problem dabei besteht darin, daß der einzige Weg zu seiner Prüfung wäre, in die Welt hinauszugehen und zu sehen, ob jemand auftaucht, der euch töten will.«

»Was ein gutes Argument dafür ist, eine Weile hierzubleiben«, sagte Dallas. »Wenn sie hier nicht auf uns losgehen, würden sie das auch nicht in den Staaten. Aber hier können wir zurückschießen.«

Das Bild lächelte unheimlich korrekt. »In den meisten amerikanischen Bundesstaaten könnt ihr auch zurückschießen. Aber zweimal hat man Mörder auf euch angesetzt, und zweimal habt ihr diese getötet. Ich glaube, sie werden nächstesmal etwas anderes probieren: Schwebebomben, Giftgas. Vielleicht euch aus dem Orbit mit einem Laser rösten.«

»Eric, du bist immer ein so lustiger Hundsfott gewesen.«

»Immer. Aber siehst du, worauf ich hinauswill?«

»Weltraum«, sagte Maria. »Kein Versteck auf der Erde.«

»Insbesondere Novysibirsk. Der cislunare Raum ist bloß ein Vorort der Erde. Downside ist praktisch eine Stileman-Kolonie, und alle Wege auf dem Mond führen zu Downside. Was den Mars angeht, so müßte jeder, der nicht Mitglied einer Expedition ist, Nahrung, Wasser und Sauerstoff für sich selbst mitbringen. Die äußeren Planeten sind noch schlimmer, wenn man überhaupt hinkommt. Also muß es der Asteroidengürtel sein.«

»Einfach großartig«, sagte Dallas. »Banditen und Anarchisten.«

3. CERES/NOVYSIBIRSK

Die meisten kommerziellen Reisenden nach Novysibirsk beschränken sich auf Ceres oder die Schwerkraft-›Welten‹ Mir und Upyours. Dennoch lernen Leute, die mit Novy eine Menge Geschäfte haben, daß sich die Mühe und Unbequemlichkeit lohnen können, die primäre Quelle oder den Endverbraucher aufzusuchen. Ceres hat ›Wertzuwachssteuer‹, Mir eine ›Gravitationsgebühr‹ und Upyours eine ›Provision‹, die alle zehn Prozent Pauschalzuschlag ausmachen für alle Transaktionen, sowohl für den Käufer wie für den Verkäufer.

Wenn Sie bereit sind, es mit Mikrogravitation aufzunehmen und ohne Andocken und Verladeeinrichtungen auszukommen, dann kann sich die direkte Route empfehlen. Aber Käufer und Verkäufer mögen sich hüten! Novysibirsk befindet sich wirklich formell im Zustand der Anarchie; und obwohl Ihre meisten Handelspartner ehrenwert sind, so ist doch Ihre einzige Zuflucht, wenn Sie glauben, betrogen zu sein, ein traditionelles Schiedsgericht, das fast immer zugunsten des Rocknicks entscheiden wird. Vergewissern Sie sich, daß alle Ihre Abmachungen abgeschlossen und registriert sind mit dritten Partnern auf der Erde und in Novy, ehe sie wegfahren!

Die Möglichkeit von Gewaltakten muß erwähnt werden, und sei es auch nur, um dem weitverbreiteten Vorurteil zu begegnen, daß Novysibirsk gegenüber dem Verbrechen eine Art ›Wildwest-Haltung‹ einnimmt. Gelegentiche Schießduelle und dergleichen werden in den Medien übermäßig betont. Die meisten Leute gehen bewaffnet (obwohl gewöhnlich mit nicht tödlichem Gerät), und Streitereien können sich aufschaukeln. Es besteht auch die Möglichkeit von Lynch-›Justiz‹, wenn man beobachtet, daß jemand eine Frau vergewaltigt, kaltblütig mordet oder eine Perforation ausführt, was eine Art absichtlicher Beschädigung einer Struktur ist, die zu Verlust von Luft oder Wasser führt. Das hat natürlich auch seine positive Seite. Das letzte Notzuchtverbrechen auf Novysibirsk geschah vor fünfundzwanzig Jahren.

Für den typischen Besucher, der keine kriminellen Neigungen hat, ist Novy ein sicherer und zivilisierter Ort.

— *Barron's 2082 Commercial Travelers' Handbook*

MARIA

»Das ist gar kein so schlimmer Ort«, sagte ich: »Du bist nie dort gewesen?«

»Nein ...«

Ich konnte sehen, daß er eine Diskussion suchte. »Entschuldige uns, Eric! Wir müssen reden.« Ich griff zum Lesegerät.

»Bitte warte!« Das war seltsam. Ich hatte noch nie erlebt, daß mir eine Maschine sagte, ich solle sie nicht abstellen. »Eines zuerst. Ich will nicht die ganze Logik durchgehen, aber es gibt nur einen sicheren Weg für euch, von dem Planeten wegzukommen. Raketenjokkeys.«

»Was?« fragte Dallas.

Eric lächelte. »Wir sehen uns später wieder.«

Dallas klopfte gegen den leeren Schirm. »Ich möchte wissen, ob ein Turing-Bild verrückt werden kann. Es verlangt von uns, daß wir ein selbstgebautes Raumschiff nehmen, das uns zu einem Ort bringen soll, der von schießwütigen exkommunistischen Anarchisten wimmelt. Um unserer Sicherheit willen.«

Ich sagte: »Sie sind nicht schießwütig. Das ist nur ein Klischee für primitive Szenarien. Sie sind nette Leute.«

»Das will ich einräumen. Aber ist dir schon einmal ein Raketenjockey begegnet? *Das* ist wahnsinnig. In einem Raumschiff aufsteigen, das man selbst gebaut hat.«

»Aber du verstehst doch, was er meint. Ein kommerzieller Flug wäre riskant, da er uns ins Informationsnetz brächte. Und sie beobachten sicher meinen Bugatti.«

»Na ja«, gab er zu. »Der ist wahrscheinlich schon massenhaft mit Höllenmaschinen gespickt.« Er schüttelte Eiswürfel und schaute in das leere Glas. »Nachschenken?«

Ich gab es ihm. »Bitte halb.« Er nahm beide Gläser mit zurück ins Zimmer.

Ich sah, daß sich das Unwetter zusammenbraute, wie Holzkohle und Alizarin in den letzten Sonnenstrahlen. Dallas war nervös. Nun, die beiden letzten Tage hatten genug Unheil gebracht. Ich fühlte mich mehr benommen als besorgt. Der Rum half dabei.

Dallas gab mir das kühle Glas. »Du bist schon dort gewesen, bei den Asteroiden.«

»Ceres und Mir. Das ist so, als wenn man sagt, man wäre in den Vereinigten Staaten gewesen, wenn man nur New York und Chicago gesehen hat.«

»Ich denke, wir sollten nach Ceres gehen. Das ist einer von den großen.«

»Vielleicht nicht.« Das Gewitter begann unter dem Horizont. Schwache blaue Blitze, Donnergrollen. »Wenn wir zu einem Ort mit nur einem Dutzend Menschen gingen, würden wir bestimmt erfahren, wenn ein neuer auftauchte.«

»Nun ja, aber ich würde ausflippen.«

Ich kannte den Ausdruck nicht, wußte aber, was er meinte. »Ceres ist wie hier, nur etwas kleiner.«

»Weniger Wasser.«

»Es dauert auch lange, bis die Dinge sich entwickeln. Ich meine, sie ist eine richtige Stadt. Selbst Mir ist wie eine vorgeschobene Grenzsiedlung.« Ich nippte an dem dunklen Rum. Siruparoma mit Limonenbeigeschmack. »Aber gerade das könnte mir gefallen. Von einem kleinen Ort zu einem anderen kleinen Ort gehen.«

»Dir würde das gefallen.« Er goß plötzlich die Hälfte seines Drinks in zwei Schlucken hinunter, was ich früher noch nie bei ihm erlebt hatte, und blickte in den Sonnenuntergang. Um nicht mich anzustarren.

»Ich weiß, daß du Raumflug nicht magst ...«

»Ich mag keinen Flug in der *Luft!* Diese Raketenjocks ...« Er schüttelte den Kopf und hätte fast noch weiter getrunken. »Habe ich dir von dem Flugzeugunglück erzählt?«

»Nicht seit Singapore. Das ist siebzig Jahre her. War es in einem Dschungel?«

»Mangrovensumpf. Tatsächlich nur vierzig, fünfzig Kilometer von hier entfernt. Wir lieferten zehn große Ballen Marihuana. Da war eine kleine unbewohnte Insel, wo uns Leute mit einem Boot erwarteten. Wir hatten vor, tief anzufliegen, über der Insel stark zu verzögern und dann bloß die Frachtklappen zu öffnen, das Flugzeug zu kanten und den Stoff hinauszukippen.«

»Kanten?«

»Wie eine leichte Rolle im Raumschiff.« Er drehte eine Hand. »Seitlich um die Längsachse drehen.«

»Soweit klappte alles. Die Insel war dort, wo sie sein sollte, und unsere Komplizen gaben uns Zeichen mit einer Taschenlampe. Tür auf, Ballen raus. Höhe der Baumspitzen, genau im Ziel.

Das Flugzeug war eine alte DC-3, die mein Partner aus verschiedenen Flugzeugwracks zusammengesetzt hatte. Er war außerordentlich stolz auf seine Fähigkeiten als Pilot und Mechaniker. Wie deine Rocketjocks.«

»Also kam es zum Bruch.«

»Erst hatte er überzogen. Wir wollten hoch aufsteigen und nach Jamaica zurückfliegen. Aber beim Gasgeben stotterten beide Motoren und blieben stehen.

Da war eine zweispurige Asphaltstraße, A1A, nicht viel mehr als ein Kilometer entfernt. Er glaubte, es im Gleitflug schaffen zu können zu landen — es war drei Uhr morgens. Dann wollten wir das Flugzeug anzünden und hoffen, daß die Leute im Boot uns holen würden.« Er nahm diesmal nur einen kleinen Schluck.

»Alles ging daneben. Wir verloren zu schnell an Höhe und rasierten mit dem rechten Flügel einen Baumwipfel ab. Krachten mit der Nase voran in das flache Wasser.«

»Und der Pilot?«

»Der war bewußtlos oder tot. Das konnte ich nicht sehen. Ich roch Benzin und geriet in Panik. Das war gut. Ich stieß die Frontscheibe nach außen und rutschte hinunter. Rannte mit aller Kraft weg. Der alte Kasten explodierte in einem Feuerball.«

»Haben die Leute im Boot ...«

»Die sind ins offene Wasser hinausgefahren. Konnte ihnen daraus keinen Vorwurf machen. Wahrscheinlich war es sowieso zu seicht, um mit dem Boot heranzukommen. Als ich sie in Key West wiedertraf, sahen sie mich an wie ein Gespenst.«

Er sah jetzt wirklich fast wie ein Gespenst aus. »Aber ... Flugzeuge sind schließlich keine Raumschiffe. Raumschiffe sind sicherer.«

»Gewiß. Zwanzig Jahre später. Ich arbeitete an meiner ersten Million. Meine Firma war ein Zulieferer für die amerikanische Weltraumbehörde NASA. Sie baute die Zentraleinheit der Pulscode-Modulation für die Raumfähre. Ich hatte einen Passierschein für die VIP-Tribünen, um den Start zu beobachten. Das war die *Challenger.* Erinnerst du dich?«

»Die im Fernsehen explodierte. Ich war fünfzehn.«

»Ich konnte den Schock im Gesicht spüren. Die Hölle war los mit dem sicheren Raumschiff.«

»Aber damals handelte es sich um chemischen Treibstoff. Es gibt keine Möglichkeit, daß ein abgekapseltes Fusionstriebwerk so explodieren könnte.«

»Du bist die Expertin.« Er trank aus und stand auf, nicht besonders sicher auf den Beinen. »Noch einen und dann ein Schläfchen. Ruf den Burschen mit dem U-Boot an! Möchtest du auch noch etwas?«

»Noch ein halbes Glas. Ach, bring die Flasche heraus! Wir wollen das Unwetter beobachten.«

»Eine gute Idee. Vielleicht trifft uns ein Blitzschlag.

Das spart allen eine Menge Mühe.« Er murmelte etwas davon, wie ein Kind in einer solchen Kiste hochzuschikken. Kaugummi und Strippe.

Die Rocketjocks waren nicht alle so grob, aber er hatte im ganzen recht. Ein selbstgebautes Raumschiff bis ganz an den Rand des von Menschen erfaßten Bereichs betreuen. Einer Bande von Killern dadurch entgehen, daß man sich an einen Ort begibt, wo Töten eine sozial akzeptable Antwort auf Beleidigung ist. Wo Rum lächerlich teuer ist.

Es wäre eine interessante Herausforderung, dorthin zu gehen. Eine schwierige Fahrt selbst für den fünf Milliarden Lire teuren Bugatti. Aber wenn wir es nicht schaffen sollten — nun, der Weltraum ist kein schlechter Platz, um sein Leben zu beschließen. Die kalte luftlose Finsternis, wo Gott wohnt.

Nicht von Tieren gemetzelt.

1. Dezember 2080

An den Ehrenwerten William Mason (Comm., MA)
Repräsentantenhaus
Washington, D.C.

Sehr geehrter Dr. Mason:

Wenn Sie diesen Brief lesen, bin ich nicht mehr am Leben. Er ist eine von siebenundvierzig Ausfertigungen, die ich absenden lassen wollte im Falle meines gewaltsam oder unter verdächtigen Umständen erfolgten Todes.

Ich wurde von dem Stileman-unsterblichen Genossen Charles Briskin getötet. Mein Tod war ein geringfügiger Akt im Rahmen einer Verschwörung zwecks Übernahme der Stileman-Stiftung und schließlich der ganzen Welt. (Briskins sogenanntes ›Lenkungskomitee‹ hat sich auch mindestens dreier anderer Unsterblicher entledigt: Eric Lundley, Lamont Randolph und Dmitri Popov.)

Dieser Brief geht an jedes Mitglied des Ausschusses von Gouverneuren der Stileman-Stiftung. Einige von Ihnen sind ohne Zweifel Verbündete Briskins. Vielleicht Sie alle. Falls in dem nächsten Monat nichts Deutliches geschieht, wird die Person, die diese Briefe abgesandt hat, noch ein Bündel abschicken — diesmal 183 Stück, an jedes bedeutende Nachrichtenmedium in der Welt.

Ich wurde eingeladen, dem Lenkungskomitee beizutreten. Als ich am 14. April dieses Jahres ablehnte, wurde in Dubrovnik, Jugoslawien, ein Anschlag auf mein Leben verübt. Dem Mörder gelang es, Eric Lundley zu töten, ein Verbrechen, das man später mir zur Last gelegt hat. (Die Anklage ist lachhaft; Eric und ich waren Freunde und Partner über vier Stileman-Verjüngungen hin.)

Mein Agent wird auf eine öffentliche Verlautbarung seitens der Stiftung warten, über Briskin und das Lenkungskomitee. Vorzugsweise eine, die meinen Namen des Mordes freispricht. Andernfalls werden Sie im Mittelpunkt einiger sehr unliebsamer Aufmerksamkeit stehen.

Hochachtungsvoll
Dallas Barr

Sie gingen an Bord des heimlichen U-Bootes kurz nach Mitternacht. Starke Böen schütteten schwere Regenschauer über die Insel. Blitze durchzuckten die Dunkelheit. Das Schiff schlingerte und bockte durch die Untiefen längs Kanälen, die zu tiefem Wasser führten. Aber erst einmal unter der Oberfläche verlief die Fahrt glatt. Als sie zwei Stunden später in einer kleinen Bucht südlich Miami auftauchten, hatte sich das Unwetter zu einem gleichmäßigen Dauerregen abgeschwächt. Sechs Personen gingen in einem halb überfluteten Schlauchboot mit viel zu kleinem Motor an Land in Richtung auf ein schwaches Blinklicht in einem zerfallenen Bootshaus. Sie wurden von einem schweigsamen Mann empfangen, der sagte, er würde sie am Morgen in die Stadt bringen. Inzwischen könnten sie im Bootshaus schlafen.

Das war zum Schlafen keineswegs ideal. Ein leckes Dach tropfte an einem Dutzend Stellen, und kleine Tiere raschelten im Dunkeln. Vielleicht flohen alle sechs Männer um ihr Leben. Auch das konnte Schlaflosiskeit befördern. Dallas und Maria fanden eine Stelle, die nur feucht war, und versuchten etwas auszuruhen, Dallas mit dem Rücken an der Bretterwand und Maria mit dem Kopf auf seinem Schoß. Gegen morgen schnarchte sie leise. Dallas war hellwach und hatte Alpträume.

DALLAS

Uns nahm ein Kleinbauer in Empfang, dessen Hof voll war von Elefantenknoblauch und Marijuanakraut. Sein Hauptvehikel war ein Schulbus — so alt, daß er keine Automatik außer einer Notbremse hatte; und die rastete zweimal ein, wenn die ›verdammte Sicherheitsmimik‹ ansprach. Ich fühlte mich in dem Oldtimer ziemlich auffällig; aber nachdem wir uns erst einmal in den Verkehrsstrom der Stoßzeit eingeordnet hatten, war das nicht mehr so schlimm. Es war keine reiche Gegend. Eine Menge alter Rostlauben klapperten dahin.

Die anderen vier Flüchtlinge hatten als Ziel Ciudad Miami, das wohlhabendste Spanisch sprechende Viertel. Maria und ich stiegen früher aus, in den schäbigen Universitätshöhen, wo ich einmal gewohnt hatte.

Jetzt gibt es da keine Universität mehr; und ›Höhen‹ ist ein Wort, das man korrekt für keinen Teil Floridas brauchen kann. Die Leute, die dort wohnen, nennen sie Murks-Uni oder Brennschluß. Die Hälfte davon war bei den Nahrungskrawallen durch Brände verwüstet, und niemand hat sich beeilt, sie wieder aufzubauen.

Ich ließ mich von dem Farmer beim Big Tweety Motel absetzen, das mit einem Neon-Küken ›Kleine Reine Räume‹ anpries. Wenn hier jemand nach uns suchen würde, hätten wir das uns zugedachte Schicksal reichlich verdient.

Es kostete weniger als ein Zwanzigstel von dem, was wir in der Conch-Republik bezahlt hatten und war tatsächlich sauber, mit Ozongeruch. Klein, fensterlos, ein hartes Bett mit einem Jesusbild darübergenagelt. Duschkabine und Toilette kombiniert, um Zeit zu sparen. Während Maria sie benutzte, untersuchte ich die einzige Schublade. Gideon-Bibel mit abgerissenem Deckblatt, geschmückt mit einigen obszönen Karikaturen, die recht hübsch gemacht waren. Ich fühlte mich irgendwie etwas schuldig, daß ich mich darüber amüsiert hatte, und legte sie weg, ehe Maria wieder herauskam.

Ich streckte mich auf dem kurzen Bett aus, ließ die Füße über das Ende hinaushängen; und die Müdigkeit nach einer schlaflosen Nacht bemächtigte sich meiner sofort. Maria kuschelte sich dicht an mich, während ich auf der Schwelle des Schlafes schwebte, und küßte mich leicht auf die Wange.

Als ich aufwachte, war es spät am Nachmittag. Maria war leise ausgegangen und hatte Brot, Käse, Wurst und Wein besorgt. Keine Becher oder Teller. Ich schnitt die Sachen mit meinem Taschenmesser auf, und wir reichten uns die Flasche hin und her. Starker amerikanischer Käse und deutsche Knoblauchwurst. Das war meine beste Mahlzeit seit Dubrovnik.

»Vielleicht sollten wir uns ein paar Tage ausruhen«, sagte ich. »Lang liegen. Der Polizeibericht und der Brief sollten die Spur verwischt haben. Vielleicht endgültig.«

»Ich weiß nicht«, sagte sie und bemühte sich, von einer Wurst die Pelle abzuziehen. »Im Weltraum werden wir eine Menge Zeit haben, wo wir nichts anderes tun können als ausruhen. Und wir werden dort wissen, daß wir in Sicherheit sind. Überall auf der Erde kann einer von ihnen hinter jeder Tür warten, die wir aufmachen.«

»Das ist möglich«, gab ich zu. »Wollen wir sehen, was Eric sagt?« Sie nickte, und ich nahm das Gerät aus unserem Koffer.

»Hallo!« sagte das Bild. »Noch auf der Insel?«

»Nein, wir hatten einen günstigen Sturm und sind hinausgeschlüpft.«

»Gut! Sollen wir euch eigentlich ein Raumschiff besorgen?«

Maria gestattete sich ein leichtes Lächeln. »Ich hatte daran gedacht, daß wir uns erst einige Zeit verstecken. Uns orientieren und ausrasten.«

»Ganz, wie ihr wollt. Aber ich an eurer Stelle würde mit aller Macht verschwinden. Ihr seid doch noch in Florida?«

»Nun ...«

»Wenn ich mir das denken kann, dann kann Briskin das auch. Ihr hättet direkt vom Schiff herunter die Schnellbahn nehmen sollen. Nach Montana oder sonstwo hingehen.«

»Er hält mich für tot. Leiche, Polizeibericht, alles.«

»Wenn du einen Bullen kaufen kannst, kann Briskin dich überbieten. Außerdem hat er wahrscheinlich herausgebracht, daß Maria bei dir ist. Hast du auch für sie eine Leiche besorgt?«

»Nein.«

»Sie ist für sie jetzt ebenso gefährlich wie du selbst. Das beste, was du tun kannst, ist, eine Zeitbombe mit Verzögerung hinterlassen, Publizität und so schnell wie möglich hohes Gelände gewinnen.«

»Wir haben die Zeitbombe aufgestellt«, sagte ich und erklärte die Sache mit dem Brief. »Ich dachte, wir könnten hier abwarten und sehen, was passiert.«

»Ich meine, das solltet ihr lieber nicht tun. Wenn ihr unterwegs nach Novysibirsk seid und plötzlich erfahrt, daß Briskin und seine Bande verhaftet wurden, könnt ihr immer noch umkehren und heimkommen. Was ihr aber *nicht* könnt, ist davonkommen, wenn sie euch gefunden haben.«

»Zwei zu eins«, sagte Maria.

Natürlich hatten sie beide recht. »Na schön, zum Teufel! Wie sollen wir vorgehen, um dieses aufgemöbelte Mischmasch von einem Raumschiff zu mieten?«

»Sagt mir nur, wieviel ihr euch leisten könnt, und

schaltet mich in NatNet ein! Das hat ein Tauschmagazin für Rocketjocks unter dem Titel *Crash & Burn*.«

»Ein prächtiger Sinn für Humor!« Ich leerte meine Börse, und Maria ebenso. Wir zählten schnell durch. »Zweihundert Große und etwas Kleingeld und zwei Kilo Gold. Die sind alleine einige hundert Riesen wert.«

»Das wären nach dem Stande von heute mittag zweihunderttausend und achthundert Dollar. Wahrscheinlich wollt ihr das aber nach Novysibirsk mitnehmen. Metall ist da draußen verläßlicher als Bargeld. Das genügt, um etliche Jahre gut zu leben — sofern überhaupt jemand dort gut lebt.«

»Am besten machen wir uns gleich auf den Weg.« Ich nahm einige kleine Scheine und Eric. Es war zu warm für ein Jackett; aber ich zog es doch an wegen der Splitterwaffe in der Tasche. »Hast du eine Telephonzelle gesehen, als du draußen warst?«

»Rechts an der Ecke ist eine Tankstelle. Ich glaube, da war eine.«

Der helle Glanz der Nachmittagssonne ließ meine Augen tränen. Ich mußte dreimal niesen.

Es roch nach altem Rauch. Ich konnte es nach neunzig Jahren nicht mehr da aushalten. Vielleicht verbrennen sie ab und zu Teile davon, um der alten Zeiten willen.

Die Tankstelle machte keinen besonders guten Eindruck. Es war niemand zu sehen, ob Kunde oder Besitzer; aber zwei Schweber wurden aufgeladen, einer davon in der Schnellbedienungsbucht. Ich würde in dieser Nachbarschaft keinen allein lassen. Dann ging die Tür zur Toilette auf, und der Kunde kam heraus. Gleichzeitig bemerkte ich den Kassierer, ein Holo-Simulacrum, das bei dem Licht schwer zu sehen war. Ich tadelte mich selbst wegen Paranoia und ging hinüber zu dem Telephon in der ›langsamen‹ Bucht.

Als kleinstes Geld hatte ich einen Zehner, und das war mehr als genug. Ich schaltete Eric ein, und binnen weniger als einer Sekunde ertönte das Signal für Ende der Transaktion.

»Haste'n Grips drin, he?« Ich drehte mich um. Das war der Mann, den ich für den Kunden gehalten hatte. Einen Kopf größer als ich und muskulös. »Sogar 'nen flinken. Laß mal gucken!« Er streckte die Hand aus und zeigte ein wirklich schreckliches Lächeln. Die Schneidezähne waren durch metallene Hauer ersetzt. Beide Ohrläppchen waren abgeschnitten, und er hatte auf den Wangen unter jedem Auge rituelle X-Narben. Außerdem fehlte ihm das letzte Glied beider kleiner Finger. Diese Verstümmelungen waren vermutlich alle Rangabzeichen.

»*¿No comprende anglais?*« Er wedelte ungeduldig mit der Hand. »*¡Dame el lector, cabrón!*«

»Ich werde dir was geben«, sagte ich und holte die Splitterwaffe heraus.

»O-o-ooh«, grunzte er spöttisch. »Wenn das Ding echt ist, ist es nicht legal. Aber du siehst nicht wie ein echter Killer aus. Also kann es nicht echt sein.«

Er ging einen Schritt auf mich zu, und ich einen auf ihn. Dabei richtete ich die Waffe nach vorn. »Probiere es nur aus, du Miststück!« Er lehnte sich zurück, immer noch mit dem kannibalischen Grinsen. Ich hörte etwas hinter mir, drehte mich rasch um, und duckte mich eben noch unter einem geschwungenen Metallrohr. Das Rohr knallte gegen die Mauer, und ich schleuderte das Lesegerät kräftig zwischen die Beine des zweiten Burschen. Der ließ das Rohr fallen und krümmte sich taumelnd zusammen. Ich boxte ihn, so heftig ich konnte, mit dem Ellbogen auf die Nasenwurzel, warf ihn zu Boden und drehte mich sofort wieder um.

Der häßliche Kerl war in einer geduckten Haltung, die sowohl Verteidigung wie Angriff bedeuten konnte. Mein Daumen schwebte immer noch über dem Knopf der Splitterwaffe. »In zwei Sekunden bist du verduftet. Sonst werde ich der Welt eine Wohltat erweisen.«

»Du nicht!« sagte er ruhig.

»Ich puste dich in Fetzen.«

»Nee, du nich! Wennde das Ding losgehen läßt, haste sechs Bullen am Hals, ehe der Staub runterkommt. *Prendo*, das willste nich.«

»Das wäre es wert.«

»*Prendo* nein.« Er kam langsam auf mich zu und ließ die Hände kreisen.

Das war eine Sackgasse, wenn schon, aber nur zeitweilig. Ich hatte den kleinen Wickler in meiner Brusttasche angeklemmt. Ich setzte den Leser ab, um meine rechte Hand freizubekommen. »Hier. Aber tu mir bloß nichts!«

Er stand auf und kam auf mich zu. »Das is mehr ...« Der Wickler traf ihn, als er nach dem Leser langte. Er zuckte krampfhaft zusammen und fiel schreiend darauf. Dann krümmte er den Rücken und versuchte still zu liegen. Er wußte, was passiert war. Ich mußte ihn natürlich anpacken, um Eric freizubekommen, was noch mehr Geschrei und echte Flüche in zwei Sprachen auslöste.

Dann lief ich zum Motel. Eric fragte. »Was, zum Teufel, ist da los?«

»Du hättest beinahe einen neuen Gefährten bekommen. Was ist unser Ziel?«

»Vermutlich Mexico. Wir sollten darüber sprechen.«

»Besser gleich in die Schnellbahn steigen. Zuviel Aufmerksamkeit.« Das Geschrei hatte aber aufgehört, und bis jetzt waren noch keine Schweber mit Sirenen aufgetaucht. Geschrei war hier wahrscheinlich nicht besonders selten.

GenDyne Europa 6 — Modell von Ende 2069 mit 2072 AMCKraftanlage (1230 Megaj. Spitze), Lebenserhaltung. Aus sowj. Militärbeständen, leicht Mars/Venus, alle MitsubishiKomm.-Nav. $ 200 000 fest. Tel. 602-33-985-8923 zu jeder Zeit.

Note von Eric: *Diese Schönheit ist seit 19 Monaten zu haben: Preis von $ 300K gesenkt: Die Europas waren Katastrophen, aber mit der AMC-Anlage sollte es eine gute Maschine sein.*

Maria hatte das amerikanische unterirdische Schnellbahnsystem seit dem Jahr seiner Eröffnung nicht benutzt. Damals war es eines der großen Weltwunder der Ingenieurkunst gewesen. Es gab den Amerikanern eine Freiheit zu reisen, die viele für in ihrer Verfassung vorgesehen hielten, da es eine Reise quer durchs Land nur wenig teurer machte als eine Fahrt durch die Stadt. Leider wurde es bald ein Teil der Unterwelt — sowohl bildlich wie wörtlich. Die Leute konnten für zehn Dollar pro Person nach Denver gelangen, mußten aber für zweihundert Dollar Leibwächter mieten, ehe sie es wagten, die Treppe hinunterzugehen.

Die Wächter waren große Kerle, schwarz und weiß, in glatten Pinkerton-Schutzwesten, bewaffnet mit allerlei Faustwaffen, Volksfreunden, einem Sturmgewehr und einer abgesägten Schrotflinte.

Der schwarze Mann empfing das Geld und zwei Rückfahrtickets. »Wir kommen auf die andere Seite der Sicherheitsdienste. Sie sollten alle die ganze Zeit zwischen uns bleiben. Sowie eine Schießerei anfängt, dukken Sie sich und bedecken den Kopf. Haben Sie eine Waffe dabei?«

»Splitterwaffe und einen Piekser«, sagte Dallas. »Einiger anderer Kram im Koffer.«

Er zog eine Augenbraue hoch. »Sie sollten da unten nicht die Splitterwaffe einsetzen. Wenn was kaputtgeht, macht man Sie sofort fertig — ich meine die Bundespolizei. Sie sollten es irgendwie in Ihr Gepäck tun und die Sicherheitskontrolle passieren.«

»Auch den Piekser«, sagte der weiße Mann. »Behalten Sie ihn aber so weit draußen, daß Sie herankommen können!

Vor ein paar Tagen hatte ich in dieser Station allerhand Ärger. Eine Meute von Fixern ist mit Plastikmessern auf uns losgegangen. Haben einen Kunden verletzt. Mußte zwei töten.«

»Bekommen Sie durch so etwas Schwierigkeiten?« fragte Dallas.

»Hmm«, sagte der schwarze Mann. »Wir ersparen den Bullen einige Arbeit. Die möchten uns gern einen Orden verleihen.«

Sie gingen durch den Detektor für Metall und Sprengstoff, der die Waffen in ihrem Gepäck bemerkte und bis Denver versiegelte. Die Rolltreppe hinab in einen hell erleuchteten Slum. Einige Dutzend Müßiggänger beobachteten sie dabei aufmerksam. Es waren noch vier weitere Leibwächter da. Sie alle nickten einander zu.

»Das sieht nicht gar zu schlimm aus«, sagte der Schwarze. »Keiner unserer Lieblinge.« Überall lag Kehricht herum, Flaschen und Nadeln.

In einer Ecke masturbierte ein alter Mann eine Handvoll Blut. Der weiße Wächter stieß mit dem Fuß eine Flasche auf ihn zu. »Gib Ruhe, Opa! Du hast es wieder kaputtgekriegt.«

Gerade rechtzeitig erschienen fünf Wagen, das Atlanta-Shuttle, zweiundzwanzig Minuten verspätet. Die Wagen waren anständig sauber, mit acht Reihen gepolsterter Sitze, Liegen an den Enden, von denen die Hälfte besetzt war. Sie warteten vor dem Wagen Atlanta/St. Louis, während die meisten Passagiere herauskamen, und wurden dann einzeln hineingelassen, wobei die Tür ihre Tickets las. Als letzte kamen die Leibwächter.

Als alle hinten auf ihren Plätzen waren mit Blick in Fahrtrichtung, schwebte hoch vor ihnen eine Holo-Frau. »Bitte behindern Sie die Sitzhalterungen nicht!« Ein Kasten mit steifen Gurten schob sich heraus, um jeden Reisenden zu umschließen, während der Wagen ins

Dunkel rollte. Mit einem Klick kamen sie durch eine Luftschleuse. »Jetzt wird es ungefähr einhundert Sekunden lang Beschleunigung geben. Im Interesse Ihrer Bequemlichkeit und Sicherheit sollten Sie weiter mit dem Gesicht in Fahrtrichtung bleiben.« In absoluter Stille preßte sich eine unsichtbare 3-ge-Hand auf sie. »Dann, nach vier Minuten antriebsloser Fahrt, werden wir die Sitze umdrehen und wieder hundert Sekunden lang bremsen. Das ist dann Atlanta. Bitte bleiben Sie in Ihren Sitzen für die Weiterfahrt nach St. Louis! Vielen Dank und einen schönen Tag!« Das Bild verblaßte und wurde durch ein Holo ersetzt, daß die Vorzüge von Atlanta pries.

MARIA

Die ganze Fahrt nach Denver dauerte weniger als dreißig Minuten, obwohl es mir nichts ausgemacht hätte, mehr Zeit damit zu verbringen und in weniger furchteinflößender Umgebung zu reisen. In Denver mieteten wir einen Schweber und rutschten nach White Sands. Es war eine herrliche Wüste, aber wir verschliefen den größten Teil davon bei automatischer Steuerung.

Der Besitzer des gebrauchten GenDyne/AMC-Hybriden hatte gesagt, er würde uns auf dem Parkgelände von White Sands, Koordinaten G-35, Platz soundso, an dem statischen Teststand treffen. Wir waren etwas zu früh dran, aber er wartete schon auf uns.

Lester Jacobssen war für mich eine Überraschung. Alle Rocketjocks, denen ich bisher begegnet war, waren jung oder unsterblich. Jacobssen sah ungefähr aus wie neunzig und machte nicht den Eindruck, daß er die einundneunzig erreichen würde. Er saß in einem motorisierten Rollstuhl und wirkte im Schatten eines riesigen weißen Stetson wie ein Zwerg.

Wir identifizierten uns als Jack und Mary Culpepper. Er war in Wirklichkeit zweiundneunzig, wie er alsbald bemerkte, geboren 1988, »in dem letzten Jahr, da Amerika einen vernünftigen Präsidenten hatte«. Das ergab für Dallas Sinn. Er lachte zusammen mit dem alten Mann. Ich war bemüht zu lächeln und die innere Kälte zu bekämpfen, die manchmal unerwartet aufkommt. Ich war achtzehn, als er geboren wurde. Ich hätte ein

Kind dieses Alters haben können, falls es dazu gekommen wäre. Meine Knie zitterten bei der vertrauten Erinnerung an die tiefkalte tödliche Qual der verpfuschten Operation, die mich in die Stileman-Klinik führte. Der Krebs in meiner Gebärmutter war plötzlich überall. »Wie bitte?«

»Ich sagte, Sie würden es doch gern sehen wollen. Ehe Sie all das Geld bezahlen.« Er hatte eine klägliche, unsichere Stimme. Die Geschäftsfrau in mir kürzte den Preis um dreißigtausend, vielleicht sogar mehr. Das war ein Mann, der Geld brauchte. Ich nahm an, für einen Stileman.

»Natürlich. Erst die Außenseite.«

Es war eine altmodische Konstruktion mit heruntergezogener Nase, wie alle Gen/Dynes vor '75. Die plumpen Flügeldecken aus Thermlar waren zurückgebogen. Ihre Mängel in dieser Hinsicht waren für uns unwichtig, da wir nur zweimal die Atmosphäre durchqueren würden.

Ich fuhr mit dem Daumennagel über die nicht besonders blanke Haut. »Die Hülle ist reichlich pockennarbig.« Ich nahm eine kleine Lupe aus der Handtasche — zum erstenmal seit zehn Jahren froh, daß ich sie hatte — und musterte die Haut. Es war nichts zu sehen. »Sieh dir das an, Jack!«

Dallas nahm das Glas und starrte auf das glatte Silber. Er nickte nüchtern. »Wird einen Haufen Geld kosten.«

»Als ich es das letztemal belegen ließ, waren es nur achttausend«, protestierte Jacobssen.

»Nun, das ist lange her. Ganz klar.« Dallas gab mir die Lupe zurück und visierte am Rumpf entlang. »Mein Gott, von diesen plattnasigen Dingern habe ich keine Ahnung.«

Ich griff die durch seinen Ton angedeutete Strategie auf. »Ach Jack! Die Europas waren alle ziemlich plattnasig.«

»Die Europas ja.« Er nickte zerstreut. »Wir pflegten sie Feuerbälle zu nennen.«

»Darum habe ich die Energieanlage ausgetauscht«, sagte Jacobssen fast weinerlich. »Sie können überhaupt nichts bekommen, das zuverlässiger ist als diese AMC.«

»In Amerika vielleicht nicht.«

»Du hast gesagt, daß du diesmal etwas Amerikanisches kaufen wolltest«, sagte ich etwas hinterhältig. Der alte Mann wandte sich hoffnungsvoll an mich. »Könnten wir das Innere sehen, Mr. Jacobssen?«

»Gewiß. Ich werde ...«

»Nur noch eine Minute«, sagte Dallas. »Ich bin hier noch nicht fertig.« Er ging um das Schiff genau eine Minute lang herum, guckte in die Reaktionskammer und befingerte die versenkten Landescheinwerfer. Er trat gegen die Reifen des Fahrgestells.

Als die Iris der Luftschleuse aufging, strömte kalte Luft heraus. Der alte Mann fuhr auf einen Rollstuhlaufzug, hoch und hinein. Wir folgten ihm.

Das Innere war nicht so komfortabel wie mein Bugatti. Man erwartet auch bei alten Raumschiffen nicht, daß sie schäbig sind, da man nicht so lange in ihnen lebt und sie nicht mit jener Abnutzung durch Staub, Schwerkraft und Sonnenlicht zu kämpfen haben, die einen Raum auf der Erde altern läßt. Aber das hier ließ seine Jahre und Kilometer erkennen. Etwas Farbe, Lack und Aufpolstern hätte gut getan. Ein Schuß Deodorant hätte nicht geschadet. Mir tat der alte Mann etwas leid. Er konnte nicht wissen, daß tausend Dollars für Kosmetik sich bei dem verlangten Preis zwanzigfach bezahlt gemacht hätten.

Aber das scheint mir für Rocketjocks typisch zu sein. Das Innere kann wie ein Papageienkäfig aussehen, wenn die Motorisierung ein oder zwei Prozent über den ursprünglichen Werten liegt.

Die Notausrüstung trug ein Inspektionssiegel, das neun Jahre alt war. Ich brach es auf und holte die beiden

Raumanzüge heraus. Sowjetische Standard-Militärausfertigung von einer einzigen Größe, die niemandem richtig paßt. Sie rochen leicht nach Lysol und hatten dauerhafte Knicke, wo sie zusammengefaltet gewesen waren. »Sie haben die nie benutzt?«

»Nee«, sagte er stolz. »Hatte nie die geringste Schwierigkeit.«

»Das ist gut«, sagte Dallas. »Bei diesen Knicken brechen Anzüge auf. Man hätte sie zusammenrollen sollen.«

»Sie sind mit dem Schiff so gekommen.« Dallas zuckte die Achseln.

Ich rollte die Anzüge zusammen und tat sie zurück. Dann schlurfte ich zur Seite, um an den beiden Männern vorbeizukommen und mich in die Beschleunigungsliege zu setzen. Die war aus glattem Kunststoff und nicht sauber. Ich bekam eine Gänsehaut. Wir konnten uns nicht das Handschuhleder des Bugatti leisten, aber ich mußte ja irgend etwas finden.

Wie bei den meisten amerikanischen Marken waren die Kontrollpaneele überautomatisiert und unterinstrumentiert. Außer in einer Besonderheit. »Wo ist der Bildschirmanschluß?«

»Wir haben keinen Anschluß für Fernsehdarstellungen.«

»Aber in dem Inserat hieß es, Sie hätten KI-Navigation und Kommunikation.«

»Ach so«, sagte Dallas. »Was probieren Sie da ...«

»Es geht, es geht wirklich! Japanisch der sechsten Generation, aber es ist drin. Sie brauchen keinen Schirm.«

»Es wurde vor dem Bildschirmstandard gemacht, wenn Sie das meinen.«

»Mir gefällt es besser.«

Ich mochte nicht. Mit einem Bildschirmanschluß konnten wir Eric als Orientierungsreserve haben. »Hat es eine Sprecheinrichtung?«

»Gewiß. Der rechte Knopf für SPRECHEN ist unten in der Ecke des rechten Paneels.«

Ich drückte darauf. Es sagte. »Guten Morgen! Kann ich dienlich sein?«

Dallas zuckte zusammen. »Es ist Nachmittag. Verdammter japanischer Akzent.«

»Vielleicht ist es in Japan Morgen«, sagte Jacobssen matt.

»Können Sie mit einem anderen Computer sprechen?« fragte ich das Gerät.

»Natürlich, meine Dame. In acht Sprachen.«

Dallas rollte mit den Augen. »Ich werde Eric holen.«

Jacobssen war sichtlich erleichtert, daß Dallas fort war. »Ist noch jemand bei Ihnen?«

»In gewissem Sinne, ja. Er lebt im Computer.«

»Klar. Habe von sowas gehört.«

Ich studierte die Kontrollgeräte. »Haben Sie dieses Ding jemals kalt angedockt? Ohne Rückmeldungskontrolle durch das Ziel?«

»Nun ... ich weiß nicht, wo ich das machen sollte, Verstehen Sie? Ich pflegte damit immer zum Mond zu fliegen und kam einige Male bis Deimos hinaus. Da ist alles mit Rückmeldung, sogar die Treibstoffpumpe.«

»Ich verstehe.«

»Wohin wollen Sie gehen, wenn Sie kalt andocken müssen?«

Lüge ist die beste Politik. »Wir dachten daran, etwas Mutungen im Erd-Orbit zu machen. Alte Satelliten zur Bergung untersuchen.«

»Na, die sind doch alle schon abgegrast.«

»Es wäre bloß zum Vergnügen.«

»Komische Idee von Vergnügen«, brummte er. »Jetzt ist der Mond dran. So stelle ich mir einen richtigen Platz vor.«

Dallas kam zurück und nickte mir leicht zu als Zeichen, daß Eric instruiert war. Ich stellte ihn an und sagte. »Sprich zum Autopiloten, Eric! Versuche es auf Japanisch!«

»Okay.«

Was folgte, war eine jener seltsamen Dinge zwischen Computern unter sich. Ich kann Japanisch ziemlich verstehen, wenn auch nicht so gut wie Dallas; und ungefähr zehn Sekunden lang konnte ich ihr Wechselgespräch über die Erfahrungen mit der Maschine und ihre Fähigkeiten verfolgen. Aber sie redeten immer schneller und schneller, bis es klang wie ein Paar japanischer Erdhörnchen, die einander beschimpfen, und schließlich nur noch ein wildes Blabla, das jede beliebige Sprache hätte sein können.

Eric kam schnell wieder auf die Erde zurück. »Mary, ich glaube nicht, daß wir es kaufen sollten.«

»Warum nicht?«

»Das ist ein zu altes Programm, sechste Generation. Ich komme nicht zurecht mit seinen Antworten auf meine Fragen.«

»Sie können den Autopiloten neu programmieren«, sagte Jacobssen. »Ich könnte den Preis entsprechend herabsetzen.«

Ich versuchte nicht zu lächeln. Wir hatten das Wild aufgescheucht, und es kam in Schußweite. »So einfach ist das nicht.«

»Nein, allerdings nicht«, sagte Eric. »Der Pilot ist in einem hohen Ausmaße das Schiff. Wenn Sie den Pilot abschalten, müssen Sie das Schiff neu trainieren. Das erfordert Zeit und Geld.«

»Bitte, können wir ohne den Computer miteinander sprechen?« Er schwitzte richtig in der gekühlten Luft.

»Gewiß«, sagte Dallas mit ruhiger Miene. Ich schaltete Eric aus.

»Sie sind doch beide Unsterbliche, nicht wahr?« Wir nickten. »Schauen Sie, ich brauche die Behandlung, den Stileman, und kann nicht lange herumtrödeln.«

»Haben Sie einen Termin?« fragte Dallas.

»Vorgemerkt. Ich muß bis zum Vierten des kommenden Monats den finanziellen Nachweis erbringen.« Er drehte den Rollstuhl herum, so daß er von uns weg aus dem kleinen Bullauge bei der Anrichte blickte. Er schwieg einen Augenblick lang.

»Wir wollten es nicht tun, ich und Edna. Edna war meine Frau; und wir hatten nie genug für uns beide oder auch nur für einen. Dann habe ich sie vor siebzehn Jahren verloren und mir Gedanken gemacht, verstehen Sie? Wollte sie in absehbarer Zeit wiedertreffen.

Aber mit dem Geld ist es ja eine komische Sache. Man arbeitet sein ganzes Leben lang und kann es nicht ganz machen. Aber dann entspannt man sich und gibt einen Dreck dafür — entschuldigen Sie, Madam —, und es rollt geradezu an. Vor einigen Jahren war ich in Spuckweite von einer Million Pfund. Begann, an den Stileman zu denken.

Dann bekam ich diesen Krebs an der Bauchspeicheldrüse. Damit ist eine zeitliche Grenze gesetzt.« Seine Stimme zitterte. »In wenigen Wochen muß ich nach London gehen ... oder ins Bett.«

Das war nicht gespielt. Ich fragte. »Wieviel haben Sie?«

Er fummelte mit seinem Kreditrechner herum und mußte zweimal eine Korrektur eintasten. Dann hielt er ihn mir hin. 893 667 Pfund.

»Sie brauchen also etwas über hunderttausend Pfund« sagte Dallas. »Sagen wir hundertfünfundfünfzigtausend Dollar nach dem Wechselkurs von heute morgen.«

Er fragte den Rechner und nickte vorsichtig.

»Wir könnten es machen«, sagte ich zu Dallas.

»Ich weiß nicht. Laß uns den Schub kontrollieren!«

»Der Schub ist prima«, sagte Jacobssen mit hörbarer Erleichterung in der Stimme, als ob er nicht eben dreißigtausend Dollar verplappert hätte. »Er ist auf fünf ge maximal eingestuft, Treibstoffverbrauch zwölf Mikro-Av pro Sekunde. Gehen Sie nur, und drehen Sie einmal auf! Ich garantiere, daß die Maschine mit voller Kraft losdonnert.«

Ich drehte den Schlüssel und gab einen winzigen

Tropfen Treibstoff. Der Motor zischte draußen, es gab ein krächzendes Geräusch, und das Schiff sauste in die Arme des Prüfstandes.

»Macht einen soliden Eindruck«, sagte Dallas und stellte fest, daß wir nicht quer über die Wüste von New Mexico gerutscht waren. »Gib es ihr!«

»Nur eine Sekunde!« Ich drückte den Sprechknopf. »Bitte, zeig die Daten des Testbettes an!« Vor mir erhellte sich ein Bildschirm mit dem Siegel des US-Verkehrsministeriums. Ich stieß die Handsteuerung mit aller Kraft nach vorn — amerikanische Steuerknüppel haben diesen lästigen Widerstand eingebaut, so daß man das Gefühl hat, wirklich etwas zu *tun* —, und die ge-Zahl kletterte in ungefähr drei Sekunden auf 5,0, wobei das Winseln des Antriebs zu einem Gebrüll und dann einem Gekreisch wurde. In den nächsten zehn Sekunden wurden 5,4 erreicht. Das war eindrucksvoll, sowohl für das Tempo der Beschleunigung wie die Tatsache, daß die Norm um acht Prozent überschritten wurde. Ich schaltete aus und nickte Dallas zu.

»Okay, also«, sagte er. »Wir wollen uns nicht streiten. Wir gehen auf Hundertachtundsechzig. Damit haben Sie noch reichlich Spielraum zwischen jetzt und Stileman.«

»Abgemacht.« Er langte unter seinen Sitz und holte einen steifen Umschlag mit dem ganzen Papierkram hervor. Eric machte den Kaufvertrag notariell und ließ ihn in White Sands, Washington und Genf registrieren.

Jacobssens Augen sprangen heraus, als Dallas das Geld bar zum Vorschein brachte. Amsterdamer Valuta hat, anders als die italienische, eine magnetische Codierung, die man mit dem Kreditrechner kontrollieren kann; und er entschuldigte sich dafür, daß er einige zufällig herausgegriffene Scheine nachprüfte. Aber es handelte sich ja schließlich um Papiergeld. Er wollte nicht sagen, daß nur Kriminelle bei Geschäften Bargeld benutzen. Dallas sagte ihm, es wäre ›verrücktes Geld‹, das wir in Vegas gewonnen hätten, und auf diese Weise brauchten wir keine Steuern zu zahlen. Der Besitztitel für eine gebrauchte Maschine kann für ›einen Dollar und andere Werte, real und unantastbar‹ übertragen werden. Er schien darüber etwas erleichtert zu sein und über meinen Vorschlag, er möge nur weitermachen und jede Banknote kontrollieren. Wir würden nicht sofort starten. Außerdem galt die Transaktion unter der Bedingung eines Probeflugs über einen Orbit.

(Ich fand es drollig, daß das Geld *vorher* übergeben wurde, obwohl es natürlich vom Standpunkt des Verkäufers aus völlig sinnvoll war. Sonst hätte er, wenn wir beim Probeflug Bruch machten, weder Raumschiff noch Geld und überdies einen üblen Prozeß wegen des Schadens, den ›seine‹ Nachlässigkeit bewirkt hätte. Unsererseits nahm ich allerdings an, daß wir unser Geld zurückbekommen würden, wenn das Schiff verunglückte.)

Ich ließ von Dallas den Schweber zu Hertz zurückbringen, während ich ein Auge auf die Bodenmannschaft gerichtet hielt, die die Europa aus dem Testbett zog und startbereit machte. Der alte Mann prüfte inzwischen tatsächlich wohl alle 168 Geldscheine nach.

Als die Maschine ordentlich auf die Zufahrtbahn zum Hangar ausgerichtet war, stieg ich hinein, um bei der Klimaanlage auf Dallas zu warten. Ich stellte Eric an.

»Ein guter Job«, sagte ich. »Wir haben um zweiunddreißigtausend heruntergehandelt.«

»Was ... Soll das heißen, ihr habt diese alte Kiste tatsächlich gekauft?«

Ein interessantes Gefühl, eine Mischung aus Bedauern und Furcht. »O nein, ich dachte, ihr wolltet ... Ich dachte, Dallas hätte dir gesagt, du solltest bluffen.«

»Das schon, aber ich wollte nicht. Ich glaube, wir hätten irgendein Signal haben sollen. Er schaltete mich aus, ehe ich mich ausführlich äußern konnte. Das Gehirn da in der Maschine ist nicht sehr nützlich. Es gibt falsche Antworten und verteidigt sie.

Der Vorbesitzer hat das vielleicht nicht gemerkt. Sein Fluglogbuch zeigt seit Einbau der AMC-Energiequelle nichts, das selbst einen Neuling von Piloten herausfordern könnte. Die Maschine war fast die ganze Zeit unter äußerer Kontrolle, darum hatte die KI-Einheit kaum eine Chance aufzuwachen.«

»Können wir irgend etwas daran tun?«

»Ich weiß nicht. Dallas pflegte kein besonders guter Pilot zu sein. Du aber bist es offenbar.«

»Allerdings. Aber ich bin an bestes Gerät gewöhnt, das macht es leichter.«

»Dann sollte das eine interessante Herausforderung sein. Ich kann euch mit Bahnelementen und dergleichen helfen; und der alte hirnlose Japs hier dürfte imstande sein, mit Radar-Rückkopplungsmanövern bei kombinierter Kontrolle zurechtzukommen. Das ist der einzige Weg, wie sie euch in die Nähe von Ceres lassen.«

»So sagt man. Aber ich könnte es wahrscheinlich auch ohne die Rückmeldung machen. Als ich meine Lizenz bekam, ließ man einen noch kalt andocken.«

Die Iris der Luftschleuse ging auf, und Dallas schwang sich herein. »Los!«

»Schlechte Nachricht«, sagte ich und erzählte ihm von Erics Bedenken. Eric war zu dem Ergebnis gekommen, daß die KI-Einheit wahrscheinlich schlimmer als nutzlos wäre, da sie viel Geschwindigkeit und Rechenkraft hatte, aber durch ihr eigenes professionelles Urteil behindert würde.

»Wenn ihr eine neue GenDyne gekauft hättet, irgend etwas nach '72, dann hätten Kommunikation und Steuerung der KI kein Turing-Bild präsentiert. Das war einige Jahre lang eine Spielerei als Verkaufsargument. Die Leute fühlten sich wohler, wenn eine ›Person‹ kommandierte.« Ich hatte nie von so etwas gehört, interessierte mich damals aber auch nicht für amerikanische Modeschrullen.

»Aber das ist doch keine große Gefahr?« sagte Dallas.

»Beim Andocken auf *Adastra* hast du doch keine Künstliche Intelligenz benutzt.«

»Die ist im Schaltsystem zur Sicherung eingebaut. Wenn ich einen großen Fehler machen sollte, würde sie einen aufhebenden Gegenbefehl erteilen.« Manche Rok-ketjocks haben Spaß an europäischen Sportschiffen wie dem meinigen gehabt, da sie einem das Gefühl gaben, mit dem Hosenboden zu steuern, ohne ein echtes Risiko einzugehen, wenn man einen drastischen Fehler begehen sollte. Das KI-Sicherheitssystem trifft Entscheidungen millionenfach schneller, als man einen Knopf drükken kann.

Aber ich habe immer das Gefühl oder die Illusion geliebt, selbst zu kommandieren. Das könnte sich jetzt also bezahlt machen. »Laß uns etwas auftanken, unsere Grundvorräte an Bord nehmen und dann aufsteigen und ein paar Runden um die Erde drehen! Wenn es nicht richtig funktioniert oder wenn mir seine Handhabung nicht gefällt, können wir den Handel stornieren und neu anfangen.«

»Dann sollten wir uns lieber beeilen. Ich möchte, daß der Bursche noch am Leben ist, wenn wir zurückkommen.«

Kein vernünftiger Mensch startet, selbst in eine niedrige Erdumlaufbahn, ohne für eine Woche Luft, Wasser und Nahrung mitzunehmen. Es wäre unangenehm, wenn einem die Luft ausgeht, während man darauf wartet, von einem Rettungsvehikel gefunden zu werden.

Wir machten uns auf und füllten alles auf, einschließlich Treibstoff, da man bei größeren Mengen bessere Preise erzielt. Falls wir uns entschlössen, den Handel rückgängig zu machen, würden wir die Vorräte leicht genug weitergeben können. Die meisten Rocketjocks hielten ihre Maschinen in White Sands. Maui hat viel höhere Parkgebühren und weist jedes Schiff ab, das nicht den Faraday-Käfig und Trolley-Adapter für die Startröhre hat.

Ich konnte Dallas' Gedanken lesen, als wir die Menüs für dehydrierte Mahlzeiten besahen. Der Weltraum ist kein Ort für Leute, die lieber dinieren als essen.

In dem zollfreien Laden war er mehr in seinem Element. Wir genehmigten uns hundert Kilo für Tauschartikel, Dinge, die in Novysibirsk gefragt sind, dort aber nicht erzeugt werden können. Kaviar, Singlemalt Scotch Whisky, Pheromon-Verstärker. Der Angestellte ließ durchblicken, daß wir auch Narkotika hätten kaufen können. Aber weder Dallas noch ich hatten ein Interesse daran, diese Art von Wohlstand zu verbreiten. (In den vergangenen paar Monaten habe ich einen Bolzen mit fünfziger Grief in der Handtasche gehabt für den Fall, daß die letzten Tage unerträglich würden.)

Es dauerte einige Stunden, das Schiff zu beladen, und wir wurden allmählich müde. Aber wir beschlossen, mit dem Test anzufangen, dann zu parken und uns einen guten Schlaf im Hilton zu genehmigen. Es würde lange dauern, bis wir wieder weiße Bettwäsche und Roomservice haben könnten.

Ich fragte Dallas, ob er in Deckung bleiben wollte, während ich es ausprobierte. Er dachte kurz scharf nach und blickte sehnsüchtig zum Hilton hinüber. »Nein. Wenn etwas passiert, dann trifft es uns beide.« Ein tröstliches Argument.

Also versiegelten wir das Schiff. Ich erhielt Freigabe für den Start und rollte zur ostwestlichen Bahn. Es gab keine Schlange, aber wir mußten auf ein freies Startfenster warten. Mehrere Polizeischweber kreuzten in Formation unseren Weg, was mich etwas besorgt machte. Dann bekamen wir zwölf Sekunden Countdown. Ich schaltete Goofy ein (diesen Namen hatte ich dem inkompetenten KI-Gerät gegeben), und tatsächlich schaffte er es, uns in der richtigen Mikrosekunde loszuschikken.

Fünf ge sind unbequem, man spart damit aber viel Treibstoff. Nach ungefähr drei Minuten traten wir in den Orbit ein und wurden gewichtslos. Am Steuerbordhorizont wich die ausgedörrte Wüste gerade der grün schimmernden Oase von Groß-Dallas. Dallas blickte auf seinen Namensvetter hinunter, und seine grünliche Blässe wurde etwas frischer. »Alles scheint ordentlich zu funktionieren?«

Die Instrumente gaben nichts Unrichtiges an, aber dann zeigten sie großenteils Warnlichter. Das bedeutete, man müßte sich darauf vorbereiten, Vakuum zu atmen. »Die maximale Beschleunigung hat es gut ausgehalten. Nun wollen wir eine Bahnveränderung probieren, ehe wir auf die andere Seite kommen.« Ich schob die Tafel zurück, die das Instrumentarium auf der rechten Armlehne freigab, und tastete einige Zahlen ein. Dann wandte ich mich an Goofy.

»Kann ich dienlich sein?« zischte er.

»Ja. Wenn wir den Gegenpunkt von White Sands passieren, wünsche ich eine Kreisbahn mit einem um tausend Kilometer erhöhten Apogäum. Beschleunigungsperiode so abgestimmt, daß sie zur Hälfte vor Anti-Sands und zur Hälfte danach erfolgt. Bestätigen und freimachen!«

»Bestätigt, aber darf ich fragen, was unser Bestimmungsort ist?«

»Nein, das darfst du nicht.«

»Wenn ich das Ziel kennen würde, könnte ich Ihre Berechnungen verbessern und Treibstoff sparen.«

»Bestätigen und klären!«

»Ich habe gesagt: *bestätigt*.« Es gab eine kurze Pause. »Wir sind mit White Sands klar. Beschleunigung wird in achtundvierzig Minuten einsetzen.«

Ich stellte Goofy ab. »Unverschämtes Biest!« sagte Dallas. Ich rief einen Menschen in White Sands an und vergewisserte mich, daß wir Freigabe erhalten hatten. Es würde wundervoll sein, einen Zusammenstoß mitten in der Luft zu haben, weil das Navigationssystem ein Personalitätsproblem hatte.

»Ich gehe nach hinten, um die Vorräte zu kontrollieren«, sagte ich und schnallte mich los. Da ging ein Warnlicht an, was mich verwunderte. Dann merkte ich, daß es nur mitteilte, daß ich nicht angeschnallt war. *Warnung! Pilot hat seinen Platz verlassen!* »Kann ich dir etwas mitbringen?«

»O ja, ein Bier.« Ich reckte mich — froh, wieder im freien Fall zu sein, und benutzte die Kopfstütze, um mich zur Anrichte hin abzustoßen.

Dallas hatte sehr gut gepackt. Alles war noch sauber aufgestapelt. Ein loses Stück der Ausrüstung konnte, wenn es bei fünf ge fiel, allerhand Schaden anrichten, auch wenn in der Ladung nichts gefährlich war. Wir hatten aber Splitterwaffen und Volksfreunde dabei.

Ein Viertel unseres Trinkwassers hatten wir als Bier und Wein mitgenommen. Bis wir auf Ceres ankämen, würde das sowieso alles wiederaufbereiteter Urin sein. Es gab verschiedene Marken, farbcodiert in rechteckigen Kästen im Kühler. »Ein grünes, oder was!«

»Grün ist fein.« Ich brachte es ihm und warnte ihn fast, es nicht gleich zu öfffnen. Dann hielt ich das aber für herablassend und bereitete mich auf die Schweinerei vor. Immerhin fünf ge. Er parkte das Bier aber vor sich und ließ es sich setzen.

Gott verzeih mir die Sünde des Hochmuts! Dallas benimmt sich wie ein Neuling in der Startphase, hat aber einige tausend Stunden im Weltraum hinter sich. Darunter einige recht mutige Stunden, wie den Flug zum Mars, ehe der offen war. Seine Jagd über die Irrlichter in Plato und dem Alpental auf dem Mond; das mußte gewesen sein, als die Rückseite nur ein Müllplatz für Nachschubgüter war.

»Mal sehen, was die Nachrichten eigentlich Neues bringen?«

»Gewiß.« Ich weckte den Bildschirm. Als er nach einem Thema fragte, sagte Dallas. »Stileman-Stiftung.« Uns erwartete ein Schock.

»Eine wichtige Nachricht in Verbindung mit der Stileman-Stiftung ist vor etwas mehr als einer Stunde eingetroffen. Ein prominenter Unsterblicher, Dallas Barr, ist infolge eines Anfalls von Mordlust verschieden, offenbar verursacht durch eine altersbedingte Hirnerkrankung ...«

Dallas sah mich an und nickte mit grimmiger Miene.

»Ermordet durch den wahnsinnigen Unsterblichen wurden seine Mit-Unsterblichen Eric Lundley und Lamont Randolph, beide aus Australien, Krsto Vozac aus Jugoslawien und Sally Murchison, eine Privatdetektivin in der Conch-Republik. Man fürchtet, daß auch die italienische Unsterbliche Maria Marconi tot ist.

Höchstwahrscheinlich hat Barr sein äußeres Aussehen in der Conch-Republik radikal verändert. Daher kann das begleitende Bild nur von geringem Wert sein; Versuchen Sie nicht, ihn festzunehmen! Er ist schwer bewaffnet und hat Freunde und Fremde gleichermaßen umgebracht.«

»Das ist stark!« sagte Dallas ruhig.

»Der erste Mord, der sich am vorigen Donnerstag in Sydney ereignete, war so ausgeführt, daß er wie ein Unfall oder Selbstmord aussah. Barr hatte Lamont Randolph einige Tage zuvor auf einer Party kennengelernt und offenbar eine große Abneigung gegen ihn entwikkelt. Barr kreuzte bei ihm für einen abendlichen Besuch auf; und während sie auf dem Balkon seines Penthauses Drinks zu sich nahmen, stieß Barr Randolph auf die hundert Meter tiefere Straße in den Tod.

Am nächsten Tag, nach einer geselligen Zusammenkunft Unsterblicher in Dubrovnik (die ironischerweise von Randolph mit organisiert worden war), schlug Barr wieder zu und ermordete seinen langjährigen Freund und Geschäftspartner Eric Lundley, sowie den Fahrer eines Wassertaxis, beide mit gezielten Pistolenschüssen. Dann versenkte er das Taxi und schwamm offenbar an die Küste.

Nach zumindest einem Zeugen befand sich noch ein Passagier in dem Taxi, die schöne italienische Unsterbliche Maria Marconi.« Auf dem Schirm erschien ein Bild von dem, wie ich früher aussah. »Behörden suchen noch nach der Leiche, die durch Meeresströmungen Dutzende von Kilometern abgetrieben sein könnte.«

»Heute nacht schläft sie bei den Fischen«, sagte Dallas in etwas, das vermutlich ein italienischer Akzent sein sollte.

»Sei nicht so makaber!«

»Die müssen alles drauf haben. Weiter!«

Der Schirm zeigte das Bild einer intensiv blickenden, attraktiven schwarzen Frau. »Interpol hat Barr zu der anarchischen Conch-Republik verfolgt und sich dort der Dienste von Sally Murchison versichert, einer Privatdetektivin. Sie verfolgte Barr zu einem Motel mitten in der Stadt. Aber er erwartete sie entweder oder hatte eine Falle gestellt. Sie trat ein und wurde sofort durch eine Splitterwaffe in Stücke gerissen.

Es ist unwahrscheinlich, daß Barr nach diesem Mord in der Conch-Republik geblieben ist. Er richtete es so ein, als ob er selbst bei der Explosion umgekommen wäre, und ist offenbar in der Nacht des 1. Dezembers von der Insel entwichen. Er könnte sich jetzt irgendwo in der Welt aufhalten und könnte, wie bereits bemerkt, wie irgend jemand aussehen. Aber laut Stileman-Stiftung hat er höchstens noch wenige Wochen zu leben, als Opfer entropischen Hirnversagens.

Entropisches Hirnversagen, EHV, galt ursprünglich als die einzige Schranke für die Wirksamkeit des Stileman-Unsterblichkeitspozesses. Der Körper ist nach der Kindheit nicht imstande, neues Nervengewebe, neue Hirnzellen zu bilden; und mannigfache Umweltfaktoren bewirken ständige Zerstörung dieser Zellen.

Einige dieser Faktoren hängen mit dem individuellen Wohl- oder Mißverhalten zusammen — Trinken von Alkohol und Einnahme verschiedener Narkotika, insbesondere Grief und Dizney —, aber andere Faktoren sind unausweichlich ein Teil des Lebens, wie Strahlungsexposition aus natürlichen Ursachen, industrielle Quellen und Reste von den Chomeini-Kriegen.

Ein Teil des Stileman-Prozesses wirkt unmittelbar auf EHV durch eine gewisse Erhöhung der Wirksamkeit der Hirnrinde. Wie das genau geschieht, ist ein streng gehütetes Geheimnis.

Bis vor kurzem glaubte man, daß der Prozeß mindestens tausend Jahre lang wirksam sein würde, und für die meisten Fälle mag das auch stimmen. Aber im vergangenen Monat hat er bei zwei der ältesten Stileman-Unsterblichen versagt, und die Stileman-Forscher machen Überstunden, um einen Erbfaktor bei diesen beiden Männern zu entdecken, der sie zu Anomalien gemacht haben könnte. Beide waren seit mehr als einem Jahrhundert körperlich aktiv, sogar athletisch gewesen. Beide hatten mehrere physische Erschütterungen erlebt. Beide waren männliche Angelsachsen ohne Vorgeschichte mentaler Probleme.

Das erste Opfer, Lord Geoffrey Lorne-Smythe, erlitt ein Schicksal, das normaler Senilität ähnlich war, aber viel schneller fortschritt, als bei einer normalen Person der Fall gewesen wäre. Das zweite, Dallas Barr, ist psychotisch geworden und klagte die Stileman-Stiftung an, daß sie ihn zu töten suche, während er selbst die Welt in mörderischem Wüten umkreist.« Auf den Schirm erschien das Zeichen für Ende der Information.

»Paß lieber auf!« sagte Dallas. »Du umkreist die Welt mit mir.«

»Ich frage mich, was Lorne-Smythe gegen sie unternommen hat. Wie sie die Senilität bewirkt haben.«

»Weiß Gott! Wovor ich Angst habe, ist vor etwas, das sie während seines letzten Aufenthaltes in der Klinik mit ihm getan haben könnten. Vielleicht auch mit mir. Briskin hat mir gesagt, ich hätte nichts zu befürchten, solange ich beim Lenkungskomitee wäre. Vielleicht trage ich irgendeine medizinische Zeitbombe in mir, für die nur sie das Gegenmittel haben.«

»In diesem Falle hat es keinen Sinn, sich darüber Gedanken zu machen.«

Er zuckte die Achseln. »Na ja. Ich nehme an, das bedeutet kein Hilton.«

»Allerdings nicht.« Ich biß mich auf die Lippe und bezwang das Zittern in meiner Stimme. Ich hatte die Erde zum letzten Male gesehen. »Wir sollten lieber einen Orbit berechnen.« Ich stellte die Maschine an. »Tilge die letzte Korrektur! Wir wollen nach Novysibirsk.«

»Warum?«

Ich saß einen Moment lang mit offenem Mund da. »Geschäftlich«, sagte Dallas.

»Es ist unmmöglich, irgendwohin in Novysibirsk zu gehen und zurückzukehren mit dem Treibstoff, den Sie haben. Sie werden DT-3 dort kaufen müssen, was sehr teuer ist.«

»Wir gehen trotzdem«, sagte ich. »Was ist näher — Ceres oder Mir?«

»Mir ist näher. Aber Sie können Ceres mit weniger Treibstoff erreichen, wenn Sie einen Mars-Swingby machen.«

»Zeig mir die Darstellung!«

Auf dem Schirm erschien ein Diagramm. »Diese Elemente sind berechnet unter der Annahme, daß Sie erst in einen hohen Erdorbit aufsteigen und nachtanken.«

»Nein.« Der Versuch, dort Treibstoff bar zu bezahlen, wäre gleichbeutend mit Preisgabe unserer Identität. »Mach diesen Orbit kreisförmig, und wir werden von hier losfahren. Gib Sands unser ...«

»Das sollten Sie nicht tun«, zankte die Maschine. »DT-3 kostet im hohen Erdorbit $ 1453 pro Liter und auf Ceres $ 2500.«

»Führe den Befehl aus!« sagte ich. »Melde Sands, daß unser Ziel Mars ist. Bestätigen!«

Es schien lange zu dauern. »Bestätigt. Unter Protest.

Beschleunigung wird in neunzehn Minuten einsetzen.«

»Was heißt ›unter Protest‹?« fragte Dallas.

»Nur die Versicherung meines Fluglogs, daß ich Ihnen den richtigen Rat gegeben habe und Sie ihn ignorierten.«

Dallas machte ein wütendes Gesicht. »Man könnte dich durch einen Abacus ersetzen.«

»Denkste.« Es schaltete sich selbst aus.

Dallas drückte vorsichtig sein Bier auf. »Könnte ziemlich lange dauern.«

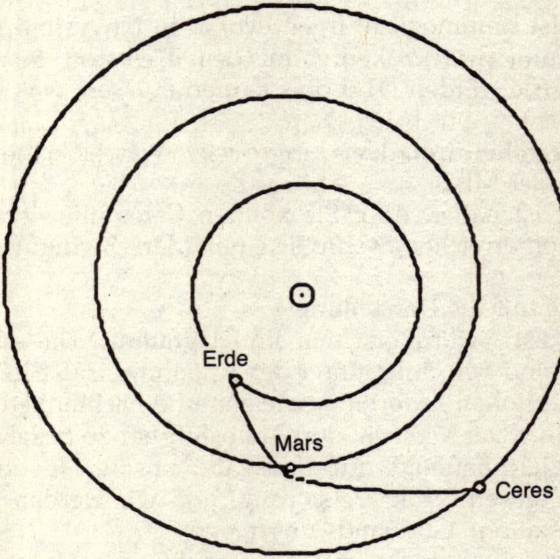

Verlassen des niedrigen Erdorbits	3. Dez. 80 Greenwich
Rendezvous Mars	15. Dez. 80
Ankunft Ceres	7. Jan. 81 (8. Yanvar Novysibirsk)

Der erste Flug zur Ceres hatte hin und zurück sieben Jahre gedauert. Vier Mitglieder der Besatzung starben durch Mord und Selbstmord. Maria und Dallas diskutierten das unbeschwert zu Beginn ihrer sechswöchigen Reise. Sie sahen der Intimität und Einsamkeit entgegen. Wenn sie einmal allein sein wollten, konnten sie zwischen den beiden Beschleunigungsliegen einen Vorhang ziehen und vor den bewegungslosen Sternen meditieren. An Betätigungsmöglichkeiten würde es nicht mangeln, selbst wenn das Schiff voll automatisiert war. Sie konnten sich in die öffentlichen Datennetze einklinken für Millionen nicht unter Urheberschutz stehender Bücher und Filme. Falls eine(r) von ihnen keine Freude daran haben würde, sechs Wochen in einem gepolsterten Mausoleum zu verbringen und die Körpergerüche einer anderen Person zu teilen, so ließ er diese Furcht nicht laut werden.

Tatsächlich würden sie keine Zeit haben, sich zu langweilen oder zu ärgern oder durchzudrehen. Die Dinge würden nur allzubald interessant werden.

DALLAS

›Fireball‹ war ein angenehm ruhiges Schiff bei einem halben ge Beschleunigung. Nur ein leichtes Zischen und Knistern machten einen nervös. Wir kurvten mehr als fünf Stunden lang, deren größten Teil ich dankbar verschlief. Ich erwachte aber natürlich sofort, als die Beschleunigung aufhörte. Das ist genau so ein Gefühl, wie wenn man aus dem Bett fällt. Und eine Klippe hinunter.

Maria langte herüber und packte meinen Arm, der wahrscheinlich etwas umherschwenkte, als ich dieses Gefühl empfand. »Dallas, wach auf! Es ist nur die Schwerelosigkeit.« Sie schnallte sich los und reckte sich schwankend. »Ich werde dich bei der Toilette schlagen.« Ich beschloß galant zu sein und sie gehen zu lassen. Fünf Stunden sind für eine Frau eine lange Zeit. Für einen Biertrinker aber auch.

Die Toilette ist kardanisch so aufgehängt, daß man sie unter Beschleunigung benutzen kann; und es gibt Haltegriffe, die zu ihr führen. Aber es sah so aus, als ob man ein Leichtathlet sein muß, um aus der Beschleunigungliege heraus und wieder hinein zu kommen. Und ich nahm an, daß Maria während der Schubphase nicht von den Kontrollorganen entfernt sein wollte. Auch ich wollte ihr das nicht zumuten.

Während ich wartete, schwenkte ich den Bildschirm nach hinten und war überrascht, wie klein die Erde jetzt schon erschien, nur etwas größer als der zunehmende Mond von der Erde aus. Das hätte mich nicht überraschen sollen, aber ich war seit zwanzig Jahren nicht mehr so weit draußen gewesen. Der Mond war wie ein dunkler Fingernagelabschnitt im Glanz der Sonne fast verloren.

Ich schnallte mich los und probierte meine ›Raumbeine‹ aus, wie man zu sagen pflegt, obwohl Beine bei Schwerelosigkeit ungefähr ebenso nützlich sind wie der Blinddarm. Die Kabine war so klein, daß man leicht darin zurecht kam, und die Kunststoffpolsterung an den Wänden war so locker und lappig (um nicht zu sagen: schlampig), daß man sich daran abstoßen und festhalten konnte. Jedenfalls würden wir Beige nicht mehr ausstehen können.

Jetzt war ich bei der Toilette dran, vergaß aber die Stiktite-Latschen und demonstrierte so eines der Newtonschen Gesetze in erschütternder Weise. Aber Schwerelosigkeit ist leichter als ein rotierendes Milieu. Die Toilette von Cyanamid in niedrigem Orbit pflegte rechts vom Urinal ein rotes X zu haben mit einem Signal HIERHER ZIELEN, IDIOT!

»Bring doch etwas Wein mit!« sagte Maria. »Wir wollen feiern.« Ich wählte eine Packung weißen Burgunder Montagny '78. Ein guter Jahrgang, aber ein schlechter Behälter. Alterten Weine in Plastik, oder war dieser aus einer Glasflasche umgefüllt worden? Das wollte ich gar nicht wissen.

Ich quetschte eine Blase heraus, und wir tranken mit Strohhalmen, wie wir es in *Adastra* gemacht hatten. Es war nicht übel. »So weit, so gut«, sagte ich.

»Wir sind immer noch heil in einem Stück. Ich sollte nachprüfen und sehen, ob das Ding dort ist, wo es sein sollte.« Sie schaltete den Computer ein.

»Kann ich mich nützlich machen?«

»Ich will zwei Positionskontrollen durchführen, in bezug auf die Sonne und zwei Sterne. Gib mir ...«

»Das wird nicht nötig sein. Wir liegen auf Kurs.«

»Ich brauche die Übung. Gib mir erst Aldebaran,

dann Spica und dann die Sonne!« Während sie Eric aus dem Staufach zwischen uns herausholte, erschien auf dem Bildschirm ein Sternfeld, das von einem hellen orangefarbenen Objekt im Zentrum dominiert wurde. Verschiedene Ziffern und Abkürzungen leuchteten unten auf. Ich konnte VWRTSOL und AWRTSOL für Geschwindigkeit und Winkel bezüglich der Sonne erkennen. Damit waren absolute und verstrichene Zeit klar. Den Rest würde ich errechnen müssen.

Maria stöpselte Eric ein; und sein Gesicht erschien in einem kleinen eingefügten Quadrat. »Weltraum, he? Schnelle Fahrt. Das ist gut.«

»Wir möchten eine Redundanzkontrolle für den Schiffscomputer machen. Kannst du verifizieren, ob wir auf dem richtigen Kurs sind?«

»Nur in bedingtem Maße. Ich habe keinen unabhängigen Input durch Sensoren. Daher kann ich lediglich die Zahlen nehmen, mit denen er startet, und dann sehen, ob ich zu den gleichen Resultaten komme.«

»Das genügt. Wir sind mehr beunruhigt wegen der Logik als wegen der Daten.« Eric und Maria sprachen eine Weile über Arcussinusfunktionen und dergleichen. Ich beschäftigte mich inzwischen mit der Burgunderblase. Jeder nach seinen Fähigkeiten und seinen Bedürfnissen.

Maria blickte auf und fragte mit etwas scharfer Stimme: »Könntest du das hier tun, wenn mir etwas zustoßen sollte?«

»Na ja, ich müßte ein Handbuch abrufen. Es ist schon lange her.« Ich wischte im Geist einige Spinnenweben fort. »Laß mich sehen ... Man nimmt die Winkel zwischen der Fahrtrichtung und zwei Sternen und dann einen Sonnenvektor, Entfernung und Geschwindigkeit. Das könnte ich allerdings nicht ohne einen Computer schaffen.«

»Das könnten auch nur wenige Leute.«

»Richtig auf sieben Dezimalstellen«, sagte Eric. »Ihr

müßt natürlich wenigstens eine davon korrigieren vor der Marsumrundung; aber ihr kommt dann bestimmt hin.«

Ich tastete die Nachrichten ein. Keine wesentliche Veränderung. Noch hinter mir her, aber nur auf der Erde. Der Sprecher sagte, ich könnte unbegrenzt lange in der Conch-Republik bleiben, wenn die Identitätsänderung gut ausgeführt wäre. Typisch 'phem: ›unbegrenzt lange‹. Falls ich länger als weitere zehn Jahre leben wollte, müßte ich nach Sydney oder London gehen, wo sie neunzig Sekunden nach der ersten Blutprobe erfahren würden, wer ich wirklich bin.

Maria sagte: »Ich überlege. Wenn sie tatsächlich noch immer nach einer Einzelperson suchen, ist das gemeinsame Reisen eine Art von Tarnung.«

»Darauf würde ich mich nicht verlassen. Da sie es geschafft haben, uns bis in die Conch-Republik nachzuspüren, wissen sie wahrscheinlich, daß ich in dem Luftschiff nicht allein gewesen bin. Sie haben schon ihre Gründe, dich als Geheimnis zu behandeln.«

Sie nickte langsam. »Ich vermute, daß es für sie schwieriger wäre, dich als einen mörderischen Verrückten zu kennzeichnen, wenn du eine willige Begleitperson hättest.« Sie langte nach hinten und öffnete eine Spange, dann plusterte sie ihr Haar zu einem goldenen Heiligenschein auf. »Gott weiß, daß ich willig bin.«

Raumfahrt ist zugleich die schnellste und die langsamste Form der Fortbewegung in der menschlichen Geschichte. Während des größten Teils der folgenden elf Tage war die Erde ein blauer Stern hinter ihnen und der Mars ein roter Stern voraus. Die einzige Veränderung in der Szenerie bestand darin, daß der eine allmählich schwächer und der andere allmählich heller wurde. Hätte man nachgemessen, so würde sich auch gezeigt haben, daß die durch Filter verdunkelte Sonnenscheibe gleichfalls kleiner wurde. Sonst aber blieb alles unverändert. Die nicht flimmernden Sterne, mehr oder weniger ewig.

Eric legte dar, daß seine Einstellung zum astronomischen Weltall jetzt, da er nicht mehr aus Fleisch und Blut bestand, fundamental anders war. Mit hinreichend feinen Instrumenten würde er die Bewegungen der Sterne von Monat zu Monat entdecken. Er könnte die Zu- und Abnahme veränderlicher Sterne verfolgen. Diese Effekte waren real in einer Weise, wie sie es nie hatten sein können, solange er auf die menschliche Wahrnehmung des Zeitablaufs und die groben menschlichen Sinne angewiesen war. Für ihn war das Universum ein pulsierendes Lebewesen, wie es ihm intellektuell schon vorher klar gewesen war. Aber jetzt konnte er zuschauen, wie es geschah.

Ungefähr einen Tag vor dem Swingby-Manöver begann sich für die bloß menschlichen Passagiere die Szene merklich zu verändern. Der Mars war als kleine Scheibe erkennbar. Dallas war erleichtert über dieses sichtbare Zeichen ihres Vorankommens. Marias Gefühle waren kompliziert.

MARIA

Als der Zeitpunkt des Schwenkmanövers näherrückte, hatte ich eine Art Vorahnung, die ich aber als ein Widerstreben gegenüber einer Änderung des Status Quo abtat. Die elf Tage waren ein kleines Wunder gewesen, eine Zeit außerhalb der Zeit für uns beide. Nicht nur eine Verschiebung unserer Sorgen.

Diese Liebe verwirrt mich. Kann oder sollte man den Körper von dem Geist und dem Herzen trennen? Zu anderen Zeiten in meinem Leben habe ich gefühlt, daß unterschiedliche Arten von Liebe gleichzeitig am Werk waren: Ich konnte einen Mann mit meinem Herz und meinen Lenden lieben und unabhängig davon Christus mit meinem Geist. Und wenn diese beiden Liebesformen später im Beichtstuhl und bei der Reue in Konflikt gerieten, gab auch das Rechtschaffenheit und Trost, sogar für die Schuld. Diese Liebe mit Dallas ist in ihrer alldurchdringenden Einheit verwirrend, selbst wenn sie heiter stimmt. Es ist fast so, als ob er auf den Platz drängt, den meine Liebe zu Gott einnimmt.

In hundert Lebensjahren bin ich nur einmal derart fortgerissen gewesen, und das war kein Mann. Nach dem Erdbeben, das meinen Vater und meine Brüder tötete, als ich ins Kloster geschickt wurde, habe ich fast alle meine wachen Stunden im Gebet verbracht, im Gebet für die Seelen des Vaters und der Brüder und für meine arme Mutter — und mein elendes Ich! Aber meistens versuchte ich durch Gebet zu verstehen, wie Gott dies hatte geschehen lassen können. Meine Knie schwollen an, rissen auf und bluteten; und schließlich mußten mich die Schwestern in meine Zelle tragen, wo sie einen kleinen Schrein aufstellten und ich im Liegen weiter betete. Und obwohl ich keine Antworten bekam, die irgendwie befriedigender waren als die im Katechismus, war das, was ich schließlich fand, letztlich ebenso tröstlich, obwohl es sich nicht richtig in Worte fassen läßt. Eine Union mit dem Mysterium, eine ekstatische Union, die, wie es die Bibel formuliert, höher ist denn alle Vernunft.

Ich bin nicht ungebildet und weiß jetzt, daß eine gewisse Komponente meiner Verzückung eine schlüpfrige, umgelenkte pubertäre Sexualität war. Die diffusen Orgasmen einer Jungfrau. Aber ich weiß auch, daß Gott uns all diese komplizierte innere Struktur nicht ohne Grund gegeben hat; und ich vermute, daß sie sich in meinem Falle entfaltete, um mir durch mein Leid zu helfen. Dallas würde sagen, daß der Streß eine körperliche Veränderung bewirkte. Ich glaube, beide Festellungen laufen auf dasselbe hinaus.

Aber diese elf Tage! Wir haben nur dann Kleider getragen, wenn Eric bei uns war. Über diese Absurdität mußten wir beide kichern. Wir konnten vor Eric alles tun, sogar Dinge, für die ich nur lateinische Wörter kenne; und das wären für ihn bloß Daten gewesen. Oder es könnte ihm gegenüber grausam sein, sofern dies bei einem Schaltsystem möglich ist, ihn an Dinge zu erinnern, die er nie wieder haben kann.

Als der Mars eine deutliche Scheibe zu zeigen begann, ging ich alle Berechnungen noch einmal von Anfang an durch, unabhängig vom Schiffscomputer. Eric und ich stimmten mit dessen Resultaten bis auf acht bedeutungsvolle Dezimalstellen überein.

Das Swingby-Manöver wäre einfacher gewesen, wenn der Planet keine Atmosphäre hätte. Diese ist in größeren Höhen sogar dichter als diejenige der Erde, welche wegen ihrer größeren Masse einen steileren

Dichtegradienten hat. Es sind zwar nur ein paar Moleküle hie und da, aber wir würden mit fast hundert Kilometern in der Sekunde hindurchrasen. Als ich auf dem Weg zu Ganymed ein ähnliches Manöver machte, bemerkte ich einige Vibrationen infolge Turbulenz. Und der Bugatti ist keine Flachnase, was aber vielleicht keinen Unterschied ausmachte.

Zwei Stunden vor dem Swingby nahm ich eine kleine Kurskorrektur vor, die uns über den Nordpol führen würde. Wir wollten unsere Flugbahn unter die Ebene der Ekliptik hinabkrümmen, um Kurs auf Ceres zu nehmen. Mars war nun ungefähr so groß wie der Vollmond von der Erde aus und schien zusehends zu wachsen, obwohl ich wußte, daß das eine Illusion war.

Dallas fragte: »Sollten wir die Raumanzüge herausnehmen oder sogar anziehen?« Ich hatte ihm von der Turbulenz erzählt.

»Das wäre mir egal ... Es besteht keine echte Gefahr.« Tatsächlich war es mir deswegen gleichgültig, weil die Sache im Falle eines Mißgeschicks ohnehin nicht zu ändern sein würde. Wir würden eine lockere Ansammlung kleiner Teile bilden, die sich mit einer Geschwindigkeit zwischen 96 und 120 Kilometern in der Sekunde vom Mars fortwälzte. Dagegen wäre nichts zu machen, so als ob man in einem Raumanzug steckte und darauf wartete, daß die Luft ausging.

Wie es sich herausstellte, war die Lage nicht ganz so eindeutig.

Ich beschäftigte Dallas mit dem Auftrag, sich zu vergewissern, daß alle Luken fest verschlossen und der Müll gut gesichert war. Wir brauchten an dem marsnächsten Punkt einen kurzen Anstoß durch Triebwerkszündung, und es wäre unangenehm, wenn bei fünf ge auch nur ein Plastik-Trinkhalm auf einen zukäme.

Ich wollte nicht, daß wir uns zu früh anschnallten, weil mich das an mein Gefühl des Gefesseltseins vor dreißig Jahren erinnerte, als der Mars immer näher rückte. Man bewegt sich dabei etwa zwanzigmal schneller, als Instinkt oder Intuition vermuten lassen, da wir eine niedrige Erdumlaufbahn gewohnt sind. Man hat den Eindruck, unmittelbar vor einem katastrophalen Aufprall zu stehen.

»Noch zwei Minuten«, sagte ich. »Jetzt besser anschnallen.« Als Dallas gesichert war, befahl ich dem Schiff, die Korrektur der Ausrichtung einzuleiten, welche größer war, als ich erwartet hatte. Der Mars schwenkte herum, und Dallas kniff die Augen zu.

Der Planet wurde von Sekunde zu Sekunde größer, und das war keine Täuschung. Die Polkappe rollte über den Horizont auf uns zu. Ich verlangte einen Countdown von zehn Sekunden vor der Zündung.

»Ein Monat«, sagte Dallas.

»Was?«

»Heute ist der Fünfzehnte. Das macht genau einen Monat seit Claudias Party.« Er langte herüber und streichelte meinen Arm. Die Maschine begann zu zählen. Ich zwinkerte, um Tränen zu vertreiben.

DALLAS

Das Swingby-Manöver war ziemlich furchterregend, noch ehe wir den Schaden feststellten. Hundert Kilometer in der Sekunde sind erheblich mehr, als ich je erlebt hatte. Der Mars schien auf uns zuzustürzen. Es sah aus, als würden wir in die Polkappe eindringen. Goofy begann mit dem Countdown. Bei ›drei‹ trafen wir auf Turbulenz.

Es war wie eine holprige Straße in einem altmodischen Auto, nicht einem Schweber. Richtig schlimme Stöße, wie wenn man durch Schlaglöcher fährt und sich fragt, ob eine neue Achse fällig wäre. Ich sah die plötzliche Angst in Marias Gesicht, und mein Herzschlag setzte fast aus. Sie sah mich an und wollte etwas sagen, aber dann preßte uns die Beschleunigung durch den vorherberechneten Schubstoß tief in unsere Liegen.

Zehn Sekunden lang bockte das Schiff und schüttelte sich, während das Triebwerk kreischte und die Marslandschaft unter uns dahinraste. Als der Schub plötzlich aussetzte, gab es noch einen letzten heftigen Stoß. Dann herrschte die neutrale Stille des freien Falls.

Maria räusperte sich. »Das war nicht vorgesehen.« Sie drückte sich die schmerzenden Arme. »Zum Teufel! Ich fühle mich, als wäre ich eine lange Treppenflucht hinuntergestürzt.«

»Na ja, zwei Wochen in Schwerelosigkeit vertrödeln.« Wo es mir am meisten weh tat, kümmerte sie überhaupt nicht, da sie keine Hoden hatte.

Sie schnallte sich los, machte eine Grimasse und las

in meinem Geist oder Körper. »Sei froh, daß du keine Brüste hast!« Dann fragte sie den Computer: »Gib uns einen allgemeinen System-Check! Ist durch die Vibration etwas beschädigt worden?«

Keine Antwort.

Sie schaltete aus und wieder ein: »Kontrolle. Hörst du mich?«

Nichts. »Wollen wir es mit Eric versuchen?« fragte ich. Sie nickte, und ich schaltete ihn ein. »Wir kommen gerade aus dem Swingby, und es sieht so aus, als ob wir Goofy verloren hätten. Wäre es gefährlich, dich in ihn einzuschalten?«

»Nein. Benutzt nur denselben Datenkanal wie vorhin bei der Navigation!« Ich stöpselte ihn ein, und seine Antwort kam, noch ehe meine Hand sich fünfzehn Zentimeter entfernt hatte.

»Er scheint da zu sein, aber wir können ihn nicht erreichen. Er verbraucht normal Energie, hat aber keine Daten-Ein- oder -Ausgabe.«

»Reparieren?«

»Vielleicht könnte das jemand. Es könnte bloß eine lose Verbindung sein oder ein Bauteil, das ausgefallen ist. Das kann ich von hier aus nicht feststellen.« Das bärtige Gesicht schüttelte den Kopf einmal zurück und nach vorn. »Er ist darin taub, stumm und blind gefangen. Und vorher war er verrückt. Er wird euch wahrscheinlich überhaupt nicht mehr von Nutzen sein. Vielleicht solltet ihr ihm die Energie entziehen.«

»Das klingt, so wie du es sagst, eigentlich nach Euthanasie.«

»Nur in gewisser Hinsicht. Vermutlich ist er nicht das einzige Exemplar.«

»Jungs«, sagte Maria. »Ich glaube, wir haben ein noch größeres Problem.« Sie zeigte auf die Konsole, wo ein rotes Licht blinkte. »Das heißt Versagen des Lebenserhaltungssystems.«

»Sagt es nicht wieso?«

»Nein. Ich denke, man erwartet, daß wir den Computer danach fragen.«

Eric sagte: »Vielleicht hält es Goofy für einen Teil des Lebenserhaltungssystems. Obwohl es sicher Reservecomputer hat, die nicht mit Persönlichkeiten belastet sind.«

»Wir könnten im Handbuch nachschlagen«, sagte ich. »Aber ich möchte wetten, daß der einzige Weg zum Handbuch über Goofy führt.«

»Kommt es dir etwas kühler vor?« fragte Maria fast flüsternd.

»Nein«, sagte Eric. »Das ist psychosomatisch. Dein autonomes Nervensystem. Es sind immer vierundzwanzig Grad gewesen, seit ihr heute morgen aufgewacht seid.«

»Das vermute ich.« Sie rieb die Hände aneinander und blies dazwischen. »Schwitzen ... warte! Da gibt es wirklich ein Handbuch aus Papier.« Sie stieß sich so heftig ab, daß sie mit Kopf und Knien die weiche Decke berührte. »Hinten bei den Raumanzügen.«

Sie begab sich nach hinten zu dem Gelaß für Notausrüstung, das kaum groß genug war für zwei Raumanzüge und zwei Personen und starken Schutz gegen Sonneneruptionen bot. Sie schwebte zurück mit einem dünnen Heftchen. Als sie es durchblätterte, machte sie ein enttäuschtes Gesicht. »Es ist nicht sehr detailliert. Ich weiß nicht, ob uns das helfen wird.« Sie warf es mir zu.

Es war noch kürzer, als es aussah, da der Text in fünf Sprachen wiederholt war und viele Illustrationen kaum mehr als Dekoration waren. »Sieht mehr wie eine Verkaufsbroschüre aus statt wie ein Handbuch.«

»Ihr verliert Luft«, sagte Eric.

»Was?«

»Meine Wetteraufzeichnung meldet alle drei Minuten Temperatur, Feuchtigkeit und barometrischen Druck. Euer Luftdruck ist merklich gesunken.«

»Um wieviel?« fragte Maria.

»Ein zwanzigstel Prozent. Wenn ihr auf der Erde wärt, würdet ihr die Regenschirme hervorholen, weil eine Wetterfront im Anzug ist.«

»Da ist etwas aufgeplatzt.«

»Oder etwas getroffen worden«, sagte Eric. »Habt ihr irgend etwas gehört, das ein Mikrometeoritenaufprall gewesen sein könnte?«

»In unmittelbarer Marsnähe war es recht laut. Wir könnten einen Ziegelstein getroffen haben, ohne es zu merken.«

»Turbulenz«, sagte Maria.

»Interessant. Nun, falls ihr ein Loch bekommen habt, befindet sich das wahrscheinlich irgendwo vorn unter dem Vinyl.«

»Verteufelt schwer zu finden«, sagte ich.

»Einer von euch muß nach draußen gehen.« Bei den alten sowjetischen Raumanzügen klang das recht ungemütlich. »Aber da die Schiffshülle nahtlos ist, so müßte, falls unter Streß etwas geplatzt ist, dies entweder bei der Luftschleuse, den Bullaugen oder möglicherweise der Schutzwand sein. Ihr könntet das Leck mit einer Zigarette finden.«

»Wir rauchen aber nicht«, sagte Maria.

»Schade! Das würde euer Leben retten.«

Immer derselbe alte Eric. »Wahrscheinlich gibt es in dem Gerätesatz für Erste Hilfe eine Art von Detektor«, sagte Maria und stieß sich in die Rettungsbucht ab.

»Wie lange haben wir Zeit?«

»Ich weiß nicht. Das ist eine Differentialgleichung, da die Verlustrate eine Funktion des Verlustbetrages ist, welche durch Turbulenz kompliziert wird. Wäre es eine lineare Beziehung, dann würdet ihr nach der Information, die ich habe, die Hälfte eurer Luft in etwa fünfzig Stunden verlieren.«

»Dann sollte es überhaupt kein Problem sein.«

»Ja, hoffentlich nicht. Ohne euch würde ich einsam sein.«

Der Detektor machte uns erst einige Schwierigkeiten. Es war ein langer Stock aus etwas, das wie Sägespäne und Leim aussah. An einem Ende angebrannt, also schon einmal benutzt. Aber wer das auch gewesen sein mochte, der hatte die Gebrauchsanweisung weggeworfen.

Als Zünder diente eine Batterie mit einer Widerstandsspule und einem Knopf. Wenn man daraufdrückt, glüht er rot auf; steckt man den Stab hinein, bedankt er sich durch Ausspucken einer jasminfarbenen Wolke. Dann erlischt er.

Am dritten Tage stellten wir fest, daß der Detektor sich allein ausschaltet, indem er eine Hülle aus Kohlendioxid ausbildet, wenn man ihn nicht herumschwenkt, sobald er aufleuchtet. Maria war verlegen. Sie hatte ein Demonstrationsband von so etwas gesehen, als sie zur Schule ging.

Das führte mich kurz auf einen Gedanken: Wie viele von uns gab es noch, die zur Schule gingen, ehe Raumfahrt allgemein üblich war? Einige Hundert? Ein paar Dutzend?

Nachdem wir es herausgebracht hatten, dauerte es nur einige Minuten, das Leck zu finden. Es befand sich bei dem rückwärtigen Bullauge. Inzwischen hatten wir von dem stickigen Jasmingeruch die Nase voll.

Dieses Fenster war von Mr. Jacobssen persönlich eingebaut worden, so daß wir die Aussicht genießen konnten, während wir darauf warteten, daß unsere Eßrationen warm wurden.

Man konnte mit der flachen Hand direkt den Hauch der ausströmenden Luft spüren. Das Leck befand sich über der Oberkante des Fensters, aber ich versiegelte vorsichtshalber alles, und der Luftdruck wurde stabil. Dann wandten wir uns dem echten Problem zu: Wie, zum Teufel, könnten wir unser Ziel erreichen?

Eine hochenergetische Flugbahn wie die unsere erfordert häufige kleine Kurskorrekturen und sehr delikates

Timing. Ceres rumpelt um die Sonne mit kümmerlichen achtzehn Kilometern in der Sekunde. Wir holten sie mit fast sechsfachem Tempo ein. Über den Daumen gepeilt macht man eine Kurskorrektur, wenn zwei Drittel der Entfernung zurückgelegt sind, dann eine zweite nach zwei Dritteln der restlichen Distanz und so weiter. Früher oder später bremst man ab, da die Leute auf Ceres schon reichlich mit Kratern gesegnet sind; und der Prozeß beginnt mit geringerer Endgeschwindigkeit von neuem. Je später man abbremst, desto sparsamer ist es.

Das erste Problem war, Ceres zu finden. Normalerweise würde man sie einfach anrufen und einen Trägerstrahl bekommen. Ihre Instrumente würden mit den unseren zusammenwirken und mit maximaler Sicherheit und Ersparnis ans Ziel führen. Aber das erforderte KI an beiden Enden. Darum würden wir bloß dem Strahl folgen müssen, wobei Maria manuell steuerte. In jedem Fall mußte man für den Service bezahlen. Wir besaßen eine Viertelmillion in Gold und Handelswaren, ungeachtet fünfundfünfzigtausend Dollar in Noten, aber keinen Pfennig an elektronischem Kredit.

Maria sagte: »Ruf du sie an! Manche von denen sind altmodisch bei Geschäften mit Frauen.«

Eric gab mir die Frequenz, und ich dachte kurz nach. »Hier ist *Fireball* 2368 New Mexico. Ich rufe Ceres Flugleitstelle. Cassius Donato am Steuer.

Wir haben hier zwei kleine Probleme. Erstens ist der Hauptcomputer ausgefallen. Wir müssen Ihrem Leitstrahl folgen und das Manöver manuell ausführen. Zweitens haben wir überhaupt keinen Kredit, aber reichlich Bargeld und Handelsware. Wir werden für den Leitstrahl zahlen, wenn wir Ceres erreicht haben. Erwarten Antwort.«

Wir waren ungefähr zwölf Lichtminuten entfernt. Ich stellte das kleine magnetische Schachspiel auf, und wir ließen Eric zuschauen unter der Bedingung, daß er nicht dazwischenquatschte.

Ceres rief in knapp einer halben Stunde zurück. Kein Bild. »Okay, *Fireball*, wir haben euch nach Marsumrundung mit zweiundachtzig Kilometern Dopplergeschwindigkeit geortet. Warum so eilig, Genosse?

Ihr habt zwei kleine Probleme. Erstens macht niemand ein manuelles Rendezvous mit Ceres. Wenn man euch mit einem zehntel Kilometer gedopplert hätte und ihr einen langen weißen Bart hättet, bis ihr hier ankämt, würden wir euch immer noch aus dem Himmel schießen. Wir *leben* nämlich hier, Genosse, und mögen keine einzige mißratene Landung. Wenn ihr beim Rendezvous innerhalb von zehntausend Kilometern kommt, haben wir einen Bergbaulaser von fünf Gigawatt und verwandeln euch in Plasma. Das ist nicht persönlich gemeint.

Dies bedeutet nicht, daß ihr die Trägerwelle nicht benutzen könnt. Aber ihr müßt einfach anhalten und von jemandem hereingeschleppt werden, der sich in unsere Rückkopplungsschleife einschalten kann. Und das ist euer zweites Problem. Ihr müßt mit jemandem hier verhandeln, um für euren Träger zu bezahlen und eine Kaution für den Schlepper erlegen.

Passive Trägerwellen kosten fünftausend Rubel — bei beliebigen Flugparametern. Ihr könnt euch umhören oder einen Vertrag mit mir machen, Big Dick Goodwin. Ihr seid bereit, mir sechs zu bezahlen, ich lasse auf fünf nach. Wenn ihr nicht zahlt, bringe ich euch um.

Das meiste davon sind Andock- und Landegebühren. Ihr könnt zwölfhundert sparen bei visueller Annäherung und eure Parameter selbst darstellen. Aber wehe, ihr macht einen Fehler. Dann werde ich euch rösten.

Was den Schlepper angeht, so habt ihr etwa zehn, zwölf freiberufliche zur Wahl, je nachdem, wie groß *Fireball* ist. Ich habe mit einem Freund gesprochen, Blinky Bukowski, und der bietet seine Dienste für zwanzigtausend an. Das wäre kein übles Geschäft, Genosse. Aber du kannst dich umhören.

Du hast nicht gesagt, welche Valuta du dabeihast.

Heute sind es 1,8504 Rubel für das Pfund, 1,0974 für den Dollar und 1,5657 für die Mark. Falls ihr Kopeken oder irdische Rubel oder irgendwelche weiche Sorten habt, dann kommt mit einer Schubkarre, und wir können uns unterhalten. Andernfalls hole ich einen Zeugen, und wir frieren die Transaktion beim heutigen Tageskurs ein.

Was meinst du, Genosse? Sind wir handelseinig?« Auf dem Schirm erschien das Standardsymbol für ›Antwort erwartet‹.

»Das macht $ 23 692,36«, sagte Eric. »Ich würde ein Gegenangebot versuchen.«

Maria nickte. »Mindestens sollte man nach unten abrunden. Was macht jede der Summen in Dollars aus?« Eric zeigte an: $ 5467,47 und $ 18 224,89.

»Über die Trägerwelle kann man nicht handeln. Aber über alles andere. Die Schleppergebühr erscheint recht hoch. Hast du irgendeine Information, Eric?«

»Nein. Im cislunaren Raum würde es ungefähr ein Viertel davon sein, aber das kann man nicht vergleichen.«

»Ich sage, wir sollten großzügig sein mit dem, der seine Gebühr bekommt, und den anderen herunterdrükken«, meinte Maria. »Sag ihm, er kann sechstausend bekommen, wenn er den Schlepper auf fünfzehn herunterhandelt.«

Das war eine interessante Art, zu schachern mit zwanzig oder dreißig Minuten je Angebot. Wir beendeten das Schachspiel, zur Abwechslung gewann ich diesmal; und drückten die Schleppergebühr schließlich auf sechzehntausend Dollar. Eric sagte, daß wir die Rechnung dafür an Mitsubishi schicken sollten, wenn wir hier lebendig herauskämen.

WAHNSINNIGER NOCH IN FREIHEIT!!

ZAHL DER TODESOPFER STEIGT AUF NEUN!!

Dallas Barr, internationaler unsterblicher Playboy, ist vier weiterer Morde angeklagt worden bei einer Sex- und Todesreise, die den Planeten umspannt und den Verstand erschreckt!

Durch vier verspätete Giftmorde erhöht sich die Anzahl der unglücklichen Opfer von Barrs wütender Eifersucht auf insgesamt neun. Polizei aus vier Ländern hat das folgende scheußliche Szenarium zusammengefügt:

Bei einer Party in Sydney, Australien, traf Dallas Barr Maria Marconi, eine mysteriöse Frau aus seiner fernen Vergangenheit. Sie waren 2010 ein Liebespaar gewesen; aber seit siebzig Jahren hatte er sie für tot gehalten.

Die Leidenschaft flammte wieder auf, die beiden Millionäre zogen sich nach *Adastra* zurück, in das Sternenschiff für elitäre Unsterbliche, welches auch das exklusivste und teuerste Hotel der Welt ist. Was sie dort auch getan haben mögen, mußte $ 100 000 täglich wert gewesen sein!

LESBISCHE NYMPHOMANIN

Dallas wußte wohl kaum, daß sein kürzlich wiedergefundener Schwarm eine pansexuelle Nymphomanin war, die alles zweimal versuchen wollte!! Es traf den unglücklichen Lamont Randolph, ihm das mitzuteilen.

Auf Grund persönlicher vertraulicher Aussagen anderer Unsterblicher hat die Polizei herausgefunden, daß Randolph (gleichfalls unsterblich, und Vizepräsident von General Nutrition in Australien) in der Vergangenheit einer von Marconis Liebhabern gewesen war, aber zugunsten einer Frau verstoßen wurde! Er hatte sich mit Barr in der vorangegangenen Woche angefreundet und wollte sich vergewissern, daß dieser wußte, was sich abspielte!

Randolph teilte Barr offenbar die unverblümte Wahrheit mit über die beiden Frauen aus Erfahrung erster Hand — einem dreitägigen Bettfest mit der französischen Unsterblichen Gabrielle Lecompe! Er erzählte Barr auch von den anderen Unsterblichen, mit denen sie es getrieben hatte: der texanischen Industriellen Helga Moss, dem nigerianischen Wirtschaftler Yakubu Shagari, dem Buchmacher Sonny Gaines aus Alaska und Dallas' altem Partner Eric Lundley aus Australien. Sie alle waren vom Schicksal gezeichnet.

RASENDE WUT!!

Weit davon entfernt, für die Information dankbar zu sein, wurde Barr wütend und stieß Randolph 27 Meter tief vom Balkon seines Penthauses in den Tod! Danach kehrte er in sein Londoner Hotelzimmer zurück (ohne eine Spur seines Ausflugs nach Australien und zurück hinterlassen zu haben) und begab sich dann zu einem Treffen Unsterblicher in Dubrovnik, Jugoslawien. Dort ermordete er kaltblütig vier von Marconis Liebhabern, indem er ihre Drinks mit einem langsam wirkenden Nervengift präparierte! (Das Gift war von Sedlidge Bionica hergestellt, einer Firma, die er vor dreißig Jahren gegründet hatte!)

Dann verließ Barr die Party mit seinem alten ›Freund‹ Eric Lundley und der geilen und lasziven Maria Marconi. Sie mieteten ein Wassertaxi zurück zu ihrem Hotel, gelangten aber nie dorthin! Mitten im Adriatischen Meer zog Barr eine Waffe und ermordete kaltblütig die beiden Unsterblichen und danach auch noch den Taxifahrer.

PERFEKTE FLUCHT!!

Barr versenkte das Taxi im tiefen Wasser und schwamm zum Festland zurück. Bis der erste Leichnam an die Küste trieb, war er geflohen und in der berüchtigten Conch-Republik in Sicherheit.

Nicht imstande, den Mörder von der anarchistischen Insel auszuliefern, heuerten die Behörden eine lokale Privatdetektivin an, ihn aufzuspüren. Sie wurde Barrs neuntes Opfer, als eine raffinierte Höllenmaschine sie in Stücke riß!

Barrs Erscheinung kann sich grundlegend geändert haben — reiche Kriminelle begeben sich oft in die Conch-Republik, um total ›gewaschen‹ zu werden — und inzwischen könnte er irgendwo in der Welt stecken! Falls Ihnen jemand begegnet, den Sie für Dallas Barr halten, so *versuchen Sie nicht, ihn zu ergreifen!!* Setzen Sie sich sofort mit der örtlichen Polizei in Verbindung — und gehen Sie dann in Deckung!!

— Aus *Allplanet Fax & Pix*, 4. Dezember 2080

Dallas und Maria konnten tagealte Zeitungen und wochenalte Magazine lesen, indem sie sie aus einer öffentlichen Datenbank abriefen. Keine der Meldungen, die sie lasen, von einem kleinen Revolverblatt bis hin zum dicken Journal für die Analyse laufender Ereignisse, sagte irgend etwas über die Möglichkeit aus, daß sie von der Erde entkommen sein könnten. Natürlich hieß das nicht, daß niemand einen Verdacht hatte oder sogar genau Bescheid wußte. Die Stileman-Stiftung schien die Medien gut unter Kontrolle zu haben. Als die Wochen verstrichen, verschwand ihre Story allmählich von der Titelseite ins Vergessen.

MARIA

Unser Flugprofil verlangte ursprünglich fünfundvierzig Minuten negative Beschleunigung bei drei ge. Das war unbequem, aber nicht gefährlich und ersparte Treibstoff. Der Schlepperkapitän Blinky Bukowski wartete auf uns ungefähr zwölftausend Kilometer von Ceres entfernt. Er befand sich natürlich in einer Umlaufbahn um Ceres, aber die Periode des Orbits betrug über zweihundert Stunden. So kroch er mit etwa hundert Metern in der Sekunde dahin.

Er sprach mit mir während der Rendezvousphase, und ich empfand seine Kompetenz als angenehm. Er kippte die Ebene seiner Parkbahn, um sich der unsrigen anzupassen, und stimmte dann den Umlauf zeitlich so ab, daß wir beide ungefähr gleichzeitig an derselben Stelle ankommen mußten. Wir hatten allerdings keine mechanische Panne erwartet, schon gar nicht von einem dramatischen Ausmaß.

Während des größten Teils unserer Fahrt war Ceres wie ein unsichtbares Stäubchen gewesen und wurde erst in den letzten paar Tagen erkennbar. Schließlich wurde sie zum hellsten Objekt am Himmel und wuchs zu einer Scheibe an.

Sie hatte die Größe eines Klondike-Dollars, als ich uns herumschwenkte. Dallas und ich schnallten uns an und warteten auf die Zeitzählung von Blinkys Computer. Ich würde die Bremsung manuell einleiten müssen, was zu einem Fehler von einer zehntel oder zwanzigstel Sekunde führen konnte. Ein Zeitschalter würde nach fünfundvierzig Minuten und neunzehn Sekunden die Bremsung beenden — ganz gleich, ob ich aufpaßte oder überhaupt bei Bewußtsein war. Dann würden wir uns nach Blinky umschauen.

Die drei ge waren nicht allzu schlecht. Allerdings war ich doch müde und schloß nach ein paar Minuten die Augen, was katastrophal hätte werden können. Aber plötzlich knackte es in meinen Ohren, und ich zwang mich, die Augen zu öffnen.

Das Signal für Versagen der Lebenserhaltungssysteme leuchtete.

Ich berührte den Knopf für Notausschaltung auf der Armlehne, und wir waren schwerelos. »Was ist los?« fragte Dallas. Seine Stimme klang seltsam entfernt.

»Wir verlieren Luft.« Wir schauten beide nach rückwärts zum Bullauge der Anrichte. Diesmal war es die Unterseite des ›vom Kunden montierten‹ Fensters. Die war so weit herausgesprungen, daß wir von der Kabine durch einen schmalen sichelförmigen Spalt den schwarzen Weltraum erblicken konnten. Mit gleichmäßigem leisem Zischen strömte Luft hindurch.

Ich hatte mich als erster von den Gurten losgemacht. »Die Anzüge holen!« sagte ich überflüssigerweise und stieß mich zum Bullauge hin ab. Dabei riß ich mir die Bluse herunter, um die Lücke zu stopfen.

Es war allerhand Wind, genug, wie ich fürchtete, um die Bluse hindurchzusaugen. Aber sie hielt. Allerdings war sie aus recht porösem Stoff, und ich fühlte, daß wir immer noch rasch Luft verloren. Ich sagte Dallas Bescheid; und als er die Raumanzüge brachte, machte er am Kühlfach Halt für ein Bier. Das war verwirrend, bis er es schüttelte, aufriß und den Stoff damit tränkte. Der gefror zu einer festen Masse.

Aber wir hatten schon zu viel Luft verloren. Ich japste, als wäre ich einige Kilometer gelaufen. Schwarze Punkte schwirrten mir vor den Augen, und Hände und

Arme fühlten sich lahm an. Es schien sehr kalt zu sein.

Die russischen Anzüge sind so gebaut, daß man sie schnell anziehen kann: Hauptreißverschluß, Handschuhe, Helmriegel. Aber man muß sich vorher ausziehen. Ich hatte ein Artistentrikot an, und obwohl ich die Daumen unter das Hüftband zwängen konnte, schien ich es nicht herunterzubringen. Ich war sowohl verängstigt wie auch etwas albern über die Absurdität, daß ich diesen einfachen Akt nicht zustandebrachte. Dallas schlüpfte aus seinem Sprunganzug und schwamm herüber, um mir zu helfen. Ich hatte noch nie einen Penis in der Kälte schrumpeln sehen und mußte kichern. Dallas hatte mir früher schon öfters die Hosen ausgezogen, aber nie mit einem Pimmelchen von nur drei Zentimetern Länge.

Er führte meine Beine und Arme in die überlangen Ärmel des Anzugs, zog den Hauptreißverschluß zu, paßte den Helm an und verriegelte ihn. Kalter Sauerstoff füllte den Anzug, und ein fürchterlicher Ohrenschmerz machte mich sofort nüchtern. Ich schluckte heftig und gähnte. Dann verging es. Aber durch das Gähnen bekam ich Lysoldampf in die Lungen und mußte husten, wobei jeder Hustenstoß in der Plastikkugel des Helms als Explosion widerhallte. Der Gestank ließ es mir in der Kehle hochkommen, aber ich zwang es noch rechtzeitig zurück. Es war schon schlimm, wenn die Visierplatte von Wasserdampf und Speichelflecken getrübt war. Aber ein Schwall Kotze würde für uns beide tödlich sein. Ich hätte die Wahl dazwischen, entweder blind zu ersticken oder im Fastvakuum lange genug zu überleben zu versuchen, um meinen Helm zu säubern.

Die Zeit! Ich gestikulierte Dallas wild zu und stieß mich zu der Beschleunigungsliege so schnell zurück, wie ich konnte. Wir hatten nur wenige Minuten die Bremsung abgestellt und rasten mit mehr als siebenundfünfzig Kilometern in der Sekunde auf Ceres zu. Wir konnten ihnen keine Erklärung zufunken; und selbst wenn wir es gekonnt hätten, so zweifelte ich, daß Big Dick Soundso beschwatzt werden könnte, uns nicht zu pulverisieren, wenn wir zu nahe kämen.

Mindestens funktionierte eine Sache: Ein grünes Licht neben dem roten besagte, daß die verlorene Luft ersetzt wurde.

Dallas war schnell wieder angezogen. Ich war noch nicht einmal voll angeschnallt, als er nach vorn kam. Ich packte ihn, und wir machten Kontakt mit unseren Helmen.

»Wir müssen verlorene Zeit einholen. Mach dich für fünf ge bereit! Wir werden das ein paar Minuten lang machen und dann auf drei heruntergehen. Wir werden zu kurz hinkommen, zu weit weg von Ceres. Aber bis dahin wird das Schiff wieder vollen Druck haben, und wir können noch einmal anfangen.«

»Du bist der Boss.« Seine Stimme klang, als ob er sich in einem anderen Raum befände.

Ich versuchte nachzudenken. Die Zeitangabe lautete 42.01; also hatten wir etwas mehr als drei Minuten lang gebremst, ehe ich abschaltete. Es gab keine Möglichkeit festzustellen, wie lange genau wir im freien Fall gewesen waren. Mindestens noch weitere drei Minuten. Ich manipulierte mit den Zahlen. Distanz zu Ceres ist $D = D_0 - v_0t + at^2$. Aber so einfach ist das nicht. Bei jeder Änderung der Beschleunigung gerät man in ein anderes Regime. Ich war zu benommen, um die Zahlen irgendwie einzugeben. Ich tastete ein: ›4.00‹ für die Korrektion mit fünf ge; und als mir Dallas ein Handzeichen gab, zog ich den Knüppel hart voll zurück.

Der Schmerz war so jäh und heftig, daß ich einen Adrenalinstoß bekam. Die Lebenserhaltungseinheit auf dem Rücken des Raumanzugs hinderte mich, mich der Beschleunigungsliege richtig anzupassen. Es war, als wenn ein Gewicht von hundert Kilogramm plötzlich zwischen die Schulterblätter gefallen wäre. Ich verlor das Bewußtsein und dachte: *Auch Dallas wird umkommen.*

Ich erwachte, als Dallas mich schüttelte. »Wie lange mit drei ge?« brüllte er aus dem anderen Raum.

»Achtunddreißig Minuten«, brachte ich irgendwie heraus. Er gab das ein, und ich langte nach dem Knüppel, hielt aber noch rechtzeitig inne, ehe ich ihn zurückschob. Ich wollte nicht, daß Dallas bei drei ge gegen das Weinregal flog.

Falsches Schiff! Kein Weinregal in diesem Schrotthaufen. Die flimmernden schwarzen Punkte hatten jetzt Gesellschaft bekommen. Strahlende Purpurblüten öffneten und schlossen sich. Grelle weiße Sterne sprühten. Ich gähnte alle paar Sekunden. Dallas gab das Zeichen, und ich schloß meine durch Frost verklumpte Hand um den Knüppel und zog ihn bis zu dem schwachen Klickpunkt von drei ge zurück.

Drei war bei weitem nicht so schlimm wie fünf. Aber ich gähnte jetzt fast bei jedem Atemzug. Ich konnte meine Arme und Beine unterhalb der Ellbogen und Knie nicht fühlen. Meine Hinterbacken und Brüste fühlten sich eisig an.

Teufel! Der Anzug war undicht. Aber das grüne Licht war noch an. Ziemlich bald würde die Kabine wieder einen erträglichen Druck erreicht haben. Wenn sonst nichts schiefging. Ich sah die Minuten langsam verrinnen. Etwa bei dreißig wurde ich wieder ohnmächtig.

Ich erwachte bei herrlichem freien Fall. Dallas flüsterte aus großer Entfernung; aber alles, was ich sehen konnte, war blaß weiß. Eiskristalle, erkannte ich, innen auf der Sichtscheibe. Der Anzug arbeitete überhaupt nicht gut. Dallas sagte, das Bullauge wäre verschwunden.

Keine Luft draußen? Aber ich konnte trotzdem atmen. Dann schlief ich wieder ein.

ERIC: Mayday, Ceres.

CERES: Du hast Big Dick Goodwin von der Flugleitung Ceres. Bist du *Fireball* 2368?

ERIC: Bestätigt, *Fireball*.

CERES: Was ist bei dir passiert — Cassius Donato? Wer bist du?

ERIC: Ich bin Eric Lundley, ein Passagier. Donato ist hier, kann aber nicht zu dir sprechen. Das Schiff hat alle Luft verloren, und die Notanzüge haben keine funktionierenden Funkgeräte.

CERES: Gibt es Tote?

ERIC: Noch nicht. Ein Passagier hat einen defekten Anzug. Donato hat sie eben in eine Thermodecke gewickelt, aber wir müssen sie so schnell wie möglich aus diesem Eimer hinausschaffen.

CERES: Ich weiß nicht. Wie nahe ist der Schlepper?

BLINKY: Hier Blinky. Mist — ich konnte sie gar nicht finden. Laß mich dopplern! Welche Amplitude hast du bei der Sendung, Big Dick?

CERES: Zwanzig-drei-Komma-achtzig-eins Mikes.

BLINKY: Eine Sekunde, bloß eingeben ... Mist! Okay, *Fireball*. Achtzig, neunzig Minuten, bis ich euch kriegen kann. Haltet ihr so lange aus?

ERIC: Wir werden wohl müssen.

CERES: He, ich bin langsam, aber doch nicht *so* langsam. Wie können wir wissen, daß es sich nicht um eine Meuterei ... Ich meine, *du* kannst zu uns sprechen, der Kapitän aber nicht. Es gibt keine Luft, aber du siehst okay aus, mit Bart und allem. Du siehst sogar aus wie ein scheußlicher Pirat.

ERIC: Ich bin nicht eigentlich menschlich. Ich bin ein Turing-Bild. Ich fühle mich bei Luftknappheit sogar stärker. Wenn ich mit Mr. Donato kommunizieren könnte, würde ich ihn hierher bitten, damit er ›Hallo‹ winkt. Aber leider sind wir nicht zusammengestöpselt. Und sonst ist unsere Verbindung nur akustisch.

CERES: Wenn der Schirm eingeschaltet ist, könnte ich eine schriftliche Mitteilung hochhalten.

ERIC: Und er würde sie dann schließlich sehen. Gegenwärtig ist er damit beschäftigt, eine Platte über das herausgeflogene Bullauge zu kleben. Das wird allerdings nicht viel nützen. Ich glaube, das Lebenserhaltungssystem des Schiffs hat versucht, den Druckabfall durch Zufuhr von immer mehr Luft in das System auszugleichen. Ich glaube nicht, daß überhaupt noch welche übrig ist.

BLINKY: Das wird eine Stange Geld kosten, nicht wahr? Ich muß ein verdammtes Außenbordmanöver machen.

ERIC: Wir geben dir zweitausend extra.

BLINKY: Zum Teufel, ich weiß nicht. Vielleicht fünftausend.

ERIC: Mr. Bukowski, entweder zweitausend oder ich gehe auf eine allgemeine Frequenz und biete fünfzehnhundert oder das niedrigste Angebot.

CERES: Ich würde es machen, Blinky. Zweitausend, das sind achtzehnhundertzweiundzwanzig Rubel. Nicht schlecht.

BLINKY: Verdammt — ich meine, nicht. Laß das Mikrophon an! Ich melde mich, wenn wir visuellen Kontakt haben.

ERIC: Danke, Mr. Bukowski! Ceres, würdest du eine Notiz schreiben, die die Lage erklärt, und vor die Linse halten?

CERES: Jawohl. Muß nur den Schreibblock holen.

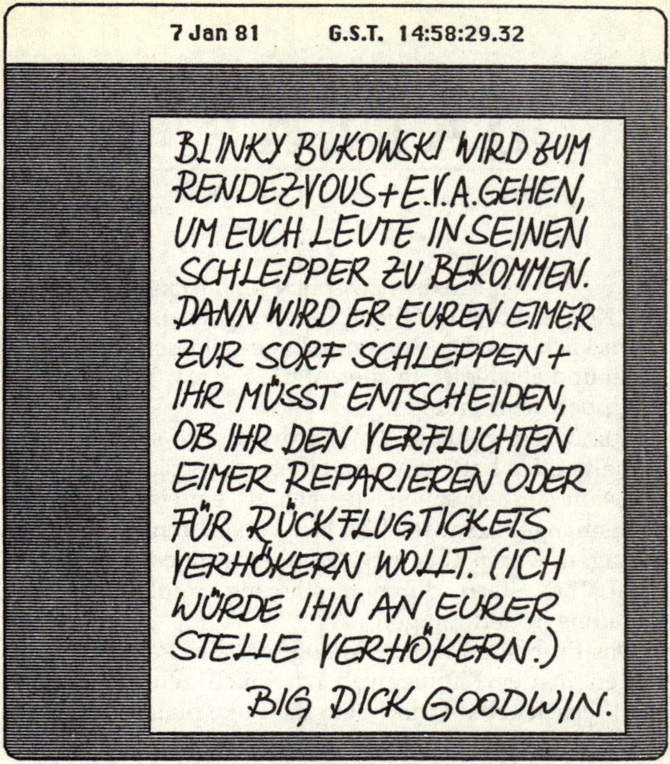

EVA = Extravehicular Activity = Bemanntes Außenbord-Manöver.
SORF = Synchronic Orbit Repair Facility = Reparaturanlage im Synchron-Orbit.

DALLAS

ICH SCHAUTE ZWISCHEN DIE DECKE HINEIN. Marias Körper hatte die Sichtplatte aufgetaut, aber sie sah schrecklich aus. Die Augen halb geschlossen, der Mund offen und erschlafft, flacher Atem. Sie war blaß, und ihre Lippen wurden blau.

Zumindest genügte der Luftdruck, um sie am Leben zu halten. Ich hatte eine Frau infolge langsamer Dekompression sterben sehen, die sich als ein einfacher Wartungsmangel herausstellte. Wir versuchten, sie zurückzutragen, waren aber zwei Stunden von jeder Hilfe entfernt. Sie starb durch Erstickung infolge blutigen Schaums in den Lungen.

Das Problem mit dem Anzug war also kein Leck. Wir hatten in der Kabine wahrscheinlich zehn Sekunden Null-Druck gehabt, nachdem die Luke platzte. Die Sauerstoffzufuhr in unseren Anzügen ist kryogen und benutzt einen Vorwärmer. An dem mußte es gelegen haben. Die Luft kam in ihren Anzug zu kalt aus dem Lebenserhaltungsgerät. Ich wußte nicht, wie ich das reparieren könnte, ohne den Anzug zu zerlegen.

Ich wickelte die Thermodecke so fest herum, wie ich konnte, mit drei Stöpseln. Das hätte ich gleich zuerst tun sollen. Aber die Kälte war so furchtbar, daß ich nur daran denken konnte, sie festzuhalten und zu wärmen. Das war unklug gewesen. Wenn mein Anzug so viel Wärme ausstrahlte, müßte auch meine Visierplatte vereist sein.

Ich war so vernünftig, nicht zu reiben. Das gehörte zu

den nützlichen Dingen, die ich beim Militär gelernt hatte. Wenn man die Finger eines von Frost gepackten Opfers reibt, kann man leicht eine Handvoll lose Finger erzielen. Es dauert endlos, sie nachwachsen zu lassen und schmerzt höllisch.

Ich versuchte, das Leck in der Luke zu schließen, indem ich eine Servierplatte mit Epoxidharz über das Loch klebte. Das nützte kein bißchen. Das grüne Licht blinkte fröhlich weiter, und das Rettungssystem pumpte, ohne daß auch nur ein Luftmolekül in den Reserven geblieben war. Ich zog die Sicherung aus dem verdammten System, damit es nicht durch Vakuumpumpen durchbrannte.

Dann verbrachte ich lange Zeit damit, Maria zu betrachten. Ich hielt sie und versuchte, sie wach zu machen und warm zu halten. Ich verfehlte beinahe die Notiz. Sie kam auf dem Bildschirm an. Dann nahm Erics Bild eine Ecke davon ein, die sonst von der Nahaufnahme eines bärenhaften Individuums dominiert war, unrasiert und mit einer Mütze, auf der stand COKE IST PRIMA. Beide Augen zwinkerten alle drei Sekunden zugleich. Unser wohltätiger Retter.

Ich winkte ihm zu, und er winkte zurück. Was wäre geschehen, wenn ich nicht vorbereitet gewesen wäre? Falls plötzlich jemand anfing, mit einer Stichsäge durch die Luftschleuse zu schneiden? Fünf Splitterwaffen und ein Volksfreund in der Anrichte.

(Nun, aber die Splitterwaffen waren NICHT FÜR GEBRAUCH IM VAKUUM. Sie würden nur einen hübschen kleinen Blitz bewirken, der zugleich deine Unfreundlichkeit und Ohnmacht verkündete.)

So wie es nun war, öffnete ich die innere Tür der Luftschleuse; aber die äußere klemmte wegen eines Pannensensors, so daß Gospodin Blinky sich mit der Säge hindurcharbeiten mußte.

Die kurze EVA war kein Problem. Die Fahrzeuge waren ungefähr dreißig Meter voneinander getrennt, aber er hatte ein Kabel gespannt. Ich legte einen Arm um Maria, schlang den anderen um das Kabel, und stieß mich ab. Blinky brachte Eric.

Obwohl ich um Maria besorgt war, war die jähe Schönheit draußen doch überwältigend. Ich habe noch nicht genügend Raumfahrt getrieben, um übersättigt zu sein. Ceres sah aus wie eine Karikatur des Mondes, mit riesenhaften Kratern als vollkommene Sichel funkelnd. Daß es sich um eine Kugel handelte, konnte man nur am absoluten Fehlen von Sternen hinter der Schattenseite erkennen. In der anderen Richtung strahlte Jupiter kupfergolden und nahe genug, um erkennen zu lassen, daß er rund ist, was ich noch nie gesehen hatte.

Und die Sterne waren wie immer. Wenn man sie anschaute, konnte man fast Verständnis für Religion gewinnen.

Der Schlepper war eigentlich nur ein Raumtriebwerk auf einer Stahlplattform mit Tanks von diesem und jenem, schwerem Hebezeug und einem Cartoon von Blinky mit dem Slogan MIETE DIR EINEN MUTANTEN. Das Lebenserhaltungsmodul war kleiner als die Kabine der *Fireball*. Aber wärmer.

Prüderie war jetzt nicht angebracht. Sobald sich die Innentür schloß, zog ich Maria aus dem kalten Anzug. Blinky nahm seinen Helm und die Handschuhe ab und holte für sie eine weiche Wolldecke. Obwohl er ihre Nacktheit anstarrte, glaube ich, daß er alles anzustarren pflegte.

Sie war erschreckend blaß, mit wächsernen Flecken auf Wangen, Brüsten und Hinterbacken. In ihrer halben Bewußtlosigkeit sah sie alt und erschöpft aus.

»Das sind Frostwunden«, sagte er. »Wir holen uns für sie am besten etwas Rat ein.« Er tastete eine Ärztin ein und beschrieb die Lage. Sie ließ uns Marias Temperatur messen. Diese war hoch genug, um Hypothermie auszuschließen, die lebensbedrohender ist als reiner Frostschaden. Sie sagte, wenn es kein offenkundiges Atmungsproblem gäbe und der Puls regelmäßig wäre, wäre die Hauptsache, ihren Körper langsam zu erwärmen. Sie empfahl, daß ich mit Maria in die Decke kriechen und sie, ohne zu reiben, festhalten sollte. Sobald sie wach genug wäre, um zu jammern, sollte ein starkes Schmerzmittel angewandt werden. Blinky gab mir aus seinem Erste-Hilfe-Kasten eine Morphosespritze.

Das Zusammengebundensein gab mir ein eigenartig asexuelles und fast mütterliches Gefühl. Mit meiner Vorder- gegen ihre Rückseite wärmte ich abwechselnd ihr Gesicht und ihre Brüste durch Druck meiner Hände und widerstand der Versuchung zu reiben. Mein Becken wurde an ihrem Hintern wie Eis.

Sobald sich Blinky überzeugt hatte, daß wir alles taten, was geschehen konnte, zog er wieder den Anzug an und ging hinaus, um das Tau anzubringen. Er konnte nicht einfach das Kabel festmachen und Gas geben, weil das vertäute Schiff in sein Raketenfeuer hineinschwingen würde, das etwas heißer war als das Innere der Sonne. Darum zog er die *Fireball* mit der Winde direkt unter die Plattform, wo es gepolsterte Klammern verschiedener Größen gab. Er machte das Schiff darin fest und startete gen Ceres mit einem Zehntel ge Beschleunigung.

Es waren fünfundzwanzig Doppel-K, sagte er fröhlich. 2,8 Stunden. Wir könnten uns ruhig entspannen und es genießen.

Ich war nicht so gut im Rechnen wie Maria, konnte aber 25 000 durch 125 teilen. Bei unserer Spitzengeschwindigkeit hätten wir die Distanz in 200 Sekunden zurückgelegt. Wie sehr doch sich die Mächtigen verlangsamt haben!

Maria erwachte stöhnend, und ich brachte sie mit der Spritze wieder in den Schlaf. Blinky verbringt viel Zeit bei 0,1 ge und hat daher einen richtigen Fußboden mit einem Teppich und einer Liege nach Art der Erde. Diese bot er uns an. Ich sagte, daß ich wohl nicht würde schlafen können. Da meinte er: Gut, dann weck mich in einer Stunde und zehn Minuten! Er war schon seit mehr als einem Tag auf den Beinen gewesen. Er überließ Maria die Liege und rollte sich dann auf dem Teppich zusammen.

Maria hatte die Decke abgeworfen und sah nicht gut aus. Ihre ganze Haut war geschwollen und feuerrot. Auf Wangen und Brüsten waren Blasen. Die Ärztin hatte gesagt, daß mit Blasen zu rechnen wäre und wir die nicht anrühren sollten. Marias Haut fühlte sich heiß an, darum legte ich ihr nicht wieder die Decke über.

Da ich eine Stunde totschlagen mußte, stellte ich den Monitor an und blätterte die Menüs durch. *Novysibirsk News* war erfrischend leer: Notizen über finanzielle Transaktionen, Fahrpläne für Raumfähren, eine schrullige Kolumne mit Briefen an die Redaktion. Nik Morenski beklagte sich, daß Ceres unerträglich übervölkert geworden wäre und man sich wegen Einwanderungspolitik zusammensetzen müßte. Die Meinungen waren 18 Prozent dafür, 73 Prozent dagegen und 9 Prozent gleichgültig. Der Redakteur sagte, daß Morenski ein Eingeborener der zweiten Generation wäre, so daß man ihn nicht beachten solle. Kosmische Strahlen hätten sein Gehirn ruiniert.

In den Geschäftsanzeigen war unter ›Ankündigungen‹ eine Notiz, daß die Stileman-Stiftung eine Million Pfund für die Ergreifung und Auslieferung an die Erde von Dallas Barr zahlen würde. Ein hübsches Gefühl, daß man begehrt war. Wenigstens hieß es nicht ›tot oder lebendig‹.

Woraufhin ich mich wieder fragte, was wir tun sollten. Wenn es nur um mich ginge, würde ich sagen: in Deckung gehen und abwarten — wenigstens für ein paar Jahre. Briskin schien zu wankelmütig zu sein, um ein kompliziertes Vorhaben lange durchzuhalten. Sicher war nicht jeder im Lenkungskomitee ein großmannssüchtiger Mörder. Wenn erst einmal herauskäme, wie weit er es getrieben hatte, würde er draußen sein.

Aber ich hatte noch die Hoffnung, Maria wieder zum Leben zu erwecken. Das bedeutete, wir hatten nur höchstens ein paar Jahre.

Unser Brief, der Briskin des Mordes anklagte, war an alle siebenundvierzig Leitenden Direktoren der Stiftung gegangen. Keiner von denen hatte etwas unternomnen, außer Briskin, der eine Ausführung benutzte und als Beweis für meine Paranoia präsentierte. Möglichkeiten:

1. Die Direktoren sind alle Mitglieder des Lenkungskomitees, und wir sind erledigt.
2. Das Lenkungskomitee hat sie vor uns erreicht und davor gewarnt, daß ich verrückt spielen würde und so weiter. Offensichtlich ist Briskin einer von ihnen. Er hat seit den vierziger Jahren dem Ausschuß angehört.

Außerdem hätte die Nachricht von den Morden in Dubrovnik sie vor dem Brief erreichen können, zusammen mit der Annahme, daß ich zwei oder drei Personen kaltblütig ermordet hätte. Es könnte sein, daß die Mitglieder des Lenkungskomitees auch ohne Intervention seitens des Aufsichtsrates den Brief als Produkt eines Wahnsinnigen abtun würden.

(Natürlich gab es immer noch die Möglichkeit, daß nicht bloß Briskin, nicht bloß das Lenkungskomitee, sondern auch jeder im Aufsichtsrat — na ja — *alle* verrückt waren! Vielleicht steckte im Stileman-Prozeß eine Zeitbombe, die einen nach einer gewissen Reihe von Jahren bedrohte. Was könnte ich da noch tun?)

Vielleicht habe ich in jenem Brief den Eindruck eines Wahnsinnigen gemacht. Das wollte ich nachprüfen. Eric würde den Brief sofort aus seinem Gedächtnis hervorgeholt haben; aber er war drüben dicht bei Maria, und ich wollte sie nicht stören. Ich entsann mich, daß irgendeine Tageszeitung den Text des Briefs abgedruckt hatte, wahrscheinlich *NorthAm-NewsChex.* Ich begann die Nummern der letzten Wochen durchzusehen und prüfte alles, wo ›Dallas‹ vorkam.

Ich sah an den ausgefallensten Stellen nach, einschließlich einer Spalte über Ernährung. Das war, nachdem sie ›entdeckt‹ hatten, daß ich alle diese Leute vergiftet hätte. Ein Kolumnist mit einem verschrobenen Gefühl für Anstand hatte sich mit dem Lebensmittellieferanten von Alenka Zor in Verbindung gesetzt und ein letztes Menu reproduziert.

Eine Korrespondentin der *Sports Illustrated* war selbst dort getaucht, wo das Taxi untergegangen war. Sie hatte einen Detektiv an Bord gehabt und war ans Ufer geschwommen. Sie berichtete, daß das für jemanden mit meiner sportlichen Kondition eine leichte Aufgabe gewesen wäre. Da sie nackt geschwommen war, verdiente sie sich ein Bild und einen kurzen Artikel in *NorthAm.*

Schließlich fand ich den Brief. Ich mußte einräumen, daß sein Ton als paranoid verstanden werden konnte. Wenn man schon wußte, daß ich ein gefährlicher Psychopath war, würde er diese Meinung keineswegs ändern.

»Hältst du Ausschau nach der Million Pfund?« Blinky las über meine Schulter den Bildschirm mit. »Er könnte jederzeit hier aufkreuzen.« Er griff an mir vorbei, um eine Schranktür zu öffnen, und holte eine Flasche heraus mit dem Etikett *Wild Turkey,* in der sich aber eine farblose Flüssigkeit befand, kein Whiskey. »Konnte nicht schlafen.« Er zog den Korken heraus und neigte die Flasche auf mich zu. »Selbstgemachter Wodka?«

»Nein, danke. Warum sollten sie wohl denken, daß er hier auftauchen könnte?«

Er goß etwas Wodka in ein kleines Glas und ließ es los, während er den Korken wieder reinquetschte. Ich nahm an, daß diese Gewohnheiten auf das gewohnte ein zehntel ge abgestimmt waren. Die Dinge brauchen einige Zeit zum Fallen. »Sie erfassen bloß die Basen. Sie wissen nicht, wo, zum Teufel, er steckt.«

Er hatte eine drollige Art zu trinken. Er warf das Glas einige Zentimeter weg, beugte sich dann vor und saugte den Wodka ab, wie er über den Rand kroch. Dann brachte er das Glas wieder in seine alte Position. Dabei vergoß er keinen einzigen Tropfen.

Ich sagte: »Wahrscheinlich befindet er sich noch in der Conch-Republik. Der sicherste Aufenthaltsplatz für ihn. Kein Sinn abzuhauen.«

»Novy würde auch sicher sein«, sagte Blinky. »Mit Ausnahme dieser Million. Ein Haufen Leute sind hinter sowas her. Ein Haufen Leute verkaufen ihre Mutter dafür.«

»Das nehme ich an.« Einschließlich Blinky, wie mir schien. »Weißt du, wir haben die Sache auf der ganzen Reise nach hier draußen verfolgt. Waren in cislunarer Bahn, als die Morde passierten.«

»Ihr seid Stilemans«, sagte er, und ich nickte. Die meisten Leute, die zum Vergnügen im Weltraum reisen, sind das. »Kennst du den Kerl?«

»Habe ihn ein paar Mal getroffen. Sah nicht aus wie ein Verrückter. Wir haben vor vierzig, fünfzig Jahren in Australien Brüderschaft getrunken. Dachte damals, ihn recht gut zu kennen. Ich kann das einfach nicht verstehen.«

»Ich auch nicht. Verfluchte Stiftung! Sie wollen seinen Arsch und setzen ihm nach. Mach dir nichts vor! Zwischen denen und der Mafia ist kein bißchen Unterschied.« Er nahm noch einen dreistufigen Schluck. »Alle zehn Jahre gehe ich hinunter, gebe ihnen mein verfluchtes Geld und bekomme die Behandlung. Sause dann wieder hierher zurück.« Er machte eine einschränkende Geste. »Diese Kiste gehört mir nicht. Ich und Big Dick, auch der ist ein Stileman, und wir sind fünf Jahre gegeneinander phasenverschoben. Die Papiere für die Kiste besagen, daß sie einem Dritten gehört, den es nicht gibt. So betreibe ich sie einige Jahre, während Big Dick das Mikrophon unten bei der Flugleitung bedient. Dann wechseln wir. Mehr Geld hier oben, mehr Spaß da unten.«

»Keine Schwierigkeit, die Million zu machen?«

»Zum Teufel, nein. Eine Reihe von Jahren, dann ausgeben. Reichlich Gelegenheit dazu dort unten.«

»Aber es gefällt dir doch hier oben.«

»O ja.« Er setzte sich hin in einer drolligen Verrenkung mit den Seiten seiner Latschen an das Stiktit gedrückt. Er hatte das Glas losgelassen, setzte sich mit ausgestreckter Hand hin und wartete darauf, daß es fiel. Er sagte sorgfältig: »Ich mag es. Man trifft die interessantesten Leute.«

Er sah mich an, und ich blinzelte nicht. Er wußte Bescheid. »Darauf möchte ich wetten.«

Er fing das Glas auf und betrachtete es. »Während ich die Winde anhängte, nahm ich mir die Freiheit, eure Vorräte zu inspizieren. Ich habe nichts genommen — keine Sorge!«

Ich nickte.

»Du hast diesen Volksfreund und einen Haufen Splitterwaffen. Ich könnte dir echtes Geld dafür besorgen.«

»Sicher.«

»Gute Waffen für Novy. Mach den Job, stoß aber keine Löcher in die Wand! Du machst ein Loch, weißt du, und sie schieben dich glatt hindurch.«

»Darum habe ich sie auch mitgebracht.«

»Ich habe in den Nachrichten die Bilder gesehen. Dieser Bursche Dallas hat eine Splitterwaffe benutzt gegen die ... Wie nennt man sie? Frau, die für ihren Lebensunterhalt tötet.«

»Luxushure.«

»Stimmt. Hat die Tür herausgepustet. Direkt über dem verdammten Parkplatz. Würde hier nicht passieren.« Er blinzelte zweimal. »Jeder Ort, wo hier Menschen leben, ist ein Druckgefäß. Du hast eine Ahnung von Technik?«

»Etwas.«

»Spannung, Kompression. Alles biegt sich. Würde es sich nicht biegen, gäbe es ein Leck. Also sind Splitterwaffen okay.«

»Vielen Dank! Ich werde daran denken.«

Er leerte das Glas und leckte die Innenseite auf drollig zarte Weise aus. »Wenn ich Dallas Barr wäre, würde ich wirklich vorsichtig sein. Zehn Prozent der Leute hier sind Stilemans, und einige davon schwitzen richtig für ihre Million. Die andern schwitzen ohnehin alle.«

»Na ja, wenn ich ihn treffe, werde ich ihm sagen, daß er kein Namensschild tragen sollte.«

»Tu das!« Er krümmte sich und stand auf wie ein Geist, mit gekreuzten Beinen schwebend, und tat das Glas und die Flasche wieder in das Fach zurück. »Schnell mal ein Auge zumachen.«

»Ich hole dich um 14.00.«

»Danke!« Er drückte einen Zeh auf den Fußboden, stieß sich an einer Stiktite-Rippe ab, stieg dann hoch und fiel in einer graziösen Parabel auf den Teppich zu, bei dem Maria schlief. Er landete horizontal mit geschlossenen Augen.

The Come & Get

101 Tsiolkowski
Ceres
Novysibirsk

Sexualetablissement mit Tradition

Wenn du so verrückt bist, daß du es nötig hast, sind wir verrückt genug, es dir zu verkaufen.

Grundmenü

Amerikanisch	R 100
Französisch	50 (diti 75)
Griechisch	125 (weiblich 150)
Britisch	150
Hydraulik	125
Erste Hilfe	200
Handreichung	250
Böser Bube	150
Galakleidung	10 % Aufschlag
Extrapartner	75 % Aufschlag
Extrakunde	125 % Aufschlag
Bewacher	20 % Aufschlag
Nur zuschauen	nach Absprache
Null-G	Partnerkosten plus 10 % plus R 60/St.
Schwerkraft	50 % Aufschlag

Alles andere nach Vereinbarung. **Alles!**

Keine Trinkgelder!

Das Come & Get war das erste kommerzielle Etablissement, das die meisten Leute in Novysibirsk zu sehen bekamen, da seine einzigen Konkurrenten am Nordende des Korridors ein Bergbaubüro und ein Warenhaus ohne Fenster waren. Das Come & Get hatte Fenster.

»Meine Güte!« sagte Maria mit matter Stimme. Sie hatte zwei Tage in der orbitalen Krankenstation verbracht, und ihre Haut brannte noch durch die Frostwunden. Was sie sah, ließ sie noch mehr erröten. »Das war beim letztenmal nicht da.«

Dallas sagte: »Ich habe gehört, daß sie Tätowierungen lieben.« In drei Schaufenstern waren drei nackte Frauen. Die eine war mit einem Kreuzworträtsel beschäftigt, eine saß vor dem Fernseher, und eine sah mit dem neckischen Lächeln eines Schulmädchens Dallas scharf an. Ihre Beine waren gespreizt, um die symmetrische Tätowierung einer schwarzen haarigen Spinne zu zeigen, deren vier gelenkige Beine an den beiden Schenkeln hinab verliefen. Über dem rosigen Schlitz des Mauls waren grüne Juwelen als Augen eingesetzt.

»Ist das sexy?« fragte Maria.

»Es ist ... anders.« Die Frau vor dem Fernseher entkreuzte die Beine und zog die Knie an, so daß sie sehen konnten, daß sie sowohl männliche wie weibliche Sexualorgane besaß. »So ist das nun einmal.«

»Ich wußte nicht, daß solche Leute herkämen«, sagte Maria. Dallas sah sie an und kam zu dem Schluß, daß sie das nicht als Witz gemeint haben konnte. Er nahm sanft ihren Arm und führte sie den Korridor hinunter. Jeder vorsichtige Schritt war ein sanftes Gleiten über sechs oder acht Meter.

Sie hatten den größten Teil ihrer Handelswaren und das Gold in einem Lagerhaus unter Zollverschluß in Synchronbahn um Ceres gelassen, nahe der Krankenstation und der Reparaturwerkstätte, wo die *Fireball* abgedichtet und überholt wurde. Dallas hatte bei sich eine Tasche mit Waffen, dem Diamant, ihrem ganzen Bargeld und einer kostbaren Flasche Glenmorangie Scotch Whisky. Auf sein Drängen hin hatte Maria einen Piekser am Gürtel befestigt. Er trug den Volksfreund im Halfter. Sie hatte das Lesegerät mit Eric unter dem Arm.

Es war 7 Uhr 45, und die Korridore begannen gerade, sich mit Leuten zu füllen, die zu diesem und jenem Zweck unterwegs waren. Der Verkehr auf Tsiolkovski, der Hauptstraße, gliederte sich in vier schmale Bahnen.

Zu beiden Seiten des Korridors befand sich ein Streifen aus Stiktite. Dort trippelten Schaulustige und vorsichtige Leute dahin, indem sie einen Fuß aufsetzten, ehe sie den anderen erhoben. Es gab eine Mittelspur mit roten und weißen Streifen, wo sich die Leute schnell bewegten und aufpassen mußten, nicht an die vier Meter hohe Decke zu stoßen, oder mit Entgegenkommenden zusammenzuprallen. Dallas und Maria waren erst am Stiktit dahingekrochen, hüpften jetzt aber die Bahn für mäßige Geschwindigkeit neben der bonbonfarben gestreiften entlang. Sie fühlten sich unbeholfen, sahen aber elegant aus.

Tsiolkovski, der Hauptkorridor, bot eine interessante Mischung von Wohnungen und Läden als der Distrikt mit hohen Mieten. Die Eingänge waren reich verziert und stellten zumeist prahlerisch von der Erde importierte Elemente zur Schau: ein großes, rundes, buntes, antikes Glasfenster oder das Holo eines Bordells von Las Vegas. Die meisten derartigen Dinge gehörten Stilemans, die, wie die Barons, welche sie in *Adastra* kennengelernt hatten, ihr Geld hier verdienten, aber den größten Teil ihrer Zeit auf der Erde verbrachten. Einige dieser Objekte waren zu vermieten, und das sollte ihr erstes Anliegen sein. Ein öffentliches Hotel schien für jemanden, auf dessen Kopf ein Preis von einer Million ausgesetzt war, keine gute Idee zu sein.

Dallas nahm eine Straßenkarte aus der Brusttasche und musterte sie mit einem Auge. »Zweite links hier oben.« Sie wurden in einem Haufen Leute fast erdrückt, als sie anhalten und umkehren wollten, schafften es aber lachend. Sie bogen in einen Seitenkorridor ab. Der siebente öffnete sich zwischen einem Wohnhaus im französischen oder New-Orleans-Stil und einem Gemüseladen, der hydroponisches Obst ausstellte, zu groß und zu perfekt.

Die Adresse des Wohnungsmaklers war ›141 Siebente‹, was bedeutete, daß sich seine Tür 141 Meter weit auf der Siebenten Straße befand, westlich Tsiolkovski. Die Portale waren weniger üppig, je weiter man kam; und die Tür zum Makler war die vorletzte, zehn Meter von der grauen Betonwand entfernt, an der der Korridor endete. Das darüber hängende Schild besagte PETER'S STÜCK FELS — 0900-1700, aber die Tür war offen, und sie traten ein. Der Platz war völlig schmucklos: weiße Wände, grüner Stiktitboden, zwei harte Stühle vor einem Schreibtisch mit Tastatur. Es roch leicht nach Pfefferminze, vermutlich ein Luftauffrischer. Eine Tür ging hinten auf: Peter Quinn.

»Genosse Donato, Genossin Vaughn. Bitte kommen Sie herein.« Er war ein kleiner, gebückter, kahler Mann, offenbar gegen Ende siebzig. »Ich dachte, daß Sie auf der ersten Fähre sein könnten und habe daher etwas früh aufgemacht. Bitte, nehmen Sie Platz!«

Sich hinsetzen war bei einem dreißigstel ge nichts, das man spontan tun konnte. Anstatt erwartungsvoll über dem Sitz zu schweben, folgten sie dem Beispiel des Maklers, ergriffen mit beiden Händen die Lehnen und zogen sich kräftig hinein.

»Sonnenbrand, Genossin?«

»Nein, Mr. Quinn. Frostschaden. Ich hatte eine Panne mit dem Anzug.«

»O weh! Jedermann kann Ihnen sagen, welches Glück Sie da gehabt haben, noch am Leben zu sein. Ist das nicht absurd?« Er schaltete die Tastatur ein und drückte einen Knopf. Die Wand zu ihrer Linken wurde zum zweidimensionalen Bild eines Wohnzimmers. Die Möbel waren einfach, aber die Aussicht war interessant, ein Panorama der Oberfläche des Asteroiden.

»Das ist das eine Objekt, welches ich habe. Oh, ich habe achtundvierzig Immobilien, die Sie bis für ein Jahr mieten könnten, manche sogar für mehrere Jahre. Wie lange werden Sie bleiben?«

»Das wissen wir eigentlich noch nicht«, sagte Dallas. »Wir wollen uns umschauen und noch einige andere

Felsen prüfen. Wir bleiben vielleicht hier, indem wir Ceres einfach als Heimatbasis bei unseren Erkundungen benutzen. Für eine wie kurze Zeit können wir mieten?«

»Kürze ist kein Problem. Aber teuer. Darf ich direkt sein?«

»Gewiß.«

»Ich bin seit fünfzig Jahren in diesem Geschäft, hier und auf der Erde. Man lernt die Menschen abzuschätzen, was sie glauben, sich leisten zu können und was sie sich wirklich leisten können. Lassen Sie mich raten!«

Dallas breitete die Hände aus.

»Sie sind beide Stilemans. Glauben Sie mir, man muß nicht selbst einer sein, um das zu erkennen.« Er hob einen Finger. »Aber das bedeutet nicht, daß Sie eine Menge Geld ausgeben würden. Man gewinnt kein Geld, indem man es ausgibt, auch nicht für Apartments. Leute machen Geld, indem sie ... um höflich zu sein — hart feilschen.«

»Durch Übervorteilen anderer Leute«, sagte Dallas. »Um es unhöflich auszudrücken.«

»Genau. Aber so etwas klappt am besten, wenn der andere Teil auch glaubt, ein gutes Geschäft gemacht zu haben. Ein *gutes* Geschäft, so wie ich es gern mache, ist es, wenn dies wirklich so ist. Sie haben einen Vorteil, und ich mache einen häßlichen Profit.«

»Was haben Sie also im Sinn?« fragte Maria.

»Sehen Sie sich diesen Platz an!« Er drückte zwei Ziffern auf der Tastatur. »Der ist doch hübsch, nicht wahr?« Wie der vorige bot er eine Sicht auf den herrlichen Himmel und rauhe Landschaft; aber die Möbel waren Plüsch, grau mit lebhaften Farben kontrastiert und gefällig angepaßt.

»Ist das ein Hologramm?« fragte Maria.

»Nein, das ist ein richtiges Fenster. Wohnzimmer oben. Kein Problem mit Sonneneruptionen. Schlafzimmer, Küche und Speisezimmer liegen alle unter zwei

Metern Fels. Automatisches Alarmsystem. Sie haben zehn Minuten, hinunterzugehen.«

»Warum ist es ein so vorteilhaftes Angebot?« fragte Dallas.

»Die Frau, der es gehört, ist für fünf, vielleicht sogar sieben Jahre fortgezogen. Ich soll es abschließen und auch die Lebenserhaltungsanlage stillegen. Alles auf Lager nehmen, das kein hartes Vakuum verträgt. Das ist eine feste Ausgabe. Sie mieten den Platz für fünf Minuten oder fünf Jahre. Das ist alles mein Profit.«

»Wollen Sie damit sagen, daß sie nicht gesagt hat, Sie könnten es vermieten?«

Er zuckte die Achseln. »Sie hat nicht gesagt, daß ich es *nicht* könnte. Sie unterzeichnen eine Garantieerklärung, daß alles so sein wird, wie sie es verlassen hat, oder Sie müssen schwer draufzahlen.«

»Ich weiß nicht«, sagte Dallas. »Eine Garantie zu unterzeichnen macht mir nichts aus. Wir werden nichts beschädigen. Aber es ist doch ihr Eigentum. Das kann nicht legal sein.«

»Dies hier ist Novysibirsk.« Er lächelte und entblößte dabei ein Gebiß, das jünger war als er. »Was heißt ›legal‹?«

»Das ist wörtlich richtig«, sagte Maria. »Wenn ihr Vertrag mit ihm das Vermieten nicht verbot ...«

»Selbst wenn er es täte«, sagte er, »und ich nicht erwischt würde, wäre das kein Problem. Vom ethischen Standpunkte aus würde ich es nicht tun, aber wenn ich es täte — kein Problem! Dieser Felsklumpen ist entweder bar jeder Zivilisation oder deren Gipfel. Das kommt darauf an, wie man es sieht.«

»Wie sehen Sie es?« fragte Dallas lächelnd.

»Leer. Aber wer braucht schon Zivilisation?«

»Dann müßten Sie mehrere Objekte haben wie dieses«, meinte Maria.

»Nun ... nein. Dies ist das einzige, wo der Kunde keine Mietbedingungen ausgemacht hat. Sie wollte Geld sparen und keinen Rechtsanwalt hinzuziehen.« Er zuckte nachdrücklich die Achseln. »Also frage ich Sie: Wessen Fehler ist es, wenn ich ein paar Rubel verdiene? Wer ist geschädigt? Sie braucht immer noch nicht das Honorar für den Rechtsanwalt zu bezahlen.«

»Wieviel wollen Sie haben?« fragte Dallas.

»Hohe Kaution, niedrige Miete. Die Miete geht herunter, je länger Sie es haben.« Er lehnte sich zurück, wodurch seine Knie hochkamen und gegen die Unterseite des Tisches stießen. »Wenn Sie es nur für kurze Zeit haben, macht das eintausend Rubel die Woche. Nach vier Wochen sind es zweitausend im Monat. Nach zwei Monaten fünfzehnhundert. Das ist für Ceres billig.«

Dallas nickte. »Und die Kaution?«

»Hunderttausend.«

»Wir wollen das Ding doch nicht in Brand stekken.«

»Sie müssen es aus meiner Perspektive betrachten. Es erfordert sehr viel Zeit. Wissen Sie, was es mich kosten würde, ein einfaches Glas für zwei Rubel zu ersetzen? Und ich müßte es ersetzen. Sie darf nicht merken, daß es vermietet war.«

»Ich frage mich«, sagte Maria. »Angenommen, sie fände es heraus. Was würde sie tun?«

»Dies ist Ceres. Sie könnte zum Landedock gehen, einen Gauner finden und ihm fünfzig Rubel bezahlen, damit er mir eine Lektion in Vakuum erteilt. Vakuum atmen — bei meinem Alter glaube ich nicht, daß ich es lernen würde.«

»Das würde sie nicht tun«, sagte Dallas. »Sie würde Sie für das Geld ausquetschen.«

»Ceres. Du ziehst Valutaexperten heran. Die entscheiden, daß du dein Geld nicht bekommst. Was tust du dann?«

»Nicht morden.«

Er zuckte die Achseln. »Sie ist eine interessante Frau.

Eine Art Kreuzung zwischen Kleopatra und dem Hunnen Attila. Ich muß eine Kaution haben.«

Dallas griff in die Tasche und holte den Diamanten in dem Samtkästchen heraus. Er öffnete es wie ein Ei, eine Handspanne über der Tischplatte, und gab dem Diamanten eine kleine Drehung. Er glitzerte hypnotisch, als er langsam fiel und Farben versprühte.

»Ich verstehe nicht viel von Juwelen«, sagte Quinn.

»Zehn Karat, Standardbrillant, reinstes Wasser. Vor zwanzig Jahren wurde er auf achtzigtausend Dollar geschätzt. Ist jetzt mehr als hunderttausend Rubel wert.«

»Ich muß ihn von jemandem prüfen lassen.«

»Das ist in Ordnung. Und wir müssen das Apartment besichtigen. Warum machen wir nicht beides zugleich?«

Er zog die Lippen hoch und nickte. »Ich brauche Ihre Daumen.« Er nahm ihre Daumenabdrücke auf eine Xerokarte und faxte sie an das Apartment, damit es sie einließ. »Ich kann einen Gutachter zur Essenszeit kommen lassen, nicht früher. Wir könnten den Handel heute nachmittag abschließen, wenn die Bedingungen zusagen.«

»Nachdem wir das Objekt gesehen haben«, sagte Dallas. »Dann können wir über Bedingungen reden.«

Das Apartment war luxuriös, was so weit entfernt von Tsiolkovski ungewöhnlich war. Die Adresse lautete 220 Zweiunddreißigste. Der ganze Rest dieses Korridors war von hydroponischen Anlagen und einer Geflügelfarm eingenommen. Mithin lebte man ›so weit draußen auf dem Lande‹, wie auf Ceres nur möglich war.

Der Fußboden im oberen Stockwerk war von persischen Teppichen bedeckt, was sowohl von großem Reichtum zeugte, als auch bewies, daß der Besitzer ein alter Hase war. Für einen Neuling war es schwierig, sich ohne Stiktit auf dem Boden in einem Zimmer zu bewegen. Man stieß schließlich immer gegen die gemalten Fenster.

Es gab sogar eine Luftschleuse, was laut Quinn ›nahezu einzigartig‹ war. Auf dem ganzen Asteroiden gab es nur ungefähr ein Dutzend private Luftschleusen, da diese ausgeklügelte Sicherheitsvorrichtungen haben mußten. Es wäre schlecht, wenn man hinausginge und vergaß, die Tür zu schließen.

Unten war es komfortabler und praktischer. Ein Luxus war ein Wasserbett, das Wasser im Wert von einigen hundert Rubeln beanspruchte. Dallas meinte, sie sollten es gleich ausprobieren, aber Maria war zu müde und fühlte sich noch schwach durch die Frostschäden.

Auf dem Rückweg zu Quinn machten sie Station bei einem pseudomexikanischen Restaurant, das *Cabrito,* also geröstetes Zicklein, anbot. Dallas und Maria wählten statt dessen vegetarische Gerichte, die um zwei Größenordnungen billiger waren, und lasen die lokalen Anzeigen durch, um einen Begriff dafür zu bekommen, was die Leute an Miete zahlten. Quinns Bedingungen erschienen vergleichsweise vernünftig.

Während sie auf das Essen warteten, hatte Dallas das Lesegerät auf dem Schoß, um Maria die Inserate vorzulesen. Mit einem Male hielt er inne und staunte.

»Mich trifft der Schlag! Schau dies an!« Er gab Maria das Gerät.

An das nette Paar, welches wir auf *Adastra* kennengelernt haben.

Ein kleiner Vogel sagt uns, daß ihr in Schwierigkeiten seid und euch irgendwo in Novy befinden könntet. Wenn ihr Freunde braucht, ruft uns an unter (Ceres) 34-833. — Bill und Doris.

»Das ist doch verlockend, nicht wahr?« Sie gab ihm das Lesegerät zurück. »Aber wir wollen sie nicht in dieses Schlamassel hereinziehen.«

»Vielleicht werden wir es aber müssen.« Dallas

drückte den Speicherknopf und sagte ›Barons‹ zu der Maschine.

Ihre Essen kamen, Kuskus mit allerhand gedünstetem Grünzeug. Dallas mampfte wie die hungerleidende Kreatur, die er war, aber Maria aß zögernd und entschuldigte sich nach einigen Minuten.

Sie kam blaß und zitternd von der Toilette zurück. »Immer noch nicht völlig erholt«, sagte sie. »Mach nur zu und iß auch meine Portion auf!«

»Sollten wir einen Arzt aufsuchen?«

»Nein. Die haben gesagt, daß ich einige Zeit schwach sein würde.«

»Du könntest in der Krankenstation etwas aufgeschnappt haben.«

»Aufgeschnappt?« Sie sah ihn fragend an. »Oh, du meinst ein Virus oder so etwas.«

»Da gab es eine Menge kranker Leute. Sehr merkwürdig.«

»Wenn es schlimmer wird, nun ja.« Sie nahm das Weinglas und tat einen vorsichtigen Zug, setzte es dann aber etwas zu schnell hin. Der Wein blieb hinter dem Gefäß zurück. Sie fing das meiste davon auf.

»Kommt es dir vor, als ob du dich in einem Zeitlupenfilm befändest?«

Sie schenkte ihm ein müdes Lächeln. »Oft.«

DALLAS

ALS WIR IN PETER QUINNS BÜRO KAMEN, saß er an seinem Tisch und wartete schon. »Ein hübscher Platz, he?«

»Er wird passen. Haben Sie den Diamanten schätzen lassen?«

Er nahm das Samtkästchen aus einer Westentasche, öffnete es und bewunderte den Stein. »Das ist ganz sicher ein hervorragendes Stück. Ich meine *schön,* das merke ich selbst. Aber mein Freund sagt ›bemerkenswert‹. Wenn Sie ihn für achtzigtausend bekommen haben, war das ein echter Gewinn.«

Ich zuckte die Achseln. Ich hatte fast dreimal so viel bezahlt — in illegaler Währung. »Auf soviel wurde er damals geschätzt. Sie kennen die Erde. Ich habe natürlich mehr bezahlt, um ihn durch die Stileman-Erpressung zu bringen.«

»Damals — na ja, zwanzig Jahre.« Er legte den Diamanten genau in die Mitte zwischen uns. »Ich habe ein Holo an das Internationale Diamantenregister in Antwerpen geschickt. Der letzte Besitzer war ein Stileman, Russell Coville. Er befindet sich zufällig jetzt in Novy, draußen 127 Johanna. Da würde ich auf keinen Fall wohnen mögen. Das dreht sich alle vierzig Minuten einmal herum. Der eigene Schatten macht einen schwindlig.«

»Sie haben mit ihm gesprochen?« Guter alter Russell.

»Er sagt, er hätte ihn an Dallas Barr verkauft.«

Schnell: »Von dem habe ich ihn erworben. Sie können

verstehen, warum ich ihn nicht auf der Erde verkaufen will.«

»O ja.« Er lehnte sich zurück. »Ich war so frei anzunehmen, daß das so wäre; und das habe ich auch Mr. Coville erzählt.« Ich nickte, getraute mich aber nicht, etwas zu sagen. »Wenn *Sie* Dallas Barr wären, würde mir das nicht viel nützen. Die Million Pfund, die Stileman-Behandlung. Ich bin zu lange von der Erde fortgewesen und habe mit meinem Training nicht Schritt gehalten. Könnte keine Schwerkraft ertragen. Mein Herz würde aussetzen, noch ehe die Fähre aufsetzte.

Ich bleibe hier. Ich habe noch zwanzig, dreißig Jahre, vielleicht sogar mehr. Vielleicht viel mehr. Man hört so allerhand, und es geschieht allerhand.«

»Das ist gut.«

»Sie haben mehrere Möglichkeiten. Antwerpen sagte, auf der Erde könnten sie dafür $ 175 000 bekommen. Das sind 160 000 Rubel minus Wechselkurs. Wenn Sie es für — sagen wir eins vierzig anbieten würden, stünden eine Menge Leute danach an. Wenn Sie durchhielten, könnten Sie wahrscheinlich eins sechzig bekommen.«

»Das ist gut zu wissen.«

»Aber Sie wären am nächsten Tage wahrscheinlich tot oder entführt. Der Zusammenhang mit Dallas Barr würde nicht geheim bleiben; und hier gibt es allerhand verzweifelte Existenzen und Verbrecher.«

»Die anderen Möglichkeiten?«

»Sie könnten den Stein teilen lassen. Mein Freund könnte das vertraulich erledigen. So etwas liegt nicht außerhalb seiner Erfahrung. Sie hätten dann vier ziemlich große Steine und etwas Kleinkram, falls alles gut geht. Gesamtwert vielleicht 60 000 Rubel.«

»Das könnte am besten sein.«

»*Oder* Sie könnten das Stück einfach bei mir lassen. Als Schadenskaution. Wenn alles vorbei ist, bekommen Sie den Diamant zurück und haben keine einzige Kopeke eingebüßt. Falls jemand Sie aus Versehen umbringt oder kidnappt ... weil er Sie für Dallas Barr hält, dann wäre der Stein für Sie sowieso wertlos, nicht wahr?«

»Gehen Sie nicht ein mächtiges Risiko ein? Wenn ich nun wirklich Dallas Barr wäre? Sitze Ihnen gegenüber mit einem Volksfreund im Gürtel. Ein gefährlicher psychotischer Mörder.«

Er sagte einen Moment lang nichts, und als er sprach, lag ein Zittern der Spannung in seiner Stimme. »Schießlich ist das ganze Leben ein Glücksspiel. Man würde länger leben, wenn man sich unter dem Bett versteckte und niemals herauskäme. Aber ich habe mich nie versteckt ... und glaube nicht alles, was in der Zeitung steht.« Er richtete sich auf. »Was ich glaube, das sind die Dinge, die ich *zwischen* den Zeilen lese. Wem gehört dieses Blatt? Wer will, daß du *was* denken solltest?«

Maria räusperte sich. »Ich meine, wir müssen ihm vertrauen.«

Er nickte ihr zu und sah dann wieder zu mir herüber. »Ich habe Ihnen gesagt, daß ich seit fünfzig Jahren in diesem Geschäft mit Immobilien bin. Davor — würden Sie es glauben? — war ich Sozialarbeiter. New York, was davon noch übrig ist.«

»Vor fünfzig Jahren waren das schlimme Zeiten.«

»Aber gute Zeiten für einen Jungen, der die Welt verändern will. Ein großer Teil der Welt hatte das nötig.«

»Das trifft immer noch zu.«

»Jetzt sind es mehr Welten. Zehn Jahre lang bin ich mit dem Kopf gegen die Wand gerannt. Gegen das System. Mit dreißig war ich ein alter Mann.« Er lächelte. »Und mit sechzig ein junger, als ich alles verkaufte und nach hier herauskam. Aber inzwischen hatte ich gelernt, daß niemand das System *verändert*. Sofern man nicht ein Hitler oder Chomeini ist. Und selbst dann frißt das System dich auf. Du änderst es zwar, aber nicht zu dem, was du gewollt hattest.« Er schaute wieder fest auf Maria. »Ich bin nicht alt im Vergleich mit euch beiden. Aber es ist wirklich wahr, meine Lieben. Dies ist das einzige, was ich in achtzig Jahren gelernt habe. Das System macht alles, wozu es von der Geschichte gezwungen wird; und dieselbe Art trauriger Krimineller übernimmt die Leitung, Generation nach Generation. Aber wir können es dennoch besser — einer allein oder zu zweit. Familie, Freunde, Geschäftsfreunde. Wir können das System Stückchen um Stückchen schlagen, in unseren eigenen kleinen Sphären, indem wir menschlich zueinander sind. Und es lernen, die Raubtiere zu erkennen, zu denen man nicht menschlich sein kann, wenn wir sie sehen. Und mit ihnen umgehen.«

Vielleicht war er ein freundlicher alter Mann, und vielleicht war er ein zynischer Heuchler, der uns einlullen und verwundbar machen wollte. In beiden Fällen gab es für uns nur zwei vernünftige Arten zu handeln: mit ihm mitmachen oder ihn loswerden.

Falls er uns betrügen wollte, hätte er das schon tun können. So könnte zum Beispiel, wenn wir in das Apartment, die ›Villa‹, zurückkämen, schon ein Killer der Stiftung auf uns warten. Aber ich bezweifelte das. Er schien einen anständigen Charakter zu haben.

Außerdem hatte ich für eine Lebenszeit schon genug Menschen umgebracht. »Okay. Haben Sie ein Stück Papier da?«

»Hier. Sparen Sie Papier!« Er stellte den Holo-Apparat an, und auf der Wand erschien ein Standard-Mietvertrag mit den von ihm genannten Zahlen.

»Wissen Sie was? Wir wollen uns nicht streiten.« Ich holte die Flasche Glenmorangie heraus und stellte sie auf den Tisch. »Zwanzig Prozent herunter — durchweg.«

Er überlegte. »Ich bin kein Scotch-Trinker. Aber wir wollen nicht streiten. Zehn Prozent.«

»Fünfzehn«, sagte ich und griff nach der Flasche.

Er packte sie. »Fünfzehn und der Scotch.« Er lächelte. »Es ist nie zu spät, sich ein neues Laster anzugewöhnen.«

»Abgemacht.« Der alte Schurke wußte, daß die Flasche zweihundert Rubel wert war. Wenn wir kürzer als einen Monat blieben, würde das mehr als die Differenz ausmachen. »Wenn wir einander übers Ohr hauen, ist dies wohl das Vorspiel?«

Unsere großen Taschen wurden im Depot der Fähren aufbewahrt. Ich rief von Quinns Büro aus an, und sie kamen schon ein paar Minuten, nachdem wir in die Villa gekommen waren, an.

Maria wollte sich hinlegen, aber ich ließ sie erst die verschiedenen Stellen auswendig lernen, an denen ich die Splitterwaffen versteckt hatte — leicht zugänglich, aber außer Sicht. Ich beschloß, nichts so Raffiniertes wie Höllenmaschinen zu versuchen. Man soll bloß eine Waffe recht nah zur Hand haben, wo man sich auch befindet. Das hatte mir in der Conch-Republik das Leben gerettet, wo wir, wie sich inzwischen herausstellte, in geringerer Gefahr gewesen waren, entdeckt zu werden. Der alte Quinn wußte, wer ich war, und ebenso Blinky; und der Taxator hatte höchstwahrscheinlich herausgebracht, daß wir hier waren, auch wenn Quinn nichts verraten hatte. Nicht zu vergessen Russell Coville, der zwei und zwei zusammenzählen konnte und auch seine eigene Mutter in die Sklaverei verkaufen würde. Bill und Doris vermuteten, daß wir hier wären — war das nur aufgrund der Stiftung, oder wußten sie dasselbe wie tausend andere Leute? Am besten war es, das Schlimmste anzunehmen.

Während sie schlief, stellte ich Eric an und gab ihm ein, was geschehen war, seit wir uns aus dem Synchronorbit herunterbegeben hatten. Wir waren uns einig, daß es wohl am sichersten wäre, auf einen kleineren Asteroiden umzuziehen, sobald die *Fireball* wieder klar war, und niemandem zu sagen, daß oder wohin wir gehen würden.

Dann ging ich nach unten zum Wasserbett, wo Maria

nackt ausgestreckt dalag und leise schnarchte. Sie war immer noch schön, obwohl der Frost ihrer Haut eine seltsame Farbe und Struktur verliehen hatte. Ich zog mich aus und glitt an ihre Seite.

Als ich sie berührte, begann sie konvulsivisch zu zukken. Ihr Körper verkrampfte sich immer wieder in eine fötale Position und schwebte frei in der Luft nach dem ersten Ruck.

Ich wickelte sie in eine Decke und hielt sie fest. Die Krämpfe ließen nach und hörten auf. Aber sie wurde nicht so wach, daß sie meine Fragen beantworten konnte. Ihre Augen starrten ins Leere, und der Atem war sauer und heiß.

Ich zog mich wieder an und schaute auf die Karte. Bei der Zwanzigsten und Tsiolkovski gab es eine Klinik. Besser, sie dorthin zu bringen, als auf das zu warten, was Ceres an Ambulanzen zu bieten hatte. Darum wikkelte ich die Decke fest und lief mit ihr nach draußen.

Mir kam unvermeidlicherweise der egoistische Gedanke: Was wir — das heißt ich — am letzten brauchen konnten, war die Behinderung durch eine ernste Erkrankung.

Ich hätte ahnen können, wie ernst es war.

Novysibirsk Medizinischer Dienst
Ceres Zentrum

DATUM: 10. Yanvár 81

NAME DER PATIENTIN: Selena Vaughn

BÜRGE (wenn eine andere Person): Cassius Donato

GRUND FÜR AUFNAHME: Komplikationen durch Frostschäden, allgemeine Schwäche.

Diagnose/Prognose

Versagen des Schutzanzuges bewirkte reversiblen Frostschaden. Patientin erholt sich gut davon. Schmerzstillende Medikamentierung nach Bedarf fortsetzen.

Patientin ist eine Stileman-Verjüngte, deren laufende Verjüngungsperiode fast abgelaufen ist. Frühstadien von Verfall evident in Haut und Muskeltonus, beträchtlich beschleunigt durch das Trauma des Frostschadens. In zwei oder drei Wochen wird der Zustand beginnen, sich rapide zu verschlechtern.

Empfehlungen/Rezeptur

80 ea. 6 mg Neophet; 30 ea. sandman gen.
Euthanasie auf Wunsch der Patientin, nicht später als 10. févral.

GEBÜHR: R 50.00 / $ US 54,87 Valuta

BEHANDELNDER ARZT:

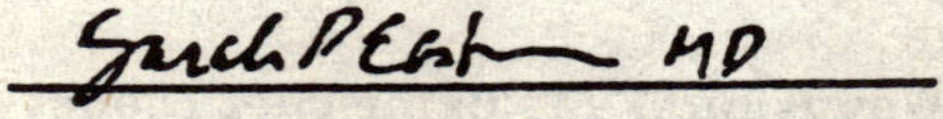

MARIA

Sie dachten, ich schliefe, und flüsterten. Ich wandte ihnen den Rücken zu, konnte Dallas aber im Spiegel des Untersuchungszimmers sehen. Er schaute auf die Rechnung, wurde blaß und lehnte sich langsam an die Wand.

»Das kann nicht stimmen.«

»Das ist der heutige Wechselkurs.« Die Ärztin war eine attraktive Frau mit langem weißen Haar. Sie sah aus wie unter dreißig, mit Ausnahme der Augen, die durchdringend, traurig und alt waren.

»Ich meine ...«

»Oh, jetzt verstehe ich. Meine Spezialität ist Stileman-Physiologie. Es gibt keinen Irrtum. Hat sie Ihnen nicht gesagt, daß ihre Zeit fast abgelaufen war?«

»Sie sagte, zwei oder drei Jahre. Ich hätte sie nicht hierher gebracht, wenn ich ... wenn sie nicht zur Erde zurückkehren kann.«

»Sie wußte, wieviel Zeit ihr noch verblieben war, als sie aufbrach. Man fängt in den letzten Monaten an, so etwas zu spüren.«

Er schüttelte den Kopf. »Ich weiß. Hat das letztemal so etwas geäußert.«

»Ist ihr das Geld ausgegangen?«

»Nein. Bloß ...« Er zuckte die Achseln.

Ich drehte mich langsam um. Die heiße Haut schmerzte unter der rauhen Krankenhauskleidung. »Wir müssen miteinander reden ... ah ... Cash.« Fast hätte ich seinen richtigen Namen gebraucht.

»Ich bin unten in der Halle«, sagte die Ärztin und ging. Dallas war mit einem schwebenden Schritt, halb so lang wie das Zimmer, an meiner Seite.

»Dallas«, flüsterte ich. »Dallas.« Ich versuchte, meinen rasenden Geist zu bremsen und mich auf die Rede zu konzentrieren, die ich schon seit Wochen geprobt hatte. »Ich wußte nicht, wie ich dich dies fragen könnte.«

»Alles!« sagte er sanft.

Ich sagte: »Ich muß zurück. Irgendwo zwischen der Erde und hier habe ich ... habe ich nicht mehr sterben wollen. Ich wollte mit dir leben, immer weiter leben ...«

Er weinte. Er machte eine jähe Kopfbewegung, und die Tränen flogen wie kleine Kristallkugeln rings von seinem Kopf weg.

Ich berührte sein Gesicht. »Es ist ein furchtbares Spiel. Aber wir wissen nicht sicher, ob sie hinter mir her sind. Du kannst hier bleiben. Ich kann die *Fireball* allein steuern.«

Er schüttelte den Kopf, ohne mich anzusehen. »Es tut mir leid, daß ich gelogen habe. Ich wollte dich bloß schützen.«

»Du ... kannst das nicht machen.«

»Natürlich kann ich das. Ich habe es schon früher allein gemacht.«

Er biß die Zähne zusammen und sagte mit rauher Stimme: »Wir haben keine *Zeit!*«

»Doch, fünf bis sieben Monate. Selbst wenn ich Treibstoff spare, kann ich dort sein in ...« Er warf mir den Krankenhausbericht zu.

Ich brauchte einige Augenblicke, um ihn zur Kenntnis zu nehmen. Darüber hatten sie also gesprochen.

Euthanasie in vier Wochen.

»Das stimmt nicht. Das muß falsch sein.« Aber mein Körper wußte es besser.

Dallas und ich gingen in fast völligem Schweigen zurück zur Villa. Was konnten wir sagen? Als wir hinkamen, wollte ich ihn festhalten, reden und weinen; aber das kam erst später dran, nachdem ich eine oder zwei Stunden mit mir allein gewesen war und die Lage hatte überdenken können. Er hatte Verständnis dafür. Alleinsein ist etwas, das wir alle besser verstehen als normale Menschen. Ich ging nach unten ins Bad und machte das Licht aus.

Die Drogen bewirkten einen Brummschädel und fiebrige Hitze. Man hatte mir einen Vierwochenvorrat an Neophet gegeben, um mich bei Kräften zu halten, sowie Sandman als Schlafmittel. Auf der Erde würden sie das nicht tun. Sie sollten es aber. Ein Stileman, mit dem es zu Ende geht, neigt dazu, psychologisch und spirituell dem diffusen Unbehagen nachzugeben, das im Innern anwächst, wenn die körperlichen Systeme merken, daß die Zeit abläuft. Und dann bricht ein System nach dem andern zusammen. Man kann einen an eine Herzlungenmaschine anschließen und für Nieren wie Leber einen Bypass machen, aber das ist eine unnötige Quälerei. Schließlich kommt zu der Liste von Krankheiten noch Krebs hinzu, der den Körper binnen eines Tages oder weniger Stunden gänzlich auffrißt. Oder, wenn man Glück hat, brennt im Gehirn seine Sicherung durch. Sie verstehen es noch nicht, einen Bypass für das Gehirn zu legen, falls man nicht so etwas wie Eric dazurechnet.

Dem Kloster, in dem ich mich in den Zwanzigern versteckt hielt, war ein Krankenhaus angegliedert. Wir hatten eine ganze Reihe von Stilemans im Endzustand wegen der italienischen Nationallotterie. Man gewinnt eine Milliarde Lire, und das Wertvollste, was man damit kaufen kann, ist Leben ... Aber man kann es finanziell nicht so weit bringen, um eine zweite Behandlung zu bezahlen — oder einen zweiten Hauptgewinn in der Lotterie erzielen.

Also kamen diese plötzlich alt gewordenen Männer und Frauen zu uns. Ich behandelte eine Anzahl von ihnen mit ›zufälligen‹ Überdosen an schmerzstillenden Mitteln, wenn es zur letzten Woche kam. Das ist nicht mehr Mord, als meine Nadel Fiftygrief Selbstmord ist. Nicht alle Schwestern hätten zugestimmt.

Auf dem Weg zum Mars hatte Dallas mit mir über Selbstmord diskutiert. Wenn er eine Todessünde war, wie konnte ich es dann rechtfertigen, meinen sechsten oder *n*ten Stileman zu verweigern, da ich wußte, daß sicherer Tod die Folge sein würde? Die Kirche hatte sich allerdings im zwanzigsten Jahrhundert damit befaßt und den Menschen erlaubt, eine dramatische Behandlung abzulehnen, wenn diese nur den Zweck hatte, den natürlichen Tod aufzuschieben. Die Stileman-Behandlung bedeutet hundert einzelne ›heroische Maßnahmen‹ gegen einen Zustand, der sonst eine Genesungsrate von genau Null hat. Wenn man Lazarus ausnimmt.

Wenn ich auf der anderen Seite vor Gericht komme, und es sich herausstellt, daß ich unrecht gehabt und eine Todsünde begangen habe, dann habe ich auch hinsichtlich noch wichtigerer Dinge in diesem Leben unrecht gehabt, und es macht keinen Unterschied aus.

Bei dem Versuch, die Droge abzusetzen und herauszubekommen, wie ich wirklich empfinde, habe ich über diese Zeit nachgedacht und sie sogar erwartet. Ich bin überrascht und bekümmert über das Spektrum an Ängsten, sowohl kleinen wie großen. Furcht vor Inkontinenz, Verlegenheit. Auf dem Weg nach hier mußte ich niesen und habe mich ein wenig naß gemacht. Übelkeit, spezifische Furcht vor Erbrechen — beides mit jenem erstickenden Geruch von Lysol, wenn ich den Helm des Raumanzugs aufsetze. So ähnlich sind viele dieser alten Leute gestorben, indem sie durch ›Einatmen von Vomitus‹ erstickt sind. Furcht vor all der Qual und darunter zusammenzubrechen und Dallas Schande zu machen.

Todesangst. Die Dunkelheit. Nichtexistenz.

Was bedeutet, wie ich mir selbst sagen muß, Furcht, den Glauben zu verlieren. An dieser Schwelle. Mein hundert Jahre altes Gehirn hat alle Argumente über die Existenz Gottes gehört, und mein hundert Jahre altes Herz hat sie überlebt. Bis jetzt, da ich den Glauben am meisten nötig habe. All dieses großartige Gebäude, all seine Kraft und Reichweite, wie konnte ich jetzt seine Stütze verlieren?

Vielleicht ist mein Gehirn durch den Prozeß der Schwächung in Mitleidenschaft gezogen. Aber es fühlt sich nicht nach Gehirn an.

Die Dunkelheit im Bad war nicht mehr beruhigend. Ich machte Licht und betrachtete einen Moment lang geringschätzig den lebenden Leichnam im Spiegel. Dann ging ich zu Dallas nach oben.

Die Stileman-Stiftung
1000 King Street
Sydney, Australien

Die lange Gewohnheit des Lebens macht uns untauglich zu sterben.

— Sir Thomas Browne

PRESSEVERLAUTBARUNG

9. Januar 2081
1158 GST

KOPFZEILE: STILEMAN-CHEF VARGAS STIRBT NACH ANGRIFF MADRID

SCHLAGWORTE: STILEMAN/VARGAS/MADRID/ GEWALTVERBRECHEN(SPANIEN)/NOBELPREIS/PISTOLEN

Raphael Vargas, während der letzten sieben Jahre Chef der Stileman-Stiftung, wurde in der letzten Nacht durch Pistolenschüsse schwer verletzt, als er in der Innenstadt von Madrid einem Taschenräuber Widerstand leistete. Er ist heute morgen um 9 Uhr 43 Greenwicher Zeit gestorben. Ein Passant, der von der Madrider Polizei gesucht wird, hat den Räuber bei einem kurzen Schußwechsel erschossen, der keine anderen Schäden in der fast verlassenen Seitenstraße verursachte.

Vargas wird in Erinnerung bleiben als eine humane und energische Führungspersönlichkeit, die bemüht war um Verständnis zwischen Stileman-›Unsterblichen‹ und dem Hauptstrom der Menschheit. Er war es, der die Stileman-Leistungsprämie eingeführt hat, die allen Nobelpreisträgern jeglicher Kategorie freie Verlängerung des Lebens anbietet.

Vargas' Tod wird zu einem ironischen Typenwechsel führen, der nicht ungewöhnlich ist, wenn durch Stileman verjüngte Personen durch Unfälle oder Gewaltakte sterben. Sein nächster lebender Verwandter ist ein 101jähriger Sohn, ein seniler alter Mann, der in einem Heim in seiner Geburtsstadt Barcelona lebt. Dieser Sohn wird Vargas' Vermögen erben, das auf mehr als zehn Millionen Peseten geschätzt wird, und wird daher selbst für die Stileman-Behandlung in Betracht kommen.

Spalte 1.2: Sir Charles Briskin als Nachfolger genannt.

SCHLAGWORTE: STILEMAN/BRISKIN/U.K. GOVT./VARGAS

Sir Charles Briskin, der seit Wiedereinführung dieses Amtes im Jahre 2030 bis 2038 Staatssekretär im Finanzministerium des United Kingdom war, hat zugesagt, die Stellung des Vorsitzenden des Rates dieser Stiftung nach dem plötzlichen Tod von Raphael Vargas anzunehmen. Sir Charles bringt außer seiner offenkundigen professionellen Qualifikation eine einzigartige akademische Richtung in das Amt ein, da er ein Doktorat in Ökonomie von Cambridge und eines in Geschichte von Harvard University in den Vereinigten Staaten besitzt. Seine Nichtgraduiertenvorbereitung im Trinity College, Dublin, galt Politologie und Wirtschaftswissenschaft.

1960 in Belfast geboren, wurde Sir Charles 2035 geadelt, nachdem seine kühne Lohn- und Preispolitik geholfen hatte, von Britannien die außer Kontrolle geratene Inflation abzuwenden, die in jenem Jahre die Wirtschaft zerstörte und die Regierungen stürzte — zumeist in EG-Mitgliedsstaaten.

Sir Charles hat sieben Stileman-Behandlungen hinter sich, beginnend mit 2004. Er ist seit fast fünfzig Jahren Mitglied des Aufsichtsrates der Stiftung und war die natürliche Wahl, um heute morgen als Nachfolger von Raphael Vargas nominiert zu werden.

Unterspalte 1,21: Die Lage um Dallas Barr

Über die gegenwärtige Stileman-Krise sagt der neue Präsident Sir Charles Briskin: »Dies lehrt uns, daß wir niemals selbstzufrieden sein dürfen hinsichtlich unseres Verständnisses der in der Stileman-Behandlung vorkommenden medizinischen

Prozesse. Sowohl der vorzeitige Tod von Geoffrey Lorne-Smythe wie das scheußliche mörderische Betragen von Dallas Barr sind offensichtlich die Folge wiederholter Kopfverletzungen, die bei jeder Verjüngung anscheinend so weit geheilt waren, daß sie nicht beachtet wurden. Wie sehr haben wir uns geirrt!

Die ältesten Stileman-Veteranen sollten sorgfältig geprüft werden, wenn sie in ihrer dreizehnten Dekade stehen. Es sollte auch selbstverständlich sein, daß wir alle uns für chirurgischen Austausch der Schädeldecke, die sogenannte Hartkopfprothese, entscheiden sollten, wenn wir das nächstemal in die Verjüngung gehen — nicht nur um unserer eigenen Sicherheit willen, sondern auch im Interesse des Gemeinwohls — ephemer wie unsterblich. Wir können uns keine weiteren Dallas Barrs leisten.

Die Belohnung von einer Million Pfund für Mr. Barrs Ergreifung bleibt in Kraft. Wir wollen ihm natürlich nichts Übles antun, hoffen aber, daß das Studium seines Zustandes eine Wiederholung verhindern könnte.

Glücklicherweise hat der aufgeklärte Staat Jugoslawien, in dessen Gebiet Barr zwei kaltblütige Morde begangen hat, längst die Todesstrafe abgeschafft. Die dortigen Behörden haben gestattet, daß Stileman-Wissenschaftler Barr während seiner dortigen Haft untersuchen ...«

Die anderen sieben Mitglieder des Aufsichtsrates lasen die Presseverlautbarung durch und gaben durch Nikken, Trinken von Wasser und Unterschriften ihre Zustimmung kund.

»Das ist gut, Charles«, sagte ein großer schwarzer Mann. »Aber halten Sie die Mitteilung über Barr wirklich für notwendig?«

»Vielleicht nicht«, sagte Briskin. »Für mich ist das ein persönliches Anliegen, da wir Bekannte waren. Es wäre mir höchst unangenehm zu sehen, wenn er noch jemanden verletzt.«

»Das halte ich für eine gute Idee«, sagte eine Französin. »Im Interesse der Öffentlichkeit. Solange wir die allgemeine Aufmerksamkeit der Leute genießen, sie an die Gefahr zu erinnern.«

Atsuji Mamachi nickte. Sein silberner Schädel schimmerte von unsichtbaren Lichtern. »So unerwartet, so traurig. Haben Sie irgendeine Idee, wo er denn sein könnte?«

Briskin sagte: »Ich habe keine besondere Beziehung zu Interpol. Ich glaube, sie haben ihn in der Conch-Republik aufgespürt und dann verloren. Ich möchte annehmen, daß er sich irgendwo in Amerika befindet.«

»Ich neige zu einer anderen Ansicht«, sagte Kamachi, »nach mehr als vierzig Jahren Geschäftsbeziehungen mit ihm. Er ist an vielen Orten wie zu Hause und spricht viele Sprachen sehr gut. In Amerika ist sein Gesicht zu gut bekannt.«

»Sie sagen, daß er sein Gesicht in der Conch-Republik wahrscheinlich verändert hat. Er könnte wie jedermann aussehen.«

»Natürlich.« Kamachi unterdrückte ein Gähnen. »Ich kann nicht besonders gut denken. Es ist hier vier Uhr morgens.«

»Ich nehme an, das wäre alles Geschäftliche gewesen«, sagte Briskin. »Wir wollen uns auf die nächste Woche vertagen. Sagen wir Mitternacht Greenwich zwischen dem zwölften und dreizehnten.«

Die sieben schauten auf ihre Kalender, nickten zustimmend, und nacheinander verblaßten ihre Hologramme.

Briskin saß allein am Ende des langen Mahagonitisches. Er sah sich in dem schwach erleuchteten großen Raum um: ein alter Teppich, übergroße Ölgemälde in üppigen Goldrahmen, ein großer Kristallkronleuchter mit archaischem Gaslicht — eine sagenhaft teure Angeberei. Er nickte niemandem zu und sprach in die Luft: »Aufzeichnung einstellen! Ich will um acht Uhr dreißig Abendessen haben. Allein.«

»Darf ich um acht-fünfzehn einen Ausone '63 dekantieren?« fragte die Luft.

»Ja.« Briskin stand auf. »Ich werde mit zwei Herren in der Bibliothek sein. Wir wünschen nicht gestört oder aufgezeichnet zu werden.«

»Sehr wohl, Sir.« Während Briskin durch den Korridor zur Bibliothek ging, gestattete er sich ein breites Lächeln. Das verschwand, als er die Tür öffnete.

Einer der Männer, hübsch und muskulös, mit frecher Miene, hatte sich auf der Couch hingestreckt und las ein Magazin, das nicht zu dem victorianischen Zimmer paßte. Die Königin Victoria wäre vor dem Umschlagbild in Ohnmacht gefallen, das oralen Sex darstellte. Der andere Mann, klein und verblüffend häßlich, las die Rükken der in Leder gebundenen Bücher. Beide hatten Gläser mit Brandy. Briskin nickte ihnen zu, ging zur Kredenz und goß sich aus der Kristallkaraffe etwas ein.

»Wir haben gedacht, es würde Ihnen nichts ausmachen, wenn wir einen Schluck zu uns nähmen«, sagte der Häßliche.

»Nein, natürlich nicht. Sind Sie sicher, daß man Ihnen nicht gefolgt ist?«

»Unbedingt«, sagte der andere. Er hatte einen sanften und weichen südamerikanischen Akzent. »Wir haben uns an Ihre Anweisungen gehalten. Nahmen den Schweber längs des Wildwechsels, so weit wir konnten, parkten und hielten eine Stunde lang Ausschau in Dekkung. Dann sind wir die drei Meilen bis hier gegangen. Die erste Meile war scheußlich.«

»Der Schneesturm ist jetzt vorbei, nicht wahr?«

»Er bläst immer noch Schnee in die Gegend. Für mich etwas Neues. Kann nicht sagen, daß mir das gefällt.«

»Wenn Sie gehen, ist es noch kälter. Haben Sie beide Erfahrung mit Raumflug?«

»Jawohl«, sagten beide einstimmig.

»Ein kommerzieller Flug nach Novysibirsk auf Ceres verläßt den hohen Erdorbit am zwölften. Sie werden dabei sein, mit den Identitäten, die ich für Sie vorbereitet habe.«

»Ist das, wohin Barr und die Frau gegangen sind?« fragte der häßliche Mann. Sein Akzent war rauher. Winter in New England.

»Das ist wahrscheinlich, aber nicht sicher. Barr besaß einen Diamanten, der dort aufgetaucht ist, im Besitze eines Immobilienmaklers. Wenigstens hat ein Agent deswegen in Antwerpen angerufen. Es ist möglich, daß Barr ihn gleich nach den Morden in den Staaten verkauft hat; und die Person, die ihn erworben hat, könnte sofort nach Novysibirsk gegangen sein und Grundbesitz erworben haben. Möglich, aber nicht sehr wahrscheinlich.«

»Wenn er dort ist, werden wir ihn finden«, sagte der hübsche Mann schleppend. »Ich denke, wir werden seinen Grundstücksmakler unter die Lupe nehmen.«

»Das wäre vernünftig. Er heißt Peter Quinn.«

»Ist er wichtig?« fragte der Häßliche. »Ich meine, falls wir ihn ... ah ... verletzen müßten.«

»Machen Sie, was Sie wollen!« Briskin schnupperte ausgiebig am Brandy und nahm dann einen kleinen Schluck. »Dieser Brandy ist hundertundfünf Jahre alt. Ist er älter als Sie?«

»Kaum. Ich bin hundertunddrei.« Er sah Briskin zynisch an. »Ich werde die andere Frage beantworten. ›Warum sehen Sie so aus, wenn Sie aussehen könnten wie jedermann?‹ Die persönliche Antwort darauf ist, daß ich so aussehen will, wie ich bin. Die professionelle Antwort lautet, daß niemand von einem Unsterblichen erwartet, daß er wie eine Kröte aussieht.«

»Ich kann erkennen, daß Sie unsterblich sind.«

»Das kann nach ein paar Jahren jeder Unsterbliche.« Er zeigte auf den anderen. »Und man kann sagen, daß der Goldjunge ein 'phem ist.«

»Noch einige Zeit«, sagte der. »Dafür ist die Million bestimmt.«

»Murray macht mir Spaß«, sagte der Häßliche. »Ich will, daß er sich in der Nähe aufhält und hübsch bleibt. Ist das etwa schockierend?«

»Ich bin entsetzt«, sagte Briskin und rollte mit den Augen. »Ich bin noch nie einem wirklichen Homosexuellen begegnet.«

»Das ist er aber gar nicht«, sagte Murray. »Mir wäre es schon recht, aber er ist es nicht.« Der Häßliche zuckte die Achseln.

»Versucht, sie beide lebendig herzubringen! Wenn Sie die Frau töten müssen, na schön; aber Barr ist als Toter für mich wertlos.« Er zeigte auf Murray. »Bringen Sie mir Barr, und Sie werden unsterblich. Andernfalls werden Sie alt werden und sterben. Vielleicht würden Sie nicht einmal ein so hohes Alter erreichen.«

Der Mann bemühte sich nicht, seine feindlichen Gefühle zu verbergen. »Ich werde ihn bringen.«

Dallas und Maria verfehlten die Nachricht von der verdächtigen Machtübernahme Briskins. Das war verständlich, da es an dem Tage geschah, wo sie herausfanden, daß sie bald sterben würde.

Die Szene ist ein Klischee moderner Tragödie (nachdem die Furcht vor Wissenschaft die Furcht vor den Göttern verdrängt hat): junge Liebhaber angesichts einer endgültigen Prognose. In diesem Fall war das junge Liebespaar auch alt, wodurch seine Reaktionen gemäßigt und kompliziert wurden. Vier bis fünf Millionen Menschen sind während ihrer Lebenszeit gestorben. Tausende davon namentlich bekannt, Hunderte von ihnen Freunde, einige von ihnen Liebhaber. Aber sie selbst haben den Tod überwunden, alle zehn oder zwölf

Jahre. Sie mußten aber auch Seite an Seite mit ihm leben.

Als typischer Angelsachse hörte Dallas nach weniger als einer Minute auf zu weinen. Maria war soweit Italienerin, daß sie weiter weinte. Und vielleicht weinte sie weniger über ihren baldigen drohenden Tod, als um den abrupten und tragischen Tod dieser neuen Liebe. Alt und neu. Bis sie zur Villa zurückkehrten, hatte sie sich bis auf ein gelegentliches Tupfen und Schnüffeln beruhigt, und sie entschuldigte sich, als sie nach unten ging.

Als sie aus der Dunkelheit des Kellers herauskam und über die Rampe schwebte, traf sie auch oben auf Finsternis. Dallas zeichnete sich als schwache Silhouette am Fenster ab. Er blickte hinaus über die düstere und dürre Landschaft von Ceres, ein gespenstisches Durcheinander von Felsblöcken und Kraterwänden, das im Lichte Jupiters schwach golden schimmerte.

»Die Nacht kommt schnell«, sagte sie. Dallas nickte im Dunkeln. »Es tut mir leid. Dies ist das Schlimmste, das ich je in meinem Leben getan habe.«

»Sterben ist das Schlimmste, das die meisten Menschen tun.«

»Dich anzulügen.« Sie legte ihm von hinten eine Hand auf jede Schulter und lehnte die Stirn gegen seinen Nacken. »Ich hatte Angst ... Angst, daß du es mir ausreden könntest. Wenn du gewußt hättest, wie wenig Zeit noch verblieben war.«

»Also hat sich die Zeitskala jetzt geändert«, sagte er ruhig. »Ganz plötzlich bin ich damit konfrontiert, dich zu verlieren. Ich habe geahnt, daß du ... deinen Weg gehen würdest und ich dich einmal verlieren würde. Aber ich hatte erwartet, daß ich jahrelang Zeit haben könnte, mich daran zu gewöhnen. Dies ist zu schnell, zu viel.«

»Es tut mir wirklich leid.« Sie zitterte. »*Mea culpa.* Wenn wir uns erst einmal hier niedergelassen hätten, wollte ich mit dir darüber sprechen, einen Rückweg finden und das Risiko eingehen.«

Er drehte sich um und drückte sie so fest, daß sie kaum atmen konnte. »Vielleicht gibt es einen Weg.«

»Nein. Man kann nicht in drei Wochen von hier bis zur Erde gelangen. Ich habe die Zahlen in meinem Kopf geprüft, immer und immer wieder. Es ist nicht möglich.«

»Hier, setz dich auf die Couch!« Sie machten einen unbeholfenen *pas de deux* und sanken im Zeitlupentempo auf die Kissen. Dallas berührte dabei eine Lampe. In dem warmen rosigen Licht sahen sie beide gesünder aus, als sie sich fühlten.

Das Lesegerät stand auf dem Kaffeetisch. »Wir wollen sehen, was Eric sagt.«

»Das kann nicht schaden.«

Er stellte ihn an. »Eric — wir haben ein echtes Problem.«

Eric

Ort 220 44. Korridor,
Ceres · Temperatur 21° · Druck 0,6 atm.
pO_2 120 mm Hg · Input eingeschaltet ·
Dallas und Maria scheinen beide geweint zu haben bemerkenswert für Dallas natürlich weint Maria auch allein Eric was weder zu ihrer Persönlichkeit noch ihrer Kultur paßt · wünsche wir hätten uns kennengelernt als ***wir*** ich fest war hätte ich ein umfassenderes Bild von ihr gewonnen & und hätte in dieser Misere hilfreicher sein können · habe gegenüber Dallas nicht erwähnt, daß ihr Frosttrauma den Alterungsprozeß hätte beschleunigen können aber er fragte nicht & ich meine er hatte genug Schwierigkeiten · das ist es wahrscheinlich um was es ***tatsächlich*** geht · er wird jetzt sagen ›Problem‹ wie in Eric-wir-haben-ein-echtes-Problem · & die Wahrscheinlichkeit ist ***Problem*** so

Eric,

wir

haben

ein

echtes

Problem.

groß daß er nur den sichtbaren Teil des Eisbergs wahrnimmt · Output an:

Okay. Ich bin ganz Ohr.

Input an: sozusagen obwohl ich nicht mehr oder weniger spreche höre ich Maria wirklich · nach den traurigen Ausdrücken nehme ich an daß Maria wohl eine negative ***Frostschaden***-Prognose bekommen hat als sie für eine Nachuntersuchung in das hiesige Krankenhaus gegangen ist · noch war es mehr ein Notfall da Dallas irgendeine Nachuntersuchung nicht erwähnt hat als er mich vor drei Stunden auf den letzten Stand brachte · wenn das stimmt frage ich mich was sie jetzt plötzlich denken was ich für sie tun kann · vielleicht müssen sie bloß mit jemandem sprechen · ich kenne das Gefühl · der Wunsch mich ab und zu für ein paar Sekunden in ein Datennetz einzustöpseln · auf dem Schiff konnte ich degenerativ die ganze Zeit in die öffentlichen Netze eingeschaltet sein · phase früher Frostschaden hat die Degenerationsphase früh ausgelöst · es war wie Umhergehen bei einer Party voller ausgesucht interessanter Leute · vielleicht früh · sie werden hier Platz finden, wo ich sitzen und lauschen kann · Output an:

Marias Frostverletzung hat die degenerative Phase zu früh ausgelöst.

Tut mir leid. Wieviel habt ihr noch?

Input an: wenn sie ***vier***mal Zeit hat zur Erde zu gehen kann sie äußerst publik damit sein & sagen sie entwich den üblen Klauen von ***Wochen*** Dallas Barr mann in Stadt & nebenbei wahnsinniger Mörder · könnte gerade imstande sein zur Erde zurückzu-

Vier Wochen;

kehren in ***nur*** 28 Tagen mit ***Fireball*** aber es ist knapp · selbst mit dem Schwung vom Mars brauchten wir 35 Tage · sagen wir dreiundvierzig ohne · erforderliche Treibstoffmasse geht roh mit dem Quadrat daher 2,04 mal der Treibstoff benötigt ***bis*** Beschleunigung · Zweifel daß es Raum für Zusatztanks gibt · warte er will sagen nur drei Wochen wirklich ist es so 3,63 mal der Treibstoff · absolut keine Möglichkeit selbst wenn die ihren Bugatti hätte · nur-drei-bis-es-zu-spät-ist irreversibel manchmal überrascht mich euer Wort Dallas · das bedeutet wahrscheinlich ihr müßt noch einige Tage abziehen um ihr Zeit für Gesang und Tanz zu geben · Output an:

nur drei, bis es irreversibel ist.

Ich fürchte, daß ihr *Fireball* nicht in so kurzer Zeit zur Erde bringen könnt. Ihr müßtet die Treibstoffmenge mindestens vervierfachen & müßtet während zwei langer Perioden fünf ge durchhalten.

Input an: Maria spricht ich lehne mich nach vorn · sehe auf ihr neues Gesicht registriere es aber immer im Detail und bearbeite es so daß sie so aussieht wie in Wirklichkeit · ich mache ihm eigentlich keine Vorwürfe, daß er ihr ganz menschlich gekommen ist obwohl ich immer nur beschränktes Wissen über Blondinen hatte von denen meines Wissens keine eine Raumschiffpilotin gewesen ist · wünsche sie würden mich abschalten wenn sie zur Biologie kommen aber ich nehme an Zivilisation muß erhalten werden · nun in manchen ***dort*** vermutlich zivilisierten Orten zahlen vermutlich zivili-

Ich weiß. Gibt es irgend-

sierte Personen dafür beobachtet zu werden · gibt es irgendeinen historischen Präzedenzfall dafür und nicht anders herum? SUCHE nichts in meinem Gedächtnis wünsche sie würden ***sonst*** mich an eine verallgemeinerte relationale Datenbasis anschließen · fühle mich taub und blind · weg gibt-es-einen-anderen-weg Weg · meint sie alternative Transportart oder einen anderen Weg aus ihrem Verhängnis?
SUCHE Output an:

einen

anderen

Weg?

Für Dokumentenaustausch benutzte Drohnen haben Erde/Ceres in nur sieben Tagen geschafft. Aber ihre Beschleunigungsraten wären für euch unerträglich, und das Verhältnis von Treibstoff zu Nutzlast wäre unrealistisch angesichts der Notwendigkeit von Lebenstransport.

Aber das ist es nicht, was ihr meint.

Input an: gibt es irgendeinen anderen Weg · kein Weg · irgendwie könnte der Degenerationsprozeß hier auf Ceres verlangsamt werden · gute Entschuldigung irgendwie in eine Datenbasis eingestöpselt zu sein aber erst ein schneller Baum aus meinem Gedächtnis:

Nein.

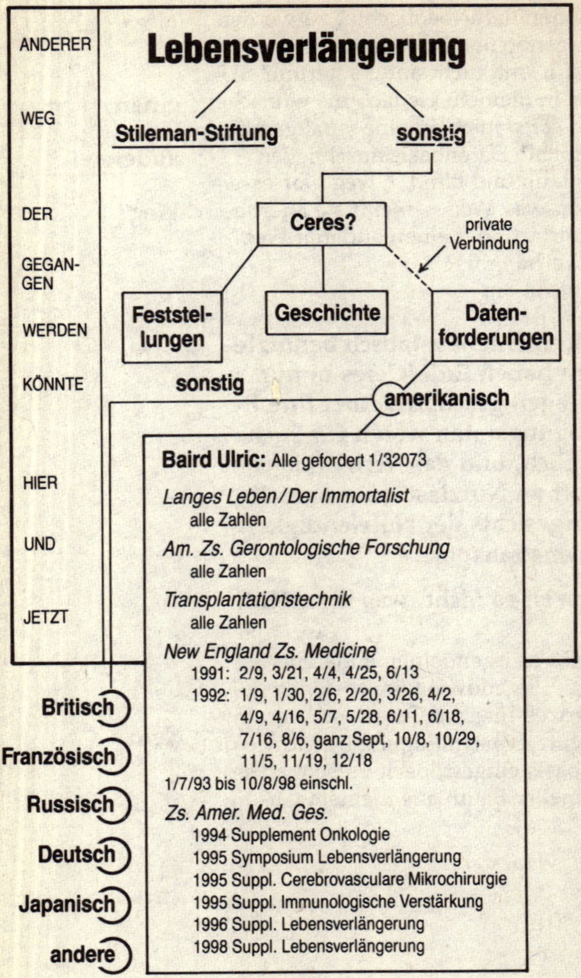

Irgendein

anderer

Weg,

der

gegangen

werden

könnte,

hier

und

jetzt.

DALLAS

Manchmal veranlasste die lebensgerechte Art, in der Erics Bild wirkte, den programmierenden Genius zu bewundern, der eine Technische Intelligenz geschaffen hatte. Eric sah richtig aufgeregt aus.

Er sagte: »Es gibt hier etwas. Etwas, das für euch sehr wichtig sein könnte.«

Maria reagierte nicht. »Was ist das?«

»Eric, der Eric in Fleisch und Blut, hatte ausgiebige Beziehungen zu einem Wissenschaftler oder Doktor in Novy, Baird Ulric, damals '73. Er hat ihm mehr als zwanzigtausend Seiten von Zeitschriftenartikeln zugeschickt in zwölf Sprachen — echte Papierkopien aus seiner Bibliothek.«

»Warum, um Himmels willen, sollte er das getan haben?« fragte Maria.

»Auf diese Weise würde es keine Vermerke über die Zustellung geben. Die Artikel scheinen alle über Lebensverlängerung und gerontologische Forschung zu handeln.«

Ich sagte: »Dann *müßte* es Vermerke geben. Ob er eine Papierkopie oder eine elektronische Aufzeichnung besaß. Die Stiftung ist drakonisch streng hinsichtlich der Kontrolle von Information dieser Art.«

»Aber das ist alles uralter Kram. Nichts nach 1998.«

»Wozu würde das gut sein?«

»Ich weiß nicht. Vielleicht ist es bloß von historischem Interesse. Aber für ihn war es so wichtig, daß er mir nichts davon gesagt hat.«

»Oder zu trivial.«

»So geht es nicht. Der größte Teil meines Gedächtnisraums ist von Trivialitäten erfüllt.«

»Er hat zwei Wochen mit diesem Projekt verbracht, es aber nie erwähnt. Darum habe ich es rekonstruiert, indem ich seine Bibliothek und seinen Kopierer befragt habe, die eine rudimentäre Art von Intelligenz oder zumindest Erinnerungsvermögen besitzen.«

»Warum wollte er es vor dir geheimhalten?«

»Wir haben über die Möglichkeit diskutiert, daß die Stiftung oder eine andere Autorität physisch von mir, von dem Kristall, Besitz ergreifen könnte und analysieren, wozu Eric imstande wäre. Ich dachte, ich hatte Eric überzeugt, daß ich angemessene Sicherheitsmaßnahmen besäße; aber hin und wieder kam so etwas wie dieses zur Sprache. Ich konnte mir gewöhnlich ein Bild davon machen.«

Man glaubt nicht, daß TIs einer ›programmierten Initiative‹ fähig seien; aber natürlich sind sie das. Erics TI ist seit November selbständig gewesen. »Bist du sicher, daß die Stiftung es nicht aus dir herausholen konnte?«

»Was hätten sie tun können? Bambussplitter unter meine Fingernägel treiben? Und bei der Kopie, die sich in New York befindet, sind alle verbotenen Verbindungen gelöscht. Ich könnte das auch bei dieser Kopie in einer Millisekunde tun und dabei noch die logischen Strukturen zerstören, die mir gestatten, aktiv zu werden. Vollkommen spurlos.«

»Du bist ebenso verschlagen wie der echte Eric.«

»Oh, ich *bin* jetzt der echte Eric.« Er zog die Augenbrauen in einer typisch glotzäugigen Miene hoch. »Sollen wir sehen, ob wir Gospodin Ulric finden können?«

Ich trug den Apparat in die Küche und stöpselte ihn in die Datensteckdose ein. Das Verzeichnis gab Baird Ulric unter der Anschrift der Klinik an, die wir gerade verlassen hatten.

Ich läutete fast eine Minute lang, bis ein hagerer und

zottiger Typ auf dem Schirm erschien. »Ulric.« Er beugte sich vor. »*Lundley?* Eric Lundley? Man dachte doch, Sie wären ...«

»Eric ist tot. Ich bin sein Turing-Bild.«

»Oh!« Er zeigte auf Maria. »Sie sind doch die Stileman mit Frostschaden, die Liz heute nachmittag behandelt hat.«

»Die Welt ist klein«, sagte Maria.

»Aber die größte, die wir haben.« Er schaute nach oben, wo Erics Bild eingeblendet sein mußte. »Ich glaube, ich weiß jetzt, worüber Sie sprechen möchten«, sagte er langsam. »Aber darüber wollen wir uns nicht telephonisch unterhalten. Haben Sie für das Abendessen schon etwas vor?«

»Nein«, sagten wir in dreistimmigem Chor, obwohl Eric vermutlich an ›Elektronen des Tages‹ gedacht hatte.

Ulric schaute auf seine Uhr. »Wir treffen uns am Eingang der Klinik um neunzehn dreißig. Wir werden uns einen Platz ausdenken, wohin wir gehen.«

»Die Sache wird ernst«, sagte Eric. »Er glaubt, daß die Stiftung sein Telephon angezapft hat.«

»Das ist wohl eine naheliegende Annahme«, sagte ich. »Wenn sie eine Ahnung haben von« — plötzlich hatte ich im Rücken ein Gefühl, daß man mich abhörte — »der drolligen Art, wie er Kreuzworträtsel löst.«

»Seine treuherzige Neigung für grobe Petitpoint-Stikkerei«, sagte Eric.

Maria nickte. »Die lässige Art, wie er seinen Bart scheitelt.« Aber dafür war es tatsächlich schon zu spät. Wenn sie früher gelauscht hatten, wer immer ›sie‹ auch sein mochten, waren sie wahrscheinlich schon unterwegs.

Bis 19 Uhr 30 war es noch mehr als eine Stunde, und die Klinik war nur zehn Minuten entfernt. Aber wir alle hatten das dringende Bedürfnis, einen Spaziergang zu unternehmen.

Ulric kam genau um 19.30 durch die Tür, sah uns und zeigte nach links. Wir gingen den Teil eines Häuserblocks entlang und kamen zu einem Platz namens Sadies Grill. (»Lächerlich teures Essen, zubereitet auf die Art, wie wir es mögen.«)

Sehr laute klassische Musik, etwa zwanzig Abteile in einem Pflanzendekor aus Chrom/Glas/Imitation. Eric sagte: »Dies ist so sicher wie jeder andere Ort.« Wir rutschten in die erste freie Kabine. Meine Haut erschauerte, und die Musik wurde zu einem fast unhörbaren Flüstern gedämpft. Das Restaurant außerhalb des Abteils verschwamm in undeutlicher Bewegung.

»Ein Pressorfeld«, sagte Maria. »Sind alle Kabinen wie diese?«

»Alle auf dieser Seite. Man zahlt einen Sicherheitsaufschlag. Paranoiasteuer.«

Ein Kellner war direkt hinter uns. Er mußte sich über den Tisch beugen und den Kopf in das Pressorfeld stekken, um gehört zu werden. Ulric bestellte für uns eine Karaffe Wein und vier Spezialitäten des Hauses. Liz Eastwood, die Ärztin, die Maria untersucht hatte, würde zu uns stoßen.

»Zuerst lassen Sie mich sagen, was ich vermute. Dann erzählen Sie mir, was Sie im Sinn haben.«

»Okay.«

»Da Sie Eric Lundleys TI bei sich haben, kann man annehmen, daß Sie (A) Dallas Barr sind und (B) Eric nicht getötet haben.« Er sah uns erwartungsvoll an.

»Das sind mehrere Schußfolgerungen.«

Er beugte sich zu Maria. »Und *Sie* sind die berüchtigte lesbische Nymphomanin Maria Marconi, die irgendwie von den Toten zurückgekehrt ist. Möglicherweise weder Lesbe noch Nymphomanin.«

Maria schaute mich an. »Wenn ich Dallas Barr wäre«, sagte ich zu Ulric, »wäre ich ein Narr, das zuzugeben. Auf dessen Kopf ist ein Preis von einer Million Pfund ausgesetzt.«

»Ich brauche keine Million Pfund. Das werde ich dadurch beweisen, daß ich das Essen bezahle. Also was haben *Sie* nun vermutet?«

Eric schaltete sich ein. »Weniger und nichts besonders Dramatisches. Eher drollig als dramatisch. Was ich habe, sind Zitate aus zwanzigtausendachthundert Zeitschriften, von denen keine jünger ist als zweiundachtzig Jahre. Eric Lundley hat Papierkopien davon besorgt und Ihnen geschickt, wahrscheinlich mit erheblichen Kosten.«

»Tatsächlich konnte er nur drei Viertel von ihnen bekommen. Aber immerhin hat es etliche Millionen Rubel oder Dollar gekostet.«

»Das war vor neun Jahren. Um sie alle zu lesen, müßten Sie mehr als fünfzehn täglich durchgenommen haben. Außerdem erfordern die in Chinesisch und Arabisch vermutlich mehr Zeit als die in Englisch.«

»Ich habe täglich acht oder zehn gelesen, seit etlichen Jahren, aber nur diejenigen, welche mein Spezialgebiet behandelten, Störungen des Immunsystems.«

Ich sagte: »Die sind aber alle so alt. Was nützen überholte medizinische Kenntnisse?«

Er machte ein nachdenkliches Gesicht und runzelte die Stirn. »Sie müssen es schon zur Hälfte herausgebracht haben. Aber das ist etwas, über das wir nie zu ... Außenstehenden sprechen. Sie geben zu, daß Sie Dallas Barr sind. Dann werde ich ein Risiko eingehen.«

Ich dachte darüber nach: »Okay. Ich bin Dallas Barr. Aber Sie werden für dieses Wissen nie eine Million Pfund bekommen. Ich habe einen Volksfreund unter dem Tisch, der auf ihren Bauch gerichtet ist.«

»Sie würden sehr gut nach hier passen«, sagte er, ohne eine Miene zu verziehen. »Es gibt im ganzen Sonnensystem nirgends eine Akte über mein Interesse an Immunologie. Ich gelte als praktischer Arzt.«

»Okay.«

»Ähnlicherweise hat Liz Eastwood sich ein Vierteljahrhundert lang mit gerontologischer Onkologie beschäftigt. Es gibt keine Notiz darüber, daß sie auch nur einen Zeitschriftenartikel über dieses Thema angefordert hätte.«

»Sehr geschickt!« sagte Eric.

»Was?« fragte ich.

»Es gibt auf diesem Asteroiden mehr als hundert Ärzte und medizinische Techniker«, sagte Ulric. »Im wesentlichen kümmern wir uns in unserer Freizeit um Gesundheitsfürsorge. Einige von uns verdienen ihren Lebensunterhalt nicht mit Medizin. Jeder von uns hat eine Tarn-Spezialität.« Er beugte sich vor. »Was wir tun, ist die Wiederentdeckung des Stileman-Prozesses. Heimlich.«

Ich konnte spüren, wie Maria plötzlich wie elektrisiert war. Keiner von uns wagte, eine Frage zu stellen.

»Die Stiftung besitzt jedes Detail an Forschung über alles, was mit Lebensverlängerung zu tun hat und in den letzten neunzig Jahren geschehen ist. Das ist alles gesetzlich geschützt. Wenn Sie auf einem dieser Gebiete arbeiten wollen, müssen Sie es für sie tun. Wenn Sie irgend etwas veröffentlichen, kann man Ihnen die Lebensverlängerung verweigern. Man kann Sie schlicht und einfach ermorden. Und noch dazu legal.«

»Aber sie haben sich nicht darum gekümmert, die alten Arbeiten zu blockieren«, sagte Eric. »Die, welche dann zu dem ursprünglichen Stileman-Prozeß geführt haben.«

»Das wissen wir nicht. Darum mußten wir — mußten Sie — versuchen, Papierkopien von allem zu bekommen.« Er wandte sich mir zu. »Eric Lundley hatte die größte Sammlung gebundener Zeitschriften — wirklicher physischer Bücher — in der Welt. Er erweiterte seine Sammlung ständig. So konnte er Bände von Publikationen wie *Journal of the American Medical Association* erwerben, ohne Verdacht zu erregen.«

»Sie sind also in der Zeit rückwärts gegangen«, sagte

ich. »Sind in die Fußstapfen der einstigen Forscher getreten und haben rekonstruiert, was diese getan hatten.«

»Es war sogar noch leichter. Keine falsche Bescheidenheit. Die Medizin ist in den letzten hundert Jahren nicht stillgestanden. Es gibt eine Menge ergänzender Dinge, die wir alle bei der medizinischen Ausbildung gelernt haben und die aus der ursprünglichen Stileman-Forschung hervorgegangen sind. Aber das ist im wesentlichen das, was wir getan haben und noch weiter tun.«

»Funktioniert es?« fragte Maria mit einer Stimme, die ruhiger war, als meine gewesen wäre. Der Kellner kam mit dem Wein, und wir beide sprangen hoch, als er sich in das Feld beugte.

»Beim ersten Mal ist es aufregend«, sagte er. »Vielen Dank, daß Sie nichts umgeworfen haben.« Er schenkte drei Gläser ein, wobei er sachkundig Klumpen von Wein aus der Karaffe schüttelte und die richtige Menge mit einer Messerklinge abschnitt. Dann verschwand er wieder im Nebel.

»Noch nicht.« Maria hatte meine Hand gehalten. Ich fühlte, wie der Druck nachließ. Das Aroma des Weines war stark in dem Séparée. Wir griffen alle zu unseren Gläsern. »Aber.« Er nippte. »Aber vielleicht.« Er blickte nach draußen, rückte zur Seite, und Liz Eastwood glitt in die Kapsel.

Sie sah uns scharf an. »Hast du es ihnen gesagt?«

»Zum Teil. Maria, wir haben zwei Schimpansen, die wir genau beobachten. Der Plan war, daß wir, falls sie drei Jahre nach Durchlaufen des Prozesses noch okay wären, es mit einem menschlichen Freiwilligen versuchen würden. Wahrscheinlich einem Stileman, der nicht in der Lage wäre, seine Million aufzubringen — teils aus klinischen Gründen und teils auch deswegen, daß wir — na ja — dabei doch nicht allzuviel riskieren würden.«

»Ich werde es tun.«

»So einfach ist das nicht«, sagte Eastwood. »Hast du über ihre Chancen gesprochen?«

»Nein«, sagte Ulric.

Eastwood goß sich vorsichtig etwas Wein ein. »Fünfzig zu fünfzig wäre optimistisch. Zumal Sie schon im Begriff sind zu sterben.«

»Also habe ich nichts zu verlieren.«

»Nur Ihren Verstand.« Sie trank einen Schluck und fuhr mit ruhiger Stimme fort. »Sie werden durch Röhren entleert und ernährt. Sie sind in ständiger Dialyse. Sie haben sich mindestens acht Wochen lang alle paar Tage einer größeren Operation zu unterziehen. Ihre Knochen werden zerbrochen und das Mark ersetzt. Wir nehmen Ihre Eingeweide heraus und untersuchen jeden Zoll. Wir entfernen und ersetzen Ihre Brüste. Öffnen Ihren Schädel und fummeln am Gehirn herum. Wir machen schreckliche Dinge mit Ihrer Kehle und Ihren Sehnen, während Sie durch Sauerstoff am Leben gehalten werden, der durch Röhren in Ihre Lungen geleitet wird. Jedes Organ wird untersucht, behandelt und zurückgetan. Dann häuten wir Sie lebendig, immer nur jeweils ein Stück, und lassen neue Haut wachsen. Wir müssen das alles langsam und sorgfältig machen. Es ist wahrscheinlich so schlimm wie jede einmal von Menschen ersonnene Tortur.«

»Das machen sie in den Stileman-Kliniken auch alles«, sagte ich.

»Aber die wissen, wie man dafür sorgt, daß man es vergißt«, sagte Ulric. »Wir nicht. So einfach ist das nicht.«

»Wir werden Linderungs- und schmerzstillende Mittel und Tranquilizer benutzen. Bis zu einem gewissen Maße kann die Chemie Ihnen helfen, mit dem Schmerz und seinem erbarmungslosen Schrecken fertig zu werden. Aber nur bis zu einem gewissen Grade.«

Ulric sagte: »Selbst wenn wir Ihnen das Leben garantieren könnten, können wir nicht Ihre Gesundheit garantieren.«

»All right«, sagte Maria leise. »Sie haben Ihren Job geleistet. Ich habe Angst. Aber dennoch will ich so weitermachen.«

Eastwood sagte: »Wir könnten morgen früh anfangen. Solange der Krebs noch nicht aufgetreten ist. Ich habe heute keine großen Anomalien gefunden bei Inspektion, Palpation und Probenentnahmen. Haben Sie jemals Krebs gehabt?«

»Im Jahre 2015. Eierstock.«

Eastwood hatte gerade etwas trinken wollen. Sie setzte das Glas ab. »Hat es Metastasen gegeben?«

»Ja. Darum habe ich zum erstenmal die Stileman-Behandlung bekommen.«

»Wann haben Sie zuletzt etwas gegessen?«

»Ich ... habe versucht zu frühstücken, aber nichts wollte unten bleiben.«

»Okay.« Eastwood wischte sich die Hände an der Serviette ab. »Ich meine, wir könnten ebensogut gleich anfangen. Sie haben doch keinen großen Appetit, nicht wahr?« Maria schüttelte stumm den Kopf. »Sag Henry, er soll sich um mein Essen kümmern! Ich werde gegen Mitternacht zurück sein.«

Ich ließ Maria aus der Kabine heraus. Sie drückte und küßte mich zitternd und legte dann einen Finger auf meine Lippen. »Sag nichts! Ich werde dich wiedersehen.«

Ich sah zu, wie die Ärztin sie hinausführte, und glitt wieder in die Stille zurück. »Das ist klug«, sagte Ulric. »Wenn bei ihr schon Metastasen aufgetreten wären, würde es nicht der Mühe wert sein, sie das alles durchmachen zu lassen. Wir müßten wochenlang den Krebs bekämpfen und würden sie auf jeden Fall verlieren.«

Ich schaute durch das Fenster, konnte sie aber wegen der Verzerrungen nicht erkennen.

Selena Vaughn Schichtenplan

(bei Problemen sofort Baird verständigen)

Zeitplan wird nach jeder größeren Operation revidiert.
Versuchen Sie, Ihren eigenen Zeitplan offenzuhalten.

Dies ist der große Test.

11 Yanvár	Allgemeine onkologische Inspektion, Säuberung	Eastwood
		Belyayev
		Lewis
		Swim
13 Yanvár	(Wie oben), Blutabschaltung, Dialyse	Zholobov
		Shower
		Hurd

— Beregovoy und McAtee auf Abruf für Mesentherium bis Fevrál —

14 Yanvár	Leber 1	Perkins
		Titov
		Taral
15 Yanvár	Immunsystem 1	Ulric
		Morvich
16 Yanvár	Immunsystem 2	Ulric
		Booker
18 Yanvár	Leber 2	Perkins
		Taral
21 Yanvár	Dickdarm, Große Eingeweide	Arcaro
		Prior
		Shatalov
		Winkfield
(21-22 Yanvár	Leber 3, falls notwendig	Perkins etc.)
22 Yanvár	Gallenblase	Bierman
		Gorbatko
		Stout
23 Yanvár	Bauchspeicheldrüse	Artyukhin
		Borel
		Knapp
25 Yanvár	Kleine Eingeweide	Prior
		D. Wright

27 Yanvár	Nieren 1	Goodale
		Koonze
28 Yanvár	Nieren 2	Goodale
		McCreary
30 Yanvár	Blase	Hartack
		Volkov
1 Fevrál	Sonstige Harnwege	Rukanikov
		York
2 Fevrál	Nebennieren	Kurtsinger
		P. Ivanov
4 Fevrál	Knochenmark (nach Bedarf einstellen)	Bierman
		Sande
		Feoktistov
		Volynov
		Kiley
		Ben Ali
		Hanford
8 Fevrál	Unterer Kreislauf	Lang
		V. Wright
10 Fevrál	Nebenschilddrüsen	Cordeo
		Titov
12 Fevrál	Schilddrüse	Titov
		Garner
13 Fevrál	Corpus Luteum (Eierstöcke ...)	Minder
14 Fevrál	Zwölffingerdarm	Sarafanov
		Kurtsinger
		Velasquez
15 Fevrál	Anderer Magen	Velasquez
		Klimuk
		Legarova
17 Fevrál	Vordere Hypophyse	Alan
		Dale
		Dzhanibekov
	Hintere Hypophyse	James
		Z. Ivanov
20 Fevrál	Speiseröhre	Yegorov
		Rolfe
21 Fevrál	Rachenhöhle	Ussery
		Adams
22 Fevrál	Sehnen	Turcotte
		Ryumin

23 Fevrál	Herz-Lungen-Team	Lazarev
		Romanenko
		Dodson
		Franklin
		Shoemaker
		Rider
26 Fevrál	Ohren	Lyakhov
		Boland
27 Fevrál	Augen	Dobrovolska
		Notler
		Booker
		Rot2
28 Fevrál	Mund (alle Zähne Implantate)	McHargue
29 Fevrál	Speicheldrüsen	Barton

Terminplan für März (und, falls notwendig, April) wird Mitte Februar angeschlagen.

DALLAS

Ich war zehn Tage lang nicht in der Lage, sie zu sehen. Dann riefen sie mich alle paar Tage, wenn sie helle und relativ schmerzfreie Perioden hatte.

Sie gaben ihr ihr wahres Aussehen wieder und entfernten die Fleischtraktoren, die die Gestalt von Gesicht und Körper verändert hatten. Das war für uns beide zuerst tröstlich. Aber später wurde es verwirrend, viel mehr für sie als für mich, da das vertraute Gesicht hagerer und älter wurde, nicht nur infolge der ständigen Qual und Sorge, sondern auch als natürliche Folge des Abklingens der Stileman-Behandlung. Baird gestaltete die Reihenfolge der Behandlungen so, daß sie möglichst bald plastische Gesichtschirurgie bekam.

Die Besuche waren mehr zu meinem Wohle als zu dem ihren. Manchmal konnten wir sprechen, aber sie hatte Konzentrationsschwierigkeiten und fiel oft in Verwirrung oder Schlaf. Sie bemühte sich sehr, tapfer zu sein, obwohl sie immer am Rande des Zusammenbruchs zu schweben schien. Einmal brach sie zusammen und begann hysterisch zu weinen. Ein Arzt gab ihr eine Spritze, und sie entspannte sich im Schlaf. Ich fragte mich, ob man sie nicht besser hätte schreien lassen sollen.

Nach einiger Zeit war ich selbst dem Zusammenbruch nahe unter dem ständigen Druck der Hilflosigkeit. Baird bot mir Stimmungsdrogen an, was ich prinzipiell allzu lange ablehnte. Schließlich sagte er, er würde mich nicht mehr zu ihr lassen, wenn ich nicht etwas einnähme. Meine düstere Stimmung begann, ihren Fortschritt zu hemmen.

Ende Februar mußte ich sowieso die Besuche einstellen. Man hatte Maria etliche Wochen total biotisch isoliert, um eine außer Kontrolle geratende Kombination von Infektionen zu beherrschen, die aufgekommen war, nachdem das Herz-Lunge-Team mit ihr fertig geworden war. Baird sagte, das wäre in keiner Hinsicht gefährlicher als die meisten geplanten Therapien; aber es würde sie verzögern.

Mit Ausnahme dieser gelegentlichen Ausflüge ins Krankenhaus blieb ich in meiner Villa eingesperrt. Einen Tag, unmittelbar nachdem sie mit Maria angefangen hatten, hatte ich mit intensiven Handelsgeschäften verbracht. Ich verkaufte die meisten unserer Handelswaren, bezahlte für zwei Monate die Miete und füllte die Anrichte mit Speisen und Getränken.

Ich kaufte noch mehr Waffen und verbrachte viel Zeit damit, in der Dunkelheit dazusitzen und die Straße zu beobachten. Zu viele Leute wußten, wer ich war. Früher oder später würde jemand kommen, um mich hochzunehmen. Ich mußte jede Nacht einen dienstfreien Arzt oder eine Pflegerin kommen lassen, um Wache zu halten, während ich schlief oder dies wenigstens versuchte.

Manchmal kamen Leute am Tage vorbei. Baird oder Liz oder erstaunlicherweise Big Dick Goodman, der einer von Bairds Mitverschwörern gegen die Stileman-Gesellschaft war.

Goodman war über sieben Fuß groß, dünn wie ein Grashalm, aber mit einem übergroßen Kopf. Er war mehr als die meisten Stilemans motiviert, Baird zu helfen. Das letzte Mal, als er in die Klinik gegangen war, wäre er fast gestorben wegen der Strapaze, sechs Wochen unter Erdschwere zu verbringen. Ein nächstes Mal würde es nicht geben. Er schluckte Calcium und Protein und machte täglich körperliche Übungen, aber anscheinend war er nicht imstande, Knochen und Muskelmasse aufzubauen. Auf Ceres geboren, war es so, als ob sein Körper sich dafür entschieden hätte, daß er ein echter Extraterrestrier werden sollte. Man hatte ihn in der Schule Lysenko genannt.

Ich mochte ihn. Er war rauh und stellte sich dumm, war aber wohlbelesen und hatte einen finsteren Sinn für Humor.

Am zehnten März erschien Dick mit Baird zusammen. Ich mochte auch Baird gern, wollte ihn aber nie bei Tage sehen. Ich hatte immer Furcht, daß er Neuigkeiten brächte.

Diesmal war es eine gute Nachricht. »Es sieht so aus, als ob wir die Infektionen geschlagen hätten. Heute nachmittag arbeiten sie an den inneren und mittleren Ohren. Vielleicht könnten Sie sie heute abend sehen, ehe wir zur nächsten Phase übergehen.«

»Fein! Ich will bloß nachsehen, wo der Terminplan ausgesetzt hat. Kommen als nächstes die Augen dran?«

»Jawohl. Das ist das Team von Winnie Dobrovolska, ein verhältnismäßig einfaches Zeug; aber sie wird bis nächste Woche nicht viel sehen können.«

»Möchtet Ihr ein Bier?« Ich nahm eins, aber Baird wollte lieber Kaffee. Er war seit zwanzig Stunden auf den Beinen gewesen und hatte noch Visiten zu machen.

Ich quetschte eine Tasse Kaffee heraus und gab sie ihm. Baird sagte: »Es ist gut für sie, daß sie nicht sehen kann, und für Sie, daß Sie sie nicht sehen. Die ganze Gesichtschirurgie wird jetzt abgeschlossen.«

»Mir ist nie recht wohl, wenn ich frage, wie es ihr geht.«

»Dann sollten Sie auch nicht fragen.« Er nahm einen Schluck Kaffee und ließ die Tasse los, während er sich aufs Hinsetzen konzentrierte. »Das ist der Grund meines Kommens. Da ist noch etwas schmerzhaftes Zeug übrig, aber nichts, was besonders lebensbedrohlich wäre.« Er fing die Tasse und schaute auf seine Uhr. »In elf Tagen, wenn es keine Komplikationen gibt, sollten wir den Reißverschluß entfernen und sie verleimen können.« Sie hatte einen plastischen Reißverschluß vom Kinnansatz bis zum Schambein. »Danach machen wir die Hauterneuerung, was schmerzhaft sein wird; aber dann erfahren wir, ob sie es geschafft hat.«

»Und danach ...«

»Darum sind wir hier«, sagte Dick. »Wir müssen über das ›danach‹ reden.«

»Wie wir unsere Bombe werfen. Wie wir Sie und Maria benutzen werden.«

»Bei meinem Bekanntschaftsgrad, okay. Ich bin zu allem bereit, solange es sie keiner physischen Gefahr aussetzt.«

Sie sahen einander an, und Baird seufzte schwach. »Es wird für uns alle gefährlich sein. Da gibt es etwas, das wir Ihnen nicht gesagt haben, etwas, das nicht einmal alle Mediziner wissen.«

»Die Stiftung führt uns an der Nase herum«, sagte Dick. »Sie haben uns ständig gemordet.«

»Der zehn-bis-zwölf-Jahre-Zyklus ist künstlich hervorgerufen. Es gibt keinen Grund, weshalb die Verjüngung nicht siebzig, achtzig Jahre oder länger dauern könnte.«

Das war hochinteressant. »Was machen sie denn mit uns?«

»Es hat irgendwie mit der Milz zu tun. Wir wissen nicht genau, was. Die ist immer athrophiert, wenn man an einem Ex-Stileman eine Autopsie durchführt, der aus Geldmangel gestorben ist; aber sie scheint für einen Stileman, der durch Unfall stirbt, normal zu sein. Ehe der endgültige Verfall eingesetzt hat.«

Ich sagte: »Meinen Sie, das sollte allgemein bekannt gemacht werden?«

»Allerdings, wenn Sie es veröffentlichen könnten«, sagte Dick.

»Was einen tatsächlich tötet, ist nicht eigentlich die Milz, sondern ein allgemeiner Zusammenbruch des Immunsystems. Das ist mein Spezialfach. So bin ich auf dieses Projekt gekommen.«

»Das ist ganz klar und recht geschickt«, sagte Dick. »Sie machen sich an einem alten Stileman zu schaffen und präparieren dabei die Milz als Zeitbombe. Er ist dieser liberale Typ, der nie wieder reich geboren werden kann. Sie geben ihm den Zauberstab, durch den niemand wieder superreich werden kann. Außer man ist bereit, dafür zu sterben. Noch mehr als sterben. Die Unsterblichkeit aufgeben.«

»Sie können sehen, warum die Beschränkung nötig war, damit der ökonomische Plan überhaupt funktionierte«, sagte Baird. »Wenn die ersten Millionärspatienten ihre Vermögen für siebzig oder achtzig Jahre hingegeben hätten anstatt für zehn, dann hätte die Stileman-Stiftung nie so schnell so mächtig wachsen können. Sie wären in ein paar Jahren wieder alle Millionäre und hätten dann den größten Teil eines Jahrhunderts, um ihren Besitz zu vermehren und zu konsolidieren. Sie würden tatsächlich die ganze Welt beherrschen, einschließlich letztlich auch der Stileman-Stiftung selbst.«

Das war ein entscheidender Umstand. »Darum wird die Stiftung darauf aus sein, Ihrer habhaft zu werden, nicht bloß, weil Sie sie unterbieten können.«

»Wir können sie öffentlich brandmarken. Die Basis ihrer Finanzmacht ist Mord und Betrug. Selbst wenn sie alle Regierungen und Gerichtsbarkeiten der Welt besäßen — was nicht der Fall ist —, würde das sie nicht vor dem Haß ihrer Klienten schützen. Und das sind die zehntausend reichsten Leute im Sonnensystem.«

»Nun einmal langsam!« sagte ich. »Wir wissen nicht, ob die ganze Stiftung Bescheid weiß. Sie sagen, daß sogar einige Ihrer eigenen Ärzte nicht im Bilde sind. Was wäre die Mindestzahl derer, die auf der Erde informiert sind — bloß die Milzdoktoren und die Immunologen?«

»Und der Gesamtkoordinator, wer auch immer mein

Gegenspieler dort sein mag. Natürlich könnte es wie ich ein Immunologe sein.«

»Aber niemand im Aufsichtsrat ist notwendigerweise ein Teil davon. Die gehen alle zehn Jahre in die Klinik wie jedermann sonst.«

»Sie gehen hinein und spielen sechs Wochen lang Karten«, sagte Dick.

»Vermutlich wußte jeder, der das ursprüngliche Angebot bekam, von der künstlichen Beschränkung. Die meisten von denen müssen noch am Leben sein, einige entweder im Ausschuß oder als stille Partner. Ich wäre sehr überrascht, wenn nicht alle Mitglieder des Aufsichtsrates genau Bescheid wüßten. Vermutlich auch jeder, der in Briskins Lenkungskomitee einen hohen Rang einnimmt.«

»Ich überlege noch. Er hat das vor mir nie angedeutet, die Möglichkeit eines längeren Lebens zwischen den Verjüngungen. Aber er sagte, es gäbe Dinge, die er mir nicht sagen dürfte.«

»Wer weiß also?« meinte Baird. »Ganz wörtlich — *wer?* Wir müßten auf sicher gehen und annehmen, daß jeder Bescheid weiß.«

Dick schüttelte den Kopf. »Vorsicht! Vielleicht könnten wir einige Verbündete gewinnen. Der halbe Rat könnte zur anderen Hälfte gehören.«

»Ein guter Punkt. Wir werden das im Auge behalten.« Er trank vom Kaffee und blies darauf. »Also haben wir vier Dinge: die Wahrheit über die Morde, deren Sie angeklagt sind. Die Existenz des Lenkungskomitees. Die zynische Manipulation des Stileman-Prozesses. Unsere Kopie desselben. Das hängt alles mehr oder weniger stark zusammen. Aber mir scheint, daß wir das den Medien nicht alles auf einmal zuspielen sollten.«

Dick sagte: »Die Lippen der Leute bewegen sich zu schnell. Die Dauer der Aufmerksamkeit einer durchschnittlichen Person könnte das nicht alles verkraften.«

Wir dachten eine Minute lang nach. Dick rülpste als

Vorspiel. »Du hast die richtige Reihenfolge. Wir zeigen das Dal und Maria, um ihre Aufmerksamkeit zu gewinnen. Und Erics TI. Auch Marias alter Leibwächterin, falls man sie nicht erwischt hat.

Dadurch wird das Interesse der 'phems geweckt. Hier sind zwei von Dals Opfern, eines lebendig und eines nicht, welche sagen, daß er unschuldig und nicht verrückt ist. Sie legen alle den Finger auf Briskin und klagen ihn auch zweier Morde an. Und wie ist es zu diesen Morden gekommen? Aufgepaßt! Konspiration, Lenkungskomitee. Dadurch werden die Stilemans interessiert.«

»Vorsicht!« sagte ich. »Haben wir gegen das Lenkungskomitee irgend etwas außer meinem Wort gegenüber dem ihren? Gegen das Wort Briskins?«

»Eine Aussage, die erhärtet wird«, meinte Baird. »Sie können nicht der einzige sein mit Hintergedanken, an den sie sich heranmachten.«

»Na ja«, sagte Dick, »und selbst wenn niemand gleich darauf anspringt, wird man das tun, nachdem wir unsere kleine Bombe geworfen haben. Die Stiftung hat euch mit der *Milz* im Griff! Da stimmt alles zusammen.«

»Ich weiß nicht«, sagte ich, wie üblich als *Advocatus Diaboli* bei solchen Diskussionen. »Das wird ein ziemlich technisches Zeug werden. Die werden Wissenschaftler in Doppelreihen antreten lassen, um zu beweisen, daß Sie lügen.«

»Was ist aber, wenn wir die Akten Marias vorlegen und zeigen, daß wir den Prozeß wiederholen können ohne die Beschränkung auf zehn oder zwölf Jahre?«

»Der Beweis dafür wird mindestens dreizehn Jahre erfordern. Inzwischen wäre ich im Kerker gestorben.«

»Sie werden sich aber nicht drücken können.«

»Wer sagt denn so etwas? Ich will bloß nicht, daß ihr denkt, Maria und ich brauchen bloß eine Bühne zu betreten, eine Verbeugung zu machen, und könnten dann einfach weitermachen wie zuvor. Schon die Rückkehr zur Erde, auch wenn wir nicht ankündigen, wer wir sind, wäre so, als ob man mit Handgranaten Fangen spielt.«

»Die öffentliche Mitteilung sollte Sie sicher machen, zumindest vor Ermordung.«

»Sofern die Kamera eingeschaltet ist.«

Wir hatten diesen Teil der Angelegenheit schon früher diskutiert. Maria und ich müßten zur Erde zurückkehren. Die Stiftung hatte die Nachrichtenmedien wie ein Krake im Griff. Falls Baird von hier eine Sendung veranstalten würde, wäre seine Story publiziert als BEKLOPPTER ROCKNIK ERKLÄRT STILEMAN FÜR SCHWINDEL. Das würde in den feinsten Boulevardzeitungen erscheinen und sonst nirgends. Und nicht einmal die Revolverblätter würden über das anschließende Blutbad auf Ceres berichten.

Der Plan war, daß die *Fireball* mit einem anderen Piloten zur Erde zurückkehren sollte. Maria und ich würden einige Tage früher als nicht registrierte blinde Passagiere zurückkehren auf einem getarnten Vehikel, das imstande wäre, sich in White Sands einzuschleichen, als ob es vom Mond zurückkäme.

Falls man uns erwischen sollte, würde der Pilot erklären, daß er mich wegen der Belohnung zurückschaffte; und wir bekämen auf jeden Fall unzensierte Sendezeit. Wenn die Dinge aber nach Plan verliefen, würden wir eine kontrollierte Presseverlautbarung arrangieren mit genügend Geld verteilt, daß uns mindestens ein paar Minuten ununterbrochener vielkanaliger Sendezeit zur Verfügung stünden. Die Stiftung könnte unsere Existenz nicht ableugnen und verschweigen, nachdem wir in einem Dutzend lokaler Sender im ganzen Lande live aufgetreten waren.

»Wie sieht euer Zeitplan jetzt also aus?«

Baird zuckte die Achseln. »Das hängt davon ab, wie lange es dauert, bis Maria chirurgisch sauber genug ist, um einige ge Beschleunigung zu vertragen. Vielleicht drei Wochen nach ihrer Entlassung, vielleicht vier, das kommt darauf an. Die geistige Erholung könnte länger dauern als die physische. Niemand hat das bisher durchgemacht. Es hängt noch in der Luft.«

Dick räusperte sich. »Doc, du sagtest, wir würden …«

»Stimmt. Schau, Dallas, für den Fall, daß …«

»Wir haben nicht darüber gesprochen, was passiert, wenn sie stirbt. Würden Sie immer noch mit uns sein?«

Ich hatte darüber nachgedacht. »Nun, ich hätte einen geringeren Nachrichtenwert, angenommen, Sie müßten auf einen erfolgreichen Patienten warten. Der wäre nicht so wertvoll wie Maria. Aber wir hätten reichlich Zeit zum Planen …«

Bairds Rufgerät piepte. Er drehte den Ring. »Ulric.«

Eine quäkende Stimme sagte: »Code zwei im Op. Ihre Patientin Vaughn.«

»Wer spricht?«

»Dr. Franklins Team.«

»Wenn es ein Problem gibt, stellen Sie durch! Sonst will ich ihn nicht belästigen.«

»Sehr wohl, Doktor!« Ende des Gesprächs. Er sah mich mit gerunzelter Stirn an. »Das ist ein bemerkenswerter Zeitpunkt.« Dann fiel mir ein, daß Maria hier Selena Vaughn war. »Ist es ernst?«

»Ja und nein. Es war irgendwie zu erwarten und ist bei ihr schon einmal passiert. Das Herz hat ausgesetzt. Gut, daß der Reißverschluß noch …«

»Das *Herz* hat versagt? Ist sie gestorben?«

»Nein, keineswegs. Oder jedenfalls nur in technischem Sinne. Sie hat nichts gespürt wegen Anästhesie für die Ohren. Man zieht nur den Reißverschluß auf und stimuliert das Herz, so daß es wieder schlägt.«

»Es ist also keine große Angelegenheit?«

»Nun ja — am besten wäre, es passierte nicht noch einmal.«

MARIA

Ich hatte gelesen, daß Menschen, die auf dem Operationstisch gestorben und wieder ins Leben zurückgerufen worden waren, von außerkörperlichen Erfahrungen sprachen, die sie während des Todes gehabt hätten. Mir hätte das nichts ausgemacht. Mein Körper wäre als ein guter Platz dabei gewesen.

Ich bin viermal gestorben. Das war chemisch keine große Affäre, wie Dr. Ulric sagte. Ich glaube, es ist auch philosophisch trivial, da sie gleich wieder anfangen. Es ist nicht so, als ob man in ein Erdloch geworfen wird, um zu verfaulen. Und auch nicht wie Auferstehung.

Aber es hatte für mich letztlich doch religiöse Bedeutung. Eine negative Art von religiösem Sinn. Ich kann nicht mehr glauben. Ich kann nicht an Gott glauben. In mir ist etwas zerbrochen. Etwas ist deutlich geworden.

Es war beim letzten Mal, daß ich starb, und der einzige Fall, daß es geschah, während ich bei Bewußtsein war. Man nahm an, daß ich außer Gefahr wäre, wenn es auch noch so weh tat.

Sie ersetzten meine Haut und hatten den ersten Teil erfolgreich beendet, von den Fußsohlen bis hinauf zu den Knien. Für den zweiten Teil entfernten sie alle Haut und Narben, Einstiche und Schorf von Oberschenkeln, Hinterbacken und Unterleib. Der einzige Teil von mir, der nicht schmerzte, war das weiche Gewebe am Muttermund, das bereits gequält worden war. Wo dies alles angefangen hatte, vor sechzig Jahren.

Ich glaube, daß jemand bei der Anästhesie einen Fehler gemacht hat, und daß jemand, der für die Überwachung hätte da sein sollen, fehlte. Vielleicht handelte es sich um dieselbe Person.

Ich schwebte im Pressorfeld, umgeben von Konsolen mit Instrumenten, gespickt mit Röhren, und hatte einen ständig pochenden Schmerz wie eine böse Verbrennung, woran ich mich in der ersten Phase mehr oder weniger gewöhnt hatte, als es plötzlich begann schlimmer zu werden. Ich betete und schrie und bettelte und kreischte — und dann war da ein neuer Schmerz, wie ein Dorn, der fest in meinen Brustkorb getrieben wurde. Danach krampfte sich ein elektrischer Stoß durch meinen linken Arm; und ich erkannte, daß ich einen Herzanfall hatte, und zwar einen schlimmen. Und diesmal kein Reißverschluß.

Ich versuchte, Luft zu bekommen, aber meine Lungen streikten. Rote Lichter flammten auf, und es ertönte eine sehr ruhige Glocke. Der Raum um mich wurde schwarz. Mir wurde mit schrecklicher Deutlichkeit jäh klar, daß alle die Wochen des Gebets nichts als Gewohnheit gewesen waren. *Eli, Eli, lama asabthani?* Warum hast du mich verlassen? — eine Million Male. Und dann kam ich in aller Ruhe zu dem vernünftigen Schluß, daß da oben niemand und nichts war, das antwortete. Alle die Spitzfindigkeiten, die einen liebenden, barmherzigen Gott mit einer Welt voller Ungerechtigkeit und Qual zu vereinbaren, waren nichts weiter als Sophistereien; und ich war in diesem letzten Augenblick meines Lebens allein, versuchte zu schreien ohne Luft, und würde vom nächsten Augenblick an für den Rest der Ewigkeit nicht mehr existieren.

Etwas später erwachte ich mit normalem Schmerz und einer frischen Narbe auf der Brust, einer großen und häßlichen, die verklebt worden war; und Dr. Lazarev und Ulric teilten mir die bemerkenswerte Neuigkeit mit, daß ich soeben einen neuen Herzanfall überlebt hatte.

Na ja, etwas von mir hatte überlebt. Gott schien doch noch auf meiner Seite zu stehen.

Der Rest der Zeit war bloß Schmerz und Desorientierung. Ich verlor das Gefühl für die verstreichenden Tage, überwachte aber meinen Fortschritt dadurch, wie weit der Schmerz bei dem Hautaustausch gekrochen war. Ich glaube, Dallas kam oft zu mir. Schließlich erreichte der Schmerz den oberen Teil des Halses und hielt still. Von Brüsten und Schultern aufwärts ebbte er ab. Man wickelte mich aus den Mumienbandagen und entblößte einen Körper, der rosig schimmerte und fest war. Keine Runzel und kein Haar, wie bei einem großen und sexuell frühreifen Kleinkind.

Ich glaube, sie haben das psychologische Trauma überschätzt, wenn man sich an den Schmerz, die Hilflosigkeit und die Angst erinnern kann. Vielleicht können wir uns in einem gewissen Maße von regulären Stilemans erinnern. Das reptilische oder limbische Gehirn — haben die Erinnerungen? Vielleicht erinnert sich das ganze Nervensystem in irgendeiner primitiven Weise an manches.

Es passieren schießlich noch schlimmere Sachen.

Ich habe immer wieder einen Alptraum, wo der chirurgische Reißverschluß wieder an Ort und Stelle war und ich es schaffte, mich davon freizumachen, meine Innereien herausschöpfte und in dem schrecklichen Zimmer überall hinwarf, wobei ich starb, mich aber herrlich wohl fühlte. Die Organe sahen aus wie die Holos in einem biologischen Lehrbuch, das mir schlimme Träume brachte, als ich ein junges Mädchen im *ginnasio* war. Die Realitäten sehen noch schlimmer aus.

Als der Traum einmal aufgehört hatte, ging es mir gut genug, um es mit Dallas zu treiben. Daher nehme ich an, es ist recht deutlich, was dieser Reißverschluß wirklich war. Und es war unendlich viel besser, wenn er ihn öffnete.

Ich hoffe, daß er noch am Leben ist.

Ich wünsche, ich wäre in diesem kleinen Raum mit ihm beisammen und nicht mit diesem schrecklich drekkigen kleinen Mann.

Ich wünsche, der Alptraum wäre nicht auf diese Weise wahr geworden. Ich kann mich nicht dazu bringen hinzusehen. Ich fürchte, den Verstand zu verlieren, ehe wir zur Erde kommen. ›Den Verstand verlieren‹ ist eine seltsame Redewendung. Es gibt Teile dieses Verstandes, die ich gern woanders hätte. Die Farben waren mit meinen neuen Augen so klar, helles Blut und Sehnen und Klumpen von gelbem Fett, wie die blauen und grauen Gedärme und Nervenballen mit funkelnden Knochensplittern.

POLIZEIBERICHT CERES

25 Apryél

WOHNUNGSEINBRUCH

0944 Jemand ist bei Hod Abramson eingebrochen und hat zwei signierte und numerierte Lithographien von Picasso gestohlen, die jede etwa vierzigtausend Rubel wert sind. Falls jemand so blöd ist, sie Ihnen zu verkaufen, können Sie Hod unter 37/995 anrufen. Fragen Sie ihn, was ein guter Preis sein würde.

DUELL (MORD?)

1334 Das kommt darauf an, wen Sie fragen. Direkt vor dem Loony Toonz Café, unmittelbar nach einem gemeinsamen Lunch, hat Robert Hughes mit einem Messer Vladimir Repka getötet. Robert sagt, es wäre ein Duell gewesen, und Vladimir spricht nicht. Zwei der Wunden waren im Rücken, was laut Robert bloß eine gute Technik wäre, eine

Art Clinch. Keine Augenzeugen. Vladimirs Frau sagt, daß Robert ihnen Geld schuldete. Sehen Sie in Ihrer Post nach wegen einer Juryanforderung.

RAUMSCHIFF GESTOHLEN

1449 Routinemäßige Positionskontrolle geparkten Privatbesitzes auf der Reparaturanlage im Synchronorbit hat ergeben, daß ein kleines Fahrzeug im Besitz von Baird Ulric fehlte. Seine Wartung war beendet, aber Ulric ließ es noch bis zur nächsten Woche in der Werkstatt. Es handelt sich um einen getarnten viersitzigen Rocketdyne. Wegen der Tarnung könnte er irgendwo sein. Laßt uns alle eine Karte der Sympathie an Baird schicken, der ihn nicht unverschlossen hätte lassen sollen.

SCHLUSS MIT DEN VERDAMMTEN GEWALTTATEN — DOPPELMORD

2319 Menschen, die bei 220/34th einem riesigen Lärm nachgingen, fanden, daß die Leute, die den Platz gemietet hatten, ihn mit Blut und Innereien ausgeschmückt hatten. Zumindest eine Person, die anscheinend unmöglich zu identifizieren ist, wurde durch eine Art Erschütterungswaffe in Stücke gerissen. Eine andere, die ohne Spuren davon tot in der Diele lag, ist vermutlich durch die gleiche Explosion getötet worden. Eine schnelle Rückfrage bei unserem Redakteur für Verstümmelungen ergab, daß so etwas passieren könnte. Bleibt hier eingeschaltet, Jungs und Mädchen.

Es gab da genügend Blut und Innereien für mehrere Leichen, aber sie fanden nur zwei Hände und zwei Füße. Und Dallas, der keine Waffenspuren zeigte, aber offenkundig tot war. Sie kratzten den größten Teil der Reste in einen Sack für den Recycler und wollten noch ein zweites Mal Abfall abholen, als eine der Freiwilligen bemerkte, daß die Augen von Dallas offen und feucht waren. Es kann vorkommen, daß Leute, die schon einige Zeit tot sind, die Augen offen haben; aber dann haben diese ein eigenartig trübes, eingesunkenes Aussehen, wie Fischaugen auf dem Markt. So wurde Dallas nicht der Wiederverwertung zugeführt, da diese Frau das gesehen und sich erinnert hatte.

Sie ließen den Rest des Mülls liegen und brachten diese anscheinend leblose Gestalt in die Klinik, ohne zu merken, daß das Herz sechsmal in der Minute leicht schlug. Ein Pfleger entnahm eine Probe von dem kühlen Blut und ließ sie durch die Maschine laufen. Er konnte die Ergebnisse nicht deuten und rief daher den Hämatologen Tolliver Bierman, der überrascht feststellte, daß der Patient oder Leichnam Dallas war, mit dem er einige nette Abende verbracht hatte. Dann knobelte er über die großen Moleküle, die die Maschine angezeigt hatte, und war erleichtert. Es handelte sich nur um eine Zombi-Kopie.

Zombi, offiziel Vitaslow genannt, war eine phantastisch kostspielige Droge mit einer klinischen Anwendung und gewissem Nutzen für die kriminelle Welt. Sie brachte eine Person fünf oder sechs Tage in einen Zustand herabgesetzter Lebensfunktionen, während man beispielsweise auf ein benötigtes Transplantat wartete. Sie war auch bequem, wenn man jemanden einige Tage in den Gepäckraum eines Schwebers verstauen oder ihn für Frachtgebühr zum Mond verschicken wollte. Oder es ihn genießen zu lassen, hellwach begraben oder verbrannt zu werden.

DALLAS

Dieser Mist mit dem Zombi gab mir einen Begriff davon, wie Eric sich fühlen mußte, eingeschlossen in diesem denkenden Kasten. Ich hatte noch nie eine TI sein mögen, und jetzt erst recht nicht. Hatte keine Lust, meinen Geist zu verwerten, nachdem ich einmal tot war.

Das Gehirn gerät einfach außer Kontrolle. Man kann irgendwie sehen und hören (die Töne sind tiefer gestimmt und gede-h-nt), aber man fühlt, schmeckt oder riecht nichts. Und alles, was man sehen kann, ist das, worauf man dich ausrichtet. Du kannst die Augen nicht bewegen.

Ich wurde zur Tür gerichtet, als der Bursche auf Maria losging. Er machte einen Schritt über mich hinweg und ging in Stellung. In der Diele verborgen, schoß er einen langsamen Pfeil ab, der danebengegangen sein mußte. Dann ging er ins Schlafzimmer, rutschte etwa fünf Minuten herum, zielte, während er in der Luft war, und zerfiel im Zeitlupentempo. Die Explosion der Splitterwaffe klang für mich so, als ob Tonnen von Kies eine Metallrutsche hinabrollten.

Es mußte ihn nicht ganz zentral getroffen haben, weil der größte Teil seiner rechten Seite intakt blieb. Es war irgendwie faszinierend zuzuschauen. Die Stoßwelle riß ihm die Kleidung ab, und einen Augenblick später platzte er auf wie eine weiche Frucht. Die Haut ging in großen Stücken ab zugleich mit Kleidungsfetzen; und sein Körper drehte sich und versprühte dabei Blut und gehäckselte Organe. Die zurückgeworfene Stoßwelle erfaßte mich und stieß mich irgendwie gegen die Decke. Es tat nicht weh. Ich sah einen blauen Blitz und wurde bewußtlos. Auf dem Fußboden wachte ich mit dem Gesicht nach unten wieder auf. Daher konnte ich nie sehen, was mit Maria geschah.

Ich schlief, wachte auf, schlief wieder und wachte wieder auf. Jedesmal beim Erwachen sah ich unscharf eintöniges Stiktit. Endlos später drehte mich jemand langsam herum, sah mich an und ging weg. Ich konnte ungefähr ein Jahr lang nichts sehen als die Zimmerdekke. Leute redeten, aber ich konnte in dem leisen Gemurmel keine Worte erkennen.

Ich studierte die Blutstreifen an der Decke. Man denkt normalerweise nicht daran, wie unscharf Dinge außerhalb des zentralen Blickfeldes aussehen. Ich durfte ein paar Wochen darüber nachdenken. Ich blinzelte einmal, was etwa eine Minute lang dauerte. Das gab mir einen groben Maßstab dafür, wie sehr die Zeit verlangsamt worden war. Wenn das Blinzeln eine Zehntelsekunde dauert, dann schlich ich mit einem Fünf- oder Sechshundertstel des normalen Tempos dahin.

Ich dachte damals nicht an Zombi. Ich dachte, so wäre es, wenn man stürbe.

Eine Frau, an die ich mich vage aus dem Krankenhaus erinnerte, kam in Sicht und starrte mich lange an. Ich versuchte zu blinzeln, schaffte das aber nicht. Unendlich langsam griff sie hinunter, um mein Gesicht und mein Kinn zu berühren. Ich glaube, sie bewegte meinen Kopf hin und her. Der Teil der Decke, auf den ich blickte, schwankte sanft hin und her. Sie brummte etwas und nahm mich hoch — alle sechs Pfund oder zweieinhalb Kilogramm, die ich wog.

Wir begaben uns in die Klinik. Ich bin die Autorität des Weltalls für den Ost-dreiundvierzigsten Korridor, den ich ungefähr einen Monat lang untersucht habe, während diese Frau mich auf Tsiolkovski zu zerrte.

Mir dämmerte auf, daß dies etwas anderes war als der Tod. Sonst hätte sie sich nicht so beeilt. Zombi verlangsamt das Denken etwas und blockiert große Teile des Gedächtnisses. Sonst hätte ich mich aufgrund von Zeitschriftenartikeln an Zombi erinnern müssen. Ich hatte sogar einen deutschen Geschäftspartner gehabt, der vor einigen dutzend Jahren mit dessen Hilfe entführt worden war. Aber das waren ausgesparte Bereiche.

Wochenlang durch Krankenhauskorridore rennen. Eine Blutprobe, bei der ich unglücklicherweise zuschauen konnte, länger als eine Wagner-Oper und noch ermüdender. Man lehnte mich in einer Ecke hin, und schließlich kroch ein Bursche, den ich als einen Blutarzt erkannte, ins Zimmer. Es vergingen Jahreszeiten, während er einen kleinen Monitor an der Wand beobachtete. Dann studierte er eine Schale voll Spritzen, sah mich sehr, sehr lange an, beugte sich herüber und gab mir eine Injektion.

Die Welt kam in einer Explosion von Gestank und Schmerz zurück. Der antiseptische Klinikgeruch nach Watte, Alkohol, Blut und kaltem Metall. Leichter Schmerz von der Spritze und großer Kopfschmerz an der Schädeldecke. Ich griff zurück und fühlte eine Beule von der Größe eines Hühnereis. Aber kein Blut an meinen Fingern.

Der Arzt sagte: »Jemand hat Ihnen Zombi eingespritzt. Der Effekt ist wie ...«

»Ja, ich weiß schon. Wo ist Maria?«

Er zuckte die Achseln und sah die anderen Leute an. »Sie waren damals dort allein«, sagte die Frau, die mich in die Klinik gebracht hatte. »Sie und dieser Leichnam, den Sie über zwei Räume verstreut haben. Was haben Sie benutzt — eine Konkussionsgranate?«

»Splitterwaffe. Maria hat sie benutzt.«

»In dem Blut waren Fußspuren«, sagte ein Mann. »Irgend jemand ist kurz danach herumgelaufen.«

»Es ist höllisch sicher, daß ich es nicht gewesen bin.«

Wir eilten zurück in die Villa und fanden einige Fußabdrücke, die leicht von denen der Untersuchungsbeamten zu unterscheiden waren, da das Blut zum Teil schon getrocknet war, als diese erschienen. Es gab drei kleine Fußspuren, die zum Bett führten, und dann einige, die sich überlappten, während er am Bett stand und etwas tat, sowie drei Spuren, die nach außen führten und zwei in der Diele. Die Frau, die gemerkt hatte, daß ich noch lebte, wies darauf hin, daß diese Spuren etwas ausgeprägter waren. Wahrscheinlich hatte der Betreffende Maria getragen.

Wir folgten den Fußspuren die Rampe hinauf und in das Wohnzimmer, wo sechs davon den persischen Teppich beschmiert hatten. Sie führten zur Luftschleuse und hörten auf.

»Er hätte die Treppe hinunter keinen Raumanzug tragen können«, sagte ich. »Die haben keine so kleinen Stiefel.«

»Vielleicht hatte er einen in der Luftschleuse aufbewahrt«, meinte die Frau. »Vielleicht auch noch einen für sie.«

»Ich sehe nicht ein, wie. Man kann sie von außen nicht öffnen.«

»Vielleicht hatte er draußen einen Komplizen.«

»Aber wohin sollte er sie wohl bringen?«

»Vielleicht wollten sie sich bloß der Leiche entledigen.« Ich sah sie an. »Oh, Verzeihung!«

Bericht der Außenermittlung
ad-hoc-Wachkomitee
Big Dick Goodman. Leiter

21 Apryél

Dies ist eine Skizze von dem, was wir außerhalb der Luftschleuse über 22/34th gesehen haben, einer von Cassius Donato und Selena Vaughn gemieteten Wohnung, die eine große Rechnung für Hausreinigung zu gewärtigen haben.

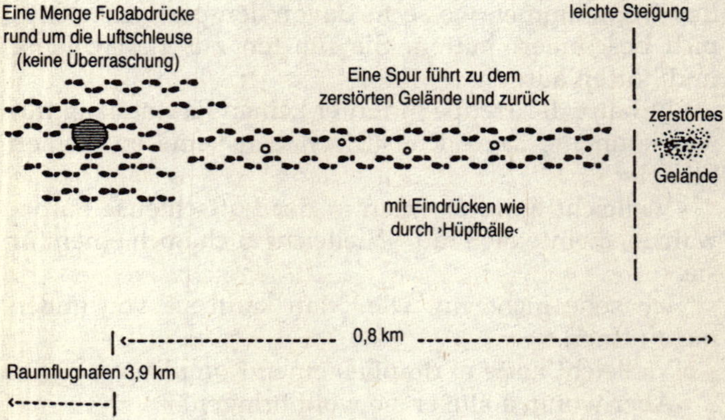

Das zerstörte Gelände auf der anderen Seite der Steigung konnte durch ein kleines Raumschiff bei Landung und Start verursacht worden sein. Wir haben bei der Akademia Nauk sizemologiests, oder wie immer man die Seismologische Akademie der Wissenschaften schreibt, angerufen. Aber die haben nicht herausgefunden, wo zwischen 22.00 und Mitternacht gestern abend ein paar Stöße gewesen sind.

Ich wäre nicht imstande gewesen, von der 4,7 Kilometer entfernten Bodenstation dort ein Schiff sitzen zu sehen wegen des ansteigenden Geländes; und ein recht guter Pilot würde es wahrscheinlich hereinbringen und wieder starten können, ohne daß es jemand bemerkt hätte, wenn man nicht draußen Wachen hätte patrouillieren lassen.

Die Fußspuren, die zu dem zerstörten Gelände und von ihm zurückführen, sind verschieden groß, wobei die hinführenden zuoberst liegen. Es muß also mindestens ein Schweber oder so etwas gewesen sein. Vermutlich ist jemand gelandet und hinübergegangen, um an der Luftschleuse zu warten. Dann erscheint dieser Bursche mit Vaughn, tot oder bewußtlos, und wahrscheinlich mit dem Zombi-Zeug. Er läßt den anderen Kerl heimlich hinein und bekommt von ihm wahrscheinlich einen Raumanzug. Dazu eine dieser Bergungskugeln aus Kunststoff. Er stopft Vaughn hinein, was die runden Marken im Staub bewirkt; und dann gehen sie zum Raumschiff zurück und zischen davon.

Es scheint so, als ob ein Bursche nicht berücksichtigt wurde, da nur eine Reihe von Fußspuren zurückführt. Aber es gibt wirklich alle möglichen Wege, ihn einzubeziehen. Etwa, daß er den Raumanzug ablegt, die Treppe hinab und zur Tür hinaus geht. Im Haus und in seiner Umgebung ist kein Reserve-Raumanzug aufbewahrt; aber der Bursche, der draußen zurückging, hätte ihn tragen können. Zum Teufel, er hätte ihn tragen können mit dem anderen Kerl darin. So bleibt immer noch eine Fußspur, um sich den Kopf zu zerbrechen.

Niemand kann sich vorstellen, wie die beiden Burschen — der eine, der sich Vaughn geschnappt hat und der andere, den sie erledigte — in die Wohnung hereingekommen sind. Das Apartment liegt isoliert, hat aber Spähkameras und Alarmsysteme und ist verdammt solide. Die müssen irgendwie einen Schlüssel gehabt haben.

MARIA

Ich lag im Bett und sah mir im Fernsehen eine zweidimensionale amerikanische Adaption von *Cyrano de Bergerac* an, die lustig und fesselnd war. Ich muß zu sehr davon fasziniert gewesen sein. Dallas war in die Küche gegangen, um uns etwas Wein zu holen. Ich kümmerte mich nicht darum, wie lange er fort war, so daß der erste Angreifer sich an mich heranmachen konnte. Hätte er besser gezielt, würde er noch leben.

Ich kann keine großen Gewissenbisse fühlen, daß ich ihn getötet habe. Nur Widerwillen. Auch der andere kleine Mann ist mir zuwider, aber in mannigfacher anderer Weise. Ich kenne ihn in so schauderhaftem Detail.

Ich setzte mich auf und langte nach der Steuerung des Fernsehers, um die Lautstärke aufzudrehen, als ein kleiner Pfeil die zwischen meinen Knien ausgestreckte Leinwand traf. Er war wie die Piekserpfeile, mit einem Stück hell orangefarbener Schnur daran. Dicht bei der Fernsteuerung war eine Splitterwaffe — wir hatten Splitterwaffen so, wie andere Leute Aschenbecher. Ich nahm sie, ohne zu überlegen; und als der große, riesige Fremde mit einer auf mich gerichteten Waffe ins Zimmer flog, zog ich ab.

Dallas sagte, es wäre unmöglich, mit einer Splitterwaffe danebenzutreffen, aber das wäre mir beinahe passiert. Ich hatte nicht einmal auf ihn gezielt, als ich den Auslöser drückte.

Es gab einen scharfen Knall, und die Wände und das Bett waren von Blut getränkt. Die Hälfte seines Körpers rotierte wie ein verrückter Kreisel, prallte gegen die Wände, den Boden und die Decke. Die andere Hälfte befand sich überall. Die Luft des Schlafzimmers war voller Blutstropfen, hellroter Kugeln, die pulsierend langsam zu Boden fielen. Eingeweide bildeten ein bizarres blaues Muster auf der gegenüberliegenden Wand und der Konsole des Fernsehers. Weiße Knochenstücke mit blutigen Streifen wirbelten glitzernd herum. Klumpen aus gelbem Fett. Das Herz prallte an einer Wand und der Decke ab und trieb, immer noch schlagend, auf mich zu.

Das alles nahm ich zur Kenntnis während der Zeit, in der ich Luft holte und aufschrie. Aber dann fühlte ich ein Stechen, und in meiner linken Brust steckte ein Pfeil. Das Universum blieb jäh stehen.

Der häßliche kleine Mann erklärte, indem er vor mein für einige Wochen eingefrorenes Gesicht eine Notiz hielt, daß es sich um Zombi handelte, eine harmlose Droge. Harmlos! Ich wünsche, wir hätten die Rollen getauscht, und er hätte mich zwanzig Jahre lang ansehen müssen. Ich hätte alles mögliche getan, was nicht zu meiner Natur gehört. Es wäre ein Vergnügen gewesen, ihn herunterzudrücken und auf ihn zu pinkeln. Etwa eine Woche lang.

Nein. Vielleicht würde ihm das Spaß machen.

Er schwebte langsam ins Zimmer und steckte die Pfeilwaffe in den Hosenbund. Dann machte er das Gesicht eines Wasserspeiers und hielt sich mit beiden Händen den Mund zu. Es gelang ihm während einiger Stunden, sich nicht zu übergeben.

Ich wußte, daß es eine Art Droge war, fragte mich aber, ob sie tödlich sein könnte. Starb ich unendlich langsam? Vierzehn Wochen medizinischer Qual für fünf Tage mit Dallas; nur zwei, wenn es mir gut genug ging, um zu lieben. Dann dieses.

Also hatte sich der Alptraum materialisiert, obwohl er nicht ausschließlich *mich* betraf. Hatten sie Dallas in der Küche umgebracht? Wahrscheinlich gaben sie ihm dasselbe Zeug wie mir. Vielleicht waren wir beide tot. Ich konnte mich nicht entsinnen, ob die Belohnung von einer Million Pfund für ›tot oder lebendig‹ war. Mit langsamer Panik erkannte ich, daß ich mich an viele Dinge nicht erinnern konnte. Ich wußte nicht, wie alt ich war und konnte es mir nicht ausrechnen. Ich konnte mich nicht an den Namen erinnern, den Dallas benutzte. Ich wußte, daß ich ein Politiker am Hofe von Julius Caesar und eine Figur in einem Stück von Shakespeare war, konnte mich aber absolut nicht an den Namen erinnern.

Der häßliche Mann zog langsam den Pfeil aus meiner Brust und rieb den Fleck mit dem Daumen. Ich konnte das nicht fühlen. Bei dieser Gelegenheit merkte ich, daß ich überhaupt nichts fühlte. Mein Körper war schlaff und gelähmt.

Er zog das von Blut durchtränkte Hemd von meiner unteren Hälfte und verbrachte lange Zeit damit, meine Nacktheit anzustarren. Dallas hatte diesen neuen Körper hingebungsvoll geliebt, mehrere Male am Tag. Auch sein Körper war noch neu. Das half mir, diese überempfindsame Figur eines übergroßen Babys als die meine zu akzeptieren.

Er schob seine dreckige Hand unter mein Bein, legte den anderen Arm um meine Schultern und hob mich hoch. Wir bewegten uns eine lange Zeit treppauf. Unterwegs kamen wir an Dallas vorbei, der mit dem Gesicht nach unten lag, aber relativ unverletzt aussah. Er war mit Blut bespritzt, aber nicht mehr als die Wände und die Decke. O Gott, Gott! Ich wünschte, Du wärest noch da, irgendwo, und könntest Hilfe schicken. Obwohl wir nicht um diese Art von Hilfe bitten sollten. Dein Wille geschehe!

Mir kam ganz deutlich die Erinnerung, wie ich als Mädchen im Kloster blutend betete, ekstatisch in der Gewißheit von Gottes Gnade. Ich versuchte, dieses Gefühl festzuhalten; aber es entschwand so, als ob man eine Handvoll trockenen Sandes festhalten will.

Draußen vor der Luftschleuse wartete ein Mann in einem Raumanzug, der ein Bündel trug. Der häßliche kleine Mann drückte auf den Betätigungsknopf der Schleuse und ließ mich los. Wenn man auf Ceres ein Meter tief fällt, ist das so wie zwei bis drei Zentimeter auf der Erde. Aber sehr viel langsamer, auch in Realzeit.

Der andere kam herein. Sie sprachen miteinander, aber die Worte waren zu tief gestimmt, als daß ich sie hätte verstehen können.

Er öffnete den Reißverschluß des Raumanzugs und trat nackt heraus. Er war schlank und hübsch. Auch der Häßliche legte seine Kleider ab. Ich erinnere mich an jedes Quadratzentimeter von ihnen beiden. Wenn ich jemals zur Polizei käme, würde ich auch exakte Bilder von ihnen zeichnen können. Dann würde die Polizei mich der Stileman-Stiftung übergeben.

Sie schüttelten das Bündel aus: Straßenkleidung, zwei Raumanzüge und ein plastisches Ding, das ich nicht erkannte. Der Hübsche zog die Straßenkleidung an, der Häßliche stieg in einen der Raumanzüge, und gemeinsam stopften sie mich, knurrend in das plastische Ding.

Ich hätte sagen können, daß ich normalerweise wußte, um was für ein Ding es sich handelte, mir fiel aber kein Name dafür ein. Es diente dazu, sich im Falle eines Unfalls in den Raum zu begeben. Meine Haut blieb hier und da daran kleben. Es war vermutlich sehr kalt. Sauerstoff zischte hinein, und es blies sich auf, wohl zu einer vollkommenen Kugel. Das meiste davon war Silber, aber es gab ein durchsichtiges Fenster dicht vor meinem Gesicht.

Wir passierten die Luftschleuse. Der Mann stieß mich vorwärts und trug den Extraraumanzug. Jeder Zyklus von zwanzig Sekunden schien Stunden zu dauern. Ich hatte die Schleuse noch nicht benutzt, entsann mich aber, daß Quinn gesagt hatte, es wären zwanzig Sekunden; und es kam mir vor wie zwei oder drei Stunden. Wie lange wirkte diese Droge wohl?

Ich überlegte, ob Quinn uns verraten hatte. Wie hätten diese Leute denn sonst hereingekommen sein können?

Wir waren lange draußen, und das Fenster rollte von mir weg. Ich schlief einige Zeit. Als ich aufwachte, konnte ich am Rande aus dem Fenster blicken, hatte aber große Mühe herauszufinden, was ich da sah. Schießlich erkannte ich den Rumpf eines kleinen Raumschiffs; aber der war so blank, daß er wie ein Hohlspiegel wirkte. Der kleine Mann sah in der Spiegelung groß und schlank aus. Wir kamen durch eine zweite langweilige Luftschleuse.

Drinnen riß er den Ballon auf und trug mich zu einer Bescheunigungsliege. Es gab davon vier Stück. Das Schiff war ein recht neues Rocketdyne-Standardmodell, anscheinend ganz gewöhnlich bis auf die äußere Verspiegelung. Es war etwas schneller als die *Fireball;* aber wenn wir die Erde als Ziel hatten, würde das immer noch mehr als einen Monat erfordern. Wieviel würde das ausmachen, wenn diese Zombi-Droge nicht nachließ? Einhundert Jahre? Zweihundert?

Endlich konnte ich schlafen. Nachdem der Mann etwa eine Stunde gebraucht hatte, um mich anzuschnallen, schlossen sich meine Augen langsam.

Interessant war das Erwachen. Geist schnell und Körper langsam. Ich war hellwach, aber meine Augen waren bloß Schlitze. Alle paar Minuten kam etwas mehr Information herein. Ich schien sauber zu sein. Er hatte mir das Blut vom Oberkörper gewischt. Ich konnte ihn undeutlich von der Seite her sehen. Mit Empörung stellte ich auf einmal fest, daß er sich einen abwichste. Er rubbelte auf und ab und starrte mich an. Jeder Zyklus seiner Hand dauerte etwa zehn Minuten. Der ganze Prozeß konnte *Tage* dauern! Wäre ich die erste Frau in der Geschichte, die mit gelähmten Sinnen endlos lange mißbraucht wurde?

Vielleicht wurde ich eigentlich gar nicht richtig mißbraucht, da er nicht wußte, daß ich ihn sehen konnte. Mir wurde klar, daß er mich ebenso hätte vergewaltigen können. Etwa dreißig Sekunden später hatte ich ein seltsames gespenstisches Gefühl im unteren Brustkorb, den Lenden, im Kopfhaar und den Extremitäten: Adrenalin. Ich wollte mich zwingen, die Augen zu schließen. Wenn er merkte, daß ich ihn sehen konnte, würde er mich vielleicht wirklich vergewaltigen. Männer sind manchmal komisch, wenn man ihnen beim Wichsen zuschaut.

Dallas und ich hatten über Voyeurismus gesprochen. Die Italiener verhalten sich da anders als Amerikaner, aber ich sagte, es gäbe etwas Gemeinsames. Die äußerste Verletzung der Intimsphäre. Er sagte, es wäre aber dennoch das einzige Verbrechen in der Welt, das nicht existierte, bis es entdeckt wurde. Wenn die Frau nicht wußte, daß man ihr zuschaute, hatte das Verbrechen auf sie keinen Einfluß. Ich sagte ihm, er sei ein Heide und hätte keine Ahnung von Sünde. Das Opfer müßte nicht unbedingt Bescheid wissen, damit die Sünde existierte. Er versuchte, sich mehr als nur halb im Scherz über das Thema zu verbreiten; und ich stellte mich ärgerlich und moralistisch, da Unzucht — noch ernster als heimlich Zuschauen, eine Sünde wäre, die ich regelmäßig beichten müßte.

Wir spielten auf diese Art in mannigfacher Weise miteinander herum und nahmen verrückte Stellungen ein. Aber mit einem jähen Schmerz vermißte ich diese seine frivole Haltung. Ich lachte mit ihm mehr und heftiger als sonst je mit einem Manne.

Mit zwei Schwestern im Kloster, Dominica und Laraine, unterhielt ich mich, ehe wir alt genug waren für das *ginnasio,* wenn wir in die Obstgärten außerhalb der Mauern gingen, über weltliche Dinge und über Männer, besonders den Gärtner und den Fahrer. Manchmal lachten wir so laut jenes schrecklich schuldbewußte Lachen, daß wir weinten und unsere Wangen durch die Spannung schmerzten. Wenn wir zurückkamen, waren wir heiser; und einmal fragte uns die Mutter Oberin danach, und wir fingen wieder an zu lachen — *innerhalb der Mauern!* Das war so gemein. Wir lachten, bis wir uns bepinkelten.

Na schön. Das einzige Gut, das man nie wiederfinden kann, nachdem man es einmal verloren hat, ist Unschuld. Ich schaffte es, meine Augen völlig zu schließen. Ich wollte dem Mann die Erkenntnis ersparen, daß seine triviale Sünde beobachtet wurde und deshalb existierte.

DALLAS

Ich gab das Konzept des Polizeiberichtes von Big Dick zurück. »Schnelle Arbeit. Meinen Sie doch wirklich, daß es ein Schweber sein könnte?«

»Na und ob! Das war, ehe ich erfuhr, daß das Schiff von Doc gestohlen war. Das mußte es sein.«

»Also könnten sie sich irgendwo im Asteroidengürtel befinden, wenn sie wirklich diejenigen gewesen sind, die den Rocketdyne gestohlen haben«, sagte Baird. »Oder sie sind höchstwahrscheinlich unterwegs Richtung Erde.«

Big Dick sagte: »Das gibt uns ein Fenster, und mehr als das. Sie werden keine Zeit vergeuden, und wir haben die Parameter für den Rocketdyne. Wir jagen sie durch die Maschine, und wahrscheinlich bekommen wir in einer Stunde die genauen Flugdaten.«

Einer der Reinigungsmannschaft kam die Treppe heraus mit dem größten Stück. Es hatte einen Arm, ein Bein und einen Kopf, der furchtbar eingedrückt war. Von der Brust abwärts war es enthäutet und ausgeweidet. Es sah aus wie etwas, das man in einem Metzgerladen hängen sehen kann, mit Ausnahme des Gesichtes. »Wißt ihr, wer das ist?«

»Klar«, sagte Dick. »Und ich vergesse nie einen Brustkorb.«

»Ich habe ihm diese immunitätshemmende Serie vorige Woche verpaßt. Ihm und seinen Kumpanen. Ein kleiner Bursche und ein großer vom Typ Schwerathlet,

Sie waren gerade von der Erde gekommen und haben bei der SORF Arbeit bekommen.«

»Bloß Mechaniker, oder was sonst?«

»Weiß nicht. Ich bin hin, habe ihnen die Spritzen gegeben und wieder zurück. Haben keinen besonderen Eindruck gemacht.« Baird sagte: »Tu mir einen Gefallen und stelle fest, unter welchen Namen sie auftraten und an welchem Tage sie hereingekommen sind.«

»Das ist ganz einfach. Ich habe sie direkt vom Seelenverkäufer herunterbekommen.« Er trug die halbe Leiche herunter.

»Ein schöner Anblick. Was kann euch Doktoren überhaupt zum Kotzen bringen?« fragte Dick Baird.

»Patienten, die nicht bezahlen. Aber auch die kriegen wir früher oder später; und das Gefühl vergeht.« Er wandte sich an mich. »Sie wollen möglichst schnell zur Erde. Aber tun Sie das nicht, ehe Sie ein anderes getarntes Schiff finden!«

Ich hörte die Worte, konnte mir aber keinen Sinn daraus machen. Wie Dick bekomme ich nicht so viele ausgeweidete Leichen zu sehen. »Tut mir leid. Was war das?«

Er wiederholte es langsam. »Hetzen Sie nicht sofort hinter ihnen her! Ebensogut könnten Sie der Stiftung ein Flaggensignal geben. Die werden ein Auge auf jeden haben, der in den nächsten Tagen den Gürtel verläßt. Also halten Sie sich zurück! Warten Sie, bis wir ein getarntes Raumschiff finden können!«

»Richtig.« Ich durchquerte das Zimmer in einem langsamen Schritt, nahm Erics Lesegerät und stellte es an. »Lange nicht gesehen«, sagte er. »Was gibt es sonst Neues?«

»Eine Menge. Jetzt keine Zeit. Versuche, Bill Baron zu bekommen!«

»Okay.« Der Schirm erhellte sich mit einem flimmernden Bild, und Bill erschien.

»Bill, hier Dallas.«

Er neigte den Kopf. »Sieht mehr aus wie Fernando Lamas. Kennen Sie ihn?«

»Nein. Schauen Sie, ich habe mein Gesicht verändern lassen. Wir wollen einmal sehen ...« Ich versuchte nachzudenken. »Am ersten Abend haben wir auf der *Adastra* zusammen gegessen. Sie hatten Fasan und ich fettes Huhn.«

Er lachte. »Okay, Sie sind es. Was ist los mit all diesem Mordkram? Ein neues Hobby?«

»Ja, sicher.« Ich zögerte. »Ich möchte nicht übers Telephon darüber sprechen. Können Sie zu mir herüberkommen?«

»In Ordnung.« Ich gab ihm die Adresse. »Mein Gott — haben Sie da drüben gerade einen neuen Mordfall?«

»Übung macht den Meister«, sagte Dick leise.

»Ich fürchte, ja. Aber der Platz ist im Moment sicher.«

»Geht es Maria gut?«

»Das ist ein Teil des Problems.«

Er griff zum Schirm. »Wir sind gleich da.«

»Um was ging es da alles?« fragte Baird.

»Ein Freund von mir. Er hat ein getarntes Sasaki.«

Dick pfiff durch die Zähne. »Das ist ein richtiger Schwertransporter. Der ist wohl Großschmuggler?«

»Was meinen Sie mit Schmuggeln? Wie kann es hier Schmuggeln geben, wenn es keine Gesetze dagegen gibt?« Ich hoffte, die Barons nicht kompromittiert zu haben. Ich hätte später anrufen sollen.

Baird sagte: »Die Ausdrücke sind nicht exakt. Was wir mit ›Schmuggeln‹ meinen, ist die geheime Anzapfung einer Einkommensquelle, gewöhnlich Edelmetalle oder Seltene Erden. Die sind kriminell einfach zu schürfen. Man erlegt eine normale Gebühr, spannt eine Persenning aus Kevlar aus, schaufelt den Kies hoch, nimmt ihn mit zur Erde, setzt sich dann hin und zählt sein Geld.«

Dick sagte: »Wenn aber jeder wüßte, wo es ist, würde der Preis für das Zeug in den Keller rutschen. Eine kleine Goldmine könnte mehr Edelmetall enthalten als Fort

Knox. Darum benutzen sie getarnte Schiffe.« Er zuckte die Achseln. »Das ist nichts, was die Leute mißbilligen. Wenn ich mich monatelang nach einer Mine umgesehen hätte, könnte ich mich jetzt zur Ruhe setzen.«

»Das ist es, wo der Rocketdyne herkommt«, sagte Baird. »Der Bursche, der ihn mir geliehen hat, kreuzt hier ungefähr zwei Monate alle zehn Jahre auf. Macht seinen Reibach und kehrt in einem normalen gemieteten Schiff zur Erde zurück. Daran ist nichts geheimnisvoll, obwohl ich nicht glaube, daß er der Stiftung erzählt, woher sein Geld kommt.«

»Das würde ein verdammt teurer Spaß werden, wenn er erfährt, daß das Schiff gestohlen ist«, sagte Dick.

»Wir haben noch acht Jahre, bis er wiederkommt«, sagte Baird. »Da kann noch eine Menge passieren.«

Ich ging nach unten Bill und Doris entgegen, um sie auf die mit Blut bespritzte Diele vorzubereiten, ehe sie eintraten. Die großen Stücke waren photographiert, eingesackt und zum Müll befördert worden. Eine Reinigungsmannschaft bearbeitete die Wände. Aber es sah immer noch aus wie die Reste eines Schauerfilms. Dick und Baird gingen fort zur Arbeit und sagten, sie würden am Abend wieder hereinschauen.

Bill und Doris waren froh, schnell die Treppe heraufzukommen. Ich fing an, Kaffee zuzubereiten.

»Ich werde von euch eine große Gefälligkeit erbitten. Aber ich kann euch nicht alles erzählen, warum ich das brauche.«

»Vielleicht wollen wir auch gar nicht so viel darüber erfahren«, sagte Doris, »wenn es mit diesem Doppelmord zusammenhängt.«

»Einfacher Mord. Erst hielten sie auch mich für tot, aber es war nur eine Droge.«

Bill sagte: »Mindestens sollten wir wissen, warum die Stileman-Stiftung hinter Ihnen her ist. Was haben Sie denn gemacht, um ein so hohes Kopfgeld zu verdienen?«

»Es geht nicht darum, was ich *getan* habe, sondern was ich weiß.« Ich servierte den Kaffee und holte tief Luft. »Das ist schwer zu glauben, aber ich kann beweisen, daß die Stiftung von einem geheimen inneren Kreis übernommen wurde, der alles — Mord, Kidnapping, Erpressung — tun wird, um sein Ziel zu verfolgen. Und das lautet: Weltherrschaft.«

Bill sah mich an: »Ist Ihnen auch wohl?«

»Warum sollte jemand die Welt beherrschen? Sie müßten sie *in Gang* halten.«

»Ich weiß. Und tatsächlich machen sie das gar nicht so schlecht. Sie meinen bloß, daß die 'phems einen schlechten Job tun und ›wir‹ eingreifen und aufräumen müßten. Dieses ›wir‹ ist eine Gruppe von ungefähr hundert handverlesenen Unsterblichen.

Sie wollten mich haben, ich nehme an, wegen meiner Bekanntheit; und als ich ablehnte, versuchten sie, mich zu töten. Das mißlang, darum stellten sie mich als Mörder heraus. Maria und ich sind bis hier draußen geflohen, und sie haben einige Killer auf uns angesetzt. Sie haben mich bewußtlos gemacht und Maria entweder entführt oder getötet.« Ich wies nach unten. »Sie hat einen von ihnen mit einer Splitterwaffe umgebracht.«

»Aber wenn sie hinter Ihnen her waren«, sagte Doris, »warum haben sie da nicht *Sie* entführt, als sie eine Chance hatten?«

»Das weiß ich nicht. Es ergibt keinen Sinn. Vielleicht ist der Überlebende in Panik geraten, nachdem Maria seinen Partner getötet hatte. Schließlich ist das ein recht häßlicher Anblick. Vielleicht hat er sie bloß gepackt und ist losgerannt.«

»Wäre das nicht sehr auffällig gewesen? Tsiolkovski entlang laufen mit einer protestierenden Frau im Schlepptau?«

»Ja, und außerdem nackt und blutig.« Ich zeigte auf die Luftschleuse. »Er hat sie nach draußen geschafft.« Dicks Polizeibericht lag auf der Couch. Ich glitt hinüber, hob ihn auf, prallte vom Fenster ab und kam zurück, langsam Hals über Kopf taumelnd.

»Können Sie mir beibringen, wie man das macht?« fragte Bill.

Ich gab ihm den Bericht. »Da war noch ein anderer Bursche beteiligt. Die haben offenbar einen getarnten Rocketdyne gestohlen, Maria an Bord geschafft und diese Steigung des Geländes benutzt, um sich unbemerkt aus dem Staub zu machen. Wahrscheinlich haben sie Kurs zurück zur Erde genommen.«

Er studierte beide Seiten und nickte. »Sehen Sie, Dallas, jeder, der sich dies anhört, würde Sie für verrückt halten. *Gefährlich* verrückt in Anbetracht der Reihe von Leichen, die nach hier führt.«

»Damit rechnen sie auch.« Ich erzählte ihnen von dem Brief, den wir an alle Mitglieder des Aufsichtrates geschickt hatten. »Haben Sie die Nachrichten verfolgt?«

Sie schüttelten beide den Kopf. »Niemals«, sagte Doris. »Die Namen wechseln, aber die Geschichten bleiben die gleichen.«

»Die haben sogar den Brief veröffentlicht als Beweis für meine Geisteskrankheit.«

»Das weiß ich sogar«, sagte Bill. »Ich habe gegenüber einem Freund erwähnt, daß ich Sie in *Adastra* kennengelernt hätte, und er hat mir von den Anklagen erzählt. Ich habe das nachgelesen und kam zu dem Ergebnis, daß das nicht wahr sein könnte. Ich schmeichle mir, daß ich eine recht gute Menschenkenntnis habe. Mindestens sollte ich imstande sein, einen wahnsinnigen Mörder zu erkennen, wenn ich einige Male mit ihm gespeist habe. Darum haben wir eine Anzeige aufgegeben. Haben Sie diese gesehen?«

»Ja. Aber wir wollten Sie nicht hineinziehen. Doch jetzt fürchte ich, es doch tun zu müssen.«

»Was brauchen Sie? «

»Ein getarntes Schiff.«

Sie sahen einander an. Bill sagte: »Es ist voll Silber.

Ich meine *voll*. Wir wollten gerade Kurs zurück zur Erde nehmen.«

Doris sagte: »Ich weiß nicht, wie wir einen Passagier unterbringen könnten. Es gibt bloß zwei Beschleunigungsliegen, und das Lebenserhaltungssystem könnte keine drei Personen versorgen, nicht zurück zur Erde.

Außerdem brauchen wir drei Monate. Sie wollen doch so schnell wie möglich zurückkehren.«

»Das stimmt«, sagte ich. »Wir haben für die Burschen nicht mehr als fünf Wochen ausgerechnet.«

»Aber Sie brauchen Tarnung«, sagte Doris, »wenn Sie hinsichtlich der Stiftung nur halbwegs recht haben. Man wird ein Empfangskomitee auf der Erde bereit haben für jeden, der den Gürtel in den nächsten paar Tagen verläßt.« Sie biß sich auf die Lippen und konzentrierte sich. »Aber auch das ist des Nachdenkens wert. Sie werden erwarten, daß Sie ihnen heiß auf der Spur sind, nicht wahr? Wie, wenn Sie drei Monate brauchen würden? Die würden nicht so sehr auf Sie vorbereitet sein. Könnten vielleicht annehmen, daß Sie überhaupt nicht kämen.«

»Das stimmt«, meinte Bill. »Wir könnten uns teilen. Doris könnte einen kommerziellen Flug nach Hause nehmen, während Sie und ich zur Erde zurückkröchen.«

»Oder umgekehrt«, sagte Doris. »Sie könnten es leichter finden, mit mir eingepfercht zu sein als mit ihm.«

»Sie sind beide so großzügig. Aber ich glaube nicht, daß ich es machen könnte. Nach drei Monaten würde ich durchdrehen. Wie, wenn ich mich um eine Woche verspätete? Wenn sie zur Ansicht kämen, daß ich nicht erschiene und sich ... ihrer entledigten?«

Bill trank nachdenklich seinen Kaffee. »Wenn man so denkt, spielt man ihnen in die Hände. Sie wollen, daß Sie heranstürmen. Sie wollen Sie aus dem Gleichgewicht bringen.«

»Sie haben *mich* schon aus dem Gleichgewicht gebracht. Wie würden Sie sich fühlen, wenn jemand Doris verschleppt hätte?« Er sah mich nachsichtig an. »Bedaure. Ich weiß, daß ein paar Monate nicht mit siebzig Jahren zu vergleichen sind.«

Es entstand ein unbehagliches Schweigen. Doris sagte: »Männer — ein Eimer voll Honig ist nicht süßer als ein Fingerhut voll.«

»Wir könnten abladen«, sagte Bill langsam. »Ohne das Silber wäre das Schiff leicht und schnell.«

Doris nickte. »Sie könnten allein fliegen und das Schiff später zurückbringen. Wir haben noch sechs bis acht Jahre Zeit, ehe wir in die Klinik gehen müssen. Wir könnten uns inzwischen hier amüsieren.«

Ich war verblüfft. »Sie wissen, daß Sie es wahrscheinlich verlieren würden. Die werden mich wohl töten.«

»Das wissen wir«, sagte Doris. »Wir können ein anderes kaufen.«

»Etwas, das man in Novy immer kriegen kann«, meinte Bill dazu, »ist ein Raumschiff.«

Polizeibericht Ceres

26 Apryél

VERLEUMDUNGKLAGE?
(WER NENNT WEN WAS?)

0258 sagte Michel Gulyaev, Besitzer von *Girls, Girls, Girls*, daß Bonita Morris, die das *Come & Get* besitzt, ihren Kunden erzählt hat, er sei nur ein schmieriger Strichjunge mit überhöhten Preisen, und seine Mädchen wüschen sich nie. Er sagt, das wäre eine unfaire Geschäftsschädigung, und ihre Mädchen seien so häßlich, daß sie es im Dunkeln treiben müßten. Sie sagt, was er sich bei dieser ›Geschäftsschädigung‹ dächte, wo er sei —

etwa in Leningrad? Und sie ist bereit, alle ihre Girls und Boys mittag auf Tsiolkovski zusammen mit den seinen einzeln antreten zu lassen, damit das Publikum entscheiden könnte, wer einen Sack über dem Kopf oder etwa auch dem Körper nötig hätte. Das ist der Streit, über den wir berichten möchten.

VERDÄCHTIGER TOD

0940 wurde der Grundstücksmakler Peter Quinn heute morgen tot in seinem Büro gefunden. Er schien einem ›cerebrovascularen Unfall‹, einem Schlaganfall, erlegen zu sein. Die Klinik sagte, daß das völlig unmöglich wäre. Er war erst im vorigen Monat zu einer Grunduntersuchung und bestens in Ordnung. Visuelle Inspektion der Leiche durch die Mediziner ließ Anzeichen elektrischer Verbrennungen an Scrotum und Penis erkennen, wie man in der Welt der Medizin zu sagen pflegt. Die Ärzte nehmen an, daß er zu Tode gefoltert wurde.

Dieser Reporter und die anderen an der Obduktion beteiligten Personen konnten sich nichts vorstellen, das Quinn gewußt hätte und es wert gewesen wäre, ihn deshalb zu foltern. Darum wird vermutet, daß der Folterer es zum Vergnügen getan hat.

Quinn lebt schon lange hier; und jedermann weiß, das er ein aufrechter Mann in einem krummen Beruf gewesen ist. Falls dieser Reporter das Scheusal findet, das das getan hat, wird er persönlich ihm — wie man sagt — Scrotum und Penis zentimeterweise aus der Luftschleuse schieben und zu dieser Zeremonie Einladungen verschicken.

Nach ungefähr einer Stunde — das sind einige Monate subjektiver Zeit — hatte Maria über ihre Lage nachgedacht und eine Möglichkeit gefunden, das meiste daraus zu machen. Sie konnte auf keine Weise sagen, wie lange sie in diesem Zustand verbleiben oder ob sie ihn überleben würde. Aber auch ohne religiösen Glauben war sie immer noch eine Person mit langer Gewohnheit zu meditieren, indem sie in der Einsamkeit ihres Geistes klare Gedanken entwickelte, aber auch stille Freude an dem Gedanken hatte, der gar keiner ist — dem stillen Summen der bloßen Existenz von Körper und Verstand. Vielleicht hatte dies sie gerettet.

Man kann unmöglich in Worten genau ausdrücken, was sie tat und was sie *war* in den fast zwanzig Jahren, die verstrichen waren, seit das getarnte Schiff die Marsbahn passiert hatte. Eine Kontraindikation, die der Hersteller von Vitaslow angab, war, daß dies Medikament einen nachteiligen Effekt auf die geistige Gesundheit des Patienten haben könnte, wenn bereits Hinweise auf Instabilität vorlägen, was wohl eine Untertreibung war. Marias Fall war aber noch komplizierter, als der Verfasser des Etiketts hätte erwarten können. Das tat ihr nicht weh. Vielleicht wurde sie sogar gesünder, als sie sich dahin entwickelte, ihrem Zustand nicht zu widerstehen, sondern ihn zu akzeptieren und schließlich sogar zu genießen.

Der häßliche kleine Mann bewegte sich durch ihr Universum so langsam wie ein Planet über den Abendhimmel. Sie ignorierte ihn monatelang hintereinander. Gelegentlich legte er mit der Geschwindigkeit eines Gletschers ein Handtuch zwischen sie und die Liege und entfernte es dann wieder. Dies war ein Anzeichen dafür, daß in ihrem Körper irgendeine Art von Stoffwechsel ablief. Intellektuell wußte sie, daß sie viele Tage ohne Speise oder Wasser verbracht hatte; und sie fragte sich, wie lange das dauern würde, sie zu töten.

Nach zwölf Tagen oder neunzehn Jahren begann sie

langsam, neue Dinge wahrzunehmen. Zuerst der Geruch, meistens vom Essen und Körper des kleinen Mannes. Dann kamen die feinen Sinneswahrnehmungen, die ihre Erinnerung als innerhalb des Körpers entstanden identifizierte: Gleichgewicht und die Stellungen ihrer Knochen und Muskeln. Das reichte aus für Wochen sinnlicher Vorstellungen, als sie so ihren Körper Zelle um Zelle neu entdeckte.

Die Welt um sie herum begann, sich zu beschleunigen. Beim Aufwachen konnte sie mit einem Male die Schalheit ihres Mundes schmecken und den feuchten rauhen Stoff fühlen, auf dem sie lag. Das kalte Metall und die Plastik der Beschleunigungsliege. Bei tiefem Luftholen konnte sie fühlen, wie ihre Brust sich ausdehnte und die Luft durch ihre Kehle strömte.

»Langsam wieder da?«

Sie schaute auf den häßlichen kleinen Mann und erinnerte sich an die tausend Torturen, die sie für ihn geplant hatte. »Wasser.«

MARIA

Ich hatte wirklich lange nicht mehr an den Mann gedacht, seit ich ihm verziehen hatte und ihn nicht mehr als Zielscheibe meiner Wut benutzte. Briskin war es, der uns dies antat. Ich nahm an, der kleine Mann wollte bloß eine Million Pfund und Unsterblichkeit haben. Für so etwas würden viele Menschen morden, geschweige denn kidnappen. Aber das stimmte nicht ganz.

Als ich imstande war, ein Wort zu krächzen, brachte er mir eine Blase mit Wasser, die ich in Sekunden leersog, sobald ich sie erst an meine Lippen gebracht hatte. Außerdem eine Cola — süßer als die Sünde. Zwei Wochen träger Darmtätigkeit machten sich bemerkbar. Ich schaffte es, die Gurte loszumachen und eben noch die Toilette zu erreichen.

In meinen Ohren und in meinem Kopf rumorte das Koffein; und ich genoß den schnellen Ablauf der Zeit, die echten Töne und Gerüche, sogar das langweilige Mahlen der Toilettenpumpe und den feurigen Schmerz in allen Gelenken. Es mußte sich um Milchsäure handeln, die sich durch erzwungene Untätigkeit angesammelt hatte. Ich lachte laut auf, als mein Verstand sich wieder auf einem geraden, um Klärung und Lösung des Problems bemühten Weg bewegte. Obwohl mir der andere Weg auch gefiel.

Hinter dem Spiegel (der eine gespentische Erscheinung zeigte — aber was auch sonst?) gab es ein Arzneiregal mit Noraspirin, das man kauen konnte. Ich schüttelte drei Stück heraus und freute mich beim Zubeißen über das Knirschen in Kinnbacken und Ohren. Die zusammenziehende Essigsäure kam mir im Munde hoch, dazu das kreidige Gefühl beim Hinunterschlucken verursachten mir einen so wohltuenden Schmerz, daß ich hätte explodieren können. Ich lutschte an dem Wasserrohr wie ein Baby, das soeben in den Hunger und Durst der Welt hineingeboren wurde. Ich rieb meine Klitoris und erlebte eine hämmernde Folge von Orgasmen, die mich veranlaßte, mich zu verschlucken und auf das Wasser zu husten.

»Geht es dir da drin gut?« Ich konnte nur mit Gelächter und noch mehr Husten antworten.

Nachdem ich mich wieder fast menschlich fühlte, ging ich unter die Dusche und rieb mit der Wasserbürste über meine ganze Haut, schnell und langsam, weich und rauh. Der Körper schrie HALT NICHT HALTEN! Ein gefährliches perverses Schwindelgefühl, als sich der Unterschied zwischen Pein und Wonne auflöste und der Mann die Tür aufstieß ...

»Geht es dir gut? Ich hörte, daß du ...«

»Ich bin in Ordnung. Geh weg!« Die Worte taten meiner Kehle weh. Vielleicht hätte ich ihn bitten sollen, zuerst meinen Rücken zu behandeln. Die Stelle, die ich mit der Bürste nicht erreichen konnte, juckte und kribbelte. Dann fand ich heraus, wie ich die Bürste an die Seite des Duschbeutels hängen und mich dagegen drücken konnte.

Ich trocknete mich im Vakuum — Gummilippen des Recyclers, eine wilde Ekstase — und fand im Schrank einen Sprunganzug aus Papier. Er war einige Nummern zu groß und ließ mich wie ein kleines Mädchen aussehen, das sich verkleidet. Ich sah im Spiegel mein blödes Lächeln und dachte wieder an Dominica und Laraine. In den über meine Hände hängenden Papierärmeln erstickte ich ein kindisches Kichern. Dominica und Laraine sind längst an Altersschwäche gestorben. Dieser Gedanke half mir, mich zu beruhigen. Mehr oder weniger gefaßt ging ich in die Kabine zurück.

Er sah mich mit einer schwer zu deutenden Miene an. Er war kein Ephemere. Interessanterweise konnte ich das erst erkennen, als ich ihn in Realzeit sah. »Ich bin überrascht, daß ein Unsterblicher für eine Million Pfund solche Risiken eingeht.«

»Ich bin nicht auf Prämien erpicht«, sagte er ohne Betonung. »Das ist einem Freund zu Gefallen.«

»Charles Briskin.« Er zögerte und nickte einmal. »Ich halte nicht viel von deinem Geschmack an Freunden.«

»Offensichtlich nicht. Du hast einen von ihnen in Stücke gepustet.«

Ich unterdrückte bei der Erinnerung einen Anfall von Übelkeit. »Sag mir, was du tun würdest, wenn ein Preis auf deinen Kopf ausgesetzt wäre und jemand durch die Tür hereinkäme, der mit einer Waffe auf dich zielt. Daraus kannst du mir keinen Vorwurf machen.«

Meine Gefühle waren natürlich komplizierter als diese rationale Version, aber ich wollte ihm nicht vorwerfen, daß auch er eine Waffe gehabt hatte. Ich schwebte zur Liege. »Aber ich bedauere, ihn getötet zu haben. Da es auf das Ergebnis keinen Einfluß gehabt hat.«

»O doch! Er sollte Mr. Barr mitbringen. Ich hatte nicht den Eindruck, daß ich ohne Hilfe mit euch beiden fertig werden könnte.«

»Du brauchst doch keine Hilfe, um auf zwei Kartoffelsäcke aufzupassen.«

»Ich wollte euch auf dem ganzen Weg zur Erde nicht allein lassen.« Er nahm die Pfeilpistole aus dem Gürtel und untersuchte sie. »Wir sollten dies Ding bei euch nicht mehr als einmal anwenden. Wenn man zu lange in gehemmtem Lebenszustand verbringt, soll das ungesund sein.«

Er steckte die Waffe wieder weg. »Aber wenn du mir irgendwelche Schwierigkeiten machst, werde ich sie doch benutzen.«

»Keine Sorge!« Vielleicht konnte ich sie ihm wegnehmen, während er schlief. »Was könnte ich machen, wenn ich dich überwältigte? Ich kann nicht fliegen.«

Er grinste. »Falsch! Sir Charles sagte, du wärest ein besserer Pilot als ich.«

»Also wirst du mich fesseln, während ich schlafe?«

»Nichts so Umständliches. Einfach im Kabinett einschließen.« Das wunderte mich, da ich doch lange eingesperrt gewesen war. Dann fiel mir ein, daß er die Toilette meinte.

Ich fühlte mich ihm auf seltsame Art nahe, nicht deshalb, weil ich fast zwanzig Jahre in seiner Gegenwart nackt zugebracht hatte. Nein, es war die gut bezeugte irrationale Bindung zwischen Gefangenem und Wärter, Terrorist und Geisel. Vielleicht steckt darin eine symmetrische Schwäche von neuralen Verbindungen. Wenn wir jemanden lieben, lassen wir uns von ihm gefangenhalten durch solide Gitter geteilten Lebens; und diese Person, die reale Gitter besorgt, drängt sich durch Assoziation rückwärts in unser Herz. Welch seltsamer Gedanke! Aber ich empfand diese Verbundenheit mit jemandem, von dem ich absolut nichts wußte, außer daß er mich für Charles Briskin entführt hatte, mit der rechten Hand aß und mit der linken masturbierte.

»Wie heißt du?«

»Das brauchst du nicht zu wissen.«

»Wie soll ich dich denn nennen?«

»Wie du willst.« Er wandte sich ärgerlich oder verdrießlich ab und stellte den Fernseher an. Ich merkte, daß er sich etwas schuldig fühlte.

Ich fragte: »Warum ich und nicht Dallas?« und bereitete mich auf die Antwort vor. Dallas war nichts wert, wenn er tot war.

»Wie schon gesagt, war ich nicht hinter der Million Pfund her. Sir Charles sagte, wenn wir nur eine Person ergreifen könnten, dann solltest du es sein.«

Das war schlimm. Er mußte über Baird Ulric Bescheid

wissen. Sie würden mich untersuchen wollen und seine Methoden mit denen der Kliniken vergleichen. Nach alledem würde ich ohnehin sterben, und zwar auf einem Seziertisch?

»Er wollte nicht sagen, warum. Er rief uns bei dem Flug unterwegs an und hat statt Dallas dich als primäres Ziel angegeben. Murray — der Mann, den du getötet hast — dachte, Sir Charles erwartete, daß Mr. Barr auf jeden Fall hinter dir herjagen würde. Ich glaube, daß es noch einfacher ist. Aus irgendeinem Grunde bist *du* für ihn wichtiger als er.«

Er sah mich fragend an, und ich zuckte die Achseln. »Wer weiß, warum ein Verrückter das begehrt, was er haben will?«

»Er ist nicht verrückt. Er ist ein Seher.«

»Sag, was du willst! Du hast die Waffe.«

»Allerdings. Darüber solltest du etwas nachdenken.« Er drückte den Empfangsknopf des Fernsehers. »Nachrichten: Entführung. Ceres.«

»Keine Hinweise seit 6 March 2078. Fortfahren?«

»Nein.« Er wandte sich mir zu. »Die haben nie zugegeben, daß du verschwunden bist. Das ist sehr interessant.«

Ich sagte: »Wir haben völlig isoliert gelebt und hatten Angst vor Leuten wie dir. Wenn Dallas auf die Weise wie ich gewaltsam aus dem Verkehr gezogen wäre, würde immer noch niemand wissen, daß wir nicht mehr da sind.«

»Möglich.«

Dann fiel mir schlagartig etwas ein. »Nein. Da war noch dieser andere Mann. Mit dem du an der Luftschleuse zusammengetroffen bist. Hat er ...«

»Er war nur ein Gangster, den wir in der SORF rekrutiert haben, ein recht tüchtiger Pilot. Hat nie erfahren, wer ihr seid. Er wußte nur, daß da unten zwei Leichen waren und er besser nicht mit ihnen zusammen gefunden würde.«

»Aber Dallas war gar nicht tot.«

»Nein. Er hat dieselbe Dosis bekommen wie du. Ich nehme an, daß sie schneller abklingt, da er größer ist. Darum wird er jetzt wahrscheinlich nach dir Ausschau halten.«

»Sofern er noch einen Funken gesunden Verstandes bewahrt hat. Zwanzig Jahre hilflos daliegen und zusehen, wie eine Leiche zerfällt.«

Er zog die Augenbrauen hoch. »Ist es dir wirklich vorgekommen wie zwanzig Jahre?«

»Mindestens.« Immerhin hatte Dallas Zen praktiziert, als er jünger war. Er hatte ein Jahr in der Antarktis verbracht und nur zugeschaut, wie der Wind den Schnee umherblies. Ich hoffte, er könnte das wiederfinden, um ihm helfen durchzuhalten.

»Über was hast du denn nachgedacht? Eine Million Wege, mich zu töten?«

Ich brauchte eine Minute, um meine Aufmerksamkeit wieder auf ihn zu richten. Ich war in Gedanken bei Dallas, der Art, wie die Schneeflocken gegen die Eisschollen polterten, dem starken Geruch der Pinguine, wie ihm die Haare in der Nase gefroren, wenn er aus dem Zelt trat und die Mitternachtssonne einatmete, wie der kalbende Eisberg knirschte, als er beim Essen war.

»Was? Entschuldigung!« Ich erschauerte in der antarktischen Kälte. Wie kam das?

»Hast du dir Millionen Arten ausgedacht, mich zu töten?«

»Nein, das ist nicht meine Art.« Etwas war daran wahr. »Ich habe an viele Möglichkeiten gedacht, dich zu verletzen und in Schwierigkeiten zu bringen. Gewöhnlich mit Hilfe der Pfeilwaffe.«

»Das kannst du sausen lassen. Ich bin gegen die Zombi-Droge immunisiert.« Das war eine flotte Lüge, ein klarer Bluff. Er konnte nicht gut improvisieren. »Mindestens habe ich dich nicht benutzt. Das wäre leicht gewesen.«

»Du hast aber daran gedacht.« Manchmal übrigens sehr deutlich.

»Natürlich. Keine gewaltsame Notzucht, aber, na ...« Er machte eine Handbewegung, weil ihm ein romantischer Ausdruck dafür fehlte.

»Ich hätte dich getötet. Wenn ich das Ereignis überlebt hätte, würde ich dich umgebracht haben.«

»Ich verstehe.«

»Das glaube ich nicht. Etliche Tage hilfloser Qual für deine Minuten der Befriedigung. Ich habe oft über diese Möglichkeit nachgedacht.«

»Nein ... Was ich meine, ist ... Ich wurde einmal selbst vergewaltigt.« Seine Stimme versagte. »Vor zweiundachtzig Jahren. Irgendwie bedaure ich, daß er inzwischen tot sein muß. Darum werde ich ihn nie ... bestrafen können. Ihn töten. Das ist alles, was ich meinte, wenn ich sagte, daß ich verstehe.«

»Oh!« Das mußte schrecklich gewesen sein, wenn man nicht wollte. Dallas und ich hatten auch diese Tour ausprobiert, aber zart und langsam. Mein Körper genoß noch die Süße dieser Erinnerung und suchte sich vorzustellen, wie es sich für Dallas angefühlt hatte. Ich mußte mich jedoch aufs Zuhören konzentrieren.

»Es ist nicht leicht gewesen, dich zwei Wochen lang zu beobachten und an dich zu denken. Selbst für eine Stileman ist dein Körper beachtlich makellos.«

Brandneu — hätte ich fast gesagt.

Er errötete. »Ich glaube nicht, daß es eine andere Möglichkeit gibt.«

Der Mann war wirklich ein geborener Romantiker. »Keineswegs. Niemand außer Dallas.«

»Das habe ich mir gedacht.« Lag in seiner Stimme ein Hauch von Erleichterung? »Aber ich fürchte, daß wir zu einer gewissen Intimität gezwungen sein werden. Ich habe nicht so etwas wie Handschellen oder Stricke. Ich kann dich hier nicht allein lassen, während ich die Toilette benutze. Du wirst mit mir kommen müssen.«

»Das ist doch lächerlich.«

»Ich versichere dir, daß mir diese Idee selber nicht gefällt. Aber falls du die Herrschaft über das Schiff übernehmen würdest, während ich indisponiert bin, würdest du mich mit einem Beschleunigungsstoß von sechs ge töten oder uns beide umbringen, indem du die Luftschleuse öffnetest.«

»Ich würde keines von beidem tun. Du hast mein Wort.«

»Es sind meine Befehle. Wenn Murray noch am Leben wäre, könnte er dich bewachen.«

»Du wirst mich tragen müssen.«

»Das macht nichts. Du wiegst nichts.« Er packte mein Handgelenk, und ich versuchte, seine Finger wegzudrücken. Aber das war unmöglich. Ich war immer noch so schwach wie ein Kind. »Leiste keinen Widerstand! Ich müßte dich erschießen.«

Er ließ befriedigt los. Aber ich hatte den Eindruck, bedeutend weniger schwach zu sein, als ich hätte sein sollen nach zwei Wochen totaler Erschlaffung. Als ich zum erstenmal aufwachte, konnte ich kaum die Hände heben, um ein Getränk zu halten, sogar ohne gegen Schwerkraft ankämpfen zu müssen.

Natürlich — die Cola. Ich verbrannte all den Zucker. Das ist ganz einfach: $C_6H_{12}O_6 + 60_2 \rightarrow 6CO_2 + 6H_2O +$ Energie. Woher kam das? Der Biologieunterricht im *ginnasio,* vermutlich; aber ich hätte das längst vor der Jahrhundertwende vergessen haben müssen.

Aber nein — so einfach ist das nicht. Ich erinnerte mich von irgendwo her, von nirgendwo her. Es ist nicht so, als ob der Magen ein Herd wäre, der Glukose verbrannte und in Energie umsetzte. Die Cola geht in den Dünndarm, wird zu Monosacchariden umgewandelt, wandert in die Leber; es kommt dann zu Glykosebildung ...

Ich konnte das genau festlegen. Es war 1997, vor vierundachtzig Jahren, als ich zuerst feststellte, daß ich

Krebs hatte und monatelang über den Körper nachgelesen hatte.

Es machte wirklich nichts aus, woher das kam und wie es bewirkt wurde. Ich fühlte in mir Kraft zunehmen wie ein Gefäß, das gefüllt wird. »Könnte ich etwas zu essen haben?«

»In einer Minute. Erst müssen wir in die Toilette gehen.«

Er packte leicht mein Handgelenk, und wir schwebten nach hinten. Er sah mich nicht an. Jetzt oder nie! Ich sah eine Öffnung und riß ihm mit einer Geschwindigkeit, die mich selbst überraschte, die Pistole aus dem Gürtel, stieß sie dann gegen seinen Bauch und zog ab.

Es geschah nichts.

Er wand mir lässig die Pistole aus der Hand und stieß mich weg. Grinsend zog er einen Pfeil aus seiner Jakkentasche. »Sicherheit vor allem.« Er lud, und ich schloß die Augen.

Ich hörte die Waffe leise knallen, fühlte aber nichts. Als ich die Tür zur Toilette hörte, öffnete ich vorsichtig die Augen. Der Pfeil war in den losen Papierfalten zwischen meinen Brüsten stecken geblieben.

Ich erstickte den Impuls, an die Steuerung zu rennen und ihn mit einem Beschleunigungsstoß zu verletzen oder zu töten, wie er gesagt hatte. Statt dessen riß ich die orangefarbene Schnur von dem Pfeil ab und drückte sie in das Papier. Das hielt. Ich nahm den Pfeil sorgfältig verborgen in die rechte Hand, zielte und schwebte mit bis auf einen Spalt geschlossenen Augen dahin. Ich wollte nur in Reichweite eines Armes kommen.

Die Toilette arbeitete, und er kam zurück, leider mit gezogener Waffe. Hatte er sie neu geladen?

Er schwebte fast eine Minute lang vor mir, sagte nichts und starrte mich bloß an. Dann schlug er mich ohne Warnung heftig auf die Wange.

Ich schrie sofort auf, er schoß, und ich stieß mit dem Pfeil gegen seine Hand. Der Schmerz des Schlages verging langsam, als das Zombi wirkte. Wir trieben langsam rotierend auseinander.

Noch einmal zwanzig Jahre. Ich überlegte, ob *er* wohl gesund bleiben würde. Wer von uns beiden würde zuerst wieder präsent sein?

Ich zog mich in einen vertrauten Ort zurück und zog den Kalender hinter mir mit herein.

Die Barons beschlossen, daß der beste Platz, um ihr Silber aufzubewahren, während Dallas das Schiff entlieh, bei einem Freund sein würde, der einen kleinen Steinklumpen unweit Ceres besaß, oder zumindest darauf saß. Dabei würden sie auch Gelegenheit haben, Dallas zu zeigen, wo Bremse und Beschleuniger waren, und sich zu vergewissern, daß er genug wußte, um vor einer Linkskurve die Spur zu wechseln.

Das Schiff, die *Shadow*, war in dem Hochsicherheitstrakt geparkt, einem eingezäunten Kiesfeld mit servomechanischen Bewachern ringsum. Der Zaun hatte keinen großen praktischen Wert, da bei einem Dreißigstel ge jeder hinüberspringen konnte. Aber jeder, der das versuchte, würde in verschiedene Schwierigkeiten geraten.

In der *Shadow* lebte auch ein individueller menschlicher Wächter, ein junger Mann, der begeistert war, seine angesammelten Bezüge bei einer Tour durch Tsiolkovski zu verbraten. Er tauschte die Plätze mit Dallas und den Barons, als sie in dem Kontaktschlepper ankamen, und brachte diesen zu Dicks Zentraltower zurück.

Bill sagte: »Es ist nicht viel, aber es ist ein Zuhause.«

»Es wird den Trick schaffen«, sagte Dallas. Er kannte zu viele reiche Leute, um durch die Schäbigkeit des Schiffsinneren überrascht zu sein. Manche Millionäre werden gegenüber Luxus gleichgültig, manche lehnen Komfort sogar energisch ab und gefallen sich in einer umgekehrten oder verdrehten Zurschaustellung ihres Status.

Doris war da ganz sachlich. »Wir leben nur ein paar Monate pro Dekade darin. Ich fände es schön, das herauszuputzen, zumal wir für die Tarnung so viel aufgewandt haben. Das wäre, wie wenn man Gold vergolden würde.«

Bill kontrollierte die Kombüse. »Verdammt — dieser Appetit auf Beinen! Wir müssen neu bevorraten, ehe Dallas übernimmt.«

»Wir könnten unseren Kontrakt mit dem Jungen verschärfen«, sagte Doris. »Drei Mahlzeiten täglich und so.«

»Falls es Ihnen nichts ausmacht, bei meinem Schiff in der SORF anzulegen, könnte ich Verpflegung davon herüberschaffen.«

»Eine gute Idee«, sagte Bill. »Der Preisaufschlag in Tsiolkovski ist mörderisch.«

Vorn gab es zwei Beschleunigungsliegen. Bill und Doris kletterten hinauf, schnallten sich an und sagten Dallas, er solle sich auf das hintere Panzerschott legen. »Wir werden mit maximal einem ge fahren«, sagte Bill. »Das ist weit ausreichend, um uns aus diesem Kies herauszubringen.« Er gab einige Zeilen ein. Offenbar war die KI seines Schiffs nicht von der geschwätzigen Sorte. »Fertig?«

»Zündung!« sagte Dallas.

Er rief den Kontrollturm und bekam unbeschränkte Startfreigabe. Dann tastete er einen Buchstaben. Langsam baute sich Schwerkraft auf.

In der Kombüse und Anrichte klapperte loses Zeug. Doris sagte: »Der räumt auch nie auf. Ich werde mit ihm ein Wörtchen reden müssen.«

Sie beschleunigten etwa eine Minute lang — genug für Dallas, sich erleichtert zu fühlen, als das aufhörte. »Kommen Sie her!« sagte Bill. »Ich zeige Ihnen, wie Sie das Ding fliegen müssen.«

Dallas schwebte nach vorn und hockte neben Bill. Der gab ein VOLLMACHT und ließ Dallas seinen Daumen auf das Kissen für den Abdruck legen. Das tat er, und die Maschine fragte zurück DURCH WEN?, und Bill legte seinen Daumen dorthin. OKAY.

»Sie ist sehr geschickt. Einmal autorisiert, könnte sie jeder Idiot innerhalb ihrer Reichweite überallhin bringen.« Er gab ein:

> GEH FÜNF MINUTEN IN BELIEBIGER RICHTUNG; DANN SCHALTE TARNUNG EIN UND BRING UNS ZU LUANNE DUNCAN'S ASTEROIDEN SO SCHNELL WIE MÖGLICH MIT BESCHLEUNIGUNGEN, DIE AUF BEIDEN STRECKEN NICHT EIN GE ZEHN MINUTEN LANG ÜBERSTEIGEN.

GEHEIMWORT? fragte die KI.

»Luannes Code. Dallas, drehen Sie sich bitte um!« Er gab ein Wort aus acht Buchstaben ein. »Okay.« Der Schirm sagte JEDE TASTE FREIGEGEBEN. »Besser, sich wieder festzuhalten.«

Dallas rollte nach links und dann nach rechts, als das Schiff gierte und dann kurz beschleunigte. Nach zwei Minuten stampfte und gierte es wieder und feuerte dann genau zehn Minuten lang. Er ging wieder nach vorn. Der Schirm war leer bis auf die oberste Zeile: TARNUNG ... ZEIT FÜR BREMSUNG 87 MIN 23 SEC. Dies galt für den Countdown.

Dallas fragte: »Was passiert, wenn der Computer streikt?«

»Das wird er nicht«, sagte Doris. »Wir benutzen ihn seit zwanzig Jahren ohne Probleme.«

»Keine beweglichen Teile«, sagte Bill.

»Unserer hat auf dem Weg nach draußen verrückt gespielt und uns höllische Schwierigkeiten gemacht.«

»Falls es wirklich passieren sollte«, sagte Bill, »müssen Sie die Tarnung aufheben und das Notsignal ›Mayday‹ senden. Ich schätze, daß Sie reichlich Hilfe bekommen, wenn Sie ihnen sagen, daß Sie Dallas Barr sind.«

In den nächsten anderthalb Stunden durchstreiften

die drei das Schiff und vergewisserten sich, daß Dallas wußte, was in diesem oder jenem Falle zu tun wäre. Sie mußten für die meisten Notfallmaßnahmen im Handbuch nachsehen, da das Schlimmste, was ihnen je passiert war, eine Undichtung in den Trinkwassertanks gewesen war, wodurch die Hähne in der Mikrogravitation zischten und spuckten.

Luanne Duncan war eine auf nette Art verrückte Schottin, die Plätzchen buk und ›richtigen Tee‹ für sie zubereitete, was kein einfaches Kunststück war auf einem Asteroiden von kaum einem Kilometer Durchmesser. Es dauerte eine Stunde, bis ein Stück Zucker in der Tasse unten ankam.

Dallas überließ die Barons der Bewirtung, während er das Silber auslud. Das war ein mühsamer Prozeß, da er wegen fehlender Schwerkraft einen Sessel für Außenbordarbeiten im Weltraum benutzen mußte. Er füllte sich den Schoß mit Erz, gab dann einen kleinen Stoß, um aus dem Lager herauszukommen, dann eine leichte Drehung, bei 180 Grad das Erz vorsichtig hinunterwerfen. Dann wieder zurück, die Rotation anhalten und mit einem kleinen Stoß wieder ins Lager. Auf diese Art ging alles perfekt, was ungefähr bei zwei Prozent der Trips gelang.

Die hellen Silberbrocken waren ziemlich auffällig vor dem dunklen magnetische Rauhreif von Eisennickelpartikeln, die wie Pelz an der Oberfläche des Asteroiden klebten. Dallas legte die schwarze Kevlardecke über den Haufen, schloß die Luken und holte seine Wirte.

Bill saß beim Rückweg auf dem Boden, während Dallas ›steuerte‹, obwohl das eigentlich nur darin bestand, dem Raumschiff zu erklären, was man von ihm wollte.

GEH ZURÜCK ZU CERES, BESCHLEUNIGUNG NICHT HÖHER ALS EIN GE; GLEICH DEN ORBIT SORF AN, ENTTARNE 500 KM VON SORF.

Falls die Tarnung noch angestellt war in Nähe der Orbitalen Reparatur-Fabrik oder eines anderen Platzes mit Lenk- und Kommunikationsausstattung, könnte das bei Dutzenden von Frequenzen Interferenzen hervorrufen. Das war auf kurze Entfernung keine besonders gute Tarnung.

Dallas entließ die Barons auf der Fähre mit allem, was an dem teuren Wein in der *Fireball* noch übrig war. Er sagte, es würde ein langer Monat bis zur Erde werden, aber er wollte nüchtern und schäbig ankommen.

Er wußte nicht, wie lang ein langer Monat wirklich war.

MARIA

Wir rotierten immer weiter und prallten von den Wänden ab. Etwa alle sechs Monate kam ich nahe genug an die Konsole heran, um die Zahlen abzulesen, die vermutlich die geschätzte Zeit bis zur Bremsung angaben. Dadurch bekam ich ein objektives Maß für die Zeitdehnung. Jede Ziffer für eine Zehntelsekunde wechselte ungefähr in einer Minute; also waren wir um einen Faktor von etwa sechshundert verzögert. Ich brauchte mehrere Rotationen, um das herauszubekommen. Arithmetik war dort nicht gerade einfach. Ich mußte eine gewundene Kette logischer Schlüsse durchlaufen, um schließlich auf diese Zahl zu kommen.

Als ich jetzt ein zweites Mal unter Zombi gesetzt wurde, hatten wir die halbe Strecke zur Erde zurückgelegt. Zwei Wochen geteilt durch sechshundert ergibt was? Oder war es mal sechshundert, plus oder minus, oder die sechshundertste Potenz? Ich kannte die Worte, konnte daraus aber keine neuen Zahlen gewinnen.

Es war frustrierend, aber nichts weiter. Ich hatte das vorige große Warten überstanden und würde es auch diesmal schaffen.

Mir fiel ein, wenn ich nun schon so viel Zeit zur Verfügung hatte, könnte ich vielleicht die Arithmetik neu erfinden. Ich entsann mich aus dem College, daß ein italienischer Bursche das getan hatte, indem er Arithmetik von Grund auf entwickelte. Ich konnte mich sogar erinnern, daß sein Name wie der eines Musikinstrumentes auf Englisch lautete, und sogar, wie das Zimmer an dem

Tag roch, als wir von ihm erfuhren, und daß das Mädchen vor mir Helena hieß. Sie hatte ihrem Freund gestattet, im Dunkeln ihre Brüste zu betasten, sie aber nicht anzuschauen; und daß der Junge als Paco immatrikuliert war — klein, aber hübsch, mit Bluejeans, die so eng waren, daß er auf Zehenspitzen zu gehen schien und man genug sehen konnte, um festzustellen, daß er nicht beschnitten war. Aber ums Verrecken wollte mir nicht einfallen, wie er sonst hieß oder wie er die Arithmetik neu erfunden hatte, oder auch warum eigentlich? War seine Arithmetik besser als die, welche wir in der Schule lernten? Kamen die gleichen Zahlen heraus? Mir schien, daß das wohl so hätte sein müssen, ich war mir aber nicht sicher, warum.

Dieses Mal fühlte ich mich in meiner Unwissenheit wohler, in meiner Stupidität; denn ich wußte, daß es nur zeitweilig war. Einige Schaltkreise waren unterbrochen, aber das Gehirn oder der Geist wußte wohl, was es tat. Wenn all deine Wahrnehmung normal funktionierte, könntest du doch ziemlich erschreckende Zeiträume tauber und dumpfer Lähmung finden.

Während einiger Tage trafen der kleine Mann und ich in der Mitte der Kabine zusammen, so nahe wie damals, als es angefangen hatte. Ich sah, wie sein Kopf an mein Knie stieß, konnte es aber nicht fühlen.

Er sieht sehr seltsam aus, muß es wohl auch. Aber mindestens ist mein Mund nicht offen. Seine Augen sind geweitet, und sein Mund ist wie in einem stummen Schrei aufgerissen. Nicht gerade attraktiv. Man verliert dabei schnell Wasser, und der Mund trocknet aus.

In der kurzen Zeit, während der ich mich nicht in diesem Zustand befand, hatte ich nicht genug darüber nachdenken können. Man sagt, man solle die Erfahrung ins Leben integrieren. Sich ausmalen, was daran gut und was böse ist. Irgendwie ist es so, als ob man umsonst zwanzig zusätzliche Jahre bekäme. Wird das mich älter machen als Dallas?

Dein Verhältnis zur Zeit ist anders als nur Verlangsamung. Danach. Die Intensität der Erinnerung ist so, als ob die Zeit zwischen einst und jetzt getilgt würde.

Und noch mehr als das. Ich erinnerte mich an Dallas' Zurückgezogenheit in der Antarktis so, als wenn ich selbst dort gewesen wäre.

Es ist für mich erstaunlich, daß Leute wie Claudia Fine, die ständig verschiedene Drogen nehmen, um ihre Vorstellung von der Realität zu verändern, nicht dies als ihr besonderes Vergnügen wählen. Das ist nicht neu. Irgend jemand muß es inzwischen als Spaß aufgefaßt haben.

Vielleicht machen es manche Ephereme so, als eine Art künstlicher Unsterblichkeit. Natürlich wäre es bei einem Ephemeren anders. Wie auch die meisten Drogen. Vielleicht würde es zum Wahnsinn führen.

Es könnte sich wohl auch nicht mit anderen Drogen vertragen. Zwanzig Jahre Kummer, und man reißt sich die Augen aus. Zwanzig Jahre Trunkenheit wären kein Vergnügen. Und eine Person wie Claudia könnte es rasend machen, Monat um Monat nichts *tun* zu können.

Als ob wir nicht alle im Kopf irgendwie blockiert wären.

BRING MICH MÖGLICHST SCHNELL ZUR ERDE brachte Dallas für fast eine Stunde 3,8 ge ein. Die Maschine teilte mit, wenn sie ihn wörtlich nehmen würde, könnte sie maximal beschleunigen, bis der Treibstoff alle wäre. Das wären zweiundvierzig Minuten bei etwa acht ge. Das würde Dallas wahrscheinlich töten; und seine Leiche würde mit ungefähr zweihundert Kilometern in der Sekunde an der Erde vorbeifliegen. Die Maschine nahm an, er würde wohl lieber langsamer werden und lebendig auf der Erde landen. Sie beließ auch noch eine Treibstoffreserve für Manöver unterwegs. WÜRDEST DU LIEBER IN 18,2 TAGEN TOT ANKOMMEN ODER LEBENDIG IN 31?

Dallas war sich nicht sicher, ob die Maschine wußte,

was eine rhetorische Frage war, und antwortete daher direkt.

Er las täglich ein Buch, um sich zu beruhigen, und spielte viel Schach mit Eric. Und sie erörterten Pläne. Eric schlug vor, sie sollten in Anchorage landen, dem einzigen Raumhafen im anarchistischen Alaska, und dabei die Tarnung abschalten, sobald sie den pazifischen Luftraum verließen. Dallas gab zu, daß das besser war als sein unklarer Plan, wonach sie mitten in der wüstesten Gegend landen sollten, die sie finden könnten. Irgendeine Regierung würde das Schiff sicher konfiszieren, und sie würden nicht so schnell wegkommen können. In Anchorage könnten sie das Schiff für Dallas oder die Barons unter Zollverschluß legen lassen, um es später abzuholen. Dann begänne der zweite Schritt.

Das Problem war nur, wie dieser zweite Schritt aussehen würde.

DALLAS

Selbst wenn ich wüsste, wo Briskin war, wäre es nicht ratsam, ihn direkt anzugreifen und meine Frau zurückzufordern oder ... Welche Frau? Oder sogar *was*, du Verrückter? Ich mußte damit rechnen, daß er mich erwartete.

Der revidierte und verfeinerte Plan sah vor, ein lokales ›Medienereignis‹ zu arrangieren, indem von einer Anzahl Stationen in Alaska Sendezeit gekauft wurde, die meine Story an einem Schauplatz präsentierte, den Briskin vermutlich nicht würde kontrollieren können. Und selbst angenommen, daß die Stiftung das Hauptnachrichtennetz im Staat beherrschte und damit alles unterdrücken könnte, was ich sagte oder tat, ehe es die Konsumenten erreichte, so konnte sie nicht alle die kleinen Außenseiterstationen in Klondike erreichen. Das war ein Grund für deren Popularität in Kalifornien und dem Westen. Unabhängig von der Kontrolle der großen Netze, war ihr Programm oft rauh, aber nur selten langweilig.

Damit konnte ich für einige Minuten einige Millionen Personen erreichen. Das genügte, um sicher zu sein, daß Briskin nicht später seine eigene Version meiner kleinen Rede bei der Rückkehr ausstrahlen konnte.

Geld würde ein Problem sein. Ich hatte einen Goldbarren, der vielleicht eine Viertelmillion amerikanische Dollar wert war. (Alaska druckt und prägt seine eigenen Noten und Münzen, aber seine Währung ist fest an die amerikanische Wirtschaft gebunden.) Ich würde eine

Schar von Leibwächtern brauchen, die alle so professionell waren, daß sie die auf meinen Kopf ausgesetzte Million Dollar außer acht ließen, wenn sie einmal herausbekamen, wen sie da tatsächlich bewachten. Eric schlug vor, ich sollte Leute aus den Staaten anheuern, da diese mindestens einer Gewerkschaft angehören würden.

Dann mußte ich einige Minuten Live-Sendezeit kaufen, und zwar nicht zu einer billigen Zeit, wo niemand hinschaut. Das würde zehnmal soviel kosten wie die Leibwächter. Außerdem mußte noch etwas übrig bleiben, da ich nach der Sendung entweder in ein Loch springen und die Tür hinter mir schließen wollte, um das Feuerwerk in Sicherheit zu beobachten, oder aber eine sofortige und öffentliche Unternehmung gegen Briskin starten würde. Das würde von seiner Reaktion abhängen.

Ich habe über Paranoia gelesen, um irgendwie den Mann zu verstehen. Aber dennoch wehrt sich in mir etwas. Die Psychologen schreiben über illusionäre Fixierung und Verlagerung von Verantwortung, psychotische Dekompensation und so fort. Aber sie erwähnen nicht das Böse. Ich muß glauben, daß Briskins Aktionen böse sind. Es ist absurd, etwas als medizinisches Problem zu bezeichnen, wenn die Symptome ein Verlangen nach Weltherrschaft und die jeweilige Anwendung von Mord anzeigen.

Mit Hilfe Erics durchforschte ich immer und immer wieder meine Erinnerungen an die zwei Kontakte mit Briskin. Wenn man eine Maschine ist, hat das den Vorteil, nicht überdrüssig zu werden. Ich wurde fast verrückt, als ich immer wieder dasselbe sagen mußte, wenn auch in leicht abgewandelten Formen. Aber das hätte von hohem Wert sein können, besonders dann, wenn wir eine Äußerung von Briskin sicher feststellen konnten, die uns einen aktuellen Hinweis auf die Größe des Lenkungskomitees geben würde. Oder über seine tatsächliche Existenz. In letzter Zeit war mir der Gedanke gekommen, daß es überhaupt nur aus einer einzigen Person bestehen könnte. Die Killer und der Kidnapper waren wahrscheinlich nur Söldner, wie groß auch der Aufwand sein mochte. Hatte Briskin tatsächlich etwas getan, das er bei genügend Geld und Wahnsinn nicht hätte allein tun können?

Er hatte gesagt, es gäbe etwa hundert Mitglieder, und fünfzig weitere seien für dies Privileg in Erwägung. Er nannte aber keine Namen und gab auch sonst keine Details preis. Vielleicht war das alles Phantasie, etwas von dem, was ein Psychologe als Wahnsystem bezeichnen würde. Aber Eric wies darauf hin, daß echte Paranoiker mit fortschreitender Krankheit genau das Gegenteil zu tun pflegen. Sie organisieren alle erreichbaren Leute zu einer ›paranoiden Pseudokommunität‹, die allein dem Zwecke dient, ihnen zu schaden.

Und das war, wie Eric feststellte, genau so, wie meine Worte klingen würden, wenn ich der Welt von seinem finsteren Untergrund erzählte, der auf der ganzen Erde und bis hin zum fernen Novysibirsk Anschläge auf mein Leben verübt hätte. Ich hatte für meine Version nicht mehr objektives Beweismaterial als Briskin für die seine. Alles, was man mit Sicherheit sagen konnte, war, daß sich um mich eine ungewöhnliche Menge an Morden angesammelt hatte.

Für einen Augenblick kippte das Universum aus seiner Achse, und *ich* war der Verrückte, welcher links und rechts Menschen umbrachte und ein phantastisch kompliziertes System von Täuschungen aufbaute, um seine Verbrechen einer unschuldigen Person anzuhängen. Würde ich unter diesem Gesichtspunkt, innerhalb meiner eigenen Wahnvorstellungen, je in der Lage sein, den Unterschied festzustellen?

Mindestens hatte ich neue Stories zur Nachprüfung meiner Erinnerungen. Es war unwahrscheinlich, daß ein professioneller Killer aus Versehen in mein Bad gekommen sein könnte. Gleichzeitig angeworben von der Stileman-Stiftung durch ihren Sprecher, Charles Briskin.

Shadow war das geräumigste Raumschiff, in dem ich je gereist war. Das Lager, das normalerweise auf dem Rückflug voll Silber gewesen wäre, war als interessanter Gymnastikraum ausgestattet. Außer der Tretmühle aus Stiktit, die fast alle kleinen Schiffe hatten, gab es auf der Vorder- und Rückwand Trampoline. In drei Dimensionen sich zu tummeln, war interessanter als endlose Folgen von Schritten auf der Tretmühle und ließ mich die Sorge um Maria abarbeiten und die Feindseligkeit, die ich gegen Briskin entwickelte.

Zumindest einer von uns mußte geistig gesund sein, wenn ich ihm gegenübertrat.

MARIA

UNGEFÄHR EIN JAHR LANG sah ich einem langsamen und quälenden, wenn auch technisch schmerzlosen Tod entgegen. Ich nahm an, wenn die Uhr auf Null abgelaufen war, würde das Schiff sich um 180 Grad drehen und mit der Bremsung beginnen. Der kleine Mann und ich würden graziös zum hinteren Panzerschott schweben und dann bei vier bis sechs ge durch unser Körpergewicht zerquetscht und getötet werden. Wenn kein besonderer Grund vorlag wie etwa empfindliche oder lose Fracht, um langsam abzubremsen, schnallte man sich fest und machte es schnell, um Treibstoff zu sparen. Wir waren beide zart und lose; aber ich erwartete nicht, daß das Schiff dies erraten würde.

Es wäre so, als ob man von einem Dach auf den Gehsteig fiele und dann einen Konzertflügel draufgepackt bekäme.

Als die Uhr 00.10.00.00 anzeigte, ging ein rotes Licht an. Zehnminutenwarnung. Hundert Stunden lang sah ich es stroboskopisch blinken, alle zwanzig Sekunden an und aus. Ein Summer ertönte. Dann rotierte das Schiff. Der kleine Mann und ich rutschten nach Backbord hinüber. Ich schlug mit dem Gesicht voran auf und hörte eine lange Minute die Knorpel in meiner Nase knirschen. Als einige Tage ohne Spuren von Blut vergangen waren, stellte ich fest, daß ich sie nicht gebrochen hatte.

Ich konnte die Uhr sehen, aber das machte wohl nichts aus. Ich konnte auch nicht ausrechnen, wie lange es dauern würde, bis wir fielen. Würden wir merken, wenn es anfing? Wahrscheinlich nicht.

Ich war wach und suchte nach dem ruhigen Ort, an dem ich vor so vielen Jahrzehnten geweilt hatte, bereit zu sterben und Gott zu begegnen. Weder den Ort noch Gott gab es mehr. Aber auch nicht die Wut, die ich als junges Mädchen empfand, die ketzerische Wut über die tödliche Kränkung, die mich nach dem Erdbeben überwältigt hatte, als das Unglück alle dahingerafft hatte außer Madre. Eine Wut, die die Schwestern mit liebevoller Geduld heilten. Was ich fühlte, war fast belanglos wie eine Störung. Ja, ich würde eines Tages sterben, und das würde etwa so inhaltsschwer sein, wie wenn man einen Lichtschalter dreht oder das Universum abstellt. Aber ich würde statt dessen eher tausend Jahre Pein erleben, ehe meine Gehirnzellen oder mein Glück versagten.

Wenn wir hierüber verhandeln könnten, würde ich murrend den sofortigen Tod wählen, um ihn nicht im Zeitlupentempo zu erfahren als einen Stunde um Stunde ablaufenden Prozeß knackender Knochen, zerreißender Muskeln und von Organen, die versagten, bis die Lichter ausgingen. Aber danach würde es keine Erinnerung mehr geben — nichts! Wie Dallas manchmal sagte: Zum Teufel mit der Hölle, zum Teufel, zum Teufel ... Was war das für ein Geruch?

Ich konnte das Metall des Schotts riechen. Ein Hauch von Schweiß und Urin. Ich konnte fühlen, wo meine Knochen waren. In meiner angestoßenen Nase pulsierender Schmerz und Feuer in allen Muskeln und Gelenken — viel schneller als voriges Mal. Alle paar Sekunden eine neue Person, neu und etwas weniger komfortabel als die letzte.

Plötzlich überkam es mich, daß es einen Gott gibt und dieser mich so wiederbelebt, daß ich Schmerz empfinden kann, ehe ich sterbe. Sobald ich mich bewegen kann, wird das Fusionfeuer aufflammen, und ich werde gegen das hintere Schott geschmettert werden. Um einige quälende Sekunden lang die ewigen Konsequenzen meines jüngst angenommenen Atheismus zu erwägen.

Ich schloß die Augen und erwartete gehorsam den Tod. Aber statt dessen lebte ich weiter, und die Liste der auftretenden Schmerzen wurde immer länger. Kopfschmerz, Menstruationsbeschwerden, angestoßener Zeh, infizierte Wunde, wo der Pfeil eingedrungen war, Krämpfe in Bauch, Nieren und Blase. Wenn ich nicht bald stürbe, würde ich die Toilette aufsuchen müssen.

Meine Fußknöchel bogen sich, ohne daß ich es merkte, und ich schwebte nach hinten zum Schott. Es war wieder ein wundervolles Erlebnis, sich entspannen zu können, aber dennoch nicht das Warten wert. Ich ballte die Kleider zusammen, die ich in den letzten zwanzig Jahren getragen hatte, und entfaltete eine frische Papiertunika aus dem Schrank. »Ich könnte ebenso frisch aussehen beim Sterben«, sagte ich laut. Meine Stimme hallte in den Ohren wider.

Ich stieß mich zu den Beschleunigungsliegen hoch. Die Uhr auf der Steuerkonsole gab an: +09:43:32 KORREKTION DRINGEND ERFORDERLICH. Ich berührte die Couch, und die Konsole sagte:

»Beschleunigung kann nicht weitergehen, bis einer oder beide Passagiere richtig gesichert sind. Bitte schnallen Sie sich fest und drücken Sie irgendeine Taste, um die Leitsequenz wieder in Gang zu bringen!«

Ich stieß mich nach hinten und holte den kleinen Mann, dessen Gesicht noch im Schrecken erstarrt war. Ich hoffte, er hatte süße Träume. Ich nahm ihm die Pfeilpistole weg und fing an, ihn auf die Liege zu bugsieren. Dann fiel mir ein, daß das Schiff gesagt hatte: »Einer oder beide.« Das war eine nette Ironie, wenn die Fusionsfackel losging, während ich bemüht war, seine wertlose Haut zu retten.

Ich nahm an, daß es mich hören konnte. »Wirst du

mit der Beschleunigung warten, bis wir beide festgeschnallt sind?«

»Ja. Leitrevisionssequenz wird nicht spontan gestartet werden. Der Pilot muß eine Taste drücken.«

Ehe ich ihn anschnallte, zog ich ihm das Hemd aus und versuchte, die Ärmel abzureißen, um ihm die Hände festzubinden. Aber ich hatte nicht die Kraft dazu. Dann fiel mir ein, daß ich die Ärmel als Fesseln benutzen konnte, ohne sie vom Hemd abzutrennen. Nicht elegant, aber wirksam.

Ich überlegte, ob ich ihn noch weiter fesseln sollte, indem ich seine Hosen um die Knöchel wickelte. Ich tat das aber nicht, weil es immerhin sein könnte, daß er Vergnügen daran haben würde, sich zu entblößen oder vielmehr von jemandem entblößt zu werden.

Ich schnallte mich fest und drückte auf eine Taste. Die Konsole zählte von fünf abwärts, wir machten verschiedene Schlenkerbewegungen um alle drei Achsen, und dann setzte die Bremsung ein. Ich sah, wie der Beschleunigungmesser auf minus sechs ge kletterte. Dann schlossen sich meine Augen.

Wie war das wohl in den alten Tagen mit Flugzeugen? Man hörte die Motoren brüllen und den Wind vorbeizischen. Alles, was ich hörte, waren kleine Knackgeräusche, als das Schiff für sich erörterte, ob es unter der Belastung zerbrechen würde oder nicht. Dann Poltern aus der Kombüse. Da war etwas nicht richtig gesichert.

Es fiel sehr schwer zu atmen. Das dauerte recht lange. Ich schmeckte Blut und stellte fest, daß ich die Seite meiner Zunge blöderweise zwischen die Zähne bekommen hatte, und zog sie mit Mühe heraus.

Dann war es vorbei. Die Uhr zeigte an, daß wir einunddreißig Minuten lang vollen Schub gehabt hatten. Ich fühlte mich, als ob mich jemand ebenso lange mit einem Cricketschläger massiert hätte. Meine Zunge war rauh und geschwollen. Alles Blut, das ich geschluckt hatte, wollte hochkommen. Etwas kühles Wasser half; und ich fand ein Antisäuremittel, das wenigstens den schweren Blutgeschmack behob. Dem kleinen Mann schien es ungefähr ähnlich zu ergehen. Ob er sich wohl auch auf die Zunge gebissen hatte?

Ich studierte die Steuerkonsole. Da war nicht viel dran. Ein recht einfaches narrensicheres amerikanisches Layout vom Standardtyp. Ich habe nie Leute verstehen können, die KI-Schaltungen so völlig vertrauten, daß sie nicht einmal Anzeigen und Kontrollen für die tausenderlei Dinge installierten, die getan werden mußten, wenn man das Schiff wirklich kommandierte. Jedes Jahr verschwinden einige Leute im Weltraum. Die meisten davon verbringen ihre letzten Tage vermutlich damit, daß sie einen Schirm anbrüllen, der nicht antwortet.

»Zeig mir, wo wir sind!« bat ich die Maschine.

Der Schirm teilte sich in zwei Bilder auf — ein Diagramm der Erde mit einem runden Orbit darum, und ein Bild des aktuellen Planeten. »Wir sind gegenwärtig in geosynchroner Bahn über dreiundneunzig Längengrad Ost. Das ist Kenya. Mein Grundalgorithmus verhindert, daß wir der Erde näher kommen, solange die Tarnmechanismen in Kraft sind.«

Das erklärte die äußere Verspiegelung. »Angenommen, ich verlange, daß du diesen Teil deines Algorithmus änderst?«

»Es ist gegen internationales Recht, ein getarntes Vehikel noch näher der Erde zu betreiben.«

»Ich habe nicht nach dem Recht gefragt. Wirst du mich zur Erde bringen?«

»Es verstößt gegen internationales Recht, ein getarntes Fahrzeug innerhalb geosynchroner Bahn zu operieren.«

»Das verstehe ich: Wirst du das Gesetz für mich brechen?«

»Das kann ich nicht.«

Das war nicht überraschend. »Nun wohl. Schalte die Tarnung aus und bring uns nach Maui!«

»Ich kann Tarnmaßnahmen nicht ohne entsprechende Ermächtigung außer Tätigkeit setzen.« Ich bekam eine Gänsehaut. Wir würden auf diesem Kurs bleiben, bis uns die Luft ausging.

Ich nahm das Mikrophon und drückte auf den Daumenschalter. »Mayday. Mayday.« Ich zweifelte daran, daß Briskin irgendwo über Kenya saß und auf uns wartete. »Ich bin ein getarntes Schiff, Name unbekannt, in geosynchroner Bahn über neununddreißig Grad Ost. Bitte Antwort.«

Die Konsole antwortete. »Keine Kommunikation ist erlaubt, während Tarnung in Kraft ist. Ich kann Tarnmaßnahmen nicht ohne entsprechende Autorisierung deaktivieren.«

»Was ist entsprechende Autorisierung?«

»Legen Sie den Daumen in das Identifikationsquadrat!«

Natürlich. »Nur einen Moment.« Ich band den Mann los und zog ihn herüber. Drückte seinen Daumen auf das Quadrat. Ein kleines Signal TARNUNG AUS blinkte auf und verschwand.

Ich band ihn wieder fest und schnallte ihn an. Mich auch. Dann machte ich eine Denkpause. Vielleicht hätte ich besser nicht direkt nach Maui gehen sollen. Vielleicht wäre ich aber auch nicht besser hier geblieben. Man mußte annehmen, daß verschiedene Behörden es bemerken würden, wenn ein Raumschiff plötzlich aus dem Nichts auftauchte.

Wieviel Macht hatte Briskin wirklich? Akzeptierte jede Autorität seine Version dessen, was in Dubrovnik geschehen war? Dallas und ich hatten diese Fragen öfters durchgekaut, und ich hatte noch weitere vierzig Jahre gehabt, darüber nachzudenken. Leider ohne neue Daten außer der Tatsache meiner Entführung, obwohl auch das nicht bedeutungslos war.

Warten. »Wo solltest du nach Programm landen?«

»Ich war nicht zum Landen programmiert. Ich sollte

nur in einem Parkorbit über neunundreißig Grad Ost warten.«

»Gibt es in der Nähe andere Raumschiffe?«

»Ja. Ein Mercedes kommt rasch mit dreizehnhundert Metern in der Sekunde auf uns zu. Abstand vierhundertachtzig Kilometer.«

»Bring uns nach Maui! So schnell wie möglich.«

»Sehr wohl. Sechzig Sekunden Countdown ...«

»Sofort!« Ich hatte mich in meine Gurte vorgebeugt mit der Spannung. Die plötzliche Beschleunigung war so, als ob ein riesiges Tier über mich rollte. Es gelang mir, mich nicht noch einmal in die Zunge zu beißen.

Sie würden mich erwarten. Was sollte ich tun?

DALLAS

Das getarnte Schiff weigerte sich, der Erde näher als auf geosynchrone Distanz zu kommen. Ich hatte die Barons nicht danach gefragt, aber es war kein Problem. Ich schaltete einfach Eric in ein Aufhebungssystem ein. Er konnte das Wissen des Schiffs benutzen, aber lästige legale Vorschriften ignorieren.

Angenommen, der Kidnapper — falls es nur einer war — hatte die Erde so schnell erreicht, wie Bairds Schiff zuließ, dann waren sie drei Tage vor uns angekommen. Falls es zwei Kidnapper waren, würden sie durch zusätzliche Masse für Lebenserhaltung verzögert worden sein, und wir kämen dann ungefähr gleichzeitig an.

Wo würden sie ankommen? Wahrscheinlich Maui oder die Seychellen, falls sie einen bewußtlosen Passagier heimlich ausladen und sich aus dem Staub machen wollten. Die Hangars sind unterirdisch. White Sands, das Kap, Zaire und Baikonur werden zu gut überwacht. Oder sie hätten direkt Anchorage benutzen können, obwohl das Landen und Ausladen aus dem Orbit beobachtet werden konnte.

Ich mag keine Landungen. Im Raum herumschweben ist okay — oder war es wenigstens, ehe mir eine Luke platzte —, aber Starts und Landungen kotzen mich an. Ich habe sie schon bei Flugzeugen nicht gemocht, sogar schon vor dem DC-3-Unfall, und schätze sie bei Raumschiffen erst recht nicht. Also nahm ich ein Beruhigungsmittel, was vielleicht ein Fehler war. Oder es hätte mir das Leben retten können durch Verlangsamung meiner Reflexe.

Auf Erics Rat machten wir ein ›Frisbee‹-Manöver aus dem Orbit, indem wir über die Obergrenze der dichteren Atmosphäre glitten wie ein flacher Stein, der über die Oberfläche eines Sees hüpft. Das erforderte einen zusätzlichen Erdumlauf, verhinderte aber, daß wir eine zu helle infrarote Spur erzeugten, als wir über Pacifica kamen, wie es bei einem normalen Bremskurs der Fall gewesen wäre. Aber ich kann dies Manöver keinem empfehlen, der weltraumscheu ist, weil es allerhand Rumpeln und Stoßen mit sich bringt. Ich nahm eine zweite Beruhigungspille und konnte den Prozeß mit der Gelassenheit einer Zecke verfolgen, die fest auf einem galoppierenden Pferd sitzt. Interessant, wie es einen herumstößt.

In dem Augenblick, wo wir in den Luftraum von Alaska eintraten, nahmen wir gleichzeitig Schwung, hoben die Tarnung auf und gaben Gas. Wir bremsten scharf, und Eric übergab die Kontrolle dem Raumhafen von North Anchorage.

Es war Dämmerung, wenige Minuten nach Sonnnenuntergang, und rechts von uns lagen die strahlenden Lichter von Anchorage in grellem Wettstreit mit der majestätischen Gebirgskette, die die Stadt im Halbkreis umgab — gezackte Schneegipfel, pfirsichblaß in den letzten Sonnenstrahlen. Die Stadt selbst war mit Schnee überpudert, überraschend für so spät im Jahr. Vielleicht ein Trick für Touristen. Die meisten der funkelnden Reklametafeln für die Kasinos und Bordelle waren japanisch, unten mit kleinen englischen Aufschriften.

Der Flughafen in Central Anchorage war eine ultramoderne kühne Extravaganz aus exotischen Materialien, ein entzückendes Märchenland. Ironischerweise war der Raumhafen ein riesiger Parkplatz aus Eisenkonstruktionen, der nicht einmal schneefrei gehalten wurde. Wir setzten mit dem Heck voran am Ende einer Reihe sieben kleinerer Schiffe auf. Ein Raupenschlepper kam schon auf uns zu. Gott behüte, daß ich die vier oder fünf Meter auf den Boden springe und weglaufe, ohne die Landegebühr zu bezahlen! Daß ich über die kirschrote Eisenbeplankung auf das blanke Eis renne, wo unsere Düsen die Schollen vorübergehend geschmolzen hatten.

Ich schwang mich auf die Plattform der Luftschleuse, um auf den Schlepper zu warten. Die Schwerkraft war nicht so schlimm. Ich fühlte mich sogar recht gut, da ich mich ständig in Form gehalten hatte. Eric brüllte mich an, und ich kroch linkisch zurück, um ihn aus der Steuerung zu lösen und mitzunehmen.

Eric fragte: »Was wirst du nun zuerst tun?«

Ein Teil von mir erzeugte die Vision eines dicken köstlichen Steaks und einer Flasche kostbaren Weines in einem nicht weit entfernten Lokal, wo man von lieblichen Frauen bedient wurde, die nur ein Namensschild und ein Lächeln trugen. »Ein Zimmer mit einem sicheren Telephon aufsuchen und Kamachi anrufen und versuchen, schnell zu schmutzigem Geld zu kommen. Danach vielleicht ein Bad.« Es war sechs Monate her, daß ich auf einem Planeten mit reichlich Wasser gewesen war.

Ich erinnerte mich allerdings auch an das letzte Bad, ein Blutbad, und berührte den Volksfreund an meinem Gürtel. Ich fragte mich, ob es legal wäre, ihn durch den Raumhafen zu tragen. Mir schien, daß Alaska ebenso schießwütig war wie der Rest der westlichen Vereinigten Staaten, obwohl es allerdings verboten war, bewaffnet ein Casino zu betreten. Die Person oder Maschine, die den Schlepper bediente, würde mir sagen, ob ich ihn wegtun müßte.

Der Anschlußteil davon, die kleine Ziehharmonika, stieß außen an, und ich — von zwei Beruhigungspillen etwas benommen — öffnete beide Türen. Auf der ande-

Zwischendurch: [redacted] Wir ahnen es schon: Die Vision einer Mahlzeit in einem Lokal, wo die Bedienung nur ein Lächeln und ein Namensschild trägt, wird eine Illusion bleiben – denn neue Abenteuer warten ... [redacted] Wir aber können den Gang der Ereignisse für einen Moment unterbrechen und uns zwischendurch den Wunsch nach einer kleinen Mahlzeit erfüllen: Dazu brauchen wir nur das Buch für fünf Minuten aus der Hand zu legen, um uns etwas Heißes zuzubereiten. Wir empfehlen die ... [redacted]

ren Seite der Luftschleuse warteten vier Männer in blauen Thermo-Uniformen mit gezogenen Pistolen.

»*Tu es nicht!*« sagte einer, als ich die Hände hob.

»Keine Sorge«, sagte ich. »Habe ich mich etwa gegen irgendein Gesetz vergangen?«

»Allerdings, Partner.« Der am ältesten Aussehende steckte seine Pistole ins Halfter und trat vor, um mir Handschellen anzulegen, die Arme auf dem Rücken. »Das älteste Gesetz hier lautet: ›Lege dich nicht mit den falschen Leuten an!‹«

Zwei der anderen drei grinsten: »Ihr seid keine Polizei.«

»Nun — das kommt darauf an, wie du es betrachtest.« Er nahm den Volksfreund und schubste mich durch die Tür. »Die Leute drinnen halten uns für Polizisten.«

Ein anderer sagte: »Wir haben Polizeiuniformen und einen Polizeischweber.«

»Laß nur!« sagte ein schwarzer Mann voll Autorität. »Laßt uns ihn bloß abliefern und dann nach Hause gehen.«

»Das sind zwei lange Tage gewesen«, sagte der Ältere: »Zu verdammt kalt in diesem ...«

»Ich sagte: Schluß damit!« Er schüttelte den Kopf. Das war das letzte, was einer von ihnen in den nächsten zehn Minuten sagte. Sie brachten den Schlepper zum Raumhafen zurück, luden uns aber nicht aus. Wir warteten bloß, während der Ältere hineinging mit einem Stapel Papiere und mit einer Quittung wieder herauskam. Dann rollten wir in eine entfernte Ecke des Feldes. Sie luden mich, Eric und meinen Koffer über zwei Meter bei Kälte unter Null und Schneegestöber in den Laderaum eines Polizeitransporters, zusammen mit dem Schwarzen. Der Ältere schaute still zu.

Im Wagen war es ungefähr Null, aber es gab einen leichten warmen Luftzug. Mir klapperten die Zähne. »Du hast wohl keine zweite Jacke?«

»Nein«, sagte der Schwarze, warf mir aber eine dünne Decke zu. Ich wickelte mich hinein wie ein Indianer.

»Ich kann dir dreimal soviel bezahlen, wie du bekommst, sagte ich.«

»Nein, das kannst du nicht.«

»Weißt du, wer ich bin?«

»Ich weiß, was du getan hast.«

»Was soll das denn gewesen sein?« Er schüttelte den Kopf und blickte aus dem Fenster.

Wir fuhren östlich des Raumhafens von Anchorage fort und schwebten auf das Gebirge zu. Wir stiegen gerade hoch genug, um über die stattlichen Tannen zu kommen. Diese Wildnis wird aus verschiedenen wirtschaftlichen, politischen und emotionalen Gründen so sorgfältig erhalten. Wir sausten mit ungefähr dreihundert Kilometern in der Stunde los.

Nach ein paar Minuten stiegen wir über einige niedrige Hügel, und dort, inmitten von Schneeverwehungen, in einem perfekten Kreis schneefreier Tundra, stand ein nicht dahin passendes georgianisches herrschaftliches Landhaus, stattlich, aber komisch in dem schwindenden Licht. Es war umgeben von einer hohen Mauer mit servomechanischen Laserwaffen, die uns folgten, als wir näher kamen, und sich vor einem Tor senkten. Der Fahrer murmelte etwas in ein Mikrophon, das Tor ging auf, und wir glitten hindurch.

Mindestens würde Maria dort sein. Vielleicht könnten wir zusammen ... Wohl kaum.

»Du bist ein Unsterblicher, nicht wahr?« sagte ich zu dem schwarzen Mann. Er sah so aus, die anderen nicht. Er verzog keine Miene. »Was sind das für Leute? Angeheuerte Bullen? Briskins Privatarmee?«

»Sir Charles braucht keine Armee«, sagte er ruhig. »Die Macht der Ideen genügt.«

»Du gehörst zu dem verdammten Lenkungskomitee.«

»Sei still!« sagte er. Der alte Mann versuchte so zu tun, als ob er nicht zuhörte.

»Wahrscheinlich ebenso verrückt wie er selber.«

»Noch ein Wort«, flüsterte er fast, »und ich lasse dir von diesem Mann mit seiner Keule eins über den Kopf geben.« Der Ältere sah Dallas scharf an und machte die Keule von seinem Gürtel los. »Du weißt«, fuhr der Schwarze fort, »es ist eine zarte Operation zu versuchen, einen Mann mit einer Keule bewußtlos zu schlagen, ohne ihm dauernden Schaden zuzufügen oder ihn gar zu töten. Das ist nicht so wie im Kino.«

Ich wußte, daß er recht hatte. Ich hatte Maria sogar einmal darüber belehrt, als wir an Bord der *Fireball* einen alten Film anschauten und überlegten, welchen Unterschied der Überschädel aus Kevlar machen könnte. Er könnte eine Fraktur verhindern, aber die Kopfhaut würde natürlich normal bluten. Ich konnte Bewußtlosigkeit vortäuschen.

Diese Chance ergriff ich. »Das würdet ihr nicht wagen.« Der alte Mann stand auf und hob die Keule. Ich versuchte, ihn mit der Schulter voran unten umzustoßen.

»Halt!« sagte der Schwarze. »Sir Charles will ihn wahrscheinlich unversehrt haben ...« Er sah mich an und lächelte. »Vielleicht wirst du später an ihm üben dürfen. Man braucht viel Übung dazu.«

Der Schweber ließ sich auf dem Kiesweg mit kräftigem Knirschen nieder. Zwei Männer in britischer Dienerlivree öffneten die Hintertüren. »Sir Charles erwartet Sie im Herrenzimmer.«

Es war warm, was den schneefreien Kreis erklärte. Ein Pressorfeld.

Der schwarze Mann half mir aus der Doppeltür. »Bring die Sachen von Mr. Barr in die Garage!« Er zeigte auf den anderen Wächter. »Einschließlich der Pistole.« Er nahm das Lesegerät.

Es war noch eingeschaltet. Eric nahm alles in sich auf, obwohl man das nicht merken konnte. Er war so klug gewesen, sein Schirmbild und das Bereitschaftssignal auszuschalten. »Ich werde das vielleicht für Daten brauchen, wenn ich mit Sir Charles sprechen werde.«

»Gut ...« Er nahm das Gerät vorn aus dem Schweber und reichte es durchs Fenster auf der Beifahrerseite hinaus. »Überprüf dies!« Nach einem Moment reichte ein Mann es zurück und sagte, es wäre unbedenklich.

Ich hoffte, daß es kein Positronenprüfstrahl gewesen war. Das wäre das Ende von Eric gewesen.

Der schwarze Mann klemmte mir das Lesegerät unter den Arm und schloß die Handschellen auf. »Mach keinen Quatsch! Du bist in einer Festung und von bewaffneten Männern umgeben.«

»Vielen Dank!« Ich fragte mich, inwieweit das stimmte. Warum sollte Briskin überall bewaffnete Leute brauchen? Grizzly-Bären? Im Innern?

Wir gingen durch eine große Eingangshalle mit kostbaren Draperien, Teppichen und Kandelabern in eine Bibliothek. Briskin stand am gegenüberliegenden Ende in Pose, als ob er eine Mondrian-Konstruktion betrachtete.

»Dallas Barr«, sagte er und wandte sich um. »Ich möchte nicht sagen, daß es gut ist, Sie zu sehen.«

Ich gewährte ihm nicht die Genugtuung einer Antwort, sondern studierte ihn einfach. Er sah *nicht* wie ein Wahnsinniger aus.

»Laß uns allein!«

»Sir ... Er ist sehr gefährlich und ein Athlet.«

»Er ist sechs Monate im Weltraum gewesen. Ich wundere mich, daß er überhaupt gehen kann.« Er zog einen kleinen Taschenlaser. »Außerdem muß er langsamer sein als dies Ding. Dreihundert Millionen Meter in der Sekunde.«

»Jawohl, Sir.« Der Mann ging hinaus, und ich sank matt in einen Sessel. Sollte Briskin auf alle Fälle denken, daß ich schwach wäre.

Er versenkte den Laser wieder in seiner Tasche — es war eine altmodische seidene Hausjacke, etwas ausgefallen in schimmerndem Kastanienbraun mit goldgestickten Drachen — und setzte sich in sicherer Entfernung hinter einen Schreibtisch.

»Sie sind also hereingebraust, um Ihre Geliebte zu retten. Wie wundervoll, daß Sie North Anchorage gewählt haben. Aber es hätte nichts ausgemacht, wo sie angekommen wären.«

»Sicher. Baikonur.«

»Das hätten Sie versuchen sollen.« Er schwenkte eine Zigarette in Brand. »Tatsächlich haben wir aber vermutet, daß Sie hierher kommen würden wegen Ihres restlichen verrückten Planes. Entweder hier oder die Conch-Republik. Und Sie konnten dort kein Raumschiff landen. Sie konnten nirgends hingehen, wo Gesetz herrscht.«

»Mir gefällt es, wie Sie die Worte ›verrückt‹ und ›Gesetz‹ benutzen. Sie leben in einem Märchenpalast mit unechten Polizisten, die rings um Sie Pistolen schwenken und Entführungen veranstalten.«

»Auch töten, wenn nötig.«

»Selbst in Alaska muß es doch dafür ein Gesetz geben.«

»Allerdings. Aber wie überall ist das Gesetz ein Werkzeug, eine Matrix, innerhalb derer man arbeitet. Kein Komplex unbeugsamer Vorschriften. Das ist ein Gesichtspunkt, den Sie doch mit mir teilen, nicht wahr?«

»Ich glaube, daß ich bei Mord die Grenze ziehe. Und ich kann mich nicht erinnern, wann ich zuletzt jemanden gekidnappt hätte.«

»Sie haben getötet.«

»Nur Leute, die Sie mit Waffen auf mich angesetzt haben.«

»Ich meine, ehe wir uns kennenlernten.«

Ich brauchte einen Moment, um zu begreifen. »Im Krieg. Das war vor hundertdreizehn Jahren. Ich war noch ein Kind.«

»Ach ja. Und diese Menschen wären jetzt sowieso tot, nicht wahr?« Er blies einen Rauchring von sich.

»Wenn Sie versuchen, zwischen uns eine gewisse Gemeinsamkeit herzustellen, meine ich, daß ein anderer Gesichtswinkel besser funktionieren würde.«

Ein leises, gekünsteltes Lachen. »Irgendwie gibt es hier diese Gemeinsamkeit. Sie wurden doch eingezogen?«

»Stimmt.«

»Mit anderen Worten hat etwas, das mächtiger war als Sie, die Kontrolle über Ihr Schicksal übernommen. Es hat Sie in eine gefährliche Lage versetzt, es hat Sie veranlaßt, Dinge zu tun, die Sie normalerweise moralisch abstoßend finden würden. Alles im Namen eines größeren Gottes.«

»Damals habe ich nicht so gedacht. Der Krieg war daheim nicht gerade so populär.«

Das wurmte ihn. Ich ließ mich nicht durch die Brillanz seiner Analogie ins Bockshorn jagen. »Meine Nachforschungen haben ergeben, daß Sie wegen Tapferkeit mit dem Silver Star ausgezeichnet wurden. Und einem Purple Heart mit zwei Spangen. Für mich würde das bedeuten ...«

»Oh, forschen Sie nur weiter nach! Man bekommt das Purple Heart dafür, daß man sich an derselben Stelle befindet wie eine fliegende Kugel. Den Silver Star habe ich dafür bekommen, daß ich wütend wurde und mit lediglich ein paar Handgranaten eine Maschinengewehrstellung angegriffen habe. Am liebsten wäre ich aber auf die Musterungskommission mit Handgranaten losgegangen.«

Er lief rot an. Ich entschloß mich, ihn nicht unter Druck zu setzen durch die Bemerkung, daß es da eine echte Analogie gab. Ich hatte durchgedreht und Menschen getötet. Aber in meinem Falle hoffte ich, daß der Wahnsinn nur vorübergehend gewesen war.

Es wäre nicht klug, ihn wütend zu machen. Er hatte

Maria. Er hatte auch mich. »Also, was wollen Sie von mir?«

»Hmm.« Er setzte sich auf, faltete die Hände auf dem Tisch und starrte sie an. Noch einmal: »Hmm. Das Spiel hat sich geändert, und zwar radikal. Vor einigen Monaten waren Sie die Figur, hinter der ich her war. Jetzt sind Sie ein Bauer im Schachspiel.«

»Das ist beruhigend.«

»Nein, es bedeutet nicht, daß Sie für mich weniger wichtig wären, für das Lenkungskomitee. Aber diese Sache mit Ulric, mit Marconi, nun ... die ändert alles.«

Wir hatten angenommen, daß es kein zufälliges Zusammentreffen war, daß er Ulrics mehr oder weniger geheimes getarntes Schiff gestohlen hatte. Zu viele Leute wußten, was da vor sich ging. Er hatte einen davon erwischt.

»Das kann ich mir vorstellen.«

»Man darf nicht zulassen, daß die ihre Arbeit fortsetzen. Selbst Sie können das begreifen.«

»Es hat der Frau, die ich liebe, das Leben gerettet. Vielleicht sehe ich das nicht ganz rational. Wie gefährlich ist es eigentlich?«

»Ein einziges Leben spielt keine Rolle. Ganz gleich, wieviel sie Ihnen bedeutet. Ulric hat die Macht, alles Gute zu zerstören, das Stileman bewirkt hat.«

»Was haben Sie mit ihr gemacht?«

Er sah mich lange an. »Das wissen Sie nicht.«

»Falls Sie ihr ein Leid getan haben, werde ich Sie töten.«

»Wie romantisch! Ich wüßte nicht, wie Sie dazu imstande wären.« Er holte die Pistole heraus und ließ sie in meiner Richtung baumeln. »Ich meine, ich werde Ihnen nichts über sie erzählen — noch nicht.« Er berührte etwas unter der Tischplatte, und draußen ertönte ein Summer. »Sie sollten eine Weile darüber nachdenken.«

Einer der Diener trat ein, bewaffnet mit einem Volksfreund. »Sir?«

»Bring Mr. Barr in sein Zimmer und gehorche ihm mit Verstand!«

»Ein Zimmer?« fragte ich.

»Tatsächlich eine Zelle. Aber hübscher als jedes der vier Kittchen, in denen Sie gewesen sind.«

MARIA

Als ich Maui die Kontrolle übergab, sagte ich denen, wer ich war und daß ich nicht den Namen oder die Beschreibung des Schiffs kannte. Daß ich entführt worden wäre, es aber geschafft hätte, meinen Kidnapper zu überwältigen. Daß ich die Polizei anwesend wünschte, wenn ich den Rumpf öffnete. Beim Landen fragte ich mich, ob das geschickt gewesen wäre. Falls Briskin erwartete, daß ich auf Maui landen würde, könnte die diensttuende Polizei ihm gehören. Was wieder zu der Frage führte, wieviel Macht er tatsächlich besaß.

Er konnte nicht zugleich den Kontrollturm wie die Polizei besitzen. Mindestens einer davon mußte Nachrichtendienste angerufen haben in der Hoffnung auf einen Finderlohn. Das wäre der Anfang unserer Publicity-Kampagne.

Auf jeden Fall hatte ich keine große Wahl mit einem offensichtlich feindlichen Schiff dicht hinter mir. Mein Schiff sagte mir, es wäre weniger als tausend Kilometer entfernt. Der Zeitabstand für Landungen auf Maui beträgt fünf Minuten, wenn es keine Verzögerungen durch Starts gibt. Das war zu wenig Zeit, um die Insel zu verlassen, aber genug, um einigen Lärm zu veranstalten.

Wir mußten ›fett‹, in einem beträchtlichen Winkel, hereinkommen, um genügend Geschwindigkeit zu verlieren. Darum gab es einige Manöver um die Querachse, aber sonst verlief die Landung ereignislos. Der Tower identifizierte mich als ein Rocketdyne namens *Oh Su-*

zanna, eingetragen auf Baird Ulric und im vorigen Monat aus der Synchron-orbitalen Reparaturwerkstatt (SORF) gestohlen.

Unter Führung durch den Tower abzubremsen, war nicht schlecht; aber nachdem das Triebwerk ausgeschaltet war, wartete mein Körper noch auf die Erholung durch Gewichtslosigkeit. Die trat natürlich nicht ein.

Ich schnallte mich los und versuchte aufzustehen, aber meine Beine knickten ein, und ich fiel hin, wobei ich mir beide Knie und einen Ellbogen verletzte. Ich mußte zur Luftschleuse hinüberkriechen, um die Polizei einzulassen.

Der erste kam mit einer gezogenen Pistole, was ich für unnötig dramatisch hielt. Ich sah mir sein Gesicht genau an, und meine Hoffnungen schwanden. Er war unsterblich. Darum war er eine Täuschung. Briskins Unsterbliche tun für ihre Million eine Menge krummer Dinge; aber noch niemand hat versucht, mit der Besoldung eines Polizisten soviel zusammenzusparen.

Er sah mich an und betrachtete den kleinen Mann. »Ist dieser Bursche tot?«

»Nein, das ist eine Droge. Zombi.«

Er nickte und ging zur Luftschleuse. »Wir brauchen einen Rollstuhl.«

»Und ein Sandwich«, sagte ich.

Er lächelte, aber nicht auf freundliche Art. »Eine besondere Sorte, Eure Hoheit?«

»Ein *großes.* Habe seit vierzig Jahren nichts gegessen.«

Auf die ›vierzig Jahre‹ reagierte er nicht, wies aber jemanden an, aus der Maschine ein italienisches ›Sub‹ zu holen. Das ist eine Art amerikanisches Sandwich, dort sehr beliebt, ehe ich geboren wurde. Eine ganze Mahlzeit zwischen zwei riesigen Scheiben Brot. Grotesk. Echte italienische Sandwiches sind klein, zart und verlockend.

Der unsterbliche Pseudopolizist hob mich leicht auf

und brachte mich in einem Rollstuhl unter. Sie spannten unter meine Brüste ein breites Band, das mich ohne Mühe meinerseits aufrecht hielt. Die Schnalle war an der Rückseite des Stuhls und für mich unzugänglich. Was mich am meisten interessierte, war aber das Sandwich. Mit aller Kraft, die ich aufbringen konnte, biß ich hinein — exquisit, aber unmöglich schwer. Jeder Happen ein prächtiges Stück Leben.

Aber nach der Hälfte konnte ich das Ding nicht mehr halten. Es war nicht wie vorher mit der Cola. Ich ließ das Sandwich auf meinen Schoß rutschen. Auch meine Lider senkten sich, als der Mann mich in eine Art Lastenaufzug rollte.

Ich schlief nicht richtig. Es war eine dumpfe Schlaffheit, die etwas von der Zeitlosigkeit eines Zombipatienten an sich hatte. Es fühlte sich so an, als ob mein Körper seine Ressourcen mobilisierte und sich neu aufbaute. Was es auch sein mochte — es war real. Schweiß rann mir in der losen Tunika den Rücken und die Rippen hinunter, er durchtränkte mein Haar und bildete auf Wangen und Brauen Schweißperlen. Ich sog seinen salzigen Geschmack von der Oberlippe. Ich glühte vor Hitze, aber es war nicht wie Fieber. Es war so, wie man sich nach einem anstrengenden Lauf oder Sex fühlt.

»Geht es Ihnen gut?«

Ich schaute hoch und konnte ihn nicht ganz scharf erkennen. Ein rosa Fleck auf einem blauen Fleck. »Ich bin in Ordnung. Nur erschöpft.« Ich nahm noch einen Bissen von dem Sandwich, jetzt weniger exqusit, und schaffte mit Mühe, ihn hinunterzuwürgen, ehe mir das Kinn wieder auf die Brust sank.

Ich spürte Bewegung, aber die war nicht schnell oder langsam. Keine Richtung oder Dauer. Helle und dunkle Perioden. Sekunden oder Minuten oder Tage vergingen, während mein Körper brannte und sich aufbaute.

Plötzlich ebbte die Hitze ab, und mein Fleisch wurde kalt und fettig in einer Brise im Freien. Ich öffnete die

Augen in Erwartung von Verschwommenheit, war aber schockiert durch die Klarheit der Szene. Ich wurde über einen großen Parkplatz gerollt in eine Bucht zwischen Reihen von Schwebern aller Typen, zumeist kostspieligen europäischen. Der Himmel von Maui war nach Monaten schwarzen gestirnten Weltraums unmöglich blau. Die Reihen waren unterbrochen durch gepflegte blühende Sträucher, deren Jasminduft zu schwer war, um angenehm zu sein. Aber er war interessant in der Mischung mit den Gerüchen von in der Sonne geschmorten Maschinen.

Wir wendeten, und die Sonne schien mir warm ins Gesicht. Ich schloß die Augen gegen die Blendung und aß das Sandwich vollends auf. Ich kaute jetzt mechanisch und verabscheute den ordinären Fettgeschmack. Aber ich wußte, daß ich es nötig haben würde. An der Leichtigkeit, mit der ich es hielt, merkte ich, daß ich meine normale Stärke wiedererlangt hatte, was ich nach jener früheren Erfahrung nicht für möglich gehalten hätte.

Ich ergriff die metallenen Lehnen des Stuhls und bog sie, um meine Kraft zu testen. Sie schienen etwas nachzugeben. Dann lehnte ich mich nach vorn gegen das Brustband. Das protestierte mit einem ratschenden Geräusch, und ich ließ nach. Der Widerstand des Gurtes tat meinen Rippen weh, und die Kanten des Stoffs hatten in meine Haut eingeschnitten. Selbst wenn ich die Kraft hätte, ihn zu zerreißen, würde ich mit gebrochenen Rippen oder noch Schlimmerem dafür bezahlen.

Ich war wohl nicht stärker als normal. Ich konnte die Ergebnisse meiner Stärke nur feiner sehen und hören. Also sollte ich nicht versuchen, mich loszureißen und mir diesen Mann mit dem Rollstuhl gefügig zu machen.

Außerdem wollte ich vielleicht gar nicht fliehen. Der Mann würde mich wahrscheinlich zu Briskin bringen. Besser, wenn ich ihm jetzt gegenübertrete, während er mich für hilflos hält.

Oder vielleicht gingen wir zu Dallas. Mit Höchstgeschwindigkeit hätte er mich hier schlagen können. Und dieser Unsterbliche hatte nichts getan, um mich zu verletzen. Vielleicht hatte Dallas ihn geschickt, um einzuschreiten.

Wir rollten auf einen schwarzen Lastschweber mit dem Emblem des Unabhängigen Commonwealth von Alaska. Gut! Das war es, wo wir die Medienaktion starten würden. »Gehen wir zu Dallas?«

»Nein, Anchorage.«

Ich schlief fast zwei Stunden lang über dem größten Teil des Ozeans und erwachte verkrampft und in schlechtem Zustand. Der Mann sprang auf, als ich sprach. »Gibt es auf diesem Ding eine Toilette?«

»Nein. Sie müssen warten.«

»Ich werde tun, was ich kann.« Ich war immer noch in dem Rollstuhl, der auf dem Fußboden des Frachtraums befestigt war. »Könnte ich wenigstens aus diesem verdammen Ding heraus?«

Er sah mich an und dachte nach. »Können Sie gehen?«

»Ich denke schon.«

»Ich sollte es nicht tun.« Er schaute weg und zupfte sich an einem Ohr. »So gefährlich sehen Sie eigentlich nicht aus. Gehen Sie nur wieder hinein, ehe wir landen!«

»Bestimmt.«

»Und sagen Sie niemandem, daß ich ...«

»Ganz gewiß.« Er kam zurück und machte den Brustgurt los. Dann half er mir vorwärts, die Hand unter meinem Ellbogen, und brachte uns beide nach vorn in einer Gangart wie komische Vögel. Ich praktizierte höchste Unbeholfenheit und Schwäche.

Er half mir in den Notsitz und beim Anschnallen. Ich kniff heimlich in den Metallrahmen des Sitzes und fühlte ihn nachgeben.

»Tut mir leid, daß wir nichts zum Pinkeln haben.

Vielleicht gibt es da hinten eine leere Büchse oder so etwas.«

»Eine Weile halte ich es noch aus. Wie lange ist es noch bis Alaska?«

»Vielleicht vierzig, fünfzig Minuten.«

»Ich werde es schaffen.« Die ruhige See, purpurn in dem verblassenden Licht, rollte schnell vorbei, weniger als hundert Meter unter uns. Der Anblick des vielen Wassers machte meiner Blase gar nichts aus. »Sie bringen mich zu Charles Briskin?«

»Das ist richtig. Er wird Ihnen nichts antun.«

Ich lachte beinah. »Im Gegenteil. Er will mich töten.«

»Das ist unmöglich. Er ist ein großer Mann. Er ist gütig und edel ...«

»Moment mal! Sie hören sich an wie der Untermensch, der mich auf Ceres gekidnappt hat. Wenn er ein so netter Mann ist, warum heuert er Sie an, um ein Verbrechen gegen das Bundesgesetz zu begehen?«

»Sie müssen das aus einer größeren Perspektive sehen ...«

»Perspektive! Er ist ein Größenwahnsinniger, der jeden umbringt, der sich ihm in den Weg stellt. Sind Sie ebenso verrückt wie er?«

»Sir Charles hat nie jemanden getötet.«

»Eric Lundley, Lamont Randolph, Dmitri Popov. Gott weiß, wen sonst noch.«

»Ich weiß nichts über alle diese Leute.« Er starrte mich mit echtem Interesse an. »Sir Charles nimmt kein Leben, er *gibt* es.«

»Teufel!« Aber ich verstand. »Er hat Ihnen Leben gegeben, wenn Sie das meinen.«

»Allerdings. Vor einigen Monaten war ich ein alter Mann.«

»Das habe ich mir gedacht. Ein alter Mann ohne eine Million Pfund.«

Er lächelte überlegen. »Der niemals eine Million Pfund brauchen wird.«

Vereinbarung

Zusammenfassung

1. Dieses Dokument behandelt im Detail die ganze Beziehung zwischen der Stileman-Stiftung (im folgenden ›die Stiftung‹) und dem Unterzeichneten, womit jede frühere Vereinbarung aufgehoben wird. [Ref. ¶s 1a—d, 23e, 56c—f.]

2. Als Gegenleistung für eine Reihe lebensverlängernder Maßnahmen (im folgenden ›der Prozeß‹) überträgt der Unterzeichnete seinen ganzen Besitz der Stiftung einschließlich des Grundbesitzes und aller gegenwärtigen und künftigen Tantiemen oder Außenstände. Der Gesamtwert dieses Besitzes ist höher als 1 000 000 Pfund_{2010}. Der Inflation angepaßt beträgt diese Summe 1 105 677 Pfund. [Ref. ¶s 5a—d, 6, 8a—c, 12, 20—23, 41.]

3. Der Unterzeichnete bezeugt, daß er oder sie keine ausstehenden Schulden hat, daß keine Einzelperson oder Körperschaft dem Unterzeichneten einen Betrag höher als $10\,000_{2010}$ Pfund schuldet, und daß während der letzten zwölf Kalenderjahre der Unterzeichnete keiner Einzelperson oder Körperschaft ein Geschenk im Wert von mehr als $10\,000_{2010}$ Pfund gemacht hat. [Ref. ¶s 4, 5e, 7, 30.]

Ein Patient einer Stileman-Klinik muß nach Bezahlung einen vollen Offenbarungseid leisten. Es ist ausdrücklich verboten, daß er oder sie nennenswerte Mittel durch komplizierte Darlehensverfahren übrig behält. Jedem, der gegen den Buchstaben oder Geist dieser Vorschrift verstößt, wird eine spätere Behandlung verweigert werden unter alleiniger Diskretion des Aufsichtsrates der Stileman-Stiftung.

Ich bestätige, daß ich diese zusammenfassende Vereinbarung gelesen und verstanden habe, sowie das angefügte detaillierte Dokument.

Klient:

Dallas Barr
Sydney, Australien

Für die Stileman-Stiftung:

R. D. Knox

Richard Dover Knox
2. Oktober 2080

DALLAS

Es war eine interessante ›Zelle‹, in die sie mich brachten. Eine Plüsch-Suite mit gut bestückter Kleinküche und Bar. Es gab Kaviar und Pastete und dergleichen für den verwöhnten Gaumen. Aber nach vier Wochen mit tiefgekühlter Reisekost wollte ich etwas haben, das vor meinen Augen richtig gekocht wurde. Ich briet mir einige Eier und Zwiebeln und schlang sie mit frischem Schwarzbrot herunter. Die Auswahl an Weinen war untadelig. Es gab auch gekühltes Bier und ein Regal mit verlockenden Spirituosen, aber unter diesen Umständen verzichtete ich auf all dies. Ich wußte nicht, wann Napoleon mich wieder rufen würde und wollte frisch sein.

Vermutlich wurde ich beobachtet. Ich sagte nichts zu Eric, weil dessen plötzliches Auftauchen zu den wenigen Dingen gehörte, die ich als Waffen gegen Briskin einsetzen konnte. Natürlich hätte Eric schon vorher durch das Abtastgerät durcheinandergebracht sein können.

Ich zog mich aus und badete. Das war gut, hätte aber noch mehr Spaß gemacht ohne die unsichtbaren Beobachter. Danach bekam ich einen leichten Schock, als ich den Kleiderschrank öffnete. Da waren meine eigenen Sachen, die Londoner Garderobe, die ich in Dubrovnik zurückgelassen hatte. Was immer Briskin war, er war gründlich.

Auf der anderen Seite waren weibliche Kleider. Ich erkannte die grüne Robe, die Maria bei Claudia getragen hatte. Vielleicht bedeutete dies, daß sie noch nicht ausgeliefert worden war. Oder sie war geflohen. Oder sie war tot.

Auf jeden Fall konnte ich nichts weiter tun als warten.

Ich fühlte mich blöd, in diese Lage gekommen zu sein, konnte aber bei nachträglicher Beurteilung meines Vorgehens keine großen Alternativen finden. Ich hätte der ›Polizei‹ Widerstand leisten können, aber das wäre törichter Selbstmord gewesen. Ich hätte es riskieren können, irgendwo aufs Geratewohl in der Tundra zu landen, wäre aber fast sicher gefaßt worden, ehe ich in eine Stadt und in Anonymität hätte gehen können. Ein Mensch, der in einem Raumanzug draußen aus dem Wald kommt, hätte auch einige Aufmerksamkeit erregt.

Ich hätte in einem anderen Raumhafen landen können, aber Briskin hatte sie wahrscheinlich alle unter Überwachung. Ich hätte in Novysibirsk bleiben können, aber das hätte die Gefahr für Maria erhöht und Briskin noch mehr Macht gegeben.

In der ganzen Suite gab es als einzige Lektüre eine Kopie meines letzten Stileman-Kontraktes. Ich kannte das verwünschte Ding praktisch auswendig, alle fünfzig Seiten, legte mich aber auf das Bett und blätterte es auf alle Fälle durch. Ich war halbwegs bis ›Gebilligte Modalitäten der Dispensation vor der Behandlung‹, als ich einschlief.

Der Traum war beunruhigend. Ich ging auf einer pechfinsteren Straße mit der Hand auf der Schulter eines Vordermannes. Auch auf meiner Schulter ruhte eine Hand. Ich verlor meinen Vordermann und tastete blind umher, schrie und wurde dabei auch von meinem Hintermann getrennt, der gleichfalls in Panik geriet. Wir stießen verwirrt zusammen und gingen dann wieder los.

»Mr. Barr, aufwachen, Mr. Barr!« Es war der unpassend bewaffnete Jeeves, der mich vorher eskortiert hatte. »Sir Charles möchte mit Ihnen sprechen.«

Wenn das Leben ein Film wäre, entrisse ich ihm die Waffe, machte ihn mit einem recht humanen Hieb bewußtlos und würde dann durch die dunklen Gänge zu Charlie schleichen. Statt dessen blinzelte ich ihn an. »Hau ab!«

»Sir, ich muß darauf bestehen.«

Ich erhob mich langsam und blieb eine Minute lang sitzen, um Kräfte zu sammeln. Vor sechs Monaten hätte ich es wahrscheinlich geschafft, ihm die Waffe zu entreißen, ehe er schießen konnte. Übrigens eine scheußliche Waffe. Man konnte beim Üben eine Menge Finger und Hände verbrauchen.

Es war erst acht. Ich hatte weniger als eine Stunde geschlafen. »Konnte er nicht bis morgen warten?«

»Nein, Sir.« Überraschenderweise wurde er deutlicher. »Es wurde eine Frau hereingebracht, Sir. Er wollte mit Ihnen beiden zugleich sprechen.«

»Gehen wir also!« Ich nahm Eric und ging halbwegs bis zur Tür, ehe mir einfiel, wie schwach ich war. Ich stolperte, und er half mir auf. So schlurfte ich mit ihm in die Bibliothek zurück.

Briskin stand am Ende des Konferenztisches wie zuvor, aber ich nahm kaum von ihm Notiz. Auch Maria war da, in einem Rollstuhl. Sie wirkte erst unnatürlich blaß, aber dann sah ich, daß es ihr holographisches Bild war.

»Wo ist sie? Wo bist du, Maria?«

»Sie ist an einem sicheren Ort, kann Sie aber nicht hören.«

»Sie ist hier, in diesem Hause.«

»Das geht Sie nichts an.«

»Ihr Butler hat es mir gesagt.« Ich deutete mit dem Daumen über die Schulter. »Warum schaffen Sie ihn nicht nach draußen und töten ihn? So pflegen Sie doch Geschäfte abzuwickeln. Nicht wahr?«

»Sir«, sagte der Mann hinter mir mit zunehmender Spannung in der Stimme, »Sie haben nicht ausdrücklich gesagt ...«

»Das reicht, Mr. Porter. Sie können jetzt gehen. Ich rufe, wenn ich Sie brauche.« Ich hörte die Tür aufgehen. »Warten Sie! Sie können Mr. Lincoln hereinbitten.«

Ich trat zur Seite und machte es mir in dem gut gepolsterten Sessel bequem, so daß ich Briskin und die Tür gleichzeitig im Auge behalten konnte. Lincoln war offenbar der schwarze Unsterbliche, der mich vom Raumhafen hergebracht hatte. Er glitt herein und schloß die Tür geräuschlos. Er hatte die falsche Polizeiuniform gegen einen losen Karate-Anzug mit schwarzem Gürtel vertauscht.

Natürlich konnte sich jeder einen Gürtel beliebiger Farbe kaufen. Ich hoffte, nicht herausfinden zu müssen, ob er ihn verdient hatte.

»Lassen Sie mich gleich zur Sache kommen. Die Dinge sind nicht nach Plan verlaufen. Ich werde Ihre Hilfe brauchen.«

Mir kamen eine Reihe von Antworten in den Sinn, aber ich konnte nur herausbringen: »Oh?«

»Mir ist es gelungen, die Organisation von Baird Ulric zu infiltrieren.« Das war keine Überraschung. »Aber sie hat zurückgeschlagen. Der betreffende Mann hat sich gegen mich gewandt.«

»Jemand, den ich kenne?«

»Ein Urologe, Dr. York. Man hat sich um ihn ... ah ... gekümmert.« Briskin nahm gewichtig Platz. »Aber jetzt sind die doppelt vorsichtig. Ich brauche jemanden, den sie in einer Million Jahre nicht verdächtigen würden.«

»Mich?«

»Genau.«

Er sah vollkommen ernsthaft aus. »Sie haben wohl völlig Ihren blutrünstigen Verstand verloren.«

»Mr. Lincoln!« Er deutete auf das Bild Marias. »Diese Frau hat zwei meiner Angestellten ermordet. Wenn ich

Sie bäte, sie sehr langsam zu töten, würden Sie das tun?«

»O ja.«

Er sah mich an. »Ich könnte dafür sorgen, daß Sie jede Minute dabei zuschauen. Würde Sie so wach halten, daß Ihnen nichts entginge.«

»Sie sind im falschen Jahrhundert geboren, Sie Scheusal.«

»Nein, Dallas. Aber *Sie* sind es. Verzweifelte Zeiten verlangen verzweifelte Maßnahmen.«

»Was würden Sie von mir verlangen?«

»An deren Akten zu gelangen und sie zu vernichten. Alle alten Texte und Zeitschriften, die sie benutzt haben, um den Stileman-Prozeß zu rekonstruieren, dort in Ulrics Bibliothek. Ein starker magnetischer Impuls und dann eine Brandbombe.«

»Sie glauben nicht, daß es Duplikate gibt?«

»Nicht für alles. Und wir haben sichergestellt, daß von der Erde keine besorgt werden können.«

Sicher, das haben sie getan. Mein erster Impuls war, ihm zu sagen, daß ich mitmachen würde. Jeder Spezialist mußte Kopien gemacht haben von dem Material, das für seine oder ihre Arbeit wichtig war. Wirklich? Chirurgen sind keine Wissenschaftler. Und Kopieren ist auf Ceres teuer.

Natürlich konnte ich es mit Ulric immer so einrichten, daß er das Desaster vortäuschte. Ich würde wohl so vorgehen müssen, wenn es keine andere Möglichkeit gäbe. Aber ich wollte nicht so leicht nachgeben.

»Warum? Mir scheint, daß Ulrics Gruppe der Welt eine Wohltat erweist. Allen Welten.«

Er lehnte sich mit überlegenem Lächeln zurück. »Sie haben nicht genug darüber nachgedacht. Außerdem ist Ihr Urteilsvermögen dadurch verzerrt, daß das Leben Ihrer Geliebten gerettet wurde.«

»Das ist möglich.«

»Der demographische Teil davon liegt auf der Hand.

Wenn Unsterblichkeit billig wäre, würde die Welt in kürzester Zeit übervölkert sein. Meine Wissenschaftler sagen, daß binnen zwölf bis fünfzehn Jahren der Hungertod endemisch sein müßte.« Nun ja, seine Wissenschaftler.

»Aber schon vorher käme es zu einem allgemeinen wirtschaftlichen Zusammenbruch. Das träfe sogar dann zu, wenn die Stileman-Stiftung die Rechte für den Prozeß behielte, aber nicht imstande wäre, die Periode der Verjüngung zu begrenzen. Mit reichen Leuten, die ihre Vermögen ein Jahrhundert oder länger kontrollieren können, würde der ökonomische Primat der Stiftung verfliegen; und dieser Primat ist für die wirtschaftliche Stabilität jeder größeren Nation grundlegend wichtig.«

»Oh — Mist!« sagte Eric. Sein Gesicht erschien auf dem Schirm. Ich drehte das Gerät auf dem Tisch so herum, daß es Briskin anschaute.

»Wer sind Sie?«

»Eric Lundley. Ein Computerbild von ihm. Eine der ersten Personen, die Sie in Verfolgung dieses hirnrissigen Planes getötet haben.«

»Dallas Barr hat Sie getötet.«

»Blöder Quatsch!«

»Es steht sein Zeugnis gegen meines.«

»Seins und das von Marconi und meine eigene Kenntnis von ihm und der menschlichen Natur. Was Sie betrifft, so weiß ich nichts darüber. Obwohl ich glaube, daß ich Ihnen in Geschichtsbüchern mit ermüdender Häufigkeit begegnet bin.«

»Mr. Lincoln, nehmen Sie den Datenkubus aus diesem Gerät und vernichten Sie ihn!«

»Die gleiche Person zweimal ermorden?« sagte ich, nahm das Lesegerät und hielt es dicht vor mich. »Ich frage mich, ob so etwas früher schon einmal gemacht wurde.«

»Einmal«, sagte Eric mit gedämpfter Stimme. »In Mailand wurde 1998 vor einem Krankenhaus ein Mann durch das Herz geschossen. Es gelang ihnen, rechtzeitig ein Transplantat aufzutauen und ihn aus dem klinischen Tod zurückzuholen. Aber während er sich von der Operation erholte, stürmte der gleiche Attentäter in sein Krankenzimmer und enthauptete ihn.« Eine bizarre Reaktion, auf eine lebenbedrohende Gefahr Information zu liefern; aber der Eric in Fleisch und Blut hätte es genauso gemacht.

»Geben Sie mir die Maschine!« Lincoln streckte mit lässiger Zuversicht die Hand aus.

»Tu, was er sagt!« erklärte Eric. »Das ist eine bedeutungslose Geste. Ich habe Kopien von mir über die ganze Welt deponiert.«

Briskin sagte: »Das könnte wohl stimmen.« Dem war aber gar nicht so. »Na ja ... lassen wir ihn teilnehmen. Er sieht sicher alles aus einem ganz anderen Blickwinkel.«

Ich stellte das Gerät wieder zurück, so daß Eric Briskin anschaute. »Also sieht Ihr Computergehirn Fehler in meinen Gedanken?«

»Löcher, Abgründe. Ulrics Unsterblichkeitsprozeß ist nicht billig. Er kann es auch niemals werden. Er erfordert mehr als hundert Mediziner, die meisten davon promovierte Fachärzte, die fast hundert getrennte Prozeduren ausführen. Bei ständigem Durchgang könnten sie dreihundert Personen im Jahr behandeln. Reiche Leute. In einem Jahrhundert macht das höchstens dreißigtausend neue Unsterbliche, die sich dann dem Prozeß neu unterziehen müßten, falls Ihre Doktoren gewillt wären, tagaus tagein ohne Urlaub durchzuarbeiten. Dreißigtausend Menschen spielen für den Bevölkerungsdruck keine Rolle. Jeden Tag sterben doppelt so viele an Hunger.

Und, um realistisch zu sein, würden die ersten zwanzigtausend Leute, die den neuen Prozeß durchmachen, existierende Stileman-Unsterbliche sein. Das sind die mit dem meisten Geld.«

Briskin versuchte, ein Lächeln zu bewahren. Das wirkte wie eine chirurgische Narbe.

»Geld ist Ihr anderes Argument. Die Wirtschaft wird ruiniert. Schauen Sie sich um! Die Ökonomie ist auf der ganzen Welt schon in Scherben.

Stilemans Plan hat nicht funktioniert. Er hat die Erde zeitweilig von Superreichen frei gemacht, an deren Stelle aber eine Mandarinenkaste von zwanzigtausend Millionären geschaffen, die alles, absolut alles kontrollieren und die Wirtschaft eines jeden Landes wegen ihres eingefleischten Konservatismus stagnieren lassen. Was auch sonst geschehen mag — sie wagen nicht, ihre zugrundeliegende Million aufs Spiel zu setzen.

Und jetzt, mit Ihrem Lenkungskomitee und seiner vorausgesetzten Geschicklichkeit, Milliarden anzuhäufen, haben wir die Superreichen wieder, um die erstarrten Stileman-Probleme zu komplizieren. Sofern es das Komitee überhaupt gibt.«

»Was wollen Sie damit sagen?«

»Nur, daß es sich nicht mit Ihrer generell paranoiden Verhaltensweise vertrüge ... Leb wohl, Dallas ...« Das Gerät explodierte und fiel mit der Vorderseite auf den Tisch. Dicht neben dem Zentrum des Schirms war ein kleines Loch, umgeben von einem Spinnenmuster aus Sprüngen. Eine kleine Rauchfahne stieg davon auf. Briskin steckte den Laser wieder in die Tasche.

Er sagte: »Es ist langweilig, mit einer Maschine wirtschaftspolitische Fragen zu erörtern.« Ich traute mich nicht, etwas zu sagen. Briskin drückte einen Knopf auf seinem Tisch. »Bringen Sie sie herunter, Mr. Porter!« Er drückte auf einen anderen Knopf, und das Bild von Maria verschwand.

Eric und ich hatten über die Möglichkeit gesprochen, daß es das Lenkungskomitee gar nicht gäbe oder daß es erheblich kleiner wäre, als Briskin behauptete. Er hatte nie den Namen eines anderen Mitgliedes preisgegeben; und das meiste, was im Namen des Komitees geschehen war, einschließlich der Morde auf Bestellung, die er stillschweigend zugegeben hatte, hätte eine einzige reiche und entschlossene Person tun können. Besonders wenn diese Person zum Aufsichtsrat der Stileman-Stiftung gehörte.

Es roch nach Ozon und verbranntem Kunststoff. Mein einziger Gefährte in den letzten vier Wochen. War er jetzt endgültig tot? Könnte ich die TI-Bank anrufen und ihn wieder einspeichern, abzüglich der letzten sechs Monate? Wer würde es sein?

Kann das Abstellen einer Maschine Mord sein?

MARIA

WIR LANDETEN AUF DEM DACH dieser ausländischen Villa im Schnee, und der Pilot karrte mich in ein Bad im oberen Stockwerk, wo ich höflich seine Hilfe ablehnte. Dann schob er mich in einen kleinen dunklen Raum und verschwand. Ich hörte, wie er die Tür hinter mir abschloß und bemühte mich, nicht nachzusehen.

Als meine Augen sich an die Dunkelheit gewöhnt hatten, stellte ich fest, daß ich und der Rollstuhl etwas mehr erkennbar waren als die Umgebung wegen dreier extrem schwacher Lichter: über dem Kopf, vorn und links. Das Arrangement einer Holokamera. Ich nahm an, daß sie im nahen Infrarot operierten oder einen Bildverstärker für Nachtsicht benutzten. Ich blieb völlig reglos. Sollten sie sich so langweilen, daß sie den nächsten Zug machten.

Was immer diese neue Qualität war, diese neue Sensibilität, Kraft oder sonst — dazu gehörte eine greifbare Kontrolle über den Ablauf der Zeit. Nachdem ich über den dunklen Raum alles erfahren hatte, was ich konnte, sah ich auf meine Uhr und trieb die Zeit ›willentlich‹ voran. In ein paar Sekunden ging die Tür wieder auf. Mehr als eine Stunde war vergangen, und ich fühlte mich so frisch, als wenn ich geschlafen hätte.

Es war ein anderer Mann, angezogen wie ein typischer britischer Gentleman. Ich sprach ihn nicht an, und er erwiderte mein Schweigen.

Ich verlangsamte die Zeit, während wir dahinrollten, um mich aufs Detail zu konzentrieren. Als der Mann sich vorbeugte, um auf einen Aufzugsknopf zu drücken, bemerkte ich, daß er unsterblich war; und er hatte links im Gürtel eine Waffe versteckt. Dies bedeutete, daß er sie quer über den Leib ziehen müßte, da er am rechten Zeigefinger eine Schwiele hatte. Ich hatte den Eindruck, daß ich ihn damals hätte entwaffnen können, indem ich seine rechte Hand packte, während er hinübergriff. Dann würde er reflektorisch mit der Linken nach meinem Handgelenk langen, und ich konnte ihm von unten her die Waffe entreißen. Falls sie nicht mit einem Schnappschloß oder Stiktitband gesichert war, was hinderlich sein würde.

Ich wollte aber nichts Dramatisches tun, jedenfalls nicht, bis ich wußte, wo Charles Briskin war.

Wir kamen ins Erdgeschoß, und der Mann rollte mich durch eine protzig überladene Halle. Aus der matten Weise, wie der Kandelaber das Licht brach, konnte man sehen, daß er aus Kunststoff war. Der Teppich sah hübsch aus, aber nur, weil er brandneu war. Man roch noch den Klebstoff, mit dem er festgemacht war; und die Tritte des Dieners klangen unangenehm knirschend — Nylon. Der Stoff an den Wänden war maschinell angebracht worden. Alle Kanten überlappten sich um genau einen Millimeter. Die ganze Ausstattung sah aus wie frisch aus dem Katalog, womit ich aber nicht an den von Harrod dachte.

Ich nahm an, daß Briskin den Platz zusammengeschustert hatte, gelegentlich seiner Beförderung zum Vorsitz. Ohne Zweifel Geld der Stiftung. Falls wir alle beim nächstenmal zehn Pfund extra stifteten, könnte er sich einen Innenarchitekten leisten.

Wir hielten an einer Tür, die den ersten Funken von Geschmack verriet. Sie war ein britisches antikes Stück aus dem siebzehnten oder achtzehnten Jahrhundert, handgeschnitztes Ebenholz mit dem Fries einer großen

Jagdszene. Irgendein Künstler mußte einen großen Teil seines kurzen Lebens damit verbracht haben, daß er in der feinen Holzmaserung das Roß, den Hirsch und die Hunde darstellte. Und die in ihren Sätteln vorgebeugten Männer, jetzt für Dutzende von Lebenszeiten lebendig eingefroren — hätten sie das wissen können? Es waren vermutlich Stallburschen und Diener, die posiert hatten. Vielleicht Notleidende, die stundenlang still hielten für eine Schale Essen und ein Strohlager, wobei jeder schmerzende Knochen den reichen Mann haßte, der seine Türen zu Kunstwerken gestaltet haben wollte, weil alle Wände schon voll waren.

Der Diener streckte die Hand zum Türgriff aus. Vielleicht würde ich auf der anderen Seite der Tür sterben, und zwar bald. Aber es hatte keinen Sinn, das noch länger hinauszuschieben. Ich überließ ihm den letzten Akt.

Drinnen ein großer Konferenztisch aus passendem Ebenholz. Dallas auf einer Seite in halber Entfernung lässig in einem Polstersessel und bemüht, entspannt oder verwundbar auszusehen, aber in Wirklichkeit straff wie eine Feder. Sir Charles hinter einem Ebenholzschreibtisch, der gegen das obere Ende der Tafel gerückt war, sah gereizt aus. Er trug eine lächerliche orientalische Jacke. Als er aufstand, konnte ich erkennen, daß er etwas in der Seitentasche hatte, vermutlich eine Waffe. Ein Mann in Karatekleidung stand dicht bei Dallas und beobachtete ihn lässig mit gekreuzten Armen.

»Maria!« Dallas wollte aufstehen.

»Bleiben Sie, wo Sie sind!« sagte Briskin. Dallas erstarrte, und der Wächter legte ihm eine Hand auf die Schulter.

Ich warf Dallas einen Blick zu, der ausdrücken sollte, daß auch ich bluffte, und daß er, wenn er etwas Physisches unternehmen wollte, eine Verbündete hätte. Er schien leicht zu nicken, aber ich konnte nicht sicher sein. Vielleicht noch hundert Jahre gemeinsam. Ich hebe eine Braue *so* weit, und du weißt, daß ich unbedingt nach Nebraska will. Werden wir wenigstens noch zwei Worte miteinander wechseln können, ehe dieser verhaßte Mensch seinen Willen bekommt? In seinen aufgerissenen Augen, der Haltung seines Kinnbackens, der Röte seiner Haut und der an seiner Schläfe anschwellenden Vene las ich Wahnsinn und Mord.

»Sie haben meine Männer getötet«, sagte Briskin.

»Einen Mann«, berichtigte ich. »Er kam durch die Tür mit einer auf mich gezielten Waffe.« Der Butler rollte mich auf gleiche Höhe mit Dallas, aber dem Tisch zwischen uns.

»Der andere, der Pilot. Den haben Sie doch auch getötet.«

»Er hat dieselbe Droge bekommen wie ich — Zombi. Er muß schlecht darauf reagiert haben.«

»Sie haben ihm etwas angetan.«

»Nein. Tatsächlich bekam ich das Zeug zweimal und habe es überlebt. Vielleicht verträgt es sich nicht mit Alkohol oder anderen Drogen. Er trank viel und nahm irgend etwas ein. Vermutlich Cream.«

Dallas straffte sich. »Hat er . . .«

»Nein.«

»Halten Sie den Mund!« sagte Briskin, und seine Hand glitt in die Tasche. »Der Arzt sagt, daß er auf diese Weise gestorben sein könnte. Sie sind zuerst aus dem Coma gekommen, haben ihm dann einen Schuß Cream gegeben und ihn sexuell manipuliert. Zusammen mit dem Zombi würde ihn das getötet haben.«

Der Mann im Karatedreß machte ein tückisches Gesicht und lachte verhalten. Im Augenwinkel sah ich, daß Dallas anfing, sich zu bewegen, und ging zur Verlangsamung über.

Ich kam aus dem Stuhl und stürzte auf Briskin los. Ich beobachtete Dallas im Zeitlupentempo, während ich Schritt — um — Schritt machte. Dallas langte hoch und zerquetschte dem Mann mit einer Hand die Hoden. Als er mit herausquellenden Augen vor Schmerz zusammenklappte, stand Dallas halb auf und schwang mit einem Rückhandschlag den Ellbogen nach oben. Der traf den Mann an der Kehle, und sein Kopf prallte mit einem schwachen, tiefen Bums gegen die Wand. Ich nahm an, daß er genug hatte, und richtete alle meine Aufmerksamkeit darauf zu laufen, ohne zu stolpern. Sir Charles sah nicht auf mich. Mit einem starren Lächeln voller perfekter Zähne zog er einen Laser aus der Tasche seines lächerlichen Jacketts. Ich konnte mich nicht noch stärker beschleunigen oder die Welt mehr verlangsamen, als ich schon getan hatte. Sollte ich über den Tisch springen oder herumgehen? Lieber springen.

Dallas hat mir während jener langen schwerelosen Zeit, als wir über alles plauderten, eine interessante Tatsache mitgeteilt. Wir hatten einen hundert Jahre alten Krimi gesehen, in dem der Detektiv von einer Frau (die sich übrigens als unschuldig herausstellte) dadurch k.o. geschlagen wurde, daß sie ihm eine Lampe über den bloßen Kopf schlug. Der Detektiv wachte nach einiger Zeit auf, die entsprechend dem Drehbuch genügte, daß er den Fall löste.

Dallas sagte, daß es so nicht ginge. Wenn man jemand hart genug über den Kopf schlug, daß er bewußtlos wurde, würde man damit wahrscheinlich seinen Schädel zertrümmern und ihn töten. Was die Bewußtlosigkeit bewirkt, ist die schnelle Verschiebung des Gehirnsystems, vorzugsweise in horizontaler Richtung. Darum griffen die Boxer, die wir in Australien sahen, nach dem Kinn; und darum schlagen Straßenräuber mit den ›Kaninchen-Hieb‹ (welch falsche Bezeichnung) hinten auf den Hals. Ich kam über den Tisch. Er begann zu reagieren.

Vielleicht kann man mit einem Kaninchenhieb ins Genick Karnickel töten. Ich müßte Eric fragen.

Ich landete dicht bei ihm. Er wandte sich mir zu und hob die Waffe.

Reichlich Zeit. Mit der linken Hand packte ich den Laser, als er herumschwenkte; dann schlug ich mit der zur Faust geballten Rechten so heftig ich konnte genau auf den empfindlichen Punkt von Briskins Kinn.

Mein Arm bewegte sich wie durch zähen Honig; und im letzten Moment fragte ich mich, ob ich den Mann kräftiger treffen würde als die Hand eines Babys. Ich hätte mir keine Gedanken zu machen brauchen. Die Gewalt des Schlages hob Briskin direkt hoch. Mitten in der Luft rollten seine Augen weg, daß sie das Weiße zeigten, und sein Gesicht wurde schwarz. Der Schmerz in meinen plötzlich gebrochenen Knöcheln war beachtlich. Mir kam es vor, als hätte ich um das rechte Handgelenk ein Armband, das keine Sinnesempfindungen durchließ; und der Arm wurde lahm. Der Diener zog seine Waffe. Ich nahm den Laser in die linke Hand und ging dann wieder in normale Zeit über, um sprechen zu können.

»Tun Sie das nicht!« brüllte ich. Er hielt inne. »Ich werde Sie töten müssen.«

»Es ist ein Volksfreund«, sagte Dallas bedenklich. »Du bist außer Reichweite.«

Aber Dallas war es nicht. Der Mann drehte sich auf der Stelle.

Ich verlangsamte wieder und zielte genau. Genug des Tötens! Der Mann schwang seine Waffe in einem flachen Bogen auf Dallas zu. Es ist schwierig, mit der linken Hand ruhig zu zielen. Den roten Zielpunkt auf den Volksfreund gerichtet. Langsam abziehen.

Natürlich explodierte die Waffe. Es war fast wie auf Ceres, dieser schreckliche langsame Pilz aus Fleisch, Blut und Knochen.

Realzeit. Sein halber Arm war weg, der zerfetzte Stumpf verspritzte Blut. Er sah mich an, lallte eine einzige Silbe und wurde ohnmächtig. Dallas sah so aus, als ob auch er ohnmächtig werden würde. Ich fühlte mich selbst auch nicht besonders gut.

»Wo hast du das gelernt?« flüsterte Dallas. Blut quoll aus zwei Schnitten an Stirn und Wange, die durch Splitter verursacht waren.

»Das ist eine lange Geschichte.« Die Tür ging auf, und ich hob den Laser mit einem Komandoreflex aus einem halben Jahrhundert englischer Filme: »Hände hoch!« Es war der Pilot. Er gab nach und schaute sich um. »Komm rein und schließ die Tür!«

»Machen Sie keine Dummheiten!« sagte er.

»Machen *Sie* lieber keine Dummheiten! Gibt es einen anderen Weg von hier hinaus? Anders als durch diese Tür?«

»Huh-uh.« Dallas durchsuchte ihn und fand einen Laser wie den von Briskin.

Ich sagte: »Er ist der Pilot, der mich hergebracht hat. Auf dem Dach steht ein Schweber.«

»Also los!« Er winkte mit dem Laser. »Sie nehmen Briskin über die Schulter. Wir werden ganz langsam durch jene Tür gehen. Ich habe eine Waffe auf Ihren Kopf gerichtet, und Maria eine auf Briskin. Bringen Sie uns zum Schweber und von hier fort! Dann sind Sie frei.«

»Okay, okay. Aber bitte nicht ...«

»Bewegung!« Er trat über den schwarzen Mann hinweg und hievte den schlappen Briskin auf die Schulter. Dallas nahm Erics Gerät — es war ein Loch in den Schirm gebrannt, aber der TI-Cubus steckte in der anderen Ecke — und hielt dem Piloten die Mündung des Lasers an die Schläfe. Ich zielte auf Briskins Kopf, und wir schlurften hinaus, eine unbeholfene und gefährliche Kreatur auf sechs Beinen.

»Hände hoch — immer weiter!« rief Dallas, als wir durch die Tür kamen. Ich verlangsamte wieder, und wir krochen hindurch.

In der Halle waren zwei Männer in Polizeiuniformen. Ihre Waffen waren noch hochgehoben. Sie hoben die Hände. Ich sah mich um, so schnell ich konnte, und sah einen dritten Polizisten, der knapp zu erkennen ein Gewehr in Anschlag brachte. Unsere Augen begegneten sich, und ich hob meine Pistole. Er warf die Flinte fort und hob langsam die Arme. Dabei sagte er etwas, das zu tief war, um verständlich zu sein. Ich ging wieder auf Normalzeit.

Dallas sagte: »Da drin ist ein Mann, der schnell eine Aderpresse braucht.« Er nickte dem einen Polizisten zu. »Gehen Sie und kümmern Sie sich um ihn!« Er nahm unbeholfen die Waffen, und wir drückten uns in den wartenden Aufzug, fuhren nach oben und ließen ihn mit abgebrochenem Notschalter offen stehen. Wir sortierten alle Extrawaffen aus und ließen sie dort.

Draußen auf dem Dach nahm Dallas die Schlüssel des Schwebers, schloß ihn auf und befahl dem Piloten einzusteigen. Der Mann zögerte, rollte Briskin durch die Seitentür auf den Boden des Frachtraums und trat zurück.

»Lassen Sie mich bloß hier! Ich werde nicht versuchen, Ihnen zu folgen oder sonst etwas zu tun.«

»Einsteigen!« Dallas stieß ihn mit der Pistole in die Seite. »Je mehr Geiseln, desto besser.«

»Oh, all right.« Er stieg ein und schob die Tür zu, während Dallas und ich nach vorn gingen. »Sie sollten lieber den roten Schalter dort betätigen.«

Auf die Konsole war ein roter Ein- und Ausschalter geklebt und mit AS gekennzeichnet. »Was heißt AS?«

»Abwehr-Sperre. Sonst würden wir von den automatischen Lasern geröstet.«

Dallas ließ den Schalter einschnappen und lachte. »Nett, den Burschen dabei zu haben.« Er schnallte sich fest und bemerkte, daß ich Schwierigkeiten hatte. »Was fehlt?«

»Ich habe die Hand verletzt, als ich Sir Charles schlug.«

Er machte sich los und beugte sich herüber, um mich zu sichern, mit einem Auge auf den Piloten gerichtet.

Ein schneller Kuß. Er hielt die Hand sanft fest und sah Maria besorgt an. Sie war angeschwollen und verfärbt. »Gebrochen. War es das wert?«

»O ja. Alles.«

Er schnallte sich wieder fest. »Jetzt aber hier weg wie der Teufel!«

DALLAS

Ich bin niemals so schnell und so tief geflogen wie damals, als wir mit Briskin Alaska verließen. Wir erreichten nach fünfzig Minuten Los Angeles, nachdem wir etwa eine Million Bewohner der Küste einem illegalen Stoß durch die Durchbrechung der Schallmauer ausgesetzt hatten. Als wir dann zur ersten Verkehrswache kamen, hatten wir eine beträchtliche Polizeieskorte.

Inzwischen war Briskin wach, aber noch konfus. Ich rief Kamachi in Tokio an, und er ließ den größten Teil des Restes vom Ausschuß zusammenkommen. Ich erklärte so knapp wie möglich, was geschehen war. Kamachi und Alenka Zor waren auf meiner Seite, die von Anfang an gegenüber Briskin ein flaues Gefühl gehabt hatten. Ich bekam eidliche Aussagen von Dr. Ulric und Big Dick Goodwin, der sich als ›Sheriff von Ceres‹ bezeichnete.

Ich klagte Briskin des Mordes an, und er erhob gegen mich und Maria die gleiche Anklage. Also fanden wir uns alle in Untersuchungshaftzellen, während die Behörden sich überlegten, was sie mit uns machen könnten. Briskin wurde als erster entlassen, da er keiner Morde auf amerikanischem Territorium angeklagt war. Vielleicht streute er auch einiges Geld aus. Aber er kam nicht einmal bis zu den Stufen des Gerichtsgebäudes. Eine Abordnung von Interpol, ohne Zweifel durch Alenka Zors Vermögen geschmiert, erwartete ihn mit Auslieferungspapieren für Belgrad.

Ich war die einzige Person, die zugegebenermaßen jemand getötet hatte. Aber da es die Conch-Republik war, zählte das nicht richtig. Andere Anklagen mußten aber geklärt werden, wie Kidnapping, Verschwörung, illegale Handelsbeschränkung auf hoher See. Das kalifornische Strafmandat für Geschwindigkeitsüberschreitung bezahlte ich einfach; aber die anderen Probleme sorgten dafür, daß wir in den nächsten drei Jahren bei verschiedenen Gerichten ein- und ausgingen.

Briskin wurde eines Mordes ersten Grades in Dubrovnik überführt; aber sein Urteil wurde ›durch Gnadenakt des Gerichts gemildert‹ wegen erwiesener mentaler Unausgeglichenheit. Er verbrachte einige Jahre in einer geschlossenen Anstalt für Geisteskranke und wurde von Stileman-Forschern und anderen gründlich untersucht. Er starb den schnellen ›natürlichen‹ Tod des unbemittelten ehemaligen Unsterblichen. Die Autopsie ergab nichts Anormales. Vielleicht konnten sie nicht tief genug schneiden.

Es erwies sich, daß sein Lenkungskomitee aus einigen vierzig neu geprägten Unsterblichen bestanden hatte, deren Loyalität er dadurch gewonnen hatte, daß er ihnen Leben im Wert von einer Million Pfund spendete. Er hatte aber nicht ihre Behandlungen gekauft. All jene Jahre als Chefökonom des Aufsichtsrates der Stiftung hatten interessante Dividenden abgeworfen. Da er alle Prüfungen und Bilanzen kontrollierte, konnte er Leute gratis durch jede Klinik bringen. Und er konnte kleine Beträge abschöpfen, kümmerliche Zehner von Millionen, ohne Furcht vor Entdeckung.

Die Stileman-Stiftung brach nicht zusammen, mußte aber ihre Politik ändern, um mit Ulrics *Long Life Unlimited* konkurrieren zu können. Beide Gesellschaften boten eine Verjüngung über zweihundert Jahre für eine Million Pfund an, ohne sonstige finanzielle Bedingungen. Dadurch öffneten sich die Tore der Kliniken für einen großen Teil der Weltbevölkerung, da ein Hochprofessioneller mit Aussicht auf ein Jahrhundert Produktivität ein sehr günstiges Kreditrisiko ist.

Kamachi wurde Vorsitzender des Stileman-Direktoriums und drängte mich mitzumachen, um die Rückkehr der Stiftung ins reale Leben zu erleichtern. Aus irgendeinem Grunde sagte ich zu, obwohl ich eigentlich nichts weiter wünschte, als mich mit Maria auf eine warme Insel zurückzuziehen und in der Sonne zu liegen. Und über alles nachzudenken.

Wir pflegen manchmal eine oder zwei Wochen auf tropischen oder einsamen Inseln oder dem Mond oder sonstwo zu verbringen, einander zu lieben und die Dinge zu besprechen. Gewöhnlich nehmen wir Eric mit als unerschöpfliche Datenquelle und logischen Schiedsrichter. (Er hatte einige Fähigkeiten eingebüßt, als Briskins Laser ihn in Alaska traf, war aber imstande, das meiste davon aus seiner Archivkopie zu rekonstruieren, die in Vegas aufbewahrt war.) Aber es ist klar für ihn ebenso wie für uns, daß keine normale Intelligenz, menschlich oder maschinell, dieser neuen Sache bis auf den Grund gehen kann. Wir müssen neue Instrumente bauen und uns über ihre Anwendung Gedanken machen.

Die Gelehrten haben noch nicht angefangen zu erklären, was mit Maria und später mir und anderen passiert war. Der supermeditative Zustand, der uns erlaubt, unsere Zeitwahrnehmung zu manipulieren. Die interkulturelle Fähigkeit, sich durch Ausdruck, Gestik und Körpersprache mitzuteilen. Erhöhte Sinneswahrnehmung. Die Befähigung zur Konzentration physischer Kraft. Und andere Dinge, die sich nicht durch die Sprache ausdrücken lassen.

Klinisch ist es ein Nebeneffekt der Zombi-Droge, kombiniert mit extrem vorgerücktem Alter. Die Wissenschaftler aber haben aufgehört, das zu testen, als sich zeigte, daß von vier oder fünf Personen jeweils eine diese Kombination nicht überlebte. Das war auch mit dem kleinen Mann passiert, der Maria von Ceres entführt hatte. Die Autopsie ergab nichts — ein ungewöhnlich robuster Mann, der seinen ersten Stileman erst vor weniger als einem Jahr durchgemacht hatte.

Für mich oder Maria ist es kein Geheimnis, was ihn getötet hat. Aber das kann man nicht quantifizieren. Er war zwanzig Jahre lang in seinem Schädel gefangen mit sich selbst als Zellengenossen. Er konnte buchstäblich nicht mit sich selbst leben und zog es daher vor, zu sterben. Seine autonomen Körperfunktionen gingen weiter, bis das Gegengift angewandt wurde. Da erkannte der Körper, daß er eine Leiche war, und machte Schluß.

Das passiert einer nennenswerten Anzahl von Unsterblichen. Aber es hindert die Leute nicht, es zu versuchen. Weil die anderen Stileman-Unsterblichen bloß alte Leute sind, die jung gemacht wurden. Wir sind etwas Neues. Keine Übermenschen. Aber auch nicht gewöhnliche Männer und Frauen.

Mir fällt eine komplexe Analogie ein, aber sie ist mehr gefühlsmäßig als rational. Ein verbales Abbild davon wäre dies: Ein normaler Mensch verhält sich zu uns — oder vielmehr zu dem, was wir werden — wie ein normales Kind zum Erwachsenen. Das Kind kann das Verhältnis eines Erwachsenen zu Liebe, Arbeit, Moral und so weiter nicht wirklich begreifen und muß es auch nicht, um ein ›erfolgreiches‹ Kind zu sein. Beim Heranwachsen bewegt es sich dann darauf hin, ein erfolgreicher Erwachsener zu werden — teils durch Nachahmung der Erwachsenen seiner Umgebung und teils durch Entwicklung innerer Ressourcen, die der Konfrontation mit dem Leben als Erwachsener adäquat sind.

Wir waren ungefähr in einer solchen Lage. Im realen Sinn können uns normale Menschen nie richtig verstehen. Aber das bedeutet keine Überlegenheit. *Innerlich* sind wir wie Kinder, die keine Erwachsenen haben, die sie kopieren könnten. Wie Kinder, die genötigt sind, Liebe, Arbeit, Moral ohne Vorbilder zu erfinden. Zumal die Dinge, die wir erfinden, noch keine Namen haben.

Alles, was wir wirklich wissen, ist, daß wir keine Kinder mehr sind. Daß wir einmal gezwinkert haben und dann fanden, daß der Spielplatz plötzlich unendlich geworden ist.